Christine Drews
Dunkeltraum

Christine Drews

DUNKELTRAUM

Psychothriller

be THRILLED

beTHRILLED

Vollständige ePub-to-Print-Ausgabe des in der Bastei Lübbe AG erschienenen eBooks »Dunkeltraum« von Christine Drews

beTHRILLED by Bastei Entertainment in der Bastei Lübbe AG

Textredaktion: Lisa Bitzer
Lektorat/Projektmanagement: Stephan Trinius
Covergestaltung: Christin Willhelm, www.grafic4u.de
unter Verwendung von Motiven von
© shutterstock/Suthep
© shutterstock/happykanppy
Satz: 3w+p GmbH, Ochsenfurt
Druck: Books on Demand GmbH, Norderstedt

ISBN 978-3-7413-0002-8

www.be-ebooks.de

www.lesejury.de

FSC
www.fsc.org
MIX
Papier aus verantwortungsvollen Quellen
Paper from responsible sources
FSC® C105338

Über die Autorin

Christine Drews arbeitet seit ihrem Germanistik- und Psychologiestudium als Drehbuchautorin für zahlreiche deutsche TV-Produktionen. Ihr Debüt-Roman »Schattenfreundin« erschien 2013 bei Bastei Lübbe und war der Auftakt zu der erfolgreichen Münster-Krimi-Reihe um die Ermittler Charlotte Schneidmann und Peter Käfer. Mit »Phönixkinder« und »Tod nach Schulschluss« wurden bisher zwei weitere Teile der Reihe veröffentlicht. 2015 erscheint auch ihr Thriller »Killerjagd« sowie die sechsteilige E-Book-Thriller-Serie »Killer Blog«. Christine Drews lebt mit ihrem Mann und zwei Söhnen in Köln.

1

Die totale Finsternis weicht langsam einer Dunkelheit, in der ich wenigstens etwas von meiner Umgebung wahrnehmen kann. Nicht viel, aber ich erkenne einige Umrisse.

Wo bin ich? Die Luft riecht modrig und feucht, so wie ich es von alten Kellern kenne. Vorsichtig stolpere ich bis zur Wand und streiche mit der flachen Hand darüber. Ich fühle grobe, dicke Steine, sie erinnern mich an Kopfsteinpflaster. Ist das ein Nagel? Etwas steht aus einem der Steine heraus, und ich nehme mir vor, diesen kleinen Metallstift als Orientierungspunkt zu nutzen. Ich taste mich an der Mauer entlang, Stein für Stein, in der Hoffnung, eine Tür oder ein Fenster zu finden. Irgendetwas.

Aber nach siebzehn Schritten bin ich wieder an meiner Ausgangsposition angelangt. Ich drehe zur Sicherheit eine zweite Runde, doch dann komme ich wieder an dem kleinen Nagel an, der aus der Wand heraussteht. Die ganze Zeit haben sich die Steine gleich angefühlt. Es scheint keinen Ausgang zu geben. Keine Tür, keine Luke. Und auch keine Zimmerecken. Ich bin gefangen in einem Schacht. Um mich herum ist nichts als Dunkelheit.

Ich versuche, meine Gedanken zu sortieren. Wie bin ich hier reingekommen? Was ist in den letzten vierundzwanzig Stunden passiert? Ich kann mich nicht erinnern. Offensichtlich bin ich Opfer einer Entführung geworden, vielleicht hat man mich mit K.-o.-Tropfen betäubt und dann hergebracht. Aber warum? Ich habe keine Familie, meine Eltern sind seit Jahren tot, und eine Frau, mit der ich bis zum Ende meines Lebens zusammenbleiben will, habe ich auch noch nicht gefunden. Es gibt niemanden, der ein Lösegeld zahlen könnte. Was soll das Ganze also?

Ein lautes Quietschen reißt mich aus meinen Überlegungen. Es kommt von oben und hört sich an, als würde ein Zug eine Vollbremsung machen. Der Ton wird leiser und von einer Art Rumpeln abgelöst. Ein Luftzug erfasst mich und lässt mich automatisch den Kopf in den Nacken legen. Luft bedeutet, dass es irgendwo eine Öffnung gibt, denke ich hoffnungsvoll, und tatsächlich fällt jetzt durch einen kleinen Schlitz an der Decke ein schmaler Lichtstreifen in den Raum. Meine Augen brauchen einen Moment, um sich an die veränderten Lichtverhältnisse zu gewöhnen, aber dann sehe ich relativ klar.

»Was zur Hölle …?«

Ich kann die Panik in meiner Stimme hören. Es kommt mir fast so vor, als würde ein Fremder sprechen, nicht ich. Ich bemerke, wie ich vor Angst zittere. Nein, das muss ein Irrtum sein, das kann nicht stimmen! Meine Wahrnehmung muss getrübt sein, mein Unterbewusstsein spielt mir einen Streich. Anders kann es nicht sein.

Im selben Moment, in den sich die Gedanken in meinem Kopf formieren, weiß ich, dass ich mich nicht täusche. Paralysiert starre ich an die Decke, die langsam und quietschend auf mich zukommt. Einfach so, ohne einen besonderen Grund, kommt sie immer näher und näher, wandert den Schacht zu mir hinunter. Es wird keine fünf Minuten dauern, dann hat sie mich zerquetscht. Ich kann meinen Blick nicht abwenden.

Du musst sie stoppen! Du kannst sie stoppen!

Aber ich schaffe es nicht. Das Gefühl der Hilflosigkeit, das mich überkommt, während sich die Decke unaufhörlich weiter auf mich zubewegt, ist schlimmer als meine Angst.

Raus! Raus hier! Und zwar sofort!

Laut schreiend werfe ich mich gegen die Wand und hämmere mit den Fäusten dagegen.

»Lasst mich hier raus. Ihr Schweine! Lasst mich hier raus! Hilfe!«

Ich brülle so laut ich nur kann, hämmere, schreie – da spüre ich, wie die Decke meinen Kopf berührt. Ich stürze auf die Knie und brülle nun aus Leibeskräften.

»Ich will hier raus! Lasst mich hier raus!«

Warum komme ich hier nicht raus? Wieso schaffe ich das nicht? Ich habe meine Fähigkeit verloren … Verdammt, ich habe sie wirklich verloren.

Da zieht etwas meine Konzentration auf sich und lenkt mich für einen Augenblick von der Decke ab, die mich jeden Moment auf den Boden des Schachts quetschen wird.

Was … was ist das für ein Geräusch?

Ein Klingeln?

Ja, das ist doch …

»Peer! Peer! Mensch, jetzt mach endlich die Tür auf!«

Schlaftrunken stand Peer Henke auf und tastete nach dem Lichtschalter. Verwirrt nahm er zur Kenntnis, dass er im Flur seiner Wohnung stand. Die Garderobe war von der Wand gerissen, der Spiegel zerbrochen. Hatten ihn die Glassplitter am Kopf getroffen? Er bemerkte ein Rinnsal Blut, das aus seinem zerschnittenen Knie in Richtung Knöchel lief. Im rechten Schienbein steckte noch eine größere Scherbe, in die er gefallen sein musste, als er sich auf den Boden geworfen hatte. Der Rest seiner nackten Waden war mit Blut und Splittern paniert.

Peer stöhnte auf. Es war also schon wieder passiert. Scheiße. Er konnte sich gut vorstellen, was ihn gleich erwartete, was er sich anhören musste. Langsam öffnete er die Wohnungstür, von der etwas Lack abgesplittert war. So heftig hatte er also auf das Holz eingeschlagen?

Philipp Lutz, sein Nachbar auf derselben Etage, stand im Bademantel vor ihm. Hinter ihm sah Peer Frau Hülsing, die alte Dame aus dem zweiten Stock, die mit besorgter

Miene von der Treppe zu ihm runterguckte. Mit der einen Hand hielt sie sich den rosafarbenen Morgenmantel zu, mit der anderen umklammerte sie das Geländer.

»Mensch, Peer!«, wettere Philipp los. »Das geht so nicht weiter. Jede zweite Nacht brüllst du das Haus zusammen!«

Er wirkte sehr verärgert, und Peer konnte es ihm nicht verübeln. Schon das zweite Mal in dieser Woche hatte er die anderen Hausbewohner um den Schlaf gebracht.

»Sorry. Ein Albtraum ...« Er strich sich verlegen durch die Haare und versuchte, einen klaren Kopf zu bekommen. Hatte er geträumt, dass er in einem Schacht gefangen war? Wie gestört war das denn?

»Ich weiß, Alter. Aber du hast andauernd solche Träume. Vor drei Tagen warst du auf dem Weg zum Dachboden. Nachts um vier! Das geht so nicht weiter.«

»Sie trinken doch nicht, oder?«, fragte Frau Hülsing mit der typischen zittrigen Stimme einer alten Dame.

»Nein, tue ich nicht«, seufzte Peer. »Ich weiß auch nicht, warum ich immer wieder solche Träume habe.«

Natürlich wusste er es. Zumindest ahnte er den Grund. Aber er würde den Teufel tun und Frau Hülsing seine Vermutungen auf die Nase binden. Peer hatte beim besten Willen keine Lust, dass ihn alle im Haus für einen Psycho hielten. Wobei – vermutlich taten sie das sowieso schon.

Philipp fuhr sich mit den Händen durch das Gesicht und atmete hörbar aus. »Peer, du weißt, ich mag dich. Und deshalb sage ich es dir im Guten: Du musst was unternehmen. Geh zum Arzt, lass dich ins Schlaflabor einweisen, mach einen Check-up, was weiß ich! Oder such dir ein einsam gelegenes Haus im Wald. Aber so geht es nicht weiter. Anni kriegt in zwei Wochen das Baby. Es reicht, wenn unser Sohnemann in Zukunft die Nächte durchschreit.«

»Es tut mir wirklich leid«, setzte Peer erneut zu einer Erklärung an.

»Glaube ich dir sogar. Genügt mir aber nicht mehr.« Philipp holte tief Luft. »Ich will dir nicht drohen, aber wenn das nicht aufhört, werde ich dafür sorgen, dass du hier nicht mehr länger wohnst. Du weißt, dass ich das kann.«

Ja, das wusste Peer. Das Haus gehörte Philipps Mutter. Die verwitwete Frau hatte schon häufiger angedeutet, dass sie gern in Peers Wohnung ziehen würde, um näher bei ihrem Enkelkind zu sein, das in wenigen Tagen auf die Welt kam. Philipp hatte sich bisher aber energisch gegen diesen Wunsch gewehrt. Nur darum hatte Peer noch keine Kündigung aufgrund von Eigenbedarf erhalten. Aber jetzt sah es fast so aus, als wenn Philipp lieber mit seiner ganz sicher nicht schlafwandelnden Mutter unter einem Dach wohnen wollte als mit ihm, der nachts das Haus zusammenbrüllte.

Peer nickte bekümmert. »Ich werde etwas tun. Versprochen.«

»Das will ich auch hoffen.«

»Sorry noch mal.«

Peer entschuldigte sich noch ein paarmal und schloss dann die Wohnungstür. Er war immer noch völlig durch den Wind, nass geschwitzt und zittrig auf den Beinen. Philipp hatte recht. So ging es nicht weiter! Er musste dringend etwas unternehmen, sonst würde er eines Tages im Schlaf vom Dach stürzen. Außerdem fühlte er sich schon lange nicht mehr ausgeruht. Wegen der ständigen Albträume war er tagsüber total übermüdet und wie gerädert. Für einen Lehrer, der nicht nur früh rausmusste, sondern es den ganzen Tag mit pubertierenden Jugendlichen zu tun hatte, die ihm bei jeder sich bietender Gelegenheit auf der Nase herumtanzten, ein denkbar ungünstiger Zustand.

Gleich morgen würde er nachschauen, ob es ein Schlaflabor in seiner Nähe gab. Und dann würden diese Horrorträume hoffentlich bald ein Ende haben.

2

Elena hatte sich in ihre Decke eingerollt und starrte an die Wand. Wie viele Tage war sie jetzt schon hier? Sie hatte jedes Zeitgefühl verloren. Zwar wurde das Licht in dem fensterlosen Raum regelmäßig für ein paar Stunden ausgeschaltet, aber sie hatte nicht das Gefühl, als würde sie dann tatsächlich eine ganze Nacht in der Dunkelheit verbringen. Eintönigkeit und Langeweile machten es ihr schwer, klar zu denken, und sie erwischte sich manchmal dabei, wie sie stundenlang an die weiße Wand starrte. Oder waren es nur Minuten? Sie wusste es nicht.

Sie hatte an der Theke gestanden und sich mit einer netten jungen Frau unterhalten, die alles über sie hatte wissen wollen. »Seit wann lebst du in Deutschland?«, hatte die andere interessiert gefragt, und Elena hatte ihr erzählt, dass sie erst vor drei Monaten aus Russland gekommen war. Die Reise sei weit und teuer gewesen und habe alle Ersparnisse ihrer Familie aufgebraucht. Aber weder Elena noch ihre Eltern hatten eine Alternative gesehen, denn in dem Dorf in der Nähe von Krasnojarsk gab es keine Zukunft für sie. Sibirien war nah, die Winter lang und kalt, Arbeit gab es keine, und eine Ausbildung für Elena schon gar nicht. Also ab in den Westen mit ihr – dort lag die Zukunft.

»Hast du schon viele Freunde gefunden?«, hatte die hübsche Brünette gefragt.

Nein, viele Leute kannte Elena noch nicht. Sie hatte ein kleines Zimmer in einem anonymen Studentenwohnheim am Stadtrand von Frankfurt ergattern und noch keine Kontakte knüpfen können. In den vergangenen Wochen hatte sie in erster Linie versucht, ihre Deutschkenntnisse zu verbessern, damit sie am Semesterbeginn überhaupt klarkam. In der Disko, in der sie die nette Frau getroffen hatte, war sie auch zum ersten Mal gewesen. Viele Russen sollten hier angeblich sein, hatte sie im Internet gelesen, aber bisher hatte sie noch keine getroffen.

Die gut aussehende Frau hatte ihr schließlich einen Drink spendiert, das war das Letzte, woran sich Elena erinnern konnte. Als sie später in dem fensterlosen, aber hübsch eingerichteten Raum wieder zu sich kam, dachte sie zunächst, sie sei Menschenhändlern zum Opfer gefallen. Sie hatte davon in der Zeitung gelesen, dass es Banden gab, die junge Mädchen betäubten, verschleppten, vergewaltigten und zur Prostitution zwangen. Elena hatte am ganzen Leib gezittert und vor Angst gewimmert, stundenlang. Als sie nach einer Ewigkeit plötzlich Schritte wahrgenommen hatte, als sie gehört hatte, wie jemand die dicke Stahltür aufschloss, hatte sie sich auf das Schlimmste gefasst gemacht. Sie war sich sicher gewesen, dass jeden Moment eine Horde brutaler Männer über sie herfallen würde, um fürchterliche Dinge mit ihr anzustellen. Aber zu ihrem Erstaunen war die nette Frau im Türrahmen erschienen und hatte ihr ein Tablett mit Kaffee und Brötchen gebracht.

»Hab keine Angst«, hatte sie freundlich zu ihr gesagt. »Ich weiß, dass das alles irritierend für dich sein muss. Aber glaub mir, du bist hier bestens aufgehoben. Jetzt iss erst mal was.«

Elena hatte eine ganze Weile gebraucht, um zu begreifen, dass man ihr keine Gewalt antun wollte, dass sie nun nicht gequält und vergewaltigt wurde, wie sie es sich stundenlang ausgemalt hatte.

»Was Sie wollen von mir? Warum Sie halten mich hier fest?«, hatte sie schließlich in ihrem gebrochenen Deutsch gestammelt, aber die Frau hatte ihr nur beruhigend über das feuerrote Haar gestrichen und noch mal wiederholt, dass sie sich keine Sorgen machen müsse.

»Du bist jetzt Teil von etwas Größerem. Von einer großen, guten Sache. Darauf kannst du stolz sein. Nicht viele können auf ein Leben zurückblicken, das einem höheren Sinn geopfert wurde. Freu dich!«

Mit diesen Worten hatte die Frau den Raum wieder verlassen, und Elena war für einen Moment tatsächlich beruhigt gewesen. Vielleicht war sie in die Fänge einer Sekte geraten – solche religiösen Spinner gab es im Westen doch jede Menge, davon hatte sie jedenfalls gehört. Vielleicht wollte man ihr eine Art Gehirnwäsche verpassen, damit sie eine treue Anhängerin wurde. Aber da machte sich Elena keine Sorgen. Man würde sie nicht so einfach manipulieren können. Sie würde das Spiel zum Schein ein wenig mitspielen, aber sobald sie wieder draußen war, hätte sich die Sache für sie erledigt.

3

Am nächsten Morgen brachte ihm Philipp eine Anzeige aus der *FAZ* vorbei.

»Hier. Die wollte ich dir schon vor ein paar Tagen geben. Hört sich so an, als wenn die Typen wie dich suchen«, sagte er und gähnte demonstrativ. »Du rufst da an, versprochen?« Es war nicht zu übersehen, dass er immer noch sauer war.

Die Anzeige war von einem Schlaflabor aufgegeben worden, das im Auftrag eines amerikanischen Forschungsinstituts nach Teilnehmern für eine weltweite medizinische Studie suchte. Es gehe um die Entwicklung eines neuartigen Medikaments, hieß es in der Anzeige, für das man die Daten von Personen mit massiven Schlafstörungen benötige. Sehr viel mehr stand nicht in der Annonce, eine Telefonnummer war angegeben, und der Hinweis, dass die Studie für die Teilnehmer absolut harmlos sei und man ihre Schlafprobleme dabei behandeln würde.

Das Schlaflabor war keine dreißig Kilometer von Limburg entfernt. Praktisch, so nahe an zu Hause. Auf der Internetseite wurde das privat geführte Institut mit dem Namen *Somnia* als führend in der Forschung und Behandlung von Schlafstörungen bezeichnet. Die Bilder im Netz waren sehr ansprechend: ein hochmodernes Gebäude, das idyllisch auf einem Hügel lag, von Wäldern und Wiesen umgeben. Der perfekte Ort, um in Ruhe seinen Schlaf analysieren zu lassen, dachte Peer. Weitere Informationen zu der Studie fand er nicht.

Er nahm den Telefonhörer in die Hand und zögerte einen Moment. Was sollte er machen, wenn er für die Studie nicht infrage kam? Er musste etwas gegen seine Schlafstörungen unternehmen, so viel war sicher. Aber wer würde die Kosten für seine Behandlung übernehmen? Er konnte sich kaum vorstellen, dass seine Krankenkasse dafür aufkam, hatte die sich doch schon bei seiner letzten Physiotherapie quergestellt, die ihm nach einem heftigen Hexenschuss nahegelegt worden war.

Aber was waren die Alternativen? Sein Hausarzt hatte ihn schon damals, als gerade das mit seinem Vater passiert war, zu einem Psychologen überwiesen. Doch nach ein paar Sitzungen war er nie wieder hingegangen, denn mehr als sinnloses Blabla und heftige Medikamente hatte der Psychologe nicht draufgehabt. Heute konnte Peer es dem Mann nicht verübeln. Wenn man von seiner Familiengeschichte und den heftigen Albträumen hörte, waren schwere Psychopharmaka absolut naheliegend.

Dennoch: Könnte er sich das Schlaflabor leisten, wenn er als Teilnehmer für die Studie nicht infrage kam?

»Du weißt noch gar nicht, was der Spaß kosten soll«, schalt er sich laut und wählte die Nummer.

Kurz darauf erklärte ihm eine freundliche Frauenstimme, dass er gern zu einem Beratungsgespräch vorbeikommen könne. »Das ist ein Serviceangebot von Somnia«, erklärte sie. »Kosten fallen erst für Sie an, wenn Sie sich zu einer Behandlung entschließen sollten. Aber machen Sie sich keine Sorgen, die meisten Kassen übernehmen das zumindest in Teilen. Und vielleicht eignen Sie sich ja als Teilnehmer für unsere Studie. Dann brauchen Sie sich über die Kosten sowieso keine Gedanken zu machen.«

Peer hatte Glück. Kurzfristig war ein Termin freigeworden, sodass er schon am Ende der Woche bei *Somnia* vorbeikommen konnte. Erleichtert legte er auf. Zum ersten Mal seit Langem hatte er das Gefühl, einen Schritt in die richtige Richtung zu machen. Nicht dass er unglücklich mit seinem Leben war, nein, das konnte er beim besten Willen nicht behaupten. Er mochte seinen Job. Als Deutsch-

und Geschichtslehrer am örtlichen Gymnasium war er bei Kollegen und Schülern beliebt, das wusste er. Weder gehörte er zu den Lehrern, die in den Pausen allein im großen Lehrerzimmer saßen, noch zu denen, die Probleme mit ihrer Klasse hatten. Er fühlte sich wohl am Ratsgymnasium und ging jeden Tag gern dorthin.

Auch privat war eigentlich alles ganz in Ordnung. Seinen dreißigsten Geburtstag hatte er letztes Jahr mit fünfundzwanzig Leuten gefeiert, von denen er mehr als die Hälfte zu seinen engsten Freunden zählte. Dass er immer noch Single war, fand er in seinem Alter keineswegs beunruhigend. Klar sehnte er sich ab und zu nach einer Beziehung, aber er war sich sicher, dass er irgendwann schon noch die Richtige finden würde. Nein, Peer Henke mochte sein Leben. Eigentlich.

Wenn nur die erste Hälfte nicht gewesen wäre.

Nachdenklich stand er auf und ging in die Küche. Er goss Milch in eine Tasse und erhitzte sie in der Mikrowelle, bevor er Kaffee aus der Thermoskanne hinzugab. Es war Viertel nach zehn. Später hatte er noch eine Doppelstunde Geschichte und am Nachmittag den Deutsch-Leistungskurs. In einer Stunde musste er in der Schule sein.

Ja, auf die erste Hälfte seines Lebens hätte er gut verzichten können. Sein Hass auf diese Zeit war manchmal übermächtig. Keiner in seiner Familie konnte etwas dafür, dass es so gelaufen war. Seine Mutter am wenigsten. Mein Gott, wie sehr vermisste er sie manchmal. Heute noch, als erwachsener Mann, trotz all der Zeit, die vergangen war. Dreizehn Jahre, vier Monate und siebzehn Tage war sie jetzt tot. Und Papa? Fünfzehn? Sechzehn Jahre? So um den Dreh, dachte Peer. Auch wenn er wusste, dass sein Vater ein schwerkranker Mann gewesen war, hasste er ihn für das, was er getan hatte. Abgrundtief hasste er ihn dafür.

Er seufzte. Er konnte sich schon vorstellen, wie die

Leute vom Schlaflabor reagieren würden, wenn er ihnen seine Familiengeschichte erzählte. Es lag auf der Hand, dass sie darin die Ursache für seine Albträume sehen und ihm vermutlich dazu raten würden, eine Psychotherapie zu machen. Natürlich würde Peer sie abbrechen. So wie alle anderen auch. Die Studie konnte er dann wahrscheinlich auch vergessen.

»Jetzt warte doch mal ab!«, schimpfte er laut mit sich. *Somnia* war ein hochmodernes Institut. Vielleicht verfügten die dort über andere Möglichkeiten, als es seine Psychotherapeuten in der Vergangenheit gehabt hatten. Vielleicht würde man ihm endlich helfen.

4

Es war warm heute, bestimmt fünfundzwanzig Grad. Trotzdem fror Harry. Eigentlich war ihm immer kalt, egal wie heiß der Sommer war. Wer auf der Straße schlief, der bekam die Kälte einfach nicht mehr aus den Knochen heraus. Alte Obdachlosenweisheit, die selbst für einen Penner wie ihn galt, der nicht mehr alle Knochen beisammenhatte.

Harry rollte langsam in die Fußgängerzone. Er war heute früh dran, die Läden hatten noch nicht geöffnet. Eigentlich war es sinnlos, vor zehn Uhr mit dem Schnorren anzufangen – zu wenig los. Ab Mittag machte er das beste Geschäft.

Er hatte die ganze Nacht nicht schlafen können. In dem kleinen Park, in dem er unter einer malerischen Brücke sein Lager aufgeschlagen hatte, war einfach zu viel los gewesen. Das war der Nachteil am Sommer. Diese verdammten Jugendlichen lungerten die halbe Nacht im Park herum und soffen, was das Zeug hielt. Nicht dass er nüchtern gewesen wäre, nein – nüchtern war er das letzte Mal vor vielleicht zwanzig Jahren gewesen. Aber er war wenigstens nicht laut, wenn er sich volllaufen ließ.

Beschweren konnte er sich bei den Jugendlichen natürlich nicht. Bis er es von seiner Schlafstätte aus in den Rollstuhl geschafft hatte, dauerte es eine ganze Weile, blau noch länger als morgens, wenn er einigermaßen klar war. Aber selbst, wenn ihm das Kunststück gelang, was sollte er dann tun? Sollte er etwa zu ein paar angetrunkenen Halbstarken rüberrollen und sie bitten, etwas leiser zu sein? Er? Ein einbeiniger Krüppel, der fast blind war? Wie oft waren in den letzten Jahren Obdachlose von Jugendlichen wegen einer harmloseren Sache halb totgeschlagen worden? Nein, er war liegen geblieben und hatte versucht, nicht aufzufallen.

Harry parkte seinen Rollstuhl vor dem Schnellrestaurant. Das war eine der besten Ecken in der ganzen Stadt. Der Laden war praktisch immer voll, und Harry wusste aus langjähriger Erfahrung, dass man hier mehr schnorren konnte als vor einer edlen Boutique oder einem Juwelier. Dort wurde man von den Ladenbesitzern häufig vertrieben, denn die wohlhabende Kundschaft war von seinem Anblick nicht selten angeekelt und wendete sich mit gerümpfter Nase ab. Da hatte der normale Fast-Food-Esser deutlich weniger Berührungsängste. Außerdem bekam Harry jeden Mittag einen Burger oder eine Portion Pommes von den Mitarbeitern rausgebracht. Nein, hier stand er gut.

Harry kramte die kleine Plastikschüssel hervor und stellte sie vor sich auf den Boden. Dann legte er zwei Zehncentstücke hinein, denn auch das hatten die letzten Jahre auf der Straße gezeigt: Wenn sich bereits ein paar Münzen in der kleinen Schüssel befanden, legten die Leute eher etwas dazu, als wenn sie leer war.

Harry setzte sich so hin, dass man seinen Beinstumpf und die vielen Narben am Oberschenkel gut sehen konnte. Dann krempelte er den rechten Ärmel hoch, damit auch die fehlenden Finger und die Narben am Unterarm zur Geltung kamen. Für irgendetwas musste die ganze Sache schließlich gut sein.

Nachdenklich betrachtete er seine verstümmelte Hand. Dass er früher einmal der beste Einbrecher im ganzen Taunus gewesen war, würde ihm heute auch keiner mehr glauben. Jede Tür hatte er aufgekriegt, wirklich jede. Und meistens hatte er dafür nicht mehr als ein Taschenmesser oder auch nur eine Büroklammer gebraucht. Als er noch nicht völlig dem Suff verfallen war, hatte er zwei Brüche pro Woche gemacht und damit ein gutes Auskommen verdient. In der Regel hatte er nicht länger als eine Minute gebraucht, bis er eine Tür aufgeschlossen hatte und in die fremde Wohnung eingedrungen war. Ein paarmal hatten ihn die Bullen dabei erwischt, er hatte auch eingesessen, aber nur für ein paar Wochen. Und er hatte nie jemandem etwas getan, das war ihm immer wichtig gewesen. Klauen ja, körperliche Gewalt nein – das war ihm zuwider. Wenn er doch nur noch ein Mal …

Vergiss es!, dachte Harry. Die Zeiten waren vorbei. Selbst wenn er mit seiner verstümmelten Hand noch eine Tür würde aufbrechen können, als Krüppel im Rollstuhl konnte er einen richtigen Bruch natürlich vergessen.

Er war schon oft auf seine körperliche Verfassung angesprochen worden. Wahlweise erzählte er den Leuten, dass er in Afghanistan gekämpft habe oder Opfer eines schrecklichen Unfalls geworden sei, bei dem seine ganze Familie umgekommen war. Die Passanten waren dann irre betroffen und legten auch schon mal einen Zehner in die Schale.

Was wirklich passiert war, brachte er mit keinem Wort über die Lippen.

Harry kratzte sich an seinem Beinstumpf, der immer noch juckte. Sechs Jahre war es jetzt her. Manchmal kam es ihm vor, als wären es nur sechs Tage. Auch wenn er sich häufig daran erinnerte, war es zum Glück nicht so, dass er jede Nacht von Albträumen heimgesucht wurde. Sein bester Freund, der gute Strohrum, half ihm zuverlässig, nicht ständig daran zu denken. Außerdem wusste er ja, wie viel Glück er gehabt hatte. Das sagte er sich jeden Tag. Denn immerhin hatte er überlebt. Als Einziger.

Drei Menschen hatte dieser irre Killer abgemetzelt, und Harry hatte die Nummer vier sein sollen. Schon damals war sein Leben aus den Fugen geraten, er war obdachlos gewesen und hatte viel zu viel getrunken. Aber es war alles nicht so schlimm wie heute. Er war gerade aus dem Knast entlassen worden, hatte einen Betreuer gehabt, der sich um ihn gekümmert, ihm sogar einen Therapieplatz besorgt hatte. Resozialisierung war das große Stichwort damals gewesen, alles sollte anders werden. Das Amt hatte ihm helfen wollen, aus seiner Situation herauszukommen. Es hatte ganz gut ausgesehen, er sollte eine kleine Wohnung kriegen, vom Amt bezahlt. Außerdem trocken werden und einen Job annehmen. Es war die letzte Chance, das hatte sein Bewährungshelfer immer wieder betont. Wenn er noch mal irgendwo einbrach, würden sie ihn für Jahre wegsperren. Harry wollte diese Chance unbedingt ergreifen, er hatte den festen Willen, sein Leben zu ändern.

Und dann passierte es.

Natürlich hatte Harry von den Morden gehört. Alle hatten davon gehört, die Zeitungen waren ja voll davon. Einen Jogger, eine Spaziergängerin, die ihren Hund ausführte, und einen Junkie hatte es erwischt. Nur der Hund hatte überlebt – ansonsten waren alle kaltblütig ermordet worden. Den Jogger hatte es in Idstein erwischt, die Spaziergängerin und den Junkie irgendwo in Frankfurt. Zuerst hatte man keinen Zusammenhang zwischen den Taten feststellen können, aber es hatte nicht lange gedauert, bis klar gewesen war, dass alle Opfer mit derselben Waffe ermordet worden waren: mit einer Machete.

Harry hatte die Sache nicht weiter beunruhigt. Frankfurt war für ihn weit weg, und dass es in dieser Metropole von Zeit zu Zeit zu Morden kam, war nicht ungewöhnlich. Gut, Idstein war ein Kaff, ähnlich wie Limburg, aber was hatte das schon zu sagen? Nein, an diesem Wintertag vor sechs Jahren dachte Harry nicht an die Morde, die gut siebzig Kilometer entfernt passiert waren. Er hatte damals andere Sorgen. Es war kalt an diesem Abend, schweinekalt. Es hatte zu schneien begonnen, und Harry musste unbedingt eine überdachte Unterkunft finden. In drei Tagen konnte er endlich in seine kleine Wohnung einziehen, und bis dahin sollte er in einer Obdachlosenunterkunft wohnen, wozu er natürlich nicht die geringste Lust hatte.

Damals hatte er noch beide Beine und schlich durch den Park, um sich nach einem geeigneten Schlafplatz umzuschauen. Er ging auf den angrenzenden Friedhof, auf dem es auch ein Toilettenhäuschen gab, das manchmal nicht abgeschlossen wurde. Dort drin war eine Heizung, die man voll aufdrehen konnte. Ein idealer Platz in so einer kalten Nacht.

Die dunklen Wege auf dem Friedhof wurden von keiner Laterne beleuchtet, allein der Mond erhellte die düstere Umgebung und wurde vom weißen Schnee auf dem Boden reflektiert. Plötzlich hörte er das knirschende Geräusch, das entsteht, wenn jemand über Schnee läuft.

Und dann die Stimme – *ihre* Stimme.

Harry glaubte auch heute noch, dass es eine Frau gewesen war, die er damals getroffen hatte, auch wenn ihm das später niemand hatte abnehmen wollen. Die Polizei hatte es für völlig unmöglich gehalten, dass eine Frau diese brutalen Taten begangen haben könnte. Ein Bein mit einer Machete abzuhacken, dafür bedurfte es ziemlich viel Kraft. Erst recht, jemanden in der Mitte in zwei Teile zu zerschneiden, wie es dem armen Junkie passiert war.

»Warte«, hatte die Stimme gesagt. Sie hatte rau und dunkel geklungen, aber dennoch weiblich. Oder?

Scheiße, wenn Harry heute darüber nachdachte, war er sich selbst nicht mehr sonderlich sicher. Frauen, die enorm viel rauchten, bekamen manchmal so tiefe Stimmen. Aber natürlich gab es auch Männer, die so klingen konnten. Verfickte Sauferei, dachte Harry. Sein Hirn wurde langsam löchrig.

Jedenfalls war er stehen geblieben, hatte sich umgedreht und gesehen, wie die Person, ob nun Frau oder Mann, auf ihn zugekommen war. Sie hatte einen dunklen Overall getragen, die Haare unter einer schwarzen Mütze verborgen.

»Was'n los?«, hatte Harry lallend hervorgebracht und im nächsten Moment einen Blitz auf sich niederfahren sehen. Damals hatte er nicht kapiert, woher der Blitz gekommen war, heute wusste er, dass es die glänzende Klinge gewesen war, die das Mondlicht reflektiert hatte.

Reflexhaft hatte er den Arm hochgerissen. Im selben Moment hatte er drei Finger seiner linken Hand verloren. Nur Zeigefinger und Daumen waren ihm geblieben. Der nächste Hieb hatte ihn am Bauch getroffen, dann an den Beinen, und Harry war in den Schnee gesackt. Es war ein Wunder, dass er überlebt hatte. Vermutlich war es der verdammten Kälte der damaligen Zeit zuzuschreiben, dass er nicht krepiert war. Er hatte enorm viel Blut verloren, aber die eisigen Temperaturen hatten seinen Körper praktisch auf Sparflamme runtergefahren, sodass er den dramatischen Blutverlust auf wundersame Weise überlebte. Die Polizei vermutete später, dass der Täter gestört worden war, wahrscheinlich von dem Mann, der Harry später gefunden hatte: der Friedhofswärter, der das Toilettenhäuschen hatte abschließen wollen.

Harrys rechtes Bein war nicht mehr zu retten gewesen, genauso wenig wie die drei Finger der linken Hand und der Daumen der rechten. Außerdem hatte ein Machetenhieb seine linke Niere zerteilt. Von der hatte er sich genauso verabschieden müssen wie von seinem linken Auge. »Nur Ihre riesige Fettleber wurde verschont«, hatte der Arzt kopfschüttelnd gesagt, als Harry gut vier Wochen nach dem Überfall im Krankenhaus wieder aufgewacht war.

Seitdem plagte ihn die Frage nach dem Warum. Warum war er das Opfer eines solchen Verbrechens geworden? War er ein Zufallsopfer gewesen? Oder gezielt ausgesucht worden? Warum hatte er überlebt? Diese Fragen quälten ihn seit sechs Jahren Tag und Nacht, und er würde alles dafür tun, endlich eine Antwort zu bekommen.

Da der Friedhofswärter niemanden gesehen hatte, war Harry der einzige Zeuge. Und es war kein Geheimnis, dass die Bullen große Probleme gehabt hatten, ihm zu glauben. Er konnte es ihnen nicht verübeln, bis heute nicht. Wie glaubwürdig war schon die Aussage eines vorbestraften Alkis, der wochenlang im Koma gelegen hatte?

Drei Monate später war Harry aus dem Krankenhaus entlassen worden. Er war trocken, und das Amt hatte ihm eine kleine Wohnung besorgt, aber an Arbeit war nicht zu denken. Frust, Angst, ein unverarbeitetes Trauma oder einfach nur Bock aufs Saufen waren daran schuld, dass sein erster Weg in den Supermarkt führte, wo er sich drei Flaschen Strohrum kaufte. Es verstand sich von selbst, dass es nicht lange dauerte, bis er seine Wohnung wieder los war und erneut auf der Straße lebte. Seine Sauferei wurde von da an mit jedem Tag schlimmer.

Denk doch nicht mehr über die alte Scheiße nach, ermahnte sich Harry und nahm einen weiteren Schluck aus seiner Bierflasche. Ein Bier am Morgen war für ihn das, was für andere die erste Tasse Kaffee war. Er brauchte es, um wach zu werden.

Langsam füllte sich die Fußgängerzone und damit auch die kleine Plastikschale vor seinem Rollstuhl. Am frühen Nachmittag hatte er schon über fünfzig Euro eingenommen, und was zu essen hatte er auch geschenkt bekommen. Das war der einzige Vorteil, den er seit dem Überfall genoss: Er sah so mitleiderregend aus, dass die Leute ihm wesentlich mehr Geld gaben als den anderen Schnorrern.

Im Laufe des Vormittags war er längst wieder auf Rum umgestiegen und hatte inzwischen einen ordentlichen Pegel. Er musste pinkeln.

Als er sich gerade nach vorne beugte, um das kleine Plastikschälchen aufzuheben und das Geld einzusammeln, fiel erneut eine Münze in die Schale. »Aber nicht gleich alles versaufen«, sagte eine Stimme. Dann entfernte sich die Person.

Harry erstarrte, unfähig, sich auch nur einen Zentimeter zu bewegen. Das Herz schlug ihm bis zum Hals, sein Puls raste, und er bemerkte, dass ihm die Pisse in den Sitz lief.

Diese Stimme ... Scheiße! Sie versetzte seinen Körper in eine Art Schockstarre. Sie löste Panik in ihm aus und weckte Bilder in ihm, die er längst verdrängt zu haben glaubte. Aber selbst Hunderte von Litern Alkohol, die er in den letzten Jahren in sich hineingeschüttet hatte, hatten es nicht geschafft, die Erinnerung an diese Stimme auszulöschen. Alles war schlagartig wieder so präsent, als hätte man einen Knopf in seinem Gehirn gedrückt, der alle Bilder von damals wieder auf den Schirm zurückholte.

Er war sich hundertprozentig sicher. Es war dieselbe Stimme. Tief, rauchig, kratzig – und eindeutig weiblich.

Sie war zurück.

5

Am letzten Schultag war das Wetter herrlich. Strahlend blauer Himmel und Sonnenschein läuteten die Sommerferien ein. Die ganze Schule war im Ausnahmezustand, überall herrschte Festtagsstimmung.

Direktor Cordes ging mit einem breiten Lächeln an Peer vorbei und klopfte ihm zum Abschied auf die Schulter. »Sechs Wochen Australien – ich kann Ihnen gar nicht sagen, wie sehr ich mich freue, Herr Henke.«

»Ach ja, Sie haben Verwandtschaft da, oder?«

Der Direktor nickte. »Mein Bruder lebt dort mit seiner Familie. Sonst könnte ich mir so einen Urlaub vermutlich gar nicht leisten. Wir sehen uns in sechs Wochen. Machen Sie es gut!«

Peer sah ihm grinsend hinterher. So gut gelaunt hatte er Cordes noch nie erlebt. Schüler und Lehrer schienen sich in gleichem Maße zu freuen, dass das Schuljahr zu Ende war, und auch Peer war guter Dinge. Er hatte sich fest vorgenommen, alle Zweifel beiseitezuschieben und sein Problem mit Optimismus und Zuversicht anzugehen. Er winkte einem Schüler zu und setzte sich in seinen roten Citroën. In einer Stunde hatte er den Termin.

Nach seinem letzten schrecklichen Albtraum war die Woche zum Glück ruhig verlaufen. Peer hatte diverse Vorsichtsmaßnahmen getroffen, um nicht wieder schlafwandlerisch durchs Haus zu pilgern. Er schloss sich jetzt grundsätzlich in seinem Schlafzimmer ein. Außerdem hatte er sich ein Babyphon besorgt, das piepsend Alarm schlug, sobald er im Schlaf zu laut wurde. So ausgerüstet hatte er die Woche ohne größere Zwischenfälle überstanden. Besser schlafen konnte er deshalb allerdings noch lange nicht, da er nun bis zu fünfmal in der Nacht hochschreckte, weil das Babyphon ihn weckte. Aber wenigstens hatte er die anderen Hausbewohner nicht gestört.

Das Institut befand sich vor den Toren Limburgs, malerisch auf einem Hügel gelegen. Über eine kurvige Straße ging es durch den Wald, bis dieser sich lichtete und Peer den modernen Glasbau vor sich sah. Er stellte den Wagen auf den gut gefüllten Parkplatz und betrat den Eingangsbereich des Instituts. In der lichtdurchfluteten Halle roch es angenehm nach Lavendel. Leise Entspannungsmusik lief im Hintergrund, die von dem Plätschern eines kleinen künstlichen Wasserfalls, der an der rechten Seite des Raumes angebracht war, untermalt wurde. Alles strahlte Wohlbehagen und Ruhe aus.

Hinter einem weiß lackierten Tresen saß eine blonde Schönheit, die in Peers Augen auch ein Supermodel hätte sein können. Die hellblonden langen Haare hatte sie zu einem strengen Zopf gebunden, ihr schlanker Körper steckte in einem weißen Hosenanzug, der wie eine zweite Haut saß.

Du meine Güte, dachte Peer. Wenn in diesem Institut alle so aussahen, würde er hier niemals ein Auge zu machen können.

Mit einem strahlenden Lächeln, das ihre schneeweißen Zähne perfekt in Szene setzte, begrüßte sie ihn. »Wenn Sie uns diesen Bogen noch ausfüllen würden, Herr Henke?«, sagte sie und wies mit der Hand zur linken Fensterfront, wo weiße Ledersessel eine Sitzecke bildeten. »Professor Schmolls Mitarbeiterin wird Sie gleich abholen und mit nach oben nehmen.«

»Vielen Dank.«

Mit dem guten Gefühl, an der richtigen Adresse zu sein, ließ sich Peer in die weichen Möbel fallen. Ganze sechs Seiten umfasste der Anmeldebogen, den er ausfüllen musste, und Peer fand, dass das Institut eine ganze Menge von ihm wissen wollte. Nicht nur Adresse und Krankenkasse, sondern auch Vorerkrankungen, Größe, Gewicht, Familienstand, Beruf, Hobbys, Ess- und Trinkgewohnheiten und zig andere Sachen.

Gerade als er alles ausgefüllt hatte, stand plötzlich eine Frau vor ihm.

»Herr Henke? Ich bin Mia. Ich arbeite im Forschungsteam von Professor Schmoll. Wir hatten ja bereits miteinander telefoniert. Wenn Sie mir bitte folgen würden?«

Peer starrte sie an und brauchte einen Moment, um sich zu sammeln. Das wird ja immer besser, dachte er und musste sich Mühe geben, nicht zu sabbern.

»Gern«, sagte er stattdessen und stellte überrascht fest, wie tief und samtig seine Stimme auf einmal klang.

Dieser Professor Schmoll ist zu beneiden, ging es ihm durch den Kopf, als er Mia durch die gläsernen Flure folgte. Wer solche Mitarbeiterinnen hatte, hatte nicht den schlechtesten Job.

Mia war nicht so makellos schön wie die junge Frau am Empfang, dafür konnte man sie aber auch nicht mit den zahllosen austauschbaren Blondinen verwechseln, die Zeitschriften und Katalogseiten zierten. Ihre Nase war markant, nicht zu groß, aber leicht gebogen, wie er es von orientalischen Frauen kannte. Sie passte perfekt zu den hohen Wangenknochen und der olivfarbenen Haut. Ihre dunklen Augen waren etwas mandelförmig. In Kombination mit dem kastanienbraunen Haar, das sie locker hochgesteckt hatte, verliehen sie ihr einen leicht exotischen Look.

Peer staunte über sich selbst, wie stark ihm jedes Detail in Mias Gesicht auffiel. Normalerweise war es nicht seine Art, Frauen so zu scannen – aber in ihrem Fall konnte er nicht anders. Sie war einfach … wunderschön.

»Hatten Sie eine gute Anreise?« Mia drehte sich zu ihm um und lächelte. »Eigentlich sind wir ja ganz gut zu finden.«

Peer räusperte sich. »Ja.«

Im selben Moment wollte er sich mit der flachen Hand gegen die Stirn schlagen, und er fluchte innerlich: Ja?! Geht's auch etwas ausführlicher? Jetzt sag doch noch was, Mann! Irgendwas Brillantes, irgendwas Lustiges!

Aber ihm fiel nichts ein. Wie immer.

Mia öffnete die Tür zu einem großen Büro. Auch hier war alles in Weiß gehalten, Glas und kühler Stahl dominierten den Rest der Einrichtung. Hinter einem großen weißen Schreibtisch, der eine konvexe Krümmung aufwies, saß ein Mann, den Peer auf vielleicht Mitte fünfzig schätzte. Die Haare waren grau meliert, und die vielen Lachfalten um seine Augen ließen ihn sympathisch wirken. Sportlich und drahtig sah er aus, wie jemand, der auf seine Gesundheit achtete.

»Das ist Peer Henke«, stellte Mia ihn vor.

Nach ein paar freundlich ausgetauschten Höflichkeiten fand sich Peer bereits nach wenigen Minuten in einem Anamnesegespräch wieder, an dem zu seiner Freude auch Mia teilnahm, die sich Notizen machte.

»Wissen Sie noch, seit wann Sie von diesen heftigen Albträumen geplagt werden?«, fragte Professor Schmoll, nachdem Peer ihm erzählt hatte, dass er praktisch jede Nacht aus dem Schlaf hochschrecke.

Peer zögerte. Der Mann war Arzt, eine Koryphäe auf seinem Gebiet. Es gab keinen Grund, ihm etwas zu verschweigen.

»Ja, ich weiß es ziemlich genau«, sagte er dann. »Mit der Pubertät fing es an. Richtig schlimm wurde es, als mein Vater starb. Da war ich vierzehn. Von da an kamen die Albträume regelmäßig.«

»Der frühe Verlust eines Elternteils hat häufig traumatische Auswirkungen. Woran ist Ihr Vater gestorben?«

»Er ...«

Peer konnte nicht weitersprechen. Er sah die Bilder vor sich, als säße er im Kino. Immer wenn er von damals erzählen wollte, kamen die Bilder wieder. Wie er in seinem Kinderzimmer saß und das Knacken der Flammen hörte. Wie er durch die Ritze der geschlossenen Zimmertür sah, dass das Feuer längst im Flur tobte und nun auch zu ihm wollte. Wie immer mehr Rauch in den Raum drang und ihm das Atmen erschwerte. Und wie er gelähmt in der Ecke kauerte, paralysiert von einem Gefühl, dass er bis dahin nicht gekannt hatte: Todesangst. Dann die Schreie seiner Mutter, die Sirenen der Feuerwehr, plötzlich ein Mann mit Atemschutzmaske, der von außen das Fenster einschlug und ihn packte, rausholte aus der Flammenhölle, im letzten Moment. Peer war noch auf der Drehleiter, als der Fußboden seines Kinderzimmers nachgab und in die Tiefe rauschte.

»Herr Henke?« Professor Schmoll sah ihn stirnrunzelnd an. »Alles in Ordnung?«

Peer bemerkte, dass sich Schweiß auf seiner Stirn gebildet hatte. »Sorry …« Er räusperte sich noch einmal und versuchte sich zusammenzureißen. »Mein Vater war schwer krank«, antwortete er endlich und spürte, dass seine Stimme jeden Moment wegzubrechen drohte. »Er litt an einer schweren Form von Schizophrenie.«

Mia sah von ihrem Block auf und blickte ihn mitfühlend an.

»Verstehe«, sagte Professor Schmoll. »Ein Suizid?«

Peer nickte. »Er hat unser Haus angesteckt«, fügte er leise hinzu. »Meine Mutter starb zwei Jahre später an den Folgen der schweren Verbrennungen, die sie dabei erlitten hat. Besonders ihre Lunge hat einiges mitbekommen.« Er atmete hörbar aus und sah Professor Schmoll fest an. »Ich weiß natürlich, dass mich das alles traumatisiert hat, aber ich habe schon mit mehr als einem Psychologen darüber gesprochen, und Sie können mir glauben, dass ich die Sache, so gut es nur geht, verarbeitet habe.«

Professor Schmoll nickte verstehend. »Sie haben Angst, dass wir Ihr Trauma für Ihre Schlafprobleme verantwortlich machen und Sie zum nächsten Psychotherapeuten schicken, richtig?«

»Ja. Ich weiß, das ist natürlich naheliegend, aber …«

Der Professor schüttelte den Kopf. »Nein, das ist viel zu einfach. Selbstverständlich leiden Menschen wie Sie häufig unter Albträumen, aber deshalb laufen sie noch lange nicht durchs Haus und brüllen die Nachtbarschaft zusammen. Das Schlafwandlerische, das Sie beschreiben, deutet eher auf eine Störung der REM-Phase hin.«

Auch wenn Peer schon einiges über die REM-Phase gehört hatte, fragte er vorsichtshalber nach, was das genau bedeutete.

»Unser Schlaf durchläuft verschiedene Phasen. Während des REM-Schlafs haben wir die meisten und die intensivsten Träume, deshalb wird dieses Schlafstadium auch als Traumphase bezeichnet«, erklärte Professor Schmoll. »Die Augenbewegungen sind dann besonders stark, daher auch der Name REM, die Abkürzung für Rapid Eye Movement. Der Schlafende träumt in dieser Phase also sehr intensiv, gleichzeitig ist jedoch der Muskeltonus stark herabgesetzt. Dieser Vorgang wird von unserem Gehirn aktiv gesteuert, dieser Mechanismus ist von zentraler Bedeutung. Ohne den herabgesetzten Muskeltonus würde der Schläfer alle geträumten Bewegungen tatsächlich ausführen, was bei einer krankhaften Störung der REM-Phase auch der Fall ist.«

»Hört sich an, als wenn so etwas häufiger vorkommt.«

»Ja, in der Tat. Sie glauben gar nicht, wie viele Vergewaltiger ich hier schon sitzen hatte.« Professor Schmoll lachte auf.

»Wie bitte?«, fragte Peer ungläubig, und der Professor erklärte ihm, dass Sexträume besonders häufig in der REM-Phase vorkamen.

»Und dann passiert es schon mal, dass der Mann mitten in der Nacht über seine schlafende Frau herfällt. Häufig dauert es übrigens eine ganze Weile, bis die Betroffenen sich bei uns melden, denn sie können sich ja am nächsten Tag an nichts mehr erinnern. Der arme Mann hat also keine Ahnung, was er in der Nacht so treibt. Und ob Sie es glauben oder nicht, aber ich hatte schon einige Ehefrauen hier, die ihren Männern erst nach Jahren etwas von den nächtlichen Attacken gesagt haben. Die haben lange geschwiegen, weil sie dachten, dass sie durch die nächtlichen Übergriffe ihre ehelichen Pflichten abgearbeitet hätten. Lachen Sie nicht, das gibt es wirklich.«

Aber Peer war überhaupt nicht zum Lachen zumute. »Mein Gott«, sagte er erschrocken.

Es lag nur wenige Tage zurück, dass er mitten in der Nacht bis auf den Dachboden gelaufen war. War er da womöglich eine Gefahr für seine Nachbarn gewesen? Was hätte alles passieren können, wenn nicht Philipp ihn auf dem Speicher geweckt hätte, sondern dessen Frau oder eine andere Nachbarin?

»Als Jugendlicher habe ich einige Kampfsportarten beherrscht. In erster Linie Karate und Kickboxen. Halten Sie es für möglich, dass ich im Schlaf … also … ich meine, dass von mir eine Gefahr ausgehen könnte?«

»Trainieren Sie diese Kampfarten noch?«

»Nein. Das liegt schon Jahre zurück.«

»Dann halte ich es für unwahrscheinlich. Ausschließen kann ich es aber nicht. Den extremsten Fall, den wir aus der Forschung kennen, hat es vor einigen Jahren in den USA gegeben. Dort hat sich ein Mann ins Auto gesetzt, ist zwanzig Kilometer zu seinen Schwiegereltern gefahren und hat sie erschossen. Dann ist er zurückgefahren und hat sich wieder ins Bett gelegt.«

Mia warf dem Professor einen kritischen Blick zu. Offensichtlich empfand sie es als taktlos, dass er Peer einen so krassen Fall schilderte, obwohl dieser doch ziemlich verunsichert war – und das auch nicht verbarg.

Professor Schmoll zuckte gleichgültig mit den Schultern. »Der Mann konnte für seine Tat übrigens nicht belangt werden. Zwar wurde er auf Videoaufnahmen eindeutig als Täter identifiziert, aber da er wegen seiner Schlafstörungen schon in Behandlung war, galt er zum Zeitpunkt der Tat als unzurechnungsfähig.«

Aber das beruhigte Peer nicht im Geringsten. »Das heißt, ich könnte eine Gefahr für andere sein?«, fragte er leise.

»Machen Sie sich keine Sorgen! Das waren nur ein paar extreme Beispiele«, warf Mia mit einem tadelnden Seitenblick auf ihren Vorgesetzten ein.

»Außerdem sind Sie ja jetzt hier«, ergänzte Professor Schmoll. »Nein, die Beispiele sind wirklich Extremfälle. Die meisten Patienten mit einer schweren Störung der REM-Phase stellen vor allen Dingen eine Gefahr für sich selbst dar. Nicht wenige träumen, dass sie fliegen können und stürzen sich vom Dach. So etwas kommt weitaus häufiger vor, als dass Dritte verletzt werden.«

»Früher«, sagte Peer nachdenklich, »habe ich es manchmal geschafft, meine Träume zu steuern.«

»Interessant. Erzählen Sie weiter.«

»Meine Träume handeln meist davon, dass ich sterbe. Hat wahrscheinlich mit dem zu tun, was ich als Jugendlicher erlebt habe. Ich habe zum Beispiel öfter diesen Traum, dass ich in einer bis zum Rand gefüllten Badewanne liege, auf die jemand eine Glasplatte geschraubt hat. Ich komme nicht mehr raus und drohe zu ertrinken, aber dann schaffe ich es, mir im Traum zu sagen: ›Du träumst nur, Peer! Du liegst in einer Badewanne, und jede verdammte Wanne hat einen Abfluss. Also zieh den Stöpsel raus.‹ Das mache ich dann in meinem Traum, und das Wasser läuft ab. Die Todesangst verschwindet auch, und ich kann weiterschlafen.«

»Das ist eine außerordentliche Eigenschaft«, sagte Professor Schmoll mit kaum verhohlener Ehrfurcht. »Das können nicht viele Menschen.«

»Tja. In letzter Zeit gelingt es mir nicht mehr so häufig«, gestand Peer. »Es ist, als hätte ich diese Fähigkeit verloren.«

»Verstehe.« Der Professor beugte sich nach vorne und sah Peer direkt an. »Was Sie da haben, nennt man luzide Träume oder auch Klarträume. Die sind gar nicht mal so selten. Der Träumende ist sich bewusst, dass er träumt, und kann die Handlung steuern. In diesem Zusammenhang gibt es übrigens auch das, was wir falsches Erwachen nennen. Das kennen Sie sicherlich. Die meisten von uns haben das als Kind erlebt.«

»Einer der Klassiker, wenn ein Kind ins Bett macht«, sagte Mia. »Das Kind träumt, dass es zur Toilette muss, aufwacht und ins Bad geht, sich aufs Klo setzt und Wasser lässt – tatsächlich liegt es aber noch im Bett und schläft.«

Jetzt musste Peer doch lächeln. »Ja, das hat vermutlich jeder schon mal erlebt.«

»Ganz genau. Aber dass jemand seine Träume so steuern kann, dass sich die Gefühlsebene für ihn ändert, das ist eher selten. Und für uns natürlich besonders interessant.«

»Wie gesagt, ich kann es leider nicht mehr …«

Aber Professor Schmoll ließ diesen Einwand nicht gelten. Er war überzeugt, wenn jemand einmal diese Fähigkeit besessen hätte, dann könne er sie auch wiedererlangen. Doch zuerst einmal war es notwendig, Peers Schlafphasen genau zu untersuchen. Aufgrund der offensichtlich starken Störung der REM-Phase schlug Schmoll ihm eine Intensivtherapie vor.

»Es wäre ideal, wenn Sie ein paar Tage hier bei uns schlafen könnten. Eine Woche am Stück wäre gut, vielleicht auch zwei. Sie kommen immer erst abends, gegen neun oder zehn Uhr, und können am nächsten Morgen wieder gehen. Nach einer Woche dürften wir Ihren Schlaf bis auf die Zehntelsekunde analysiert haben. Je nachdem, wie die Therapie anschlägt, reicht es aus, wenn Sie danach maximal zweimal die Woche bei uns übernachten. Ich bin mir sicher, dass Sie in ein paar Monaten wie ein Baby schlafen werden. Wenn Sie wollen, können wir sofort loslegen.«

Das klang verlockend, und Peer hätte um ein Haar sofort Ja gesagt. »Das wäre schön. Aber ich befürchte, ich brauche erst mal einen Heil- und Kostenplan für die Krankenkasse. Es sei denn …« Er verstummte.

»Sie sind Kassenpatient?«

Bildete er es sich ein, oder klang Professor Schmolls Stimme plötzlich distanzierter? Peer nickte. Da er nicht verbeamtet war, sondern an seiner Schule nur angestellt, konnte er sich eine private Krankenversicherung nicht leisten.

»Tja, erfahrungsgemäß zahlen die gesetzlichen Kassen keine Intensivtherapie«, sagte Professor Schmoll. »Eine Übernachtung im Schlaflabor, ja, das machen die schon mal, aber ob wir damit bei Ihnen hinkommen, bezweifle ich.« Er zögerte. »Sie haben sicherlich von unserer Studie gelesen?«

Peer nickte. »Ja. Ich habe die Anzeige gesehen, war mir aber nicht sicher, ob ich wegen meiner Vorgeschichte als Teilnehmer überhaupt infrage komme.«

»Ihr Trauma hat nichts damit zu tun. Wir müssten natürlich diverse Tests mit Ihnen durchführen und könnten erst nach der ersten Nacht sagen, ob Sie für die Studie geeignet sind … Mia?«

Sie nickte nur, schien zu verstehen, was ihr Chef von ihr wollte. Sie stand auf, ging zu seinem Schreibtisch und tippte auf der Computertastatur herum.

»Falls Sie Bedenken haben, an einer medizinischen Studie teilzunehmen, könnten Sie die Kosten natürlich auch privat tragen«, fuhr Professor Schmoll ungerührt fort.

»Das kann ich finanziell leider nicht stemmen«, sagte Peer.

Nein, das konnte er wirklich nicht. Damals, als sein Vater das Haus niedergebrannt hatte, hatten sie alles verloren. Die Versicherung hatte sich geweigert, für den Schaden aufzukommen, da es eindeutig vorsätzliche Brandstiftung gewesen war. Die psychische Erkrankung seines Vaters war diesen Versicherungstypen komplett egal gewesen, vielmehr hatten sie die Aussage seines Psychologen für nicht gewichtig genug gehalten. Peers Mutter hatte danach nicht nur vor den Trümmern ihrer Existenz gestanden, sondern hatte aufgrund der schweren Verletzungen, die sie durch den Brand davongetragen hatte, auch nicht mehr arbeiten können. Die letzten zwei Jahre ihres Lebens hatte sie mit Peer in einer schäbigen dreißig Quadratmeter kleinen Wohnung gehaust. Als auch sie gestorben war, war ihm nichts anderes übrig geblieben, als das Erbe seiner Eltern auszuschlagen, da er sonst nur Schulden geerbt hätte. Mühsam, dank BAföG und mit vielen kleinen Nebenjobs, hatte er sich danach durch sein Studium gehangelt und war heute froh, dass er sich eine Wohnung mit schönen Möbeln überhaupt leisten konnte. Auf der hohen Kante hatte er aber nichts.

»Am Montag wäre noch ein Platz frei«, sagte Mia in diesem Moment. Sie tippte weiter auf der Tastatur.

»Was ist das überhaupt für eine Studie? Was wird da mit mir gemacht?«

»Im Prinzip wird nichts mit Ihnen gemacht«, sagte Professor Schmoll und erklärte Peer, dass es in erster Linie um die Auswertung seiner Gehirnströme gehe, die man, natürlich anonymisiert, für die Studie auswerten würde. Das Ziel sei die Entwicklung eines neuartigen Medikaments gegen Alzheimer.

»Es ist ein völlig neuer Ansatz, der auf der Überlegung basiert, dass das Gehirn von Menschen mit gestörten REM-Phasen Ähnlichkeiten mit dem von stark halluzinierenden Alzheimerpatienten aufweist. Für Sie hat das Ganze keinerlei Nachteile. Im Gegenteil, die Kosten für Ihre Behandlung würden wir über die Studie laufen lassen, und die Therapie verläuft exakt so, wie sie sonst auch verlaufen würde. Was meinen Sie?«

Professor Schmoll sah ihn erwartungsvoll an. Aber Peer war noch nicht überzeugt.

»In der Anzeige stand, dass Sie die Studie im Auftrag eines amerikanischen Forschungsinstituts durchführen. Warum beauftragen die Amerikaner dafür ein deutsches Schlaflabor?«

Professor Schmoll wirkte jetzt fast beleidigt. »Nun, wir gehören zu den besten Einrichtungen der Welt. Aber wir sind kein Pharmaunternehmen. Wir arbeiten bei verschiedenen Projekten mit der Pharmaindustrie lediglich zusammen.«

»Trotzdem verstehe ich nicht, warum ein amerikanisches Unternehmen ein deutsches Schlaflabor beauftragt.«

»Die Erforschung von Alzheimer steht noch ganz am Anfang. Viele verschiedene Faktoren müssen hierbei berücksichtigt werden. Bei Alzheimerpatienten findet zum Beispiel eine starke Ablagerung von Eiweiß im Gehirn statt. Deshalb beschäftigt sich die Studie unter anderem damit, welchen Einfluss die Ernährung und andere Umwelteinflüsse auf die Gehirnaktivitäten und die Eiweißeinlagerungen haben.«

»Und aus diesem Grund wird weltweit nach Studienteilnehmern gesucht«, fügte Mia ergänzend hinzu. »Weil diese Einflüsse von Land zu Land und Kultur zu Kultur unterschiedlich sind.«

Das war einleuchtend. »Muss ich dafür irgendwelche Medikamente einnehmen?«

»Nein, natürlich nicht. Es geht nur um Ihre Gehirnströme«, sagte der Professor.

»Sie können sich das Ganze noch mal in Ruhe durch den Kopf gehen lassen«, sagte Mia und blickte wieder auf den Bildschirm. »Wobei … Heute Nachmittag kommt noch ein Patient, der eventuell für das Programm geeignet ist. Und wir haben leider nur noch einen Platz frei.«

Was gab es da zu überlegen? Peer fühlte sich geradezu erleichtert. Er hatte den Eindruck, zum ersten Mal eine echte Win-win-Situation zu erleben. Man würde ihn von seinen Albträumen befreien, und ihn würde es keinen Cent kosten. Womöglich konnte er sogar dazu beitragen, dass eine der größten Geißeln der Menschheit erforscht wurde.

»Okay. Ich mach's. Wann soll ich Montag hier sein?«, fragte er kurzerhand.

»Das wird Mia mit Ihnen besprechen.« Professor Schmoll stand auf und schüttelte Peer die Hand. »Willkommen im Team«, sagte er und lächelte.

6

Sandy zog die Lippen nach und kontrollierte noch mal ihr Make-up in dem kleinen Taschenspiegel. Dass sie erst einundzwanzig war, konnte sie bei dem Anblick selbst kaum glauben. Ihre Haut war unrein, die dunklen Augenringe ließen sich kaum noch überschminken, und um ihren Mund hatte sie bereits tiefe Falten. Zweieinhalb Jahre auf dem Straßenstrich hatten deutliche Spuren in ihrem Gesicht hinterlassen.

Wenn die Alte mich so sehen würde, dachte Sandy und verwarf den Gedanken im nächsten Augenblick. Ihre Mutter hatte sie das letzte Mal mit fünfzehn gesehen, und so scheiße sie ihr eigenes Leben gerade auch fand, so war sie doch froh, dass sie der Frau nie wieder begegnen würde.

Sie rückte ihren großen Busen zurecht, stemmte eine Hand in die Hüfte, stellte das linke Bein leicht vor das rechte und lächelte jedes Auto an, das ihr entgegenkam. Der Straßenstrich am Autohof war eine gute Alternative zum Rotlichtbezirk rund um den Frankfurter Bahnhof. Sandy hatte die Arbeit dort gehasst, denn es wimmelte nur von brutalen Zuhältern, und die Konkurrenz aus Osteuropa war riesig. So billig wie die jungen Mädels aus Rumänien konnte sie gar nicht sein. Wollte sie auch nicht. Da gab es welche, die schon für zehn Euro einen Schwanz lutschten. Im Leben würde sie sich nicht für so wenig Geld verkaufen.

Der Autohof war dagegen nicht schlecht. Es war die größte Anlaufstelle für alle Lkw, die zum Frankfurter Flughafen oder zum Umschlagbahnhof mussten. Unzählige Fahrer machten hier Halt, übernachteten auf dem riesigen Parkplatz und nutzten die Duschmöglichkeiten und das Restaurant der großen Gaststätte. Für die Huren gab es hier in der Regel Tag und Nacht was zu tun, und die meisten Lkw-Fahrer waren ganz okay. Perverse Wünsche gab es nur selten, die meisten wollten das Standardprogramm. Nur mit der Hygiene hatten es die meisten nicht so, das war der einzige echte Nachteil. Denn die Trucker nutzten die Duschmöglichkeiten normalerweise erst nach dem Besuch bei den Frauen.

Ab und zu verirrten sich auch ein paar Autofahrer hierher, die meisten kamen aus Frankfurt oder Limburg und wollten es sich nicht auf dem örtlichen Strich besorgen lassen, vermutlich aus Angst, gesehen zu werden. Sie kamen selten, was schade war, da bei ihnen das Geld meistens etwas lockerer saß.

Ein Lkw fuhr an Sandy vorbei und hupte. Der Mann winkte ihr freundlich zu und rief aus dem Fenster: »Bis nächste Woche!« Dann düste er auf die Autobahn.

Sie winkte ihm hinterher. Hans war ein Stammkunde. Jede Woche fuhr er von Hamburg runter nach München und machte hier Station. Er kam immer nur zu ihr. Nur ein Mal, als sie krank gewesen war, war er zu Haya gegangen, einer Schwarzafrikanerin, die optisch das genaue Gegenteil von ihr war. Hinterher hatte er es bedauert und ihr versprochen, sich nie wieder von einer anderen bedienen zu lassen. Hans war ein netter Kerl, der leider immer fürchterlich nach Knoblauch stank.

Sandy strich sich die hellblond gefärbten Haare aus dem Gesicht und kontrollierte, wie viele Kondome sie in ihrer Tasche hatte. Noch fünf. Das würde für heute Abend reichen. Sechs hatte sie heute schon verbraucht, dreihundert Euro waren also bereits verdient. Das war gut, wobei die Geschäfte in so warmen Sommernächten manchmal noch besser liefen.

»Guten Abend.«

Ein Mercedes hatte neben ihr angehalten, groß, schwarz

und teuer. Unter der Umweltplakette an der Frontscheibe klebte ein Aufkleber, er sah aus wie eine Insel, Sandy konnte es nicht genau erkennen. Hinter dem Steuer saß ein gepflegt aussehender Mann. Mit einem verführerischen Lächeln auf den Lippen lehnte sie sich an das heruntergelassene Fenster.

»Hallo Süßer. Na, Lust auf Gesellschaft?«

»Kommt ganz drauf an.«

Sandy fuhr sich mit der Zunge über die Lippen, so wie sie es immer machte, bevor sie ihre Preise bekannt gab. »Verstehe. Dreißig Blasen, fünfzig Verkehr, und für siebzig bekommst du beides.«

»Aha.« Er zögerte, schien zu überlegen. »Wie lange machst du den Job schon?«

»Wieso? Willst du wissen, wie alt ich bin? Keine Sorge, ich bin volljährig.«

»Aber du siehst so jung aus … Wissen deine Eltern, was du hier machst?«

Na, der ist ja süß, dachte Sandy amüsiert. Kam zum Ficken vorbei, aber machte sich Sorgen, was ihre Alten dazu sagen könnten.

»Meinen Vater gibt es nicht, und zu meiner Mutter habe ich seit Jahren keinen Kontakt mehr«, sagte sie und guckte unschuldig. Vielleicht konnte sie den Preis in die Höhe treiben, wenn sie einen auf hilflos und verlassen machte. Das klappte manchmal ganz gut.

»Armes Ding.« Er sah sie mitleidig an. »Das tut mir leid. Gibt es denn niemanden, der auf dich aufpasst?«

Jetzt musste Sandy doch lachen. »Ich bin alt genug, Süßer. Ich weiß, was ich tue.«

»Natürlich. Aber arbeitest du allein oder hast du einen Zuhälter?«, fragte er.

Jetzt wurde Sandy misstrauisch. Warum wollte der Typ das alles wissen? Wollte er etwa ihr Zuhälter werden? Sie hatte so etwas schon häufiger erlebt, es war nicht selten, dass sich irgendwelche Zuhälter neue Mädchen zulegen wollten.

»Was soll die Fragerei? Willst du ficken oder nicht?« Sie musterte ihn skeptisch.

Ein entschuldigendes Lächeln erschien auf seinem Gesicht. »Tut mir leid. Versteh das bitte nicht falsch …« Das Unbehagen war ihm deutlich ansehen. »Weißt du, ich mach das zum ersten Mal, und ich hab einfach keine Lust, Ärger mit einem Zuhälter zu kriegen.«

Zum ersten Mal? Ja, klar! Meine Fresse, wie oft hatte sie das schon gehört? Warum mussten die Typen immer so tun, als wenn sie das noch nie gemacht hätten? Aber egal. Der Kerl hier schien nett zu sein. Und vor allen Dingen reich. Mit dem wollte sie es sich nicht verscherzen.

»Keine Sorge. Kein Freier kriegt mit irgendjemandem Ärger, solange er sich anständig benimmt.«

»Verstehe. Wo steht denn deiner?«

»Ich arbeite selbstständig. Beruhigt?«

Er lächelte und zwinkerte ihr freundlich zu. »Jetzt hältst du mich wahrscheinlich für einen Waschlappen, was?«

Sandy musste grinsen. Der Typ war ihr sympathisch. Nicht nur, dass er offensichtlich stinkend reich und sehr gepflegt war, er war auch noch süß. Von solchen Männern hatte sie nicht allzu viele in ihrem Leben gehabt. Mit dem könnte es sogar Spaß machen, dachte sie kurz.

»Wo … wo können wir denn hinfahren?«, fragte der nette Kerl zögerlich.

»Ich mache es immer hinten auf dem Parkplatz.«

»Aber sind da nicht überall Kameras?«

»Wieso? Bist du prominent oder so?«

Wieder lächelte der nette Typ entschuldigend. In Sandys Kopf wirbelten die Gedanken umher. War er ein Promi? Sollte sie ihn kennen? Aber wer konnte es sein? Ein

Schauspieler? Sänger? Politiker? Konnte sie daraus Profit schlagen?

»Jetzt mach dir mal nicht ins Hemd, Süßer. Nur bei der Tankstelle und der Gaststätte hängen Kameras. Aber hier, wo wir jetzt stehen, sieht uns keiner.« Sandy öffnete lächelnd einen weiteren Knopf ihrer viel zu engen Bluse. »Also, Süßer, was meinst du? Ich habe richtig Bock auf dich ...«

Er erwiderte ihr Lächeln. »Du bist wirklich wunderschön.« Er zögerte. »Aber hier auf dem Parkplatz? Ich weiß nicht. Würdest du mich ein Stück begleiten, wenn ich dir fünfzig Euro extra gebe?«

Der hatte die Kohle locker sitzen. Jackpot!, jubelte Sandy innerlich. Da war sicher noch mehr drin.

»Für einen Hunderter fahre ich mit dir überall hin«, lächelte sie und hoffte, es nicht übertrieben zu haben.

In diesem Moment legte sich eine Hand auf ihre Schulter.

»Hey! Ist alles in Ordnung, Sandy?«

Eva stand neben ihr. Fuck! Ausgerechnet. Sauer drehte sich Sandy um und schlug die Hand weg. »Verdammt, kümmere dich um deinen eigenen Scheiß!«, fauchte sie.

In der nächsten Sekunde fuhren die getönten Scheiben des Mercedes hoch, und der sympathische Typ drückte aufs Gas. Natürlich, war ja klar. Kein Freier hatte Bock auf Nuttenstreit.

»Hey, warte doch! Hey!«, rief Sandy ihm hinterher.

Doch da war er schon Richtung Autobahn verschwunden.

Angepisst drehte sie sich zu ihrer Freundin um. Eva hatte ihr das Geschäft versaut, so viel stand fest.

»Was soll die Scheiße? Ich war gerade dabei, einen richtig guten Deal zu machen, und da funkst du mir dazwischen!«

»Ey, sorry. Ich dachte, du hast Probleme. Was laberst du auch so lange mit dem Sack?«

»Ich hab verhandelt. Und du hast es mir versaut!«

»Jetzt reg dich doch nicht so auf. Ich denke, wir behalten uns gegenseitig ein bisschen im Auge, passen ein bisschen aufeinander auf? Das ist doch der Deal.«

Sandy funkelte ihre Freundin böse an. Ja, Eva war ihre beste Freundin auf dem Strich – aber eben auch nur hier. Sie fuhren nachmittags mit Evas klapprigem alten Golf auf den Autohof und abends zurück nach Frankfurt, halfen sich gegenseitig aus, wenn einer mal die Kondome ausgingen oder ein Freier Ärger machte, tranken gemeinsam einen Kaffee in der Raststätte und quatschten über dies und das, aber sie waren eben auch Konkurrentinnen.

»'tschuldige, ich wollte nur dein Bestes.« Eva machte ein beleidigtes Gesicht, aber Sandy durchschaute die Freundin.

Natürlich war sie nicht gekommen, weil sie sich Sorgen gemacht hatte. Eva hatte die dicke Karre gesehen und sich gedacht: Wieso soll Sandy den Geldfisch abschleppen, während ich weiter die stinkenden Trucker bedienen muss? Die hatte den schicken Kerl selbst klarmachen wollen, die dumme Kuh.

»Wenn der noch mal kommen sollte, hältst du dich zurück, hast du kapiert?«

Eva nickte. »Klar, Süße, ist doch logisch.«

7

Im Hintergrund dudelten die Hits der Achtziger aus dem Radio.

»Und was genau ist das für eine Studie? Musst du jetzt an Medikamentenexperimenten teilnehmen?«, fragte Philipp und hörte sich tatsächlich etwas erschrocken an.

Peer nahm einen Schluck von seinem Kaffee und konnte sich ein Grinsen nur schwer verkneifen. Er saß in Philipps Wohnzimmer, das so alternativ eingerichtet war, wie man es von einem Biochemiker wie ihm nur erwarten konnte. Helles Eichenholz dominierte den Wohnraum, der mit Zimmerpflanzen vollgestellt war. Überall standen Kisten und Körbe mit Babysachen herum. Für den kommenden Nachwuchs war bereits alles vorbereitet.

»Es ist nicht so, als würde die böse, böse Pharmaindustrie irgendwelche giftigen Präparate an mir ausprobieren«, meinte Peer spöttisch. »Die messen meine Gehirnströme und werten die Daten aus, das ist alles. Ich werde da jede Nacht komplett verkabelt, und die sammeln ohne Ende Daten von mir. Ist doch gut, wenn man damit nicht nur mir, sondern vielleicht auch anderen helfen kann.«

»Das stimmt allerdings. Alzheimer könnte eines Tages so verbreitet sein wie ein Schnupfen. Wäre schön, wenn sie was dagegen finden, bevor es uns erwischt.«

»Wohl wahr. Ich wollte dir jedenfalls Bescheid sagen, dass ich jetzt endlich was unternommen habe. Morgen Abend geht es los.«

»Nett, dass du deshalb vorbeikommst. Ich hätte dich wirklich ungern als Nachbarn verloren. Du weißt, dass ich dich schätze.«

Ja, das wusste Peer. Das Zusammenleben in dem Haus funktionierte sehr gut. Mit Philipp und seiner Frau Anni war er fast befreundet, und auch der alten Frau Hülsing trug er gern die Einkäufe hoch oder half ihr bei anderen Dingen, die ihr langsam zu beschwerlich wurden. Herr Wittig aus dem Erdgeschoss befand sich zwar permanent auf Reisen, aber wenn der rüstige Frührentner mal zu Hause war, plauderten sie oft im Flur, und in seiner Abwesenheit goss Peer Herrn Wittigs Pflanzen. In diesem Haus kümmerte man sich umeinander. Grade Peer hatte ein offenes Ohr für die Sorgen seiner Nachbarn. Ob es nun um das Enkelkind von Frau Hülsing ging, das eine Klasse wiederholen sollte, oder um Annis Schwangerschaftsbeschwerden, er hörte immer aufmerksam zu, so wie es eben seine Art war. Wenn die Albträume nicht wären, würde es keine Probleme geben. Aber es gab sie nun mal, und Peer wusste, dass sie eine Belastung für alle im Haus waren.

»Es wird sich was ändern, Philipp, davon bin ich überzeugt. Wenn alles gut läuft und ich für diese Studie infrage komme, werde ich demnächst für ein paar Nächte nicht da sein. Falls du dann nachts aus meiner Wohnung Schreie hören solltest, ruf besser die Bullen.«

»Alles klar, Mann. Ich will hoffen, dass das Ganze hilft. Am schlimmsten war es damals vor deiner zweiten Lehramtsprüfung. Gott, da hätte ich dich am liebsten einweisen lassen.«

Peer seufzte. Er erinnerte sich nur zu gut an die Zeit. Damals war er sehr angespannt gewesen. Das Referendariat war gut gelaufen, er hatte schon seit dem Studium gewusst, dass er ein guter Lehrer werden würde. Leidenschaftlich und mit einem Gespür für die Sorgen seiner Schüler. Aber Prüfungen waren noch nie seins gewesen. Lag es daran, weil seine Mutter damals immer gebetet hatte, sie wolle noch so lange leben, bis ihr Sohn das Abitur gemacht hatte? Leise hatte er sie früher murmeln hören, sie hatte Gott fast angefleht, er möge sie noch so lange auf der Erde lassen, bis Peer es geschafft hatte. Für ihn war die Vorstellung, dass er seiner Mutter den letzten Wunsch nicht erfüllen könnte, unerträglich gewesen. Nächtelang hatte er wach gelegen und sich ausgemalt, wie er an ihr Sterbebett treten und ihr beichten musste, dass er durchs Abi gefallen war.

Obwohl sie lange vor seinem Abitur verstorben war, waren die Prüfungen für ihn eine Tortur gewesen. Bei seiner Lehramtsprüfung war es nicht anders gewesen. Die Nervosität hatte ihn fertiggemacht, und die Albträume mit der einhergehenden Schlaflosigkeit hatten ihr Übriges getan. Er war völlig fahrig und zittrig in die Prüfung gegangen. Alle Augen waren auf ihn gerichtet gewesen, alle hatten ihn angestarrt. Jedenfalls war es ihm so vorgekommen – und er hasste es, so unter Beobachtung zu stehen. Er hatte sein ganzes Konzept schlagartig vergessen, hatte nicht mehr gewusst, was er sagen wollte, und nur dagestanden, während ihm der Schweiß den Rücken heruntergelaufen war. Hätten seine Schüler nicht so toll mitgemacht und wären seine Prüfer nicht so verständnisvoll gewesen, wäre er vermutlich durchgerasselt.

»Ja. Die Lehramtsprüfung … Mann, ihr habt echt was mit mir mitgemacht. Ich weiß nicht, wie oft ich damals nachts das Haus zusammengeschrien habe. Tut mir echt leid.«

»Gut, dass du endlich was dagegen unternimmst.«

»Ich weiß. Es wird Zeit.«

Ja, es wurde Zeit. Dessen war sich Peer bewusst. Er setzte alle Hoffnungen auf die anstehende Therapie im Schlaflabor. Nicht nur wegen der Albträume, sondern auch, weil die Angst an ihm nagte, dass es auch bei ihm losgehen könnte.

Wie alt war sein Vater gewesen, als er begonnen hatte, sich zu verändern? Nicht viel älter als Peer heute. Auch er hatte unter Albträumen gelitten, und irgendwann hatte er sich selbst verletzt. Das waren die ersten Anzeichen. Peer wusste, dass es eine erbliche Disposition für Schizophrenie gab, und auch wenn er es sich und anderen gegenüber nie eingestehen würde, war ihm dennoch bewusst, dass diese Krankheit auch in ihm stecken konnte. Früher, vor vielleicht vier oder fünf Jahren, als er noch die Fähigkeit besessen hatte, seine Träume zu steuern, hatte ihm das besonders viel Angst gemacht. Nicht selten war er morgens aufgewacht und hatte nicht gewusst, was echt und was nur geträumt gewesen war. Zu unterscheiden, ob er einen Traum nur gesteuert oder das alles wirklich erlebt hatte, hatte ihn an manchen Tagen völlig überfordert. Peer war seitdem nicht nur ein Mal der Gedanke gekommen, dass ihm sein Unterbewusstsein die Fähigkeit des Klarträumens als eine Art Selbstschutz genommen hatte, damit er nicht wahnsinnig wurde.

»Was stellen die in dem Schlaflabor alles mit dir an?«, riss ihn Philipp aus den Gedanken.

Peer zuckte die Achseln. »Genau kann ich es dir nicht sagen. Mia, die Mitarbeiterin des Professors, hat mir nur die groben Abläufe erklärt. Ich soll immer mindestens eine Stunde vor meiner üblichen Bettgehzeit da sein, damit die mich verkabeln können und ich zur Ruhe komme. Ich bekomme wohl immer dasselbe Zimmer, damit ich mich nicht jeden Tag an eine neue Umgebung gewöhnen muss. Dann geht es ins Bett, allerdings ohne lesen oder fernsehen.«

»Dann könnte ich nie pennen. Nie.« Philipp schüttelte den Kopf. Inzwischen liefen im Radio Nachrichten.

Peer grinste. »Ich schätze, das ändert sich bei dir auch, wenn das Baby erst mal da ist. Na ja, auf jeden Fall zeichnen die meine Hirnströme, Herz- und Atemfrequenz auf. Außerdem werde ich wohl die ganze Nacht gefilmt.«

»Besonders schön, wenn du einen Sextraum hast«, lachte Philipp.

Daran hatte Peer auch schon gedacht. Die Vorstellung, dass Mia an den Monitoren saß, während er womöglich im Schlaf eine Erektion bekam, löste jetzt schon peinliches Unbehagen in ihm aus.

»Lass besser die Unterhose unterm Schlafanzug an«, riet Philipp lachend. »Dann gibt es wenigstens kein Zelt.«

»Sehr witzig.«

Die Meldung über einen neuen Terroranschlag im Irak ließ sie beide für einen Moment innehalten. Eine Ölfirma war von einem Selbstmordattentäter in die Luft gesprengt worden. Um sich Zugang zu dem Gelände zu verschaffen, hatte der Mann Dutzende Menschen erschossen, bevor er seinen Sprengstoffgürtel hatte zünden können. Das Vorgehen des Täters wurde von Augenzeugen als ungewöhnlich abgeklärt und emotionslos beschrieben. Der Täter werde dem Umfeld der IS zugeschrieben, sagte der Nachrichtensprecher mit neutraler Stimme.

»Unglaublich, was da unten abgeht«, meinte Philipp kopfschüttelnd, und Peer konnte ihm nur recht geben.

Ein paar Minuten später war er wieder in seiner Wohnung und überlegte, was er für den Aufenthalt im Schlaflabor alles einpacken musste. Eigentlich brauchte er ja nur einen Schlafanzug und Wechselklamotten, sonst gab es eigentlich nichts, was er über Nacht unbedingt benötigte.

Als er ein Paar frischer Socken aus der obersten Schublade der Kommode nahm, fiel sein Blick auf das einzige Foto, das er in seiner Wohnung aufgestellt hatte. Es zeigte seine Mutter, wenige Monate vor ihrem Tod. Ihr Körper war vom Feuer gezeichnet, was man auf diesem Bild aber nicht sehen konnte. Dass seine Mutter im Rollstuhl saß, konnte man ebenfalls nicht erkennen. Peer erinnerte sich noch genau an den Moment, als er das Foto geschossen hatte. Mama hatte sich schick gemacht, Besuch von ihrer besten Freundin hatte angestanden. Wie hieß die Frau noch? Hatte er nicht immer Tante Rosi zu ihr gesagt? Peer wusste es nicht mehr genau, aber er glaubte schon. Sie wohnte gar nicht weit von Limburg entfernt auf einem abgelegenen Bauernhof. Er hatte sich immer vorgenommen, Tante Rosi mal zu besuchen. Sie war eine ausgesprochen hilfsbereite und herzensgute Frau, und es tat ihm jetzt leid, dass er es nie geschafft hatte, bei ihr vorbeizufahren.

Damals, als Tante Rosi hatte vorbeikommen wollen, hatte Mama jedenfalls ihr gutes Kleid angezogen, das so geschnitten war, dass es alle Brandverletzungen bedeckte, die an den Armen genauso wie die im Dekolleté und an den Beinen. Ihre Kleidung hatte damals bei dem Brand als Erstes Feuer gefangen, sodass die Verbrennungen am Körper am schlimmsten gewesen waren. Die Spuren im Gesicht konnte sie gut wegschminken, die in der Lunge ließen ihr kaum noch Luft zum Atmen.

Als sie fertig angezogen und geschminkt war, hatte sie fast so schön ausgesehen wie früher, als das Unglück noch nicht über sie hergefallen war. Peer hatte sie fotografiert, und in dem Moment hatten beide gewusst, dass sie sich nicht mehr lange haben würden.

Liebevoll sah Peer das Foto an. Die Augen seiner Mutter waren gleichzeitig traurig und voller Liebe.

»Es tut mir leid, dass ich dir keine schönere Kindheit bieten konnte«, hatte sie leise gesagt, nachdem er auf den Auslöser gedrückt hatte. Peer hatte nicht geantwortet, war einfach nur zu ihr gegangen und hatte sie in den Arm genommen – und seinen Vater noch mehr als sonst gehasst.

Er überlegte kurz, ob er das Foto mit ins Labor nehmen sollte, entschied sich aber dagegen. Zärtlich strich er darüber und stellte es mitten auf die Kommode.

Das hat Mama auch immer gemacht, dachte er. Alles

hatte bei ihr immer mittig stehen müssen, bloß nicht am Rand, wo es herunterfallen konnte.

Peer atmete tief durch. Es war Zeit, mit dem alten Leben abzuschließen und ein neues Kapitel aufzuschlagen. Eines ohne Albträume und Ängste. Darauf freute er sich.

8

Als er am Montagabend bei *Somnia* ankam, hatte er fast das Gefühl, als hätte er in einem Luxushotel eingecheckt.

»Das ist ja mal nett«, entfuhr es ihm staunend, als Mia ihn auf sein Zimmer brachte. Wie im Rest des Gebäudes erinnerte auch hier nichts daran, dass er sich eigentlich in einer Art Klinik befand.

Die Geschäfte von *Somnia* müssen gut laufen, wenn sie ihre Patienten so unterbringen können, dachte er und ließ sich auf das weiße Sofa fallen, das in einer Ecke des Raumes stand.

»Nun, wir sind ein Schlaflabor«, sagte Mia. »Und die allererste Voraussetzung für einen guten Schlaf ist, dass sich die Patienten bei uns wohlfühlen.«

Sie ging über den flauschigen hellen Teppich zur Fensterfront, von der aus man einen faszinierenden Blick über Limburg und das Umland hatte.

»Zu dieser Jahreszeit ist es abends noch recht lange hell. Sie hatten im Vorgespräch dreiundzwanzig Uhr als Ihre normale Schlafenszeit angegeben. Wir würden den Raum daher ab halb elf verdunkeln, damit die Melatonin-Ausschüttung in Ihrem Körper beginnen kann.«

Peer nickte. Bereits im Vorgespräch hatte ihm Mia die Wirkungsweise des Hormons auf einen gesunden Schlaf erklärt. Es wurde von der Zirbeldrüse nur bei Dunkelheit ausgeschüttet und steuerte den Tag-Nacht-Rhythmus des Menschen.

»Ist die Melatonin-Ausschüttung gestört, können Schlafstörungen entstehen«, sagte Mia weiter. »Deshalb werden wir Ihnen im Laufe der Nacht immer wieder Blut abnehmen, um den Hormonspiegel zu überprüfen. Zumindest in der ersten Nacht.«

Peer lachte. »Und wie soll ich schlafen, wenn Sie mich die halbe Nacht mit einer Spritze piken?«

»Keine Sorge, davon bemerken Sie nichts«, sagte Mia mit einem Lächeln. »Wir legen Ihnen einen Zugang, dann wird Ihr Blut automatisch überprüft. Der Zugang wird mit einem Verband abgedeckt, damit Sie ihn sich bei einem möglichen Albtraum nicht herausreißen können. Sie müssen sich keine Sorgen machen.«

Sie ging um das hochmoderne Bett herum, an dem allerhand Elektronik angebracht war, und wies auf eine Plastikflasche, die am Rand des Bettes hing.

»Gehen Sie bitte zur Toilette, bevor Sie sich hinlegen. Falls Sie nachts trotzdem austreten müssen, nehmen Sie bitte die Flasche. So verkabelt, wie Sie hier liegen werden, ist der Weg zur Toilette praktisch unmöglich.«

»Verstehe.« Peer zeigte auf einen Schlafanzug, der fein säuberlich zusammengefaltet auf dem Bett lag. »Soll ich den heute Nacht anziehen? Ich hab einen eigenen dabei.«

»Bitte ziehen Sie unseren an. Unsere Schlafanzüge sind aus einem speziellen Material gefertigt, in dem man nicht schwitzt. Übermäßiges Schwitzen könnte die Messergebnisse verfälschen.« Sie ging zur Wand und öffnete eine Klappe, die Peer bis dahin noch nicht aufgefallen war. »Morgens werfen Sie den benutzten Schlafanzug einfach in den Wäscheschacht. Wenn Sie abends wieder zu uns kommen, wartet ein frischer auf Sie.«

»Alles klar. Wecken Sie mich morgen früh?«

Der Satz war ihm einfach so herausgerutscht – und jetzt dämmerte ihm, wie zweideutig das klang. Peer hatte keineswegs vorgehabt, Mia anzuflirten. Auch wenn sie wirklich süß war. Aber er war viel zu schüchtern, um einer Frau zu zeigen, dass er auf sie stand. Deshalb spürte er auch sofort, dass er errötete.

»Wir lassen Sie selbstverständlich ausschlafen. Sie haben doch Ferien«, erwiderte Eva, die nichts von seinem verkorksten Spruch mitbekommen zu haben schien.

Er nickte nur und dachte daran, dass er sowieso nie mehr als sechs Stunden am Stück schlafen konnte. Wenn überhaupt. Meistens wurde er schon nach wenigen Stunden von einem Albtraum aus dem Schlaf gerissen und hatte danach Probleme, wieder einzuschlafen. Richtig ausgeruht oder gar ausgeschlafen fühlte er sich nie. Und die Tatsache, in einem fremden Bett zu liegen und an Kabel angeschlossen zu sein, sprach nicht gerade dafür, dass er ausgerechnet hier zum ersten Mal seit Jahren ausschlafen würde.

»Hier ist das Bad.« Mia öffnete eine Tür. »Machen Sie sich in aller Ruhe für die Nacht fertig. Ich komme in einer guten halben Stunde, um Sie zu verkabeln. Ach, was ich fast vergessen hätte …« Sie zeigte auf eine Kamera, die über dem Bett hing. »Die stellen wir erst an, wenn Sie schlafbereit im Bett liegen. Sie müssen also keine Sorge haben, dass Sie permanent beobachtet werden. Im Bad befindet sich selbstverständlich keine Kamera.«

»Okay. Danke für die Information.« Er zögerte kurz. »Ich weiß ehrlich gesagt nicht, ob ich so überhaupt schlafen kann.«

Sie lächelte. »Die meisten Patienten haben am Anfang Bedenken. Aber ich versichere Ihnen, wir werden Sie so verkabeln, dass Sie es kaum bemerken werden.«

»Es sind nicht nur die Kabel … Warum die Kamera? Muss die wirklich sein?«

»Darauf können wir leider nicht verzichten. Wir müssen Ihr Schlafverhalten ja genau analysieren, dafür ist es notwendig, Ihre Aktivitäten im Schlaf zu überprüfen. Aber die Kamera wird kein Geräusch machen, kein Summen, kein Piepen, nichts. Genau wie alle anderen Geräte im Raum macht sie keinen Mucks.« Mia sah ihn aufmunternd an. »Versuchen Sie, das Ganze möglichst entspannt anzugehen. Dann kommt der Schlaf von ganz allein. Bis später.« Sie nickte ihm zu und verließ den Raum.

Als Peer allein war, sah er sich in seinem neuen Schlafzimmer auf Zeit um. Es war wirklich alles sehr schick eingerichtet, auch wenn es für seinen Geschmack zu weiß war. Mit der großen Fensterfront, dem flauschigen Flokati und dem großen Spiegel, der gegenüber vom Bett hing, erinnerte ihn die Einrichtung fast an einen alten James-Bond-Film.

Peer nahm den Schlafanzug vom Bett und ging ins Bad. Natürlich glaubte er Mia, dass die Kamera noch nicht lief, trotzdem fühlte er sich irgendwie wohler, wenn er sich nicht davor auszog. Albern, dachte er, aber so war es nun mal. Vielleicht lag es auch an der großen Narbe, die sich von seiner linken Schulter über den ganzen Rücken zog und die er beim besten Willen niemandem zeigen wollte. Dick, rot und wulstig war sie eine schreckliche Erinnerung an das, was damals passiert war.

Er zog sich um und behielt nach kurzem Zögern die Unterhose an, so wie Philipp es ihm geraten hatte. Während er sich die Zähne putzte, blickte er in den überdimensionalen Spiegel, der über dem Waschbecken hing.

Der Innenarchitekt hat auf jeden Fall eine Vorliebe für große Spiegel, dachte er und spülte sich den Mund aus. Zur Sicherheit ging er noch einmal pinkeln und legte sich dann ins Bett. Er hatte sich gerade zugedeckt, als es an der Tür klopfte und Mia zusammen mit Professor Schmoll ins Zimmer trat.

»Dann wollen wir mal«, sagte der Professor.

Während ihm ein Zugang in die Armvene gelegt und sein Kopf und seine Brust mit allerhand Monitoren verkabelt wurden, erklärte Professor Schmoll, dass sowohl Peers Gehirnströme als auch seine Herz- und Lungentätigkeit überwacht würden.

Peer versuchte, ihm genau zuzuhören, ließ Mia dabei aber nicht aus den Augen. Auch weil es ihn interessierte, wie sie ihn an welcher Stelle verkabelte. Ab und zu schaute sie auf und lächelte ihn kurz an, und Peer registrierte überrascht, dass sein Herz dann jedes Mal heftiger schlug. Dank der Überwachungsmonitore blieb das peinlicherweise nicht unbemerkt.

»Sie sind ein bisschen aufgeregt, was?«, mutmaßte der Professor. »Ihr Puls ist etwas erhöht. Es gibt keinen Grund, nervös zu sein. Sie haben hier nur noch eines zu tun: gut zu schlafen.«

»Ich weiß. Es ist nur etwas ungewohnt …«

Der Professor nickte verständnisvoll. »Ich kann das gut nachempfinden. Ich habe selbst ein paarmal in unseren Laborräumen übernachtet, um verstehen zu können, wie unsere Patienten sich fühlen. Natürlich ist es ungewohnt. Aber wenn das Licht erst mal aus ist und Sie die ganzen Gerätschaften nicht mehr sehen, wird es schon gehen. Glauben Sie mir.« Er lächelte freundlich und klopfte Peer aufmunternd auf den Arm. »Außerdem ist es doch für einen guten Zweck: für einen erholsamen Schlaf.«

Peer lächelte. Der Mann war ihm sympathisch. »Sie haben recht. Und vielleicht eliminieren wir ja sogar eine schreckliche Krankheit. Quasi im Schlaf.«

Schmoll lachte. »Ganz genau. Haben Sie noch Fragen?«

»Nein. Vielen Dank.«

»Gut. Dann wünsche ich Ihnen eine gute Nacht. Wenn irgendetwas sein sollte, klingeln Sie einfach«, sagte der Professor. »Bis morgen früh.«

Er rauschte hinaus, aber Mia drehte sich noch einmal zu Peer um. »Schlafen Sie gut«, sagte sie und zwinkerte ihm zu.

Werde ich hoffentlich, dachte er und sah ihr lächelnd

nach. Dabei bemerkte er, dass die Kamera offenbar eingeschaltet worden war. Jedenfalls drehte sie sich etwas und schien auf ihn zu zoomen. Er winkte kurz in ihre Richtung und gähnte dann herzhaft.

Erstaunlich, wie müde er war. Normalerweise lag er doch immer mindestens eine Stunde wach, bevor er einschlief. Außerdem hatte er gedacht, dass es ihm etwas ausmachen würde, die ganze Zeit von einer Kamera beobachtet zu werden. Das Gefühl, überwacht zu werden, mochte er einfach nicht. Vielleicht war das auch ein Erbe seiner Kindheit, in der sein Vater oft genug paranoide Ausraster gehabt hatte, weil er der Ansicht gewesen war, beobachtet zu werden. Peer erwischte sich heute selbst manchmal dabei, wie er sich einbildete, dass ihn jemand in Bus oder Bahn anstarrte und er dahinter eine böse Absicht vermutete. Er schimpfte sich dann immer selbst und ermahnte sich, in das harmlose Glotzen anderer Menschen bloß nicht zu viel hineinzuinterpretieren.

Erstaunlich, dass ihm die Kamera, die knapp zwei Meter über ihm hing, jetzt nichts ausmachte. Peer bemerkte, wie ihm die Augen zufielen, und er langsam, aber sicher wegdämmerte.

9

Ich gehe über eine Wiese. Es ist warm, die Sonne scheint, und keine Wolke ist am Himmel zu sehen. Ein wunderschöner Sommertag. Alles fühlt sich gut an, alles ist schön. Das Gras ist grün und saftig. Es reicht mir fast bis zu den Knien. Ist es so hoch gewachsen? Ich schaue an mir herunter und erkenne, dass ich klein bin. Ich bin ein kleiner Junge, vielleicht fünf oder sechs Jahre alt, aber mit dem Verstand eines Erwachsenen. Es ist fast so, als würde ich mich selbst von außen betrachten.

Mama kommt auf mich zu, schön, jung und ohne Brandnarben. Sie lacht und nimmt mich in die Arme. Ich kann sie riechen, diesen wunderbaren Duft, nach dem nur meine Mama riecht. Sie zieht mich auf ihren Schoß und drückt mich an sich. Minutenlang empfinde ich nichts als Glück und Geborgenheit. Schon lange habe ich nicht mehr so gefühlt.

Plötzlich zieht sie etwas aus ihrer Rocktasche. Was ist das? Ein Hammer? Ja, ein kleiner Hammer aus glänzendem Metall. »Keine Angst, mein Schatz«, flüstert sie mir zärtlich ins Ohr, und natürlich habe ich keine Angst. Auf dem Schoß meiner Mutter habe ich noch nie Angst gehabt, es ist der beruhigendste Ort der Welt. Ich weiß, dass mir hier niemals etwas passieren kann. Hier bin ich sicher.

Sie holt aus und schlägt mir mit dem Hammer aufs Knie. Ich spüre keinen Schmerz, sehe keinen Reflex, schaue nur in ihre warmen Augen. Sie nickt mir anerkennend zu und küsst mich auf die Stirn. Dann holt sie wieder aus und schlägt erneut auf mein Knie. Aber es macht mir nichts aus.

10

Als Peer am nächsten Morgen erwachte, fühlte er sich so ausgeruht und erholt wie schon lange nicht mehr. Er brauchte einen Moment, um sich zu orientieren, und gerade als ihm klar wurde, wo er war, öffnete sich schon die Zimmertür, und Mia stand vor ihm. Dass sie die ganze Nacht gearbeitet hatte, sah man ihr nicht an. Im Gegenteil. Sie sah aus wie das blühende Leben.

»Guten Morgen, Sie Langschläfer«, begrüßte sie ihn. »Da hatte wohl einer was nachzuholen, was?«

Sie nahm ihm vorsichtig die Kabel ab.

»Wieso? Wie spät ist es denn?«, fragte Peer verwirrt.

»Kurz nach elf. Sie haben mehr als zwölf Stunden geschlafen. Das haben wir nicht oft hier.«

Er rieb sich über die Schläfen. Die Stellen, an denen die Kabel festgeklebt gewesen waren, juckten etwas.

»Merkwürdig. Ich schlafe normalerweise höchstens sechs Stunden. Wie kann das sein?«

»Das wird Ihnen der Professor heute Abend bestimmt erklären können. Er wird sich Ihre Messdaten anschauen, dann wissen wir Bescheid. Können Sie sich an einen Albtraum erinnern?«

Peer schüttelte den Kopf. Nein, er hatte keinen Albtraum gehabt. Im Gegenteil. Er spürte, dass er etwas sehr Schönes geträumt hatte. Er konnte sich nicht genau erinnern, aber seine Mutter hatte eine Rolle gespielt. Und es war ein schöner Traum gewesen. Auch das hatte er schon lange nicht mehr erlebt.

»Denken Sie, dass ich für die Studie infrage komme?«

Mia strich sich eine Haarsträhne aus dem Gesicht. »Auch das wird der Professor heute Abend mit Ihnen besprechen«, sagte sie ausweichend.

Waren da Zweifel in ihrer Stimme? Wusste sie schon, dass er nicht infrage kam, und traute sich nicht, es ihm zu sagen?

»Sie können ganz offen mit mir sprechen«, sagte Peer deshalb. »Halten Sie mich für nicht geeignet? Gibt es Probleme?«

»Nein, nein«, sagte sie etwas zu schnell. »Das hat absolut nichts mit Ihnen zu tun. Es gibt zurzeit nur … Nun ja, wir stecken in einigen Verhandlungen mit unseren amerikanischen Auftraggebern. Diese Phasen sind manchmal etwas schwierig, das ist alles.«

Peer runzelte die Stirn. Stand die Studie auf wackeligen Füßen? Wollten die Amerikaner die Gelder kürzen, und würde es dann keinen Platz mehr für ihn in der Studie geben? Das durfte nicht sein! Er hatte so viel Hoffnung gehabt, dass seine Schlafstörungen bald der Vergangenheit angehörten – jetzt befürchtete er, dass er unverrichteter Dinge nach Hause geschickt werden könnte.

»Heißt das …?«

»Nein, das heißt gar nichts«, beeilte sich Mia zu sagen und lächelte ihn an. »Solche Verhandlungen sind vollkommen normal. Ich hätte Ihnen gar nichts davon erzählen sollen. Bitte machen Sie sich deswegen keinen Kopf. Wenn Sie als Studienteilnehmer infrage kommen, sind Sie mit Sicherheit dabei. Ich kenne den Professor gut genug, er würde niemals eine laufende Untersuchung abbrechen, nur weil irgendwelche Verhandlungen … sagen wir, nicht gerade konfliktarm sind.«

»Gut. Wenn Sie es sagen …«

»Ja, natürlich. Tut mir leid, dass ich Sie verunsichert habe. Jetzt sind Sie erst mal in die Freiheit entlassen.«

»Okay.« Peer überlegte einen Moment. Dann fragte er zu seiner eigenen Verwunderung: »Hätten Sie Lust, mit mir zu frühstücken? Ihre Schicht müsste doch längst zu Ende sein, oder?«

Mia warf einen schnellen Blick zur Kamera. Wollte sie nicht, dass jemand mitbekam, wenn sie sich mit einem Patienten verabredete? Vielleicht war es nicht gern gesehen, wenn sich das medizinische Personal auch privat mit den Patienten traf. Die Kamera schien noch aktiv zu sein, vermutlich würde sie ihm also einen Korb geben. Hätte er doch lieber mal die Klappe gehalten!

»Sehr gern«, sagte Mia, und Peer bemühte sich, vor Freude nicht zu breit zu grinsen. Er empfand fast so etwas wie Stolz, dass er sich überwunden hatte, diese tolle Frau einfach so zu fragen. Und er war überrascht, denn eigentlich war er eher von der schüchternen Sorte.

»Schön«, brachte er irgendwie über die Lippen.

»Machen Sie sich in Ruhe fertig. Wir treffen uns in einer halben Stunde am Empfang, okay?«

»Prima.« Peer wies mit einem Lächeln auf die Kamera. »Könnten Sie die wohl ausstellen, während ich mich umziehe?«

»Die ist aus. Die Kameraüberwachung endet automatisch, sobald wir die Verkabelung des Patienten lösen.«

»Ach so. Dann ist ja gut.«

»Den Schlafanzug bitte in den Wäscheschacht werfen«, sagte sie, bevor sie sich zur Tür drehte. »Bis gleich!«

Dann war Peer allein. Gut gelaunt stand er auf. Er freute sich auf ein ausgiebiges Frühstück mit Mia. Als er zur Kamera sah, hielt er für einen Moment inne. Die lief doch noch, oder täuschte er sich? Er kam näher heran und blieb unter der Kamera stehen. War da nicht ein ganz leises Summen zu hören?

Er zuckte mit den Schultern. Vermutlich bildete er sich das nur ein. Mia hatte ihm gestern ja erklärt, dass die Gerätschaften im Raum keine Geräusche machen würden.

Vielleicht hatte der Komaschlaf, in den er letzte Nacht offenbar gefallen war, seine Sinne benebelt. Oder er war schlicht und ergreifend ein bisschen durch den Wind, weil er gleich ein Date mit Mia hatte.

Fröhlich zog er den Schlafanzug aus und warf ihn in den Wäscheschacht. Dann gönnte er sich eine lange und ausgiebige Dusche. Beim Abtrocknen jedoch fiel sein Blick auf seine Knie. Auf beiden Kniescheiben war ein blasser blauer Fleck zu erkennen. Nicht besonders schlimm, und wenn er darüber strich, spürte er auch kaum einen Schmerz, aber er war sich eigentlich sicher, dass die gestern noch nicht da gewesen waren.

Wieder kam ihm der schöne Traum in den Sinn, den er letzte Nacht gehabt hatte. Seine Mutter war da gewesen. Die hatte immer gepustet und das Lied *Heile, heile Gänsje* gesungen, wenn Peer sich verletzt hatte. Was auch heute nicht so selten vorkam, denn er war an manchen Tagen ein wahrer Bewegungslegastheniker, der unkonzentriert gegen jede Tür lief und sich dann immer wieder wunderte, wie er zu den ganzen Kratzern und blauen Flecken am Körper kam. Seitdem er so schlecht schlief, hatte das sogar zugenommen, weil er an manchen Tagen wie ein Tagträumer durch die Schule wandelte.

Er schüttelte amüsiert den Kopf. Hast du dich mal wieder angeschlagen, ohne es zu bemerken? Du bist und bleibst ein Chaot!, dachte er und musste unweigerlich grinsen.

Nachdem er mit Mia in der schicken Cafeteria des Schlaflabors ausgiebig gefrühstückt hatte, setzte er sich gut gelaunt in seinen Wagen und fuhr nach Hause.

Er hatte eine Menge über sie erfahren, und was er gehört hatte, gefiel ihm. Sechsundzwanzig Jahre war sie alt und hatte gerade ihr Medizinstudium beendet. Bei *Som-*

nia sammelte sie nun praktische Erfahrungen, eigentlich wollte sie aber an die Uni-Klinik nach Frankfurt, um dort ihren Facharzt in Neurologie zu machen. Das habe sie sich jedenfalls fest vorgenommen, hatte sie ihm erzählt, und er war beeindruckt gewesen, wie genau sie ihre Zukunft geplant hatte. Er mochte es, wenn Menschen ein Ziel hatten, wenn sie nicht einfach in den Tag hinein lebten, sondern auf etwas hinarbeiteten. Er selbst war nicht anders, auch er war immer sehr zielstrebig gewesen. Vielleicht weil er wusste, dass Lebenszeit manchmal ziemlich begrenzt sein konnte.

Mia war außerdem eine leidenschaftliche Läuferin, im letzten Jahr war sie sogar beim Frankfurt Marathon mitgelaufen. Sie trainierte, sooft es ihre Zeit erlaubte. Wieder etwas, das ihm gefiel. Auch Peer joggte gern, und er mochte sportliche Frauen. Mia schien genau auf seiner Wellenlänge zu liegen, hatte ähnliche Interessen wie er und einen wunderbaren Humor. Außerdem sah sie unfassbar gut aus. Das Beste war: Irgendwie hatte er das Gefühl, dass sie ihn auch mochte. Doch, er war sich ziemlich sicher, dass die Sympathien beiderseitig waren.

Hatte er einen Flirt? Yeah! Peer drehte das Radio auf volle Lautstärke und sang lauthals *Happy* von Pharrell Williams mit. Die Entscheidung, ins Schlaflabor zu gehen, kam ihm in dem Moment wie die beste seines Lebens vor.

Als er in seiner Wohnung ankam, lüftete er erst mal gründlich durch. Die Luft in den Räumen war merkwürdig verbraucht, gar nicht so, wie man es erwarten würde – immerhin war das Apartment vierundzwanzig Stunden menschenleer gewesen. Bei den Temperaturen draußen müffelte es wahrscheinlich schneller als sonst. Für die nächsten Tage war zum Glück Regen angesagt. Eine kleine Abkühlung konnte nicht schaden.

Peer ging in die Küche und machte sich einen Kaffee,

den er mit zu seinem Schreibtisch nahm. Er wollte erst mal seine Mails checken, denn auch in den Sommerferien wurde er häufig von irgendwelchen Eltern angeschrieben. Der Druck auf ihn als Lehrer wurde von Jahr zu Jahr größer. Wurden früher die Schüler von ihren Eltern ausgeschimpft, wenn sie eine Sechs mit nach Hause brachten, wurde heute der Lehrer dafür verantwortlich gemacht. Selbst in den wenigen Jahren, die er seit seiner nervenaufreibenden Lehramtsprüfung nun im Schuldienst war, hatte sich der Ton verschlimmert, zumindest fühlte es sich für ihn so an. Hatten viele Väter und Mütter früher gar nichts mit dem Begriff Helikoptereltern anfangen können, wurde er heute durchaus selbstbewusst verwendet.

»Natürlich kümmere ich mich um Lenas Noten«, hatte die Mutter einer seiner Schülerinnen neulich zu ihm gesagt. »Und es ist mir vollkommen egal, wie Sie das finden. Ich möchte, dass meine Tochter die entscheidende Klausur wiederholen darf, sonst ziehen wir rechtliche Schritte gegen die Schule in Betracht.«

Sie hatte ihm unverhohlen gedroht, ohne dabei auch nur eine Miene zu verziehen. Als Peer ihr daraufhin ruhig erklärt hatte, dass Lena die Klausur nicht einfach zweimal schreiben dürfe – es sei denn, sie könne ein medizinisches Attest vorlegen, das beweise, dass sie am Tag der Klassenarbeit gesundheitlich massiv eingeschränkt gewesen sei –, zog die Mutter besagtes Attest einfach aus der Tasche und knallte es humorlos auf seinen Schreibtisch.

Es war eine große Genugtuung für ihn gewesen, dass Lena in der Klausur auch beim zweiten Mal nicht besser gewesen war. Für das Mädchen tat es ihm fast leid, er wollte ihr nichts Böses, im Gegenteil. Peer konnte sich vorstellen, wie sie unter ihren ehrgeizigen Eltern zu leiden hatte. Aber wenn er an das ungläubige Gesicht der Mutter dachte, als er ihr das Ergebnis ein paar Tage später mitgeteilt hatte, konnte er sich ein Grinsen nicht verkneifen. Natürlich hatte sie ihn seitdem auf den Kieker. Er bekam regelmäßig böse Mails von ihr.

Auch diesmal fand er in seinem Posteingang eine Nachricht von Lenas Mutter. Insgesamt hatte er sechs neue E-Mails in seinem Postfach, zwei stammten von besorgten Eltern, die Fragen zum Zeugnis ihrer Kinder hatten, eine war von seinem Handyanbieter, die anderen von der Stadtbibliothek und seinem Physiotherapeuten. Die letzte war eine Spammail, irgendeine Frau wollte sich dringend mit ihm treffen. Peer markierte die Mail als Spam, bevor er sie richtig gelesen hatte. Dann schrieb er eine besonders freundliche und nette Nachricht an Lena Mutter, hoffte, dass sie nicht zu ironisch klang und schickte sie ab. Er beschloss, das schöne Wetter auszunutzen und ein paar Runden im Freibad zu schwimmen, bevor er sich später am Tag wieder im Schlaflabor einfinden musste.

Als er seine Badehose in der Kommode im Schlafzimmer suchte, fiel sein Blick auf das Foto seiner Mutter, das auf der Ablage stand. Für einen Moment stutzte er. Hatte er das Bild gestern nicht genau in die Mitte der Kommode gestellt? So wie Mama es immer getan hatte? Jetzt stand es viel weiter rechts. Oder bildete er sich das nur ein?

Verwundert schüttelte er den Kopf über sich. Da schlief er einmal in seinem Leben wie ein Baby, und schon bildete er sich irgendwelche absonderlichen Sachen ein.

11

Als er am Abend wieder ins Schlaflabor fuhr, war er entspannt wie lange nicht mehr. Der Tag im Schwimmbad war herrlich gewesen. Er hatte in der Sonne gelegen, ein Buch gelesen und sich seit Wochen zum ersten Mal so richtig gut gefühlt.

Professor Schmoll begrüßte ihn mit einer Miene, die man als nachdenklich und fasziniert zugleich beschreiben konnte. Er saß Peer an einem ausladenden Schreibtisch gegenüber. Mia, die zu Peers Freude auch da war, hielt sich unauffällig im Hintergrund.

»Sie sind ein wirklich außergewöhnlicher Fall. Ich habe eine so starke Beeinträchtigung der REM-Phase selten erlebt. Sie sind in dieser Phase praktisch permanent in Bewegung«, sagte er und blickte dabei immer wieder auf eine Grafik, die vor ihm lag und offenbar Peers Messergebnisse zeigte.

»Aber wie kommt es, dass ich letzte Nacht so viele Stunden am Stück geschlafen habe? Hätte ich nicht alle Kabel abreißen müssen, wenn ich mich so viel bewege, wie Sie sagen?«, fragte Peer.

»Dadurch, dass wir Sie fixiert haben …«

»Sie haben mich *festgebunden*?« Peer glaubte, sich verhört zu haben. Wie konnten die ihn einfach fixieren? Ohne ihn vorher darüber zu informieren?

»Ja, natürlich. Ihr Einverständnis haben Sie uns doch gegeben.«

Peer schüttelte den Kopf. »Wann?«

»Mit Ihrer Unterzeichnung des Anamnesebogens. Die Gefahr, dass Sie eines der Messinstrumente kaputt schlagen, ist doch sonst viel zu groß.«

»Darüber hat mich keiner informiert …«, stammelte

Peer. Er war wirklich empört, dass man ihm ausgerechnet so eine grundlegende Sache vorenthalten hatte.

»Doch, natürlich«, sagte der Professor ruhig und wandte sich dann Mia zu. »Hol doch mal das Formular.«

Mia stand auf und zog einen Ordner aus dem Regal. Sie nahm ein Papier heraus und legte es Peer vor. Es war eine Kopie des Anamnesebogens, den er ganz am Anfang ausgefüllt und unterschrieben hatte.

»Sehen Sie, hier ist der Passus«, sagte sie freundlich.

Peer warf irritiert einen Blick darauf. Tatsächlich, am Ende der Kästchen, in die er seine Informationen hatte eintragen müssen, stand ausdrücklich, dass er während seines Aufenthaltes im Schlaf fixiert werden durfte. Warum hatte er diese Zeile vorher übersehen?

»Aber wann haben Sie das gemacht? Ich kann mich nicht erinnern, dass ich gestern Abend festgebunden wurde. Und heute Morgen war da doch auch nichts, was darauf schließen ließ.«

»Wir machen das nur in der akuten REM-Phase, wenn es gar nicht anders geht. Ansonsten wollen wir Ihre Schlafgewohnheiten so wenig wie möglich beeinträchtigen«, erklärte Professor Schmoll freundlich. »Wobei beeinträchtigen hier das falsche Wort ist. Denn die Fixierung dürfte der Grund dafür sein, warum Sie so viele Stunden durchgeschlafen haben. Normalerweise werden Sie durch Ihren nächtlichen Bewegungsdrang aus dem Schlaf gerissen. Das war in der vergangenen Nacht nicht möglich, deshalb konnten Sie endlich mal richtig durchschlafen.«

»Aha.«

Peer wusste nicht, ob er sich darüber noch freuen sollte. Aber Professor Schmoll war jetzt in seinem Element.

»Das ist übrigens auch der Grund, warum man neugeborene Babys eng in ein Tuch einwickelt. Sonst schlagen sie im Schlaf mit ihren Händchen hin und her und werden dauernd von sich selbst geweckt. Ganz ähnlich ist das bei Ihnen.«

Mia nickte zustimmend. »Das haben wir schon bei anderen Patienten erlebt. Für die ist eine einzige Nacht hier bei uns wie eine Schlafkur. Manche bauen die Fixierung sogar in ihre Träume ein. Sie träumen dann, das sie in den Armen eines geliebten Menschen liegen und festgehalten werden.«

Peer dachte an den Traum, den er letzte Nacht gehabt hatte. Wie er auf den Schoß seiner Mutter gesessen und wie sie ihn umarmt hatte. War das der Moment gewesen, in dem man ihn ans Bett gefesselt hatte?

Die Vorstellung, dass er im Schlaf einfach so festgebunden worden war, ohne etwas davon gemerkt zu haben, gefiel ihm trotz der Erklärung des Professors nicht. Zu oft hatte er in der Vergangenheit erlebt, wie sein Vater fixiert worden war, wenn er einen paranoiden Anfall gehabt hatte. Er wusste, wie erniedrigend sich das für Papa angefühlt und wie er sich mit Händen und Füßen dagegen gewehrt hatte, und wie schrecklich es für Peer und seine Mutter gewesen war, dabei zuzuschauen, wie seinem Vater Gewalt angetan werden musste. Papa hatte in diesen Phasen seiner Krankheit gar nicht verstanden, was da mit ihm passierte. Er hatte die energischen Griffe der Pfleger in seine paranoiden Wahnvorstellungen eingebaut und sie als Angriff auf sein Leben gesehen.

Und jetzt war Peer selbst fixiert worden. Er wusste natürlich, dass er mit seinen extremen Träumen ein besonderer Fall war, der solche Methoden vielleicht wirklich notwendig machte. Und er musste zugeben, dass er danach offenbar in einen positiven Traum hatte abtauchen können. Der Traum mit seiner Mutter war zwar ein bisschen schräg gewesen, aber kein Albtraum. Trotzdem war er sich nicht sicher, ob ihm das Vorgehen gefiel.

»Sie können an dieser Kurve hier genau sehen, wann wir Sie festbinden mussten«, erklärte Professor Schmoll und schob ihm nun die Grafik über den Tisch, auf der sein nächtlicher Schlaf dokumentiert worden war.

Peer versuchte, aus den verschiedenen Kurven schlau zu werden. »Reflextest« las er unter einer Zeitangabe.

»Sie haben um drei Uhr nachts einen Reflextest mit mir gemacht? Was soll das sein?«

Professor Schmoll lachte amüsiert. »Kann man sich kaum vorstellen, was alles so passiert, wenn man schläft, was?«, erwiderte er augenzwinkernd. Dann wurde er wieder ernst. »Wir haben Ihre Reflexe in der Tiefschlafphase getestet. Ihre Testergebnisse sind hierbei ganz außergewöhnlich.«

»Was soll das heißen? Außergewöhnlich gut oder außergewöhnlich schlecht?«

Professor Schmoll erklärte ihm, dass es in dieser Frage keine Differenzierung zwischen gut und schlecht gebe.

»Normalerweise hat der Mensch auch im Schlaf Reflexe. Bei Ihnen scheinen einige jedoch ausgeschaltet zu sein. Ich nenne das eine luzide Reflexbewältigung. Das bedeutet, dass Sie gewisse Reflexe im Schlaf sozusagen unter Kontrolle haben. Das ist ausgesprochen selten.« Er nickte anerkennend, als wäre das eine Leistung, auf die Peer stolz sein könnte.

»Das kapiere ich nicht so ganz. Sie meinen damit Reflexe wie Schlucken und Blinzeln, oder wie muss ich mir das vorstellen?«

Der Professor lächelte nachsichtig. »Das ist alles viel komplizierter. Der Begriff Reflex ist in der Schlafforschung viel weiter gefasst. Wir sprechen zum Beispiel auch von einem Abwehrreflex. Hätten Sie den nicht so gut unter Kontrolle, hätten wir Sie vielleicht gar nicht so gut fixieren können. Aber hier sind wir auch erst am Anfang unserer Untersuchungen. Das müssen wir uns in den nächsten Tagen alles in Ruhe anschauen.«

Peer dachte an die blauen Flecken auf seinen Knien. Hatte der Professor auch den Patellarsehnenreflex getestet? Das kannte man ja vom Arzt, wenn der mit einem kleinen Hämmerchen unterhalb des Knies auf die Sehne klopfte und das Bein sich durch die reflexartige Streckung des Kniegelenks wie von Zauberhand nach vorn bewegte. Er fragte den Professor, ob er auch diesen Reflex in der letzten Nacht überprüft hatte.

Schmoll nickte bestätigend. »Tut mir leid, wenn Sie davon einen blauen Fleck bekommen haben. Das sollte eigentlich nicht passieren.«

»Kein Problem. Aber was bedeuten diese Ergebnisse denn jetzt für die Studie? Komme ich dafür infrage?«, fragte Peer.

Professor Schmoll nickte begeistert. »Ja. Sie sind sehr gut geeignet. Ausgesprochen gut sogar! Besser als alle anderen Teilnehmer zuvor.«

Peer fiel ein Stein vom Herzen. Damit hatte er die Kosten von der Backe. Er hatte sich wirklich Sorgen gemacht, dass er sich die Behandlung nicht leisten konnte. Aus Geldgründen hatte er in seinem Leben schon auf vieles verzichten müssen. Gerade seine Studentenzeit war nicht einfach gewesen. Er hatte sich mit mehreren Jobs über Wasser gehalten, abends gekellnert und am Wochenende als Fensterputzer gejobbt. Trotzdem war es damals ein festes Ritual geworden, nach der Uni durch die Feinkostabteilung vom Kaufhof zu gehen, wo man an jeder Ecke Käse, Schinken und andere Leckereien probieren konnte. Das Geld fürs Abendessen hatte er so prima sparen können.

»Danke«, sagte er erleichtert. »Wie geht es denn jetzt weiter? Gibt es irgendetwas, das ich beachten muss?«

»Nein, eigentlich nicht. Wenn alles rundläuft, verschlafen Sie Ihre Therapie im Großen und Ganzen.« Er lachte, wurde dann aber wieder ernst. »Es kann sein, dass Sie während der Behandlung kleine Veränderungen an sich wahrnehmen werden. Nichts Gravierendes. Wir können darüber sprechen, sobald Sie etwas Derartiges bemerken. Insgesamt bin ich aber sehr zuversichtlich, dass wir Ihr Problem schnell in den Griff bekommen.«

12

In den kommenden Tagen schlief Peer im Schlaflabor weiterhin fantastisch. Zehn Stunden am Stück waren nach wie vor keine Seltenheit, und Professor Schmoll machte ihm große Hoffnung, dass das auch so bleiben würde.

Man verabreichte ihm jetzt zwar ein hochdosiertes Melatoninpräparat, das er während seines Aufenthaltes im Schlaflabor intravenös bekommen sollte, aber das sei nur zum Ausgleich für seine fehlerhafte körpereigene Ausschüttung des Schlafhormons. Nebenwirkungen seien bisher nicht bekannt, sagte Professor Schmoll. Sie würden regelmäßig Peers Leberwerte prüfen, um einer möglichen Schädigung vorzubeugen. Aber damit sei ohnehin nicht zu rechnen, er müsse sich also keine Sorgen machen.

Tatsächlich war Peer mit der Wirkung vollends zufrieden. In der Woche im Labor schlief er so viele Nächte komplett durch, wie er es seit sehr, sehr langer Zeit nicht mehr getan hatte. Es war sogar so lange her, dass er mit einem guten Gefühl ins Bett gegangen war, dass er sich gar nicht mehr so richtig daran erinnern konnte. Peer war von den Entwicklungen begeistert und fühlte sich wie ausgewechselt. Frisch, wach, dynamisch, ja stark und voller Kraft.

Am Freitagmorgen beschloss er, das Wochenende nicht im Schlaflabor zu verbringen. Auch wenn die Woche ein voller Erfolg gewesen war, hatte er für den Abend andere Pläne. Er war schon lange verabredet und freute sich auf ein wenig Abwechslung. Einmal im Monat traf er sich mit zwei Studienfreunden, immer in der gleichen Kneipe, immer am gleichen Tisch. Eine feuchtfröhliche Männerrunde, die er noch nie hatte ausfallen lassen und die ihm wichtig war.

Mit Max und Paul verband ihn viel. Gemeinsam waren sie damals durch die Feinkostabteilung vom Kaufhof getigert, gemeinsam hatten sie in der runtergekommenen Kneipe gekellnert. Ein Männerabend mit ihnen war wie eine kleine Auszeit vom Alltag. Meistens ging es in ihren Gesprächen um Fußball und Musik. Probleme wurden eigentlich nie gewälzt, sodass diese Abende stets von einer angenehmen Leichtigkeit geprägt waren. Sie hatten Spaß zusammen, und das war auch gut so – intensive und ernste Gespräche führte er sonst schon genug.

»Davon kann ich Ihnen nur abraten«, sagte Professor Schmoll ernst, als Peer ihm seinen Plan unterbreitete. »Wir sollten den positiven Verlauf jetzt nicht unnötig unterbrechen.«

»Na ja, aber irgendwann muss ich doch mal wieder zu Hause schlafen. Und ich bin schon seit Langem für diesen Termin verabredet und würde das ungern …«

»Ihre Freunde können Sie doch immer noch treffen. Wirklich, ich kann Ihnen nur *dringend* raten, hierzubleiben.« Professor Schmoll wurde noch ernster. »Unsere Studie befindet sich in der entscheidenden Phase. Wenn Sie Ihre Therapie jetzt unterbrechen, gefährden Sie das ganze Projekt. Ich kann Sie also auch im Namen aller von Alzheimer betroffenen Patienten nur bitten, am Ball zu bleiben.«

»Aber es ist Wochenende und irgendwann …« Aber wieder wurde Peer unterbrochen.

»Ich verstehe ja, dass Sie das Wochenende gern für sich haben wollen. Aber geht es hier nicht um Wichtigeres? Sie können noch zahllose nette Abende mit Ihren Freunden verbringen, wenn wir die Therapie beendet haben.«

»Wir machen die Verabredungen immer lange im Voraus, damit auch jeder kann. Ich würde da wirklich ungern absagen.«

»Ich bin mir sicher, dass Ihre Freunde Verständnis haben.«

»Aber …«

»Bedenken Sie bitte auch, wer die Kosten für Ihre Therapie bisher übernimmt«, fiel ihm Professor Schmoll ein weiteres Mal ins Wort, und seine Stimme klang nun strenger. »Ich weiß nicht, ob es weiterhin möglich ist, wenn Sie den Verlauf der Studie einfach so stören.«

Wollte der Mann ihn unter Druck setzen? Das fand Peer nun doch ganz schön dreist. Nur weil die seine Therapie bezahlten, bestimmten die doch noch lange nicht über sein Leben.

Das Telefon klingelte, und als der Professor das Gespräch annahm, zog ihn Mia zur Seite.

»Ich kann Sie sehr gut verstehen. Wir haben auch eine feste Mädelsrunde, die mir heilig ist. Trotzdem würde ich Sie bitten, diesmal eine Ausnahme zu machen.« Sie blickte zu Professor Schmoll rüber, als wollte sie sicherstellen, dass er sie nicht hörte. »Ich habe Ihnen doch von den Problemen mit den amerikanischen Auftraggebern erzählt«, sagte sie leise.

Peer nickte.

»Die Probleme sind nicht besser geworden, und der Professor steht unter gewaltigem Druck. Für heute Abend hat er eine Videoschaltung mit den USA angesetzt, da wäre es wirklich fatal, wenn Sie fehlen würden.«

Peer sah sie erstaunt an. »Sie meinen, irgendwelche Amerikaner schalten sich per Video dazu und wollen mir heute Nacht beim Schlafen zuschauen?«, fragte er ungläubig.

»Na ja, so ungefähr. Jedenfalls wäre es wirklich wichtig, wenn Sie hier wären. Bitte!«

Der Professor hatte aufgelegt und drehte sich wieder zu ihnen um.

»Wenn Sie möchten, können wir ja noch etwas zusammen essen, bevor Sie sich hinlegen«, flüsterte Mia Peer zu. »Dann haben Sie wenigstens ein bisschen das Gefühl, dass Wochenende ist. Wäre das nicht eine Alternative zum Herrenabend?«

Was für ein nettes Angebot, freute sich Peer. Das war natürlich tausendmal besser, als mit seinen Kumpels in der Kneipe zu versacken. Es nervte ihn zwar immer noch, dass Professor Schmoll ihn hatte unter Druck setzen wollen, aber die Aussicht auf einen Abend mit Mia ließ ihn das schnell vergessen.

»Gut. Diese Nacht bleibe ich noch«, sagte er schließlich. »Aber morgen Abend schlafe ich zu Hause.«

Professor Schmoll warf Mia einen zufriedenen Blick zu, was Peer erneut verärgerte. Glaubte dieser Typ etwa, dass sich Mia nur der Studie wegen mit ihm verabredete? Für einen Moment keimten Zweifel in Peer auf, und er dachte darüber nach, ob sie womöglich wirklich nur so nett zu ihm war, weil er ein wichtiger Teil einer noch wichtigeren Studie war, die *Somnia* vermutlich viel Geld einbrachte. Doch dann fiel sein Blick auf ihr Gesicht, auf ihre klaren, wachen Augen, die ihn freundlich und ehrlich anstrahlten, und all seine Zweifel waren verflogen.

13

Der Abend war bisher schlecht gelaufen. Lag es am Wetter? Es war immer noch warm, regnete aber Bindfäden. Das dürfte die Lkw-Fahrer aber eigentlich nicht stören, dachte Sandy. Noch nicht mal Hans war heute gekommen, dabei war es doch sein Tag. Bis auf einen italienischen Gemüselieferanten hatte sie noch kein Geschäft gemacht. Von dem Spaghettifresser hatte sie sich auch noch auf zwanzig Euro fürs Blasen runterhandeln lassen. Ein richtiger Scheißtag war das!

Woran es lag? Nicht nur am Wetter. Es war Freitag, da brummte normalerweise der Laden. Aber die Konkurrenz war einfach zu groß. Sie hatte schon drei oder vier Mädchen gesehen, die noch nie hier gewesen waren. So wie die aussahen, waren es Rumäninnen, und die machten bekanntlich die Preise kaputt. Vielleicht sollte sie ihren Standort ändern, weiter nach vorne Richtung Gaststätte gehen und da die Typen direkt ansprechen, die vom Klo kamen. Sie hatte das schon ein paarmal gemacht, und eigentlich hatte das immer ganz gut geklappt, auch wenn es der Gaststättenpächter nicht gern sah und sie nach ein paar Stunden verscheuchte. Aber egal. Heute würde sie sich nicht so schnell abwimmeln lassen!

Sie hatte noch keine drei Schritte in Richtung Gaststätte gemacht, als sie ihn kommen sah. Sie erkannte seinen Wagen sofort, den schicken schwarzen Mercedes mit den getönten Scheiben. Das war doch der süße Typ von letztem Wochenende! Sie musste zusehen, dass er nicht bei einer anderen hielt. Diesmal würde sie den dicken Fisch nicht von der Angel gehen lassen.

Sandy drehte sich hastig um. Wo war Eva? Ah, sehr gut. Sie stieg gerade in einen polnischen Lkw. Die würde ihr heute nicht in die Quere kommen. Und die Rumäninnen? Alle zu weit weg. Perfekt.

Sandy setzte ihr schönstes Lächeln auf, zog den Bauch ein und schob den Busen noch weiter heraus. Lasziv winkte sie dem Fahrer des dunklen Mercedes zu. Der Wagen wurde langsamer und kam schließlich neben ihr zum Stehen. Mit einem koketten Augenaufschlag beugte sich Sandy zu dem geöffneten Fenster herunter.

»Da bist du ja wieder! Wie schön. Ich hab dich schon vermisst.«

Der Kerl sah echt super aus, trug teure Markenklamotten und wirkte sehr gepflegt. Wie alt mochte er sein? Vierzig? Fünfzig? Sandy konnte es schwer einschätzen. Seine Haare waren jedenfalls schon ziemlich grau.

Freundlich lächelte er sie an. »Ja, tut mir leid, dass ich das letzte Mal weggefahren bin. Ich war einfach ... Diese andere Frau hat mich irgendwie ...«

»Du musst dich nicht entschuldigen«, unterbrach Sandy ihn. »Ich freue mich, dass du wieder da bist. Steht dein Angebot noch?«

Sie dachte an den extra Hunderter, den er ihr versprochen hatte, wenn sie mit ihm woanders hinfuhr. Das Geld konnte sie heute wirklich gut gebrauchen.

»Das Wetter ist furchtbar, da ist der ganze Autohof so trostlos. Ich würde dich wirklich gerne irgendwo anders hin begleiten.«

»Das Vergnügen liegt ganz bei mir«, sagte der süße Typ. Er hatte etwas Väterliches und strahlte eine Souveränität aus, die Vertrauen schuf. »Ich würde dich auch gern woanders genießen. Vielleicht können wir es uns irgendwo richtig nett machen, und ich bringe dich später wieder zurück? Oder ich fahre dich gleich danach nach Hause. Vielleicht kannst du nach mir ja auch Feierabend machen«, sagte er freundlich.

Jackpot!, freute sich Sandy. Der Typ hatte gesagt, er wollte sie *genießen*. Das hatte noch nie ein Kerl zu ihr gesagt. Vielleicht würden sie ja in ein schickes Hotel fahren, sie würde ein heißes Bad nehmen und diesen super Kerl auf einem riesengroßen Bett vögeln. Wer weiß, womöglich würde er sie demnächst häufiger besuchen, vielleicht sogar telefonisch bestellen, sodass sie vom Autohof wegkam und nur noch im Hotel arbeiten konnte. Das wäre wirklich fett!

Lächelnd stieg Sandy in die Limousine und schnallte sich an. »Dann mal los!«

Der Typ grinste und drückte aufs Gas. Mit hoher Geschwindigkeit fuhr er auf die Autobahn.

Na, der hat es ja eilig, dachte Sandy und freute sich, dass sie ihre Tageseinnahmen bald so gut aufgebessert haben würde.

»Wo fahren wir hin? Ins Hyatt? Die Hotels am Flughafen liegen, glaube ich, am nächsten.«

»Lass dich überraschen.«

Sandy nickte und legte ihm eine Hand auf den Oberschenkel. Der Stoff seiner Hose fühlte sich edel und teuer an. Sie war davon überzeugt, dass er sie in ein richtig schönes Hotel entführen würde.

»Ich bin übrigens Sandy. Und wie heißt du?«

»Kannst du bitte deine Hand wegnehmen? Ich muss mich aufs Fahren konzentrieren.«

Huch! Was hatte er denn auf einmal? Sandy zog erstaunt die Hand zurück. Zwar hatte er nicht unfreundlich gesprochen, aber da normalerweise alle Kerle geil darauf waren, von ihr befummelt zu werden, überraschte sie seine Reaktion nun doch. Na, vielleicht war er einfach ein schlechter Autofahrer.

»Sorry. Wie soll ich dich denn nennen?«, fragte sie.

»Egal.«

»Egal? Aber ich muss doch irgendwas zu dir sagen. Oder hast du es am liebsten ganz schweigsam?«

»Ja, das wäre mir am liebsten.«

Warum wirkte er plötzlich so angespannt? Na, vielleicht war er nervös. Sandy hatte schon häufiger Typen gehabt, die beim Sex nicht sprechen wollten. Das waren meistens so verklemmte, die sich eigentlich dafür schämten, zu einer Hure zu gehen. Sie hätte zwar nicht gedacht, dass dieser souveräne Geschäftsmann in Wirklichkeit so ,n Klemmtyp war, aber in ihrem Job wunderte sie schon lange nichts mehr.

»Okay, dann nenne ich dich nur Süßer. Und im Großen und Ganzen halte ich meinen Mund, einverstanden?«

Er nickte nur und raste über die Autobahn. Sandy sah die Tachonadel nahe der 180 zittern.

»Was ist das für ein Aufkleber?«, frage Sandy und zeigte auf die Windschutzscheibe. Unter der Umweltplakette hatte sie wieder den merkwürdigen Kleber entdeckt, er ihr schon beim ersten Mal aufgefallen war. »Sieht aus wie eine Insel.«

»Ich dachte, du wolltest den Mund halten.«

Sie machte eine abwehrende Handbewegung. »Alles easy, Mann. Alles gut.«

War er doch nicht so nett, wie sie gedacht hatte? Wäre nicht das erste Mal, dass sich ein vollkommen harmlos wirkender Typ als perverses Arschloch entpuppte. Hoffentlich war das hier nicht auch so ein Fall. Hoffentlich stand der nicht auf irgendeine kranke Sadomaso-Nummer, darauf hatte sie jetzt überhaupt keinen Bock.

Sie sah aus dem Fenster und stutzte. Es wunderte sie, dass sie Richtung Limburg fuhren. Die großen anonymen Hotels fand man eigentlich eher Richtung Frankfurt.

»Wohin fahren wir denn?«

»Sind gleich da.«

Er drosselte das Tempo und nahm die nächste Ausfahrt.

Sie mussten noch zweimal abbiegen und waren wenig später auf einer einsamen Landstraße, die an einem lang gezogenen Waldgebiet entlangführte. Zum ersten Mal an diesem Abend spürte Sandy leichte Panik in sich aufsteigen. Hier war nirgendwo ein Hotel zu sehen, auch keine Gaststätte, nichts dergleichen.

Vorsichtshalber griff sie in ihre Tasche, um das Handy im Notfall griffbereit zu haben. Allein mit einem fremden Mann auf einer einsamen Landstraße zu sein, war keine gute Sache. Sollte sie sich so in ihm getäuscht haben? Sie hatte eigentlich eine hervorragende Menschenkenntnis und konnte förmlich riechen, wenn von einem Typen Gefahr ausging. Von diesem hier ging keine aus, davon war sie absolut überzeugt.

Plötzlich fuhr der Mann von der Landstraße ab und lenkte den Wagen in einen Waldweg. Schließlich hielt er an und drehte sich zu ihr. Er lächelte jetzt wieder so freundlich wie zuvor auf dem Autohof. Sandy atmete erleichtert auf, auch wenn sie enttäuscht war, dass sie nicht in ein schickes Hotel gefahren waren.

»Entschuldige bitte, das muss alles komisch für dich sein«, sagte er und lächelte ihr wieder zu.

Sie hatte sich nicht getäuscht. Der Kerl war ihr sympathisch. Wäre er nicht zwanzig oder dreißig Jahre älter als sie, hätte sie sich glatt in ihn verlieben können.

»Ich habe, glaube ich, schon gesagt, dass ich das noch nie gemacht habe, deshalb bin ich ein bisschen angespannt. Tut mir wirklich leid.« Er zog sein Portemonnaie aus der Tasche und drückte ihr hundert Euro in die Hand. »Hier sind die versprochenen Hundert für die Fahrt.«

»Für eine Fahrt in den Wald?« Sie schüttelte lachend den Kopf. »Dafür hätten wir nicht zwanzig Minuten über die Autobahn fahren müssen. Wald gibt es hinterm Autohof jede Menge. Ich hoffe, du bringst mich auch wieder zurück.«

Er lachte. »Ist doch selbstverständlich. Wie gesagt, tut mir leid, dass ich so kompliziert bin.« Er zog einen weiteren Hunderter hervor. »Und würdest du mir hierfür jetzt einen … na … also …«

Sandy schnappte sich lächelnd den zweiten Hunderter, steckte beide Scheine in die Handtasche und legte sie zur Seite. Dann beugte sie sich zu ihm rüber und öffnete mit geschickten Fingern seine Hose. »Dafür blase ich ihn dir so lange wie du willst«, säuselte sie und nahm seinen Schwanz in den Mund. Schnell hatte sie ihn groß und steif und konnte ihn nun in Ruhe bearbeiten. Sie wollte es ihm richtig gut besorgen. Der Kerl war immerhin ein Premiumkunde, und sie wollte unbedingt, dass er wiederkam, vielleicht sogar Stammkunde wurde. Aber obwohl sie alle Tricks anwandte, die sie kannte, wirkte der Typ merkwürdig unbeteiligt.

»Soll ich dich lieber reiten?«, fragte sie nach einer Weile, aber zu ihrem Erstaunen machte der Mann ein fast angeekeltes Gesicht.

»Nein, nein, bloß nicht. Mach es mir so.«

»Gern«, säuselte sie und machte weiter. Noch nie hatte sie zweihundert Euro fürs Blasen bekommen, und sie würde alles dafür tun, dass der Typ zufrieden war.

Doch nach zwanzig Minuten war er immer noch nicht gekommen.

»Mach ich irgendwas falsch?« Sandy nahm den Kopf aus seinem Schoß und bemerkte zu ihrem Erstaunen, dass der Kerl sein Handy in der Hand hatte und irgendwelche Nachrichten checkte. »Hey«, rief sie genervt. »So kann das ja nichts werden. Leg doch mal das Ding weg!«

Sie erschrak, als sie in seine Augen sah. Kalt waren sie plötzlich, hart und abweisend. Alles Sympathische war aus dem Gesicht des Mannes verschwunden. Selbst die Lachfältchen um seine Augen wirkten plötzlich nur noch wie Linien auf der Haut, mit der Freundlichkeit von vorhin hatten sie nichts mehr zu tun. Es war fast so, als hätte der Mann ein zweites Gesicht.

Sandy wischte sich über den Mund und setzte sich wieder richtig auf den Beifahrersitz. »Ist irgendwas?«, fragte sie irritiert.

»Raus hier.« Seine Stimme klang stumpf, und seine Miene war regungslos.

Was war denn jetzt los?

»Hab ich irgendwas falsch gemacht?«

»Verschwinde.« Er machte sich die Hose zu und schaute sie finster an. »Und zwar sofort.«

»Es ist mitten in der Nacht, es regnet, und wir sind hier in irgendeinem Scheißwald. Du kannst mich doch nicht einfach so rausschmeißen!«

»Doch, kann ich. Und jetzt verpiss dich, du Schlampe.«

Er beugte sich über ihren Sitz, öffnete die Beifahrertür und stieß sie hinaus.

»Arschloch!«, schrie Sandy, als sie auf den matschigen Waldboden fiel.

Der Typ zog die Tür wieder zu, dass es knallte, und drückte aufs Gaspedal. Der matschige Waldboden wurde aufgewirbelt, und Schlammfetzen flogen ihr ins Gesicht, als der Mercedes den Weg entlang davonstob, tiefer in den Wald hinein.

Sie sah den roten Rückleuchten hinterher, die immer kleiner wurden. Was für ein impotenter Wichser! Sie schlug mit den Fäusten auf den matschigen Boden ein. Dann versuchte sie sich aufzurichten, was ihr mit den hohen Absätzen nur mühsam gelang. Sie wankte, und im nächsten Augenblick fiel ihr die Tasche in den Dreck. Fluchend hob sie sie wieder auf und wischte sich den Matsch aus dem Gesicht.

Was für ein elender Scheißtag! Jetzt war sie klatschnass und voller Schlamm in irgendeinem Scheißwald und konnte die zweihundert Euro, die das Schwein ihr gegeben hatte, in ein Taxi investieren. Verdammt, warum hatte sie sich so blenden lassen? Keiner ihrer stinkenden Trucker hätte sich ihr gegenüber jemals so mies verhalten. Aber Mr. Schnösel hatte sie behandelt wie den letzten Dreck. Nein, das würde ihr nicht noch einmal passieren. Nie wieder würde sie sich so blenden lassen.

Genervt wühlte sie in der kleinen Handtasche. Wo war ihr Handy? Scheiße, hatte sie das etwa im Wagen verloren? Oder hatte das Arschloch es ihr geklaut?

»Fuck, fuck, fuck!« Sandy schrie beinahe. Doch es half alles nichts. Sie musste zur Landstraße stapfen und hoffen, dass sie dort jemand mitnehmen würde oder dass sie wenigstens eine Notrufsäule fand, von der aus sie Hilfe rufen konnte. Nein, beschissener hätte ihr Abend nicht verlaufen können. Auf die zweihundert Euro von dem Arschloch hätte sie gut und gern verzichtet. Lieber hätte sie jedem einzelnen Trucker auf dem Autohof für zehn Euro den ungewaschenen Schwanz geblasen, als diesen Scheiß hier mitzumachen.

Stocksauer zog sie den Reißverschluss ihrer dünnen Jacke zu, wobei sie sich die Haut an ihrem Hals einklemmte. Auch das noch. Fluchend stöckelte sie Richtung Landstraße. Es konnte echt nicht schlimmer kommen.

Nachdem sie einige Meter durch den Wald gegangen war, hörte sie plötzlich ein Knacken hinter sich. Scheiße. Gab es hier Tiere? Sie hatte von Wölfen gelesen, die es nun wieder in Deutschland gab. Aber war das nicht mehr im Osten? Oder gab‘s die auch hier? Jetzt steigere dich bloß nicht in irgendetwas rein!, ermahnte sie sich selbst. Im Taunus gab es bestimmt Rehe und vielleicht auch Wildschweine oder Füchse. Aber keine Wölfe oder andere gefährliche Viecher. Also kein Grund, sich aufzuregen. Das Oberarschloch von Mercedesfahrer war jedenfalls weg, so viel war sicher. Von dem ging keine Gefahr mehr aus. Und wer sollte hier schon mitten in der Nacht sein?

Sandy holte tief Luft und versuchte, an etwas anderes zu denken. Sie überlegte, in welcher Richtung die nächste Notrufsäule wohl stehen könnte und wie weit es überhaupt noch bis zur Landstraße war.

Wieder hörte sie ein Geräusch. Es hatte sich fast so angehört, als wäre jemand von etwas heruntergesprungen. Der Waldboden hatte hörbar unter dem Aufprall vibriert. Es musste ganz in ihrer Nähe gewesen sein …

Sandy blieb stehen, drehte sich um und starrte in die Dunkelheit. Doch der Wald war so dicht, dass er kaum Mondlicht hindurchließ und sie nicht weiter als ein paar Meter schauen konnte. Nichts war zu erkennen.

Es wird Zeit, dass du hier wegkommst, dachte sie und beschleunigte ihren Schritt. Während sie im straffen Tempo über den Waldweg stolperte, drehte sie sich immer wieder um. Fuck, da war jemand! Hinter ihr. Ein dunkler Schatten sprang von Baum zu Baum und kam immer näher. Lief der hinter ihr her?

Sandy rannte nun, so schnell sie konnte. Es war schwierig, mit den Stöckelschuhen fand sie auf dem matschigen Untergrund kaum Halt. Plötzlich knickte sie um und schlug der Länge nach hin. Als sie sich gerade wieder aufrappeln wollte, sah sie jemanden über sich stehen. Ein Mensch, dunkel gekleidet, die Haare unter einer dunklen Mütze versteckt. Sie konnte nicht erkennen, wer es war, ob ein Mann oder eine Frau. Der Wichser aus dem Mercedes war es aber bestimmt nicht. Oder?

»Was … was wollen Sie?«, stammelte Sandy.

Dann sah sie die große Klinge, die die Person in der Hand hatte. Mit Schwung holte sie aus, dann raste die Klinge auf Sandy zu.

14

Peer gähnte und streckte sich. Wiedermal hatte er wunderbar geschlafen. Er drehte den Kopf und lächelte, als er Mia erblickte. Sie befreite ihn gerade vorsichtig von den Kabeln.

»Ich fand den Abend gestern wirklich sehr nett«, sagte Peer. »Wer hätte gedacht, dass man in der Kantine hier so gut essen kann.«

Mia lachte auf. »Kantine ist gut. Unser Koch hat früher mal einen Stern gehabt. Den hat er zwar nicht mehr, aber er hat‘s immer noch drauf.«

»Wow! Und wie kommt man als Sternekoch an ein Krankenhausrestaurant?«

»Er war hier Patient«, erklärte Mia und fügte lächelnd hinzu: »Aber als klassisches Krankenhausrestaurant würde ich unser Lokal nicht bezeichnen. Der Professor nutzt es häufig, um mit Vertretern aus Politik und Pharmawirtschaft zu essen. Da muss man schon ein bisschen mehr bieten können als Schnitzel und Pommes.«

»Das stimmt. Aber was ich eigentlich sagen wollte: Es war sehr nett mit Ihnen«, sagte Peer und gab sich dann einen Ruck. »Wollen wir uns nicht duzen? Jetzt, wo wir uns quasi auch privat kennen … Oder kriegen Sie dann Ärger mit dem Chef?«

Mia zögerte einen Moment und schien nachzudenken. Dann sagte sie errötend: »Nein, das ist okay, denke ich. Ich bin Mia.«

»Ich weiß. Ich bin Peer.«

»Ich weiß.«

Sie lachten beide auf, und Peer fand die Situation fast schon absurd. Da lag er in einem fremden Schlafanzug in einem fremden Bett, und vor ihm stand eine Frau, mit der er sich durchaus vorstellen könnte, mehr zu machen als nur essen zu gehen.

Mia schaute auf die Uhr. »In einer halben Stunde möchte dich der Professor gern sprechen. Er will die kommende Woche mit dir durchgehen.«

»Alles klar. Ich werde pünktlich sein.«

Als Mia den Raum verlassen hatte, ging Peer ins Bad und putzte sich die Zähne. Dann zog er den Schlafanzug aus, um schnell unter die Dusche zu springen. Mit der Hose in der Hand stand er nackt vor dem Spiegel und war für einen Moment irritiert. Wieso hatte er keine Unterhose an? Nachdem Philipp ihm geraten hatte, immer eine Unterhose zu tragen, um so eine mögliche Morgenlatte besser verstecken zu können, hatte sich Peer die ganze Woche über ans diese Vorsichtsmaßnahme gehalten. Glaubte er jedenfalls – doch, eigentlich war er sich sicher. Hatte er gestern Abend die Unterhose ausgezogen? Möglich. Vielleicht hatte er zu sehr unter dem Eindruck des netten Abends mit Mia gestanden. Was soll's. Er hatte keine Latte zu verbergen gehabt, also war alles in Ordnung.

Peer sprang unter die Dusche und zog sich danach frische Sachen an. Den Schlafanzug warf er in den Wäscheschacht, die gebrauchte Wäsche vom Vortag packte er in die Tasche. Nur seine blöde Unterhose konnte er nicht finden. Er hielt einen Moment inne und wunderte sich. Er hatte seine Unterhose verloren? Wie bescheuert war das denn? Dann seufzte er tief. Wahrscheinlich hatte er sie aus Versehen in den Wäscheschacht geworfen. Aber damit konnte er sich jetzt nicht länger beschäftigen. Er musste sich beeilen, Professor Schmoll wartete auf ihn.

Als Peer zwei Stunden später seine Wohnungstür aufschloss, spukten ihm immer noch die Worte von Schmoll durch den Kopf. Geradezu euphorisch war der Professor gewesen. Peer habe außerordentlich gut auf die Therapie angesprochen, die Fortschritte seien beeindruckend.

»Und Ihre Auftraggeber? Die Amerikaner? Was haben die dazu gesagt?«

»Wir haben sie nur kurz per Videoschaltung an Ihrem Schlaf teilhaben lassen. Die Skepsis, die es auf der Seite der Geldgeber vielleicht noch gibt, werden wir mit Ihren Daten mit Sicherheit ausräumen können. Sie, Peer, sind der Beweis, dass meine Behandlung funktioniert, dass die Studie erfolgreich sein wird! Das ist ein ganz außerordentlicher Erfolg.«

Natürlich hatte Peer die Neuigkeit gefreut, ließen die positiven Ergebnisse doch die Vermutung in ihm reifen, dass er seine Albträume vermutlich für immer loswerden würde. Dennoch war er leicht verärgert aus dem Gespräch mit Schmoll gegangen. Denn schon wieder hatte der Professor versucht, ihn unter Druck zu setzen, hatte ihm unterschwellig gedroht, dass es Konsequenzen haben würde, wenn er jetzt eine Nacht fehlen würde. Er müsse die Therapie in dieser Intensität auf jeden Fall noch ein bis zwei Wochen durchhalten, dann könne man ihn beruhigt entlassen, hatte der Professor gesagt.

Peer warf die Wohnungstür zu. Nein! Er hatte keine Lust, sich fremdbestimmen zu lassen. Vermutlich auch ein Erbe seiner Kindheit. Er wollte frei entscheiden, was er tat, und diese Entscheidungen nicht anderen überlassen, so wie es sein Vater oft genug hatte tun müssen. Peer mochte den Professor, er vertraute ihm und seiner Therapie, aber er hatte keine Lust, sich dem ganzen Prozedere vollständig zu unterwerfen. Natürlich war er dankbar, dass die Kosten für die Behandlung übernommen wurden, aber deshalb gab er noch lange nicht sein Selbstbestimmungsrecht auf. Die amerikanischen Auftraggeber der Studie würden sich heute sowieso nicht dazuschalten, hatte Mia ihm erzählt, also konnte sich Peer ruhig eine Auszeit gönnen.

Musste er sich bei *Somnia* abmelden? Er war sich nicht sicher. Er freute sich darauf, endlich wieder etwas Zeit in seiner Wohnung zu verbringen. Sein Zuhause war ihm wichtig, er war gern hier. Vielleicht lag es daran, weil er sein Elternhaus verloren hatte, weil er nach dem Tod seiner Mutter zum zweiten Mal in seinem Leben alles hatte aufgeben müssen. Erst nach dem Studium hatte er sich mit dem ersten mühsam zusammengesparten Geld ein neues Zuhause aufbauen können. Eines, in dem er sich rundum wohlfühlte.

Peer spürte ganz deutlich, dass er mal wieder einen Abend in seiner Wohnung sein wollte. Er würde sich etwas Leckeres zu Essen kochen und die halbe Nacht vor der Glotze sitzen. Darauf freute er sich jetzt schon. Auch wenn er kein ausgewiesener TV-Junkie war, so musste er zugeben, dass er nach den Tagen ohne Berieselung mal wieder in richtiger Fernsehlaune war.

Das Telefon klingelte. Als er ranging, hörte er zunächst ein Knacken in der Leitung, dann räusperte sich jemand.

»Hallo?«

Es dauerte einen Moment, bis er eine tiefe, rauchige Stimme hörte. »Peer Henke?«

War es eine Frau?

»Ja, am Apparat. Wer will das wissen?«

»Ich muss Sie sprechen. Dringend.«

»Wer ist denn da?«

»Wir können nicht am Telefon reden. Kommen Sie in den Stadtpark, sechzehn Uhr, bei den Tischtennisplatten.«

»Nee, ist klar! Verarschen kann ich mich allein.«

Peer legte genervt auf. Diese Spaßanrufe gingen ihm gewaltig auf den Sack. Er hatte das schon öfter erlebt.

Meistens wurde ein Band abgespielt, und eine Stimme beschimpfte ihn, das falsche Essen geliefert oder den Müll nicht richtig sortiert zu haben. Mehrmals hatte er die Nummer, die im Display zu sehen gewesen war, bei Google eingegeben, und jedes Mal hatte er sie als Spaßanrufer entlarvt. Peer sah sich die Anruferliste an, aber diesmal war die Nummer unterdrückt worden. Noch unverschämter, fand er.

Er sichtete die Vorräte in seinem Kühlschrank und überlegte, was er sich für den Abend einkaufen sollte.

»Gibt es etwas Schöneres, als mit einem Glas Rotwein und einem Stück Pizza den Samstagsabendfilm zu schauen?«, hatte sein Vater früher gesagt, als es ihm noch besser gegangen war. Peer verband dieses Bild seiner Eltern, wie sie es sich auf dem Sofa gemütlich gemacht hatten, eine große Pizza und eine Flasche Rotwein vor sich auf dem Couchtisch, mit dem Gefühl einer glücklichen Kindheit. Damals war noch alles gut gewesen. Peer war zu ihnen aufs Sofa gekrochen, hatte sich auch ein Stück von der Pizza geklaut und sich zwischen seine Eltern gekuschelt.

Aber irgendwann war es vorbei gewesen. Einfach so. Für immer. Er erinnerte sich noch genau, wie seine Mutter eines Tages mit fröhlicher Stimme vorgeschlagen hatte, Pizza zu bestellen und gemeinsam den neuen James Bond zu gucken.

»Ich hasse Pizza«, hatte sein Vater tonlos erwidert.

Mama hatte gelacht, etwas erstaunt und eher so, als hätte ihr Mann einen Scherz gemacht. »Ich hab extra Thunfisch gekauft. Und Peperoni. Das liebst du doch«, hatte sie munter hinzugefügt. »Und den Bond haben wir auch noch nicht gesehen.«

»Halts Maul.« Mehr hatte er nicht gesagt. Einfach nur: »Halts Maul.« Dann hatte er das Zimmer verlassen und sich im Hobbykeller eingeschlossen. Den ganzen Abend, die ganze Nacht. Erst am Sonntagmittag war er wieder hochgekommen und hatte sich an den Mittagstisch gesetzt, als wäre nichts gewesen.

So hatte es angefangen.

Als Peer an der Tiefkühltheke im Supermarkt stand, griff er trotzdem nach einer Thunfischpizza. Er wusste selbst nicht genau, warum, vielleicht wegen Mama, vielleicht aber auch wegen seines Vaters, weil er Pizza so gemocht hatte, als er noch gesund gewesen war. Peer kaufte noch zwei Kästen Wasser, eine gute Flasche Rotwein, bezahlte und verstaute dann alles im Kofferraum seines Wagens.

Er freute sich wirklich auf den Abend. Manchmal überkam ihn am Wochenende das Gefühl der Einsamkeit. Vor allem dann, wenn alle anderen mit ihren Familien und Kindern Zeit verbrachten. Aber heute fühlte sich Peer nicht einsam.

Er parkte vor seinem Haus und sprang aus dem Auto. Die Wasserkästen ließ er erst mal im Kofferraum. Jetzt wollte er so schnell wie möglich aufs Sofa.

Mit der Pizza und dem Rotwein machte er es sich eine halbe Stunde später vor dem Fernseher bequem. Nachdem er sich eine Weile durchs Programm gezappt hatte, blieb er bei *Stirb langsam* hängen, den er bestimmt schon dreimal gesehen hatte. Egal. Er mochte den Film, er mochte Bruce Willis, und er mochte es, dass die unmöglichsten Stunts aussahen, als wären sie das Normalste von der Welt.

Er lag quer auf dem Sofa und ließ sich die Pizza schmecken. So kann man es aushalten, dachte Peer zufrieden und gähnte. Warum war er eigentlich schon wieder so müde? Er hatte doch super geschlafen letzte Nacht.

Als er das zweite Glas Wein zur Hälfte leer getrunken hatte, fielen ihm langsam die Augen zu …

15

Der Untergrund ist nass und matschig. Immer wieder sinke ich in den Boden ein, teilweise bis zu den Knöcheln und sogar noch tiefer. Bin ich in ein Moor geraten? Ich falle nach vorn, rapple mich wieder auf und hetze weiter.

Das Monster ist direkt hinter mir, nur noch wenige Meter entfernt. Ich höre es, die Atmung, die Schritte, das Abknicken der Äste, die es kraftvoll zur Seite schiebt. Was ist es? Ein Tier? Ein Mensch? Oder eine Mischung von beidem?

Denk nicht drüber nach, konzentriere dich aufs Laufen! Du musst hier weg!

Endlich wird der Boden fester, und ich werde schneller. Ich renne, springe über Baumstümpfe, jage durchs Unterholz. Wie ein Puma hetze ich durch den morastigen Wald.

Ich schaffe es, ich kann entkommen!

Aber plötzlich taucht dieser Felsen vor mir auf, groß, breit, wie eine Wand. Ich kann ihn nicht umgehen, er zwingt mich, das Tempo zu verringern. Ich bleibe stehen, und sofort wird das Keuchen hinter mir wieder lauter. Es erinnert mich an das Hecheln eines alten Wolfes, heiser und krächzig.

Ich muss hier weg, schnell, sonst zerreißt mich das Scheißvieh noch!

Mir bleibt nur eines: Ich nehme Anlauf und springe auf den Felsen. Natürlich ist auch er feucht und schmierig. Ich rutsche ab und lande wieder im tiefen Morast. Verdammt.

Ist das mein Ende? Hat er mich jetzt?

Es fällt mir schwer mich umzudrehen. Der Schlamm zerrt an mir, als wäre ich in Sekundenkleber geraten. Mühevoll stemme ich mich hoch und blicke nach oben.

Ich erstarre.

Da steht es, auf dem Felsen, und sieht mich an. Ein Wesen, eine dunkle Gestalt, vielleicht doch ein Mensch, jedenfalls hat es zwei Arme und zwei Beine. Der Rest ist in schwarze Kleidung gehüllt, sodass sein Gesicht nicht zu sehen ist. War es nicht gerade noch hinter mir? Wie kommt es auf den Felsen?

Leichtfüßig springt es zu Boden und landet direkt neben mir. Warum sinkt es nicht im Morast ein? Warum bin nur ich in diesem Schlamm gefangen?

Das Wesen beugt sich zu mir und zeigt mir seine Hand – nein, es ist eine Klaue. Anstelle von Fingernägeln hat sie Krallen, scharf und gefährlich, als wären sie aus Stahl.

»Peer!«, ermahne ich mich in Gedanken, während ich die fürchterliche Klaue anstarre. »So etwas gibt es nicht. Solche Wesen existieren nicht. Du träumst gerade. Sag dem Scheißmonster, es soll sich wieder in seinen Horrorfilm zurückziehen und dich in Ruhe lassen.«

Ja, ich träume, das alles ist nicht real. Vielleicht habe ich zu viele Horrorfilme gesehen, vielleicht bin ich vor einem Horrorfilm eingeschlafen?

Ich versuche, das Gesicht des Wesens zu erkennen, aber es bleibt vollständig im Dunkeln. Mein Herz rast, meine Atmung wird immer hektischer.

Schick es weg! Du kannst das! Schick es einfach weg!

In dem Moment holt das Wesen aus, als wollte es zuschlagen.

»Hau ab!«, schreie ich da. »Geh weg! Verpiss dich!«

Einen Augenblick lang glaube ich, dass es gewirkt hat. Das Wesen scheint innezuhalten, zögert. Doch dann höre ich ein heiseres Lachen, spöttisch und gefährlich.

»So einfach ist das nicht, Peer.«

Das Wesen holt aus und reißt mir mit seiner Klau die Brust auf. Der Schmerz … dieser unerträgliche Schmerz!

Ich schlage um mich, versuche es von mir herunterzustoßen, aber ich schaffe es nicht.

Es greift mit seiner rechten Klaue in meine Brust hinein, und der Schmerz ist nun so heftig, dass ich es kaum noch aushalte. Ich spüre einen kräftigen Ruck. Das Wesen ist über mir, hält mein pochendes Herz zwischen seinen Krallen, scheint es interessiert zu betrachten. Ich habe nur noch wenige Sekunden, ich spüre, wie das Leben aus mir weicht, ich sterbe. Mein Herz in der Hand des Monsters pocht immer langsamer, und ich bin zu schwach, um meine Augen weiter offenzuhalten.

In dem Moment, in dem ich sterbe, beugt sich das Wesen noch mal zu mir herunter und grinst mich an.

Und da erkenne ich sein Gesicht.

16

Mit einem erstickten Schrei schreckte Peer auf. Er lag auf dem Boden. Er musste vom Sofa gefallen sein. Die Reste der Thunfischpizza lagen zermatscht auf seiner Brust, die Flasche war umgefallen, und Rotwein lief auf den Teppich.

»Scheiße, verdammte«, murmelte er und setzte sich auf. Das Wohnzimmer sah aus, als hätte ein Kampf stattgefunden. Die Sofakissen lagen verstreut auf dem Boden, der Couchtisch war umgeworfen worden.

Das kann doch nicht wahr sein, dachte Peer. Da schlief er eine Nacht nicht im Schlaflabor, und sofort kamen seine Albträume zurück. Und dann gleich so heftig.

Er versuchte aufzustehen, um sich in der Küche die Pizzareste von der Brust zu waschen. Aber als er auf die Füße gekommen war, musste er sich sofort wieder setzen. Merkwürdige Blitze tanzten vor seinen Augen, das Wohnzimmer schien plötzlich aus tausend kleinen Leuchtkugeln zu bestehen. Die Bilder an den Wänden wirkten verrutscht, die Tür zur Küche verschoben.

Peer fuhr sich mit den Händen durchs Gesicht, kniff die Augen zusammen und versuchte noch einmal, klar zu sehen. Aber es gelang ihm nicht.

Ein ungutes Gefühl stieg in ihm auf. Schlief er noch? War er gar nicht wach, sondern noch immer in einem Traum gefangen? Er bemerkte, wie sein Herz zu rasen begann. Wenn er nach wie vor träumte, konnte das Wesen aus seinem Traum dann jeden Moment wieder auftauchen? Hier, in seiner Wohnung?

Das Flackern vor seinen Augen wurde immer schlimmer, er konnte nun nichts mehr klar erkennen. Fieberhaft versuchte er, seine Gedanken zu ordnen. Schlief er noch, oder war er wach? Verdammt, er musste wissen, ob er wach war!

Wie in Trance stand er auf und schleppte sich zum Fenster. Vielleicht würde ein bisschen frische Luft guttun. Doch dann fiel ihm ein, was Professor Schmoll gesagt hatte, nämlich dass sich zahlreiche Schlafwandler aus dem Fenster stürzten.

Peer ging ins Bad und kniete sich neben die Badewanne, nahm den Duschkopf und stellte eiskaltes Wasser an. Dann hielt er sich den Wasserstrahl minutenlang über den Kopf.

Nach ein paar Minuten erlosch das Flackern vor seinen Augen, dafür setzte ein unerträglich stechender Kopfschmerz ein. Dennoch war Peer nun beruhigt. Er schlief nicht, er war wach. Wahrscheinlich erlitt er gerade einen Migräneanfall, er hatte davon gelesen, dass solche Attacken häufig mit Sehstörungen einhergingen.

Benommen und von den starken Schmerzen betäubt, schlich er ins Wohnzimmer zurück und legte sich auf das zerwühlte Sofa. Peer versuchte, eine Weile an gar nichts zu denken, was ihm aber nicht gelang.

Mein Gott, dachte er erschüttert. Das war das erste Mal, dass er nicht genau gewusst hatte, ob er wach gewesen war oder nicht. Okay, er hatte schon häufig ziemlich realistische Träume gehabt. Aber immer wenn er aufgewacht war, hatte er nach einem kleinen Augenblick der Orientierungslosigkeit gewusst, dass er nicht mehr schlief.

Aber das jetzt? Dass er wach und bei klarem Verstand gewesen war und nicht gewusst hatte, ob er geschlafen hatte oder nicht – nein, das war neu. Scheiße, verdammte! Es erinnerte ihn gewaltig an den Wahnsinn, den sein Vater früher immer geplagt hatte. Und das gefiel Peer überhaupt nicht.

17

Es war ein schöner Sonntag. Der Regen hatte sich verzogen, und die sommerliche Wärme war zurückgekehrt. Harry war es heute Morgen schwergefallen, aus seinem Lager hochzukommen und sich in den Rollstuhl zu stemmen. Er hatte am Vorabend zu viel getankt und tatsächlich etwas Ähnliches wie einen Kater. Natürlich keinen richtigen, den bekam er schon lange nicht mehr. Aber er fühlte sich angeschlagen, seine Zunge klebte am Gaumen, und er wurde von Nachdurst geplagt. Wie viel hatte er gestern gesoffen? Mehr als die obligatorische Flasche?

Harry blickte sich um. Zwei leere Flaschen Strohrum lagen auf dem Boden, daneben einige leere Pullen Bier. Waren die beiden Rumflaschen gestern Abend noch voll gewesen? Die eine schon, glaubte er, aber die andere nicht, oder? Falls doch, musste er aufpassen. Er konnte seinen Konsum nicht grenzenlos steigern – er war sich durchaus bewusst, dass er sich sonst irgendwann zu Tode soff.

Aber war das wirklich ein Problem? Seit dem Angriff auf ihn, damals in dem Toilettenhäuschen auf dem Friedhof, hatte er keine Angst mehr vor dem Tod. Dass er neulich in Panik geraten war, als ihm die Killerin eine Münze in die Plastikschale geworfen hatte, schrieb er dem Trauma zu, das er durch den Überfall erlitten hatte. Natürlich war die ganze Sache nicht spurlos an ihm vorübergegangen. Wie sollte sie auch? Das Gefühl der Todesangst war so prägend, das konnte man nicht so einfach abstreifen wie einen alten Hausschuh. Das wusste Harry nicht erst seit den Gesprächen, die der Psychologe im Krankenhaus mit ihm geführt hatte. Das hatte er vom ersten Augenblick an gewusst, als er aus dem Koma aufgewacht war. Todesangst vergaß man nicht.

Harry konnte auch nicht behaupten, dass er keine Angst vorm Sterben hatte. Und auch, wenn er davon ausging, dass sein Ende anders sein würde als das, was ihm vor sechs Jahren fast geblüht hatte, so war ihm doch klar, dass Sterben in der Regel kein Zuckerschlecken war, auch wenn es ohne Machete stattfand. Eine Leberzirrhose war übel, das hatte er bei anderen Pennern gesehen. Dünn waren die gewesen, geradezu abgemagert, aber der Bauch dick, voller Wasser. Sie hatten sich ständig gekratzt, weil die Haut so juckte, und die halbe Nacht über Magenschmerzen gejammert, die sie mit Alkohol zu betäuben versuchten. Vermutlich würde es mit ihm ein ähnliches Ende nehmen. Er konnte nur hoffen, dass er vorher vielleicht an einer Alkoholvergiftung oder an Herzversagen sterben würde. Denn auf ein langes Siechtum hatte er wirklich keinen Bock.

Angst vor dem Tod selbst hatte er nicht. Dann war es vorbei, dieses verdammte Scheißleben. Dann hatte er endlich seine Ruhe.

Aber noch war es nicht so weit, und seine Alkoholvorräte hatte er gestern leergetrunken. Es blieb ihm nichts anderes übrig, als zum Bahnhof zu rollen und sich Nachschub zu besorgen. Ohne sein Morgenbier war Harry immer ziemlich mies drauf, und so schimpfte er leise vor sich hin, als er auf den Bahnhofsvorplatz fuhr. Er schimpfte auf die Sonne, auf die Fliegen, auf die Leute, einfach auf alles.

Als er vor dem Büdchen stand und dem jungen Mann hinter dem Tresen gerade sagen wollte, welches Bier er gern hätte, verschlug es ihm fast die Sprache.

»Prostituierte in Wald niedergemetzelt«, las er die Überschrift einer großen Boulevardzeitung. »Ist der Ripper wieder zurück?«

»Was willst du?«, fragte der Mann im Büdchen nicht

gerade freundlich. »Pfandflaschen, die nicht aus unserem Laden stammen, nehme ich nicht an, das sag ich dir gleich.«

Harry brauchte einen Moment, um sich zu sammeln. »Äh … Ich nehme ein Sixpack Warsteiner. Und die Zeitung.«

Der Mann stellte ihm beides hin und verdrehte die Augen, als Harry die Sachen mit Zehn- und Zwanzigcentstücken bezahlte.

Harry stellte den Sixpack neben seinen Beinstumpf auf den Rollstuhlsitz, schnappte sich die Zeitung und rollte aus dem Bahnhofsgebäude. Draußen suchte er sich eine ruhige Ecke, öffnete mit einem Feuerzeug die Bierflasche und nahm gierig einen großen Schluck. Ah, das tat gut. Er trank die Flasche auf ex und machte sich die zweite auf. Dann schlug er die Zeitung auf.

Gruselfund: Spaziergänger findet zerstückelte Frauenleiche im Wald!

Selters im Taunus. Peter W. (56) wird diesen Tag so schnell nicht vergessen. Bei einem Waldspaziergang stößt er auf eine entsetzlich zugerichtete Frauenleiche. Er alarmiert die Polizei und führt sie zu dem Fundort nahe der A3. Was die Kripobeamten vorfinden, schockt selbst sie. »Die Frau wurde geradezu zerhackt«, so Peter W. Ganze Gliedmaßen lagen abgetrennt herum. Auch Organe wurden der Frau aus dem Körper geschnitten. Peter W. wird den grausamen Anblick sein Leben lang nicht mehr vergessen.

Wer ist die Tote? »Wir kennen die Identität der Frau noch nicht, sie trug keinen Ausweis bei sich«, sagt ein Polizeisprecher. Offenbar handelt es sich aber um eine Prostituierte.

Der grausame Mord erinnert an die Verbrechen des Taunus-Rippers vor sechs Jahren. In Idstein und Frankfurt wurden drei Personen auf ähnlich grausame Weise ermordet. Ein weiteres Opfer überlebte die Attacke nur knapp. Die Morde konnten nie aufgeklärt werden. Ist der Taunus-Ripper zurückgekehrt?

Ja, dachte Harry. Er war zurückgekehrt. Oder vielmehr: sie. Die verdammte Schlampe hatte vor ihm gestanden, hatte ihm sogar Geld gegeben, das Miststück. Kurz danach hatte sie irgendeine arme Hure in den Wald gelockt und dort in ihre Einzelteile zerlegt. Harry zitterte, vor Aufregung, vor Anspannung und auch vor Angst. Vielleicht schnappten die Bullen sie bald, und vielleicht würde er dann endlich erfahren, warum sie ihm das angetan hatte. Warum er zum Opfer geworden war, warum ausgerechnet er!

Beruhig dich, beruhig dich, dachte er und trank auch die zweite Flasche leer. Sie hatte ihn nicht erkannt neulich, als er vor dem Fast-Food-Laden gesessen hatte. Und wenn doch? Nein, dann hätte sie sich nicht eine kleine Nutte geschnappt, sie hätte ihn gleich fertiggemacht.

Immer wieder sagte er sich: Du bist nicht in Gefahr, dir passiert nichts mehr! Du bist in Sicherheit.

Er öffnete die dritte Flasche, dann die vierte, und schließlich wurde er langsam ruhiger. Dafür liebte er den Stoff, er half ihm immer noch zuverlässig, sich zu beruhigen.

Das war von Anfang an so gewesen. Schon damals, als er seinen Vater bei Einbrüchen begleitet hatte. Dreizehn Jahre war er damals gewesen und hatte Schmiere gestanden, während sein Vater mit einem Kumpel die Wohnungen ausgeräumt hatte. Die Anspannung war für Harry kaum auszuhalten gewesen, und wenn sein Vater ihm nach getaner Arbeit ein Bier in die Hand drückte, war das mehr als nur ein Ritual für ihn. Er konnte damit die ganze Angst runterspülen, spürte spätestens nach dem zweiten Bier die Wirkung des Alkohols, der die Angst verdrängte und ein wohliges Glücksgefühl aufkommen ließ. Bis heute war das so geblieben, auch wenn er jetzt deutlich mehr als zwei Bier brauchte, damit sich dieses Gefühl einstellte. Dennoch, auf den Alkohol konnte er sich verlassen. Er spürte, wie er mit jedem Schluck ruhiger wurde.

Wenn es wirklich *sie* war, die erneut zugeschlagen hatte, dann würde sie es wieder tun. Damals hatte sie sich auch nicht mit einem Opfer zufriedengegeben, damals hatten drei Menschen innerhalb kürzester Zeit dran glauben müssen. Und dann auch noch er.

Was, wenn es diesmal wieder so ablaufen würde? Wenn sie in den nächsten Tagen noch jemanden abschlachten würde? Und er hätte nichts dafür getan, um das zu verhindern. Nein, auch wenn Harry sich schon viel von seinem Verstand weggesoffen hatte, sein Gewissen funktionierte noch ganz gut.

Entschlossen umfasste er mit den wenigen Fingern, die ihm geblieben waren, die Räder seines Rollstuhls und setzte sich in Bewegung. Noch heute wollte er bei der Polizei eine Aussage machen.

18

Wie viele Tage war sie jetzt schon in diesem fensterlosen Raum gefangen? Elena wusste es nicht. Sie hatte jedes Gefühl für Zeit verloren. Wahrscheinlich lag das auch daran, weil sie nicht immer bei Bewusstsein war. Sie gaben ihr irgendetwas, davon war sie überzeugt. Man stellte sie ruhig, und sie konnte nichts dagegen tun.

Naiv, wie sie war, hatte sie sich am ersten Tag ihrer Gefangenschaft in den Ohrensessel gesetzt und erst mal gefrühstückt. Zu dem Zeitpunkt war sie noch davon ausgegangen, dass bald jemand kommen würde, vielleicht ein Prediger oder so etwas, der aus ihr eine Jüngerin machen wollte. Aber nichts dergleichen war passiert. Sie wusste noch, wie ihr schwindelig geworden war, nachdem sie den Kaffee getrunken hatte, und vermutlich hatte sie danach wieder einige Stunden geschlafen. Jedenfalls war sie Stunden später wieder in dem Sessel aufgewacht.

So war es die ganzen nächsten Tage gegangen. Immer brachte ihr die freundliche junge Frau ein Tablett mit Frühstück, immer schlief sie danach im Ohrensessel ein, das Licht blieb an, das Licht ging aus, und wenn sie schlief, leerte jemand die Campingtoilette, die hinter einem hellen Eichenschrank in dem kleinen Zimmerchen stand.

Natürlich wusste Elena, dass diese Leute, ihre Entführer, etwas in ihr Essen mischten, damit sie einschlief. Aber sollte sie deshalb darauf verzichten und hungern? Nein, das konnte sie gar nicht. Es war die einzige Mahlzeit, die ihr täglich gebracht wurde, wenn sie davon nichts aß, würde sie noch mehr Gewicht verlieren, als sie es eh schon getan hatte. Sie war sich inzwischen sicher, dass nichts mit ihr passierte, während sie schlief. Vergewaltigt wurde sie jedenfalls nicht, das stand fest. Also konnte sie auch essen.

Elena warf die Decke zur Seite und setzte sich auf. Sofort wurde ihr schwindelig. Kein Wunder, das viele Liegen, verbunden mit der mageren Kost, schlugen ihr auf den Kreislauf. Sie blickte auf ihre dünnen schneeweißen Arme. Mit den dicken roten Locken und der weißen Haut war sie eine außergewöhnliche Erscheinung, das wusste sie genau. Ob ihr Aussehen etwas mit der Entführung zu tun hatte? Wollte man mit ihr vielleicht irgendein Ritual durchführen?

Nachdenklich spielte sie an dem kleinen silbernen Anhänger, der an einer Kette um ihren Hals hing. Es war ein Abbild von Xenija von St. Petersburg, die in der orthodoxen Kirche als Heilige verehrt wurde. Elenas geliebte Großmutter hatte ihr die Kette geschenkt, kurz bevor sie gestorben war, und für nichts in der Welt würde sie dieses Schmuckstück hergeben.

Ihr Kreislauf war immer noch im Keller, und sie legte sich seufzend wieder hin. Sie wunderte sich über sich selbst, dass sie so wenig Angst empfand. Wahrscheinlich lag das an dem Zeug, das man ihr ins Essen mischte, überlegte sie. Sie wollten also, dass es ihr einigermaßen gut ging. Vielleicht beabsichtigte man, sie zu verkaufen? Und hatte noch nicht den passenden Käufer gefunden? Also doch Menschenhandel?

Dann gingen ihr die Worte durch den Kopf, die die nette Frau zu ihr gesagt hatte. Und plötzlich begriff sie. Mit einem Mal ergab alles einen Sinn. Die Entführung. Die Gefangenschaft. Das Schlafmittel.

Elena überkam eine unbändige Angst. Die Frau hatte zu ihr gesagt: »Nicht viele können auf ein Leben zurückblicken, das einem höheren Sinn geopfert wurde.«

Geopfert, ja, sie hatte *geopfert* gesagt. Und auch wenn Elenas Deutschkenntnisse nicht die besten waren, wusste sie doch ganz genau, was das bedeutete.

Sie musste sehen, dass sie hier rauskam. Und zwar so schnell wie möglich.

19

Drei Aspirin hatte er inzwischen geschluckt, aber sein Kopf brüllte immer noch vor Schmerzen. Als das Telefon klingelte, hatte Peer fast den Eindruck, jemand schlage ihm mit dem Hammer auf den Schädel.

»Gott sei Dank gehst du mal ran!«

Es war Mia. Und offensichtlich hatte sie sich Sorgen gemacht. Jedenfalls klang sie sehr erleichtert, seine Stimme zu hören. Trotz der Kopfschmerzen musste Peer lächeln.

»Tut mir leid. Hast du es schon mal probiert?«

Sie ging gar nicht auf seine Frage ein. »Wo warst du denn gestern?«

»Sorry, ich hätte absagen sollen ...«, sagte er zerknirscht und rieb sich mit der Hand über die Schläfe.

»Der Professor hat dir doch erklärt, dass du keine Sitzung ausfallen lassen darfst.«

Ihre Stimme klang viel zu laut und aufgebracht. Peers Kopfschmerzen wurden dadurch nur noch schlimmer.

»Mia, sei mir nicht böse, aber können wir das ein anderes Mal diskutieren? Ich habe gerade einen Migräneanfall, und die Schmerzen sind ehrlich gesagt ganz schön heftig.«

»Wundert mich nicht«, antwortete sie trocken. »Du hast bisher jede Nacht intravenös Medikamente bekommen. Einfach so darauf zu verzichten, kann schon mal Kopfschmerzen auslösen.«

Er stutzte. »Ich dachte, ich bekomme nur Melatonin, und das ist total harmlos?«

Wieder überging sie seine Frage. »Jedenfalls solltest du besser gleich in die Klinik kommen. Wer weiß, wie dein Körper sonst noch reagiert.«

Doch Peer wollte jetzt nicht ins Schlaflabor. Mit den

starken Kopfschmerzen fühlte er sich überhaupt nicht in der Lage, Auto zu fahren.

»Ich kann nicht, Mia. Mir geht es im Moment nicht gut.«

»Wahrscheinlich verträgst du einfach keinen Rotwein. Hättest du mal besser im Labor übernachtet!«

»Ich verstehe das nicht. Ich habe doch gar nicht viel getrunken. Aber diese Kopfschmerzen … Ich komme heute Abend, versprochen. Sei mir nicht böse, aber ich muss jetzt auflegen.«

Als er das Telefonat beendet hatte, schleppte er sich ins Schlafzimmer und ließ sich gerädert aufs Bett fallen. Einerseits würde es ihm bestimmt guttun, noch etwas zu schlafen. Andererseits hatte er Angst, erneut von einem Albtraum heimgesucht zu werden. Er wollte das Babyphon anschalten, um sich im schlimmsten Fall mit seinen Schreien selbst zu wecken, stellte aber verwundert fest, dass die Akkus leer waren. Wie konnte das sein? Es stand doch immer auf der Ladestation. Sein Kopf wollte fast platzen, als er sich bückte, um den Stecker der Ladestation wieder in die Steckdose zu drücken. Wieso war der überhaupt draußen?

Peer legte sich hin und schob alle Gedanken von sich. Jetzt hieß es erst mal schlafen. Danach konnte sein Hirn neu starten.

Ein paar Stunden später ging es ihm etwas besser. Zwar fühlte er sich von der heftigen Migräneattacke immer noch benommen, aber wenigstens war er wieder in der Lage, die Wohnung zu verlassen.

Als er die Haustür hinter sich ins Schloss zog und kurz überlegte, wo er seinen Wagen geparkt hatte, tauchte plötzlich eine Gestalt neben ihm auf. Trotz der Hitze trug sie einen Hoodie, und die Kapuze hatte sie tief ins Gesicht gezogen.

»Peer Henke«, sagte die Gestalt, und er erkannte sofort die markante Frauenstimme wieder, die neulich am Telefon gewesen war. »Bitte kommen Sie unauffällig mit.«

»Sie haben mich schon am Telefon belästigt«, erwiderte Peer sauer. So eine durchgeknallte Person war das Letzte, was er jetzt noch brauchen konnte. »Lassen Sie mich bitte in Ruhe!«

»Es ist sehr wichtig, Herr Henke. Ihre Wohnung wird überwacht und …«

»Sind Sie von den Zeugen Jehovas? Scientology? Oder irgendeiner anderen Sekte?«, unterbrach er sie harsch.

»Ich will Ihnen helfen.«

Peer verdrehte die Augen. Die Zeugen Jehovas hatte er schon häufiger vor der Tür gehabt, die wollten immer helfen. »Lassen Sie mich einfach in Ruhe«, sagte er noch einmal mit Nachdruck und entfernte sich schnellen Schrittes. Zum Glück war ihm gerade wieder eingefallen, wo sein Auto stand, und so saß er keine fünf Minuten später hinter dem Steuer.

Als er den Wagen startete und aus der Parklücke lenkte, überkamen ihn für einen Moment Schuldgefühle. Die Frau war offensichtlich psychisch krank, vielleicht war sie dement oder litt unter einer ähnlichen Krankheit, die auch sein Vater gehabt hatte. Wie hatte er sie nur so unfreundlich abweisen können? Hätte er sie nicht besser zur Polizei begleiten sollen? Oder ins nächste Krankenhaus? Er hatte es früher immer als grausam empfunden, wenn die Leute auf die Erkrankung seines Vaters mit Ablehnung oder Spott reagiert hatten. Anders als die meisten Leute glaubten, hatten schizophrene Menschen keineswegs mehrere Persönlichkeiten, die sie à la Dr. Jekyll und Mr. Hyde auslebten, ohne dass es Außenstehenden auffiel. Nein, diese Krankheit lief ganz anders ab.

Wie auch bei seinem Vater begann eine Schizophrenie

meist mit einer Störung des Denkens und Sprechens. Peers Vater hatte immer merkwürdigere Dinge gesagt, sogar ganze Wörter neu erfunden. ›Trauram‹ war eines seiner ersten Wortfindungen, eine Mischung aus traurig und grausam. Er kam immer häufiger von Hölzchen auf Stöckchen, verzettelte sich, und seine Sätze wurden immer zusammenhangsloser. Vielleicht hatte Peer deshalb später Deutsch studiert, weil er die Sinnlosigkeit in der Sprache seines Vaters nicht mehr hatte ertragen können und sich nach einer Art sprachlicher Ordnung sehnte.

Auch die Gefühle hatte sein Vater nicht mehr unter Kontrolle, er lachte und weinte zugleich, und schließlich zog er sich immer mehr zurück. Wie ein Autist lebte er in einer eigenen Welt, konnte nicht mehr unterscheiden, was Wirklichkeit war und was nicht. Es gab Phasen, in denen sich sein Vater nicht mehr sicher war, ob er überhaupt lebte. Erst wenn er sich selbst verletzte, wusste er wieder, dass er noch da war.

Natürlich war das für Außenstehende nicht zu verstehen. Wie auch? Selbst Peer und seine Mutter konnten es nicht begreifen. Die netten Nachbarn tuschelten immer häufiger hinter seinem Rücken, manche lachten, und es gab ein paar Jugendliche, die sich einen Spaß daraus machten, ihn anzusprechen und zu veräppeln. Es war furchtbar. Peer schämte sich, für seinen Vater, für die anderen, für alles.

Am meisten machte ihm heute aber zu schaffen, dass er ihn verleugnet hatte. Nur einmal hatte er das getan, einmal und nie wieder. Und er würde es nie vergessen.

»Hey, was is ,n das für ,n Penner, der da die ganze Zeit auf den Schulhof glotzt?«, hatte Jens ihn gefragt, einer der Anführer bei ihm in der Klasse, ein Typ, mit dem man sich besser nicht anlegte. »Ey, du Wichser, was glotzt du denn die ganze Zeit so?«, rief Jens dem Mann zu.

Doch der bewegte sich nicht, stand nur da und starrte Peer an. Es war sein Vater.

»Kennst du den Spacko etwa?«, hatte Jens ihn schließlich gefragt und Peer hatte nur den Kopf geschüttelt.

»Nie gesehen«, hatte er gestammelt, sich schnell umgedreht und war ins Schulhaus gerannt.

Und jetzt reagierte er auf eine offensichtlich kranke Frau mit Zurückweisung und Ablehnung.

Aber war sie wirklich krank gewesen? Als Peer an einer roten Ampel anhalten musste, dachte er noch einmal an ihre Worte. Was hatte sie doch gleich zu ihm gesagt? Hatte sie angedeutet, dass seine Wohnung überwacht wurde? Peer schüttelte den Kopf. Das war wirklich absurd.

Für einen winzigen Moment musste er daran denken, dass Mia ihn auf seinen Rotweinkonsum angesprochen hatte. Wie merkwürdig. Hatte er vorher ihr gegenüber erwähnt, wie er den Samstagabend verbringen wollte? Dann sprang die Ampel auf Grün, und er konzentrierte sich wieder auf den Verkehr.

20

Harry wartete nun schon seit einer Stunde im Vorraum der Polizeidienststelle. Entweder ignorierten die Bullen ihn absichtlich, oder sie hatten an diesem Sonntag besonders viel zu tun, wonach es aber nicht aussah.

Endlich war er an der Reihe. Ein großer, gut aussehender Polizist, den Harry auf höchstens fünfundzwanzig schätzte, bat ihn in ein kleines Büro.

»Sie möchten eine Aussage zum Leichenfund im Taunus machen?«

Die Stimme des Beamten klang zwar freundlich, aber Harry konnte den Unterton genau hören. Das kannte er schon, es war eine Mischung aus Genervtheit und Ablehnung. Die Bullen waren zwar immer ganz nett zu ihm, aber im Prinzip behandelten sie ihn wie einen minderbemittelten Penner.

»Ja. Ich war damals das vierte Opfer vom Taunus-Ripper«, sagte Harry und versuchte, die Aufgeregtheit in seiner Stimme zu unterdrücken.

»Ach ja?« Der Polizist schien es ihm nicht glauben zu wollen.

Harry zeigte auf seinen Beinstumpf und hielt die Hand mit den fehlenden Fingern hoch. »Das können Sie überprüfen. Darüber wird es bei Ihnen bestimmt noch Akten geben. Ich war das vierte Opfer.«

»Okay. Und?«

»Ich habe die Täterin vor ein paar Tagen in Limburg gesehen. Ich bin mir ganz sicher.«

Der Polizist zog eine Augenbraue hoch und sah ihn zweifelnd an. »Die Täter*in*? Wo wollen Sie die Person denn gesehen haben?«

Harry erzählte dem Polizisten, wie er vor dem Fast-

Food-Lokal geschnorrt hatte und plötzlich diese Person vor ihm aufgetaucht war. »Sie ist zurück. Ich bin mir ganz sicher. Sie ist wieder hier und mordet weiter.«

»*Sie?*«, wiederholte der Polizist überflüssigerweise.

»Ja, es ist eine Frau. Das habe ich damals schon ausgesagt, aber keiner wollte mir glauben. Ich schwöre Ihnen, es war eine Frau, die mich angegriffen hat.«

»Nun, das mag ja sein. Aber in dem Fall mit der toten Prostituierten war der Täter keine Frau. Definitiv nicht.«

»Ich denke, es gibt noch keine heiße Spur? Woher wollen Sie das also wissen?«

»Kann ich Ihnen nicht sagen, aber Sie können mir glauben, dass es so ist. Nichtsdestotrotz nehmen wir natürlich jeden Hinweis sehr ernst.« Der Polizist atmete hörbar aus und tippte auf der Tastatur seines Computers herum. »Ich muss Ihre Zeugenaussage aufnehmen. Wie ist Ihr Name?«

»Harald Voßgrebe.«

Der Polizist tippte etwas ein und schaute einen Moment mit zusammengekniffenen Augen auf den Bildschirm. »Voßgrebe … so, so. Ich habe Sie gerade Mal ins System eingeben …«

»Ich sag ja, ich war das vierte Opfer.«

»Dreiundzwanzig Einbrüche? Nicht ihr Ernst, oder? Man hat Ihnen *dreiundzwanzig* Einbrüche nachweisen können?«

Natürlich. Jetzt kam die ganze alte Scheiße wieder hoch. Harry seufzte. »Das ist alles schon ewig her und hat nichts mit meiner Beobachtung …«

»Für den letzten sind Sie vor fast genau sieben Jahren aus dem Vollzug entlassen worden. Und seitdem haben Sie keinen Bruch mehr begangen?«

Der Polizist sah ihn zweifelnd an, und Harry war sofort klar, dass der Mann ihm jetzt noch weniger glauben würde als zuvor.

»Nein, seitdem habe ich nichts mehr angestellt.« Er hielt seine verstümmelte Hand hoch. »Vor sechs Jahren ist ja das hier passiert. Seitdem hat sich das mit den Brüchen logischerweise erledigt.«

»Ach, richtig.« Der Bulle starrte wieder auf den Bildschirm. »Ja, steht hier. Furchtbare Sache«, murmelte er.

»Und jetzt habe ich die Täterin wiedergesehen. Ich bin mir ganz sicher.«

»Gut. Können Sie eine Personenbeschreibung abgeben?«

Harry schüttelte den Kopf. »Nein.« Er zeigte auf sein fehlendes Auge. »Das ist damals auch mit draufgegangen. Das andere ist auch kaum noch zu gebrauchen.«

»Aber Sie haben eben gesagt, Sie hätten die Person erkannt. Dann müssen Sie sie doch auch gesehen haben.«

»Nein, ich habe sie an ihrer Stimme erkannt. Ich werde diese Stimme niemals vergessen, das können Sie mir glauben.«

Der Bulle seufzte. »Na großartig.« Er schien kurz nachzudenken. »Waren Sie nüchtern, als Sie die Stimme gehört haben?«

»Ich bin nie nüchtern«, erwiderte Harry ehrlich. »Aber ich war bei klarem Verstand.«

Der Polizist nickte, für ihn schien die Sache damit erledigt zu sein. Harry seufzte. Er wusste genau, dass sein abgewracktes Aussehen und sein umfangreiches Vorstrafenregister nicht gerade dazu beigetragen, ihn als glaubwürdigen Zeugen einzustufen. Dass er nach Bier roch, war das Tüpfelchen auf dem i. Jedenfalls machte der Bulle keinerlei Anstalten mehr, noch etwas auf der Tastatur zu tippen.

»Dann danke für Ihre Aussage. Können wir Sie irgendwo erreichen, falls es Nachfragen gibt?«

»Im Stadtpark unter der Brücke am Zierteich.«

»Im Stadtpark. Klar.« Der Mann schüttelte kaum sichtbar den Kopf. »Guten Heimweg«, fügte er noch hinzu.

Deprimiert rollte Harry aus der Polizeistation. Natürlich hatte ihm der Bulle nicht geglaubt. Er hatte seine Aussage ja noch nicht mal aufgenommen, obwohl das eigentlich seine gottverdammte Pflicht war.

Andererseits: Harry konnte dem jungen Kerl nicht verübeln, dass er ihm nicht vertraute, so wie er nach Alkohol stank, nach Zigaretten und Pisse, dazu sein abgewracktes Äußeres. Konnte er sich selbst vertrauen? Doch, er war sich nach wie vor sicher, dass er sich nicht getäuscht hatte. Aber was sollte er jetzt tun?

Harry zerbrach sich den Kopf, während er in die Fußgängerzone rollte, um sich auf seinen Stammplatz vor dem Fast-Food-Restaurant zu stellen. Diesmal hatte sich die Killerin eine Nutte geschnappt und abgeschlachtet, in einem abgelegenen Wald auf dem platten Land. Wie hatte sie die Kleine eigentlich dorthin gekriegt? Die wird da ja nicht angeschafft haben, überlegte Harry.

Er war damals auf einem einsamen Friedhof überfallen worden, der Jogger und die Spaziergängerin waren ebenfalls in einem Waldgebiet gefunden worden. Und der Junkie? Harry versuchte sich zu erinnern. Er hatte damals, nachdem er aus der Klinik entlassen worden war, alle Zeitungsartikel über die Mordserie verschlungen. Jedes Detail hatte sich in sein Gedächtnis gebrannt – das nun leider immer mehr vom Alkohol zerstört wurde.

Doch, dachte er, die zerteilte Leiche des Junkies war ebenfalls in einem Waldstück gefunden worden. Was hatte der Typ da gemacht? Es war total unwahrscheinlich, dass sich der Kerl am Frankfurter Hauptbahnhof Stoff besorgt hatte und damit raus in den Taunus gefahren war, um sich irgendwo im Wald einen Schuss zu setzen. Warum war Harry diese Merkwürdigkeit noch nie aufgefallen? War doch ein ziemlich komischer Zufall. Bei der Nutte war es genauso gewesen, die hatte in dem Wald auch nichts verloren gehabt.

Wie bekam die Mörderin ihre Opfer bloß dahin?

21

»Bei einer spontanen Unterbrechung der Therapie kann der Körper schon mal mit Migräne reagieren«, sagte Professor Schmoll eingeschnappt. »Das habe ich bereits bei mehreren Patienten erlebt. Auch dass Ihre Albträume so extrem waren, ist durchaus normal. Es gibt sogar Patienten, die mit einer leichten Paranoia reagieren. Daher ist es ja auch so wichtig, dass Sie die Therapie nicht einfach eigenmächtig unterbrechen. Sie müssen das mit uns abstimmen!«

Peer nickte. »Ja, ich weiß. Mein Fehler. Tut mir leid. Aber ich brauchte einfach mal eine Auszeit.«

»Das verstehe ich ja.« Professor Schmoll klang jetzt tatsächlich verständnisvoll. »Trotzdem hätten Sie es mit uns absprechen müssen. Wir werden zur Sicherheit ein EEG durchführen. Einfach um auszuschließen, dass die Migräne andere Ursachen hat.«

»Was denn für andere Ursachen?« Peer bemerkte selbst, wie alarmiert seine Stimme klang.

»Nun, starke Kopfschmerzen verbunden mit einer Bewusstseinstrübung könnten theoretisch auch auf eine Erkrankung hindeuten. Das sind Symptome, die Sie auch bei einer Gehirnblutung oder bei einem Tumor finden.«

»Wie bitte?«

»Theoretisch«, beruhigte ihn Professor Schmoll. »Wir haben Sie vor ein paar Tagen gründlich durchgecheckt, und Ihre Werte waren alle hervorragend. Es ist mehr als unwahrscheinlich, dass eine ernsthafte Erkrankung hinter den Migränesymptomen steckt, zumal diese Reaktion bei einer plötzlichen Therapieunterbrechung vorkommen kann.«

Peer hatte den Eindruck, als würde der Professor ihn erneut strafend ansehen.

»Dennoch sollten wir Ihre Gehirnfunktion überprüfen,

einfach um auf Nummer sicher zu gehen. Reine Routine. Kein Grund, sich Sorgen zu machen.«

Professor Schmoll bat Peer in einen Nebenraum, wo er sich in einen bequemen Sessel setzen sollte. Das Zimmer war karg eingerichtet, abgesehen von dem Sessel gab es nur ein Regal mit Schubfächern, auf dessen offenen Brettern weiter oben einige Fachbücher standen. Das Fenster war mit einem schwarzen Rollo verdunkelt.

»Schwester Anna wird Sie verkabeln und Ihnen alles weitere erklären. Wir sehen uns in einer guten halben Stunde.«

Nachdem der Professor gegangen war, setzte ihm die junge Schwester eine Art Badekappe auf, die über und über mit Elektroden besetzt war. Von seinem Kopf hingen nun noch mehr Kabel, als er es von seinen nächtlichen Aufenthalten bei *Somnia* schon kannte. Er hatte noch nie ein EEG gemacht und wusste daher nicht, was gleich auf ihn zukommen würde.

»Wir messen Ihre elektrischen Gehirnströme«, erklärte ihm die Schwester. »Wir können so die natürlichen Spannungsschwankungen auf der Gehirnrinde abbilden. Sollte es krankhafte Veränderungen geben, sehen wir das.«

»Aha. Und wie wird das ablaufen?«

»Es wird Sie vielleicht etwas an Ihren Migräneanfall erinnern«, lächelte Schwester Anna mitleidig. »Der Raum wird abgedunkelt, und Sie werden für ungefähr dreißig Minuten einem Flackerlicht ausgesetzt.«

Das erinnerte ihn tatsächlich an seine Migräne. Ob das so gut war, kurz nach dem Anfall gestern?

»Eine verborgene Epilepsieneigung ließe sich so aufdecken«, fügte die Schwester erklärend hinzu. »Und wundern Sie sich nicht, das Ganze wird auch nicht besonders leise sein. Der Apparat brummt ganz schön.«

»Verstehe.«

»Haben Sie noch Fragen?«

»Darf ich zwischendurch die Augen zumachen?«

»Nach Möglichkeit nicht.«

Peer seufzte. »Okay. Dann fangen Sie an.«

Schwester Anna drückte ihm einen kleinen Apparat in die Hand, der an einem langen Kabel hing. »Wenn Ihnen schlecht wird, Sie starke Kopfschmerzen oder sonstige Probleme bekommen, drücken Sie bitte diesen Knopf. Dann komme ich sofort, okay?«

Die Schwester nickte ihm lächelnd zu und verließ den Raum. Für einen Moment saß Peer im Dunkeln. Dann hörte er ein Brummen und Knacksen, als würde er direkt neben einem riesigen Stromverteilerkasten stehen. Kurz darauf jagten die Lichtblitze durch den Raum.

Na großartig, dachte er, als der Lärm einsetzte. Das würde sicher eine tolle halbe Stunde werden.

Er versuchte, sich zu entspannen und die Lichtreize so gut wie möglich zu ignorieren. Aber das konnte er kaum. Immer wieder zuckte er zusammen, wenn ein Blitz von der Seite kam, dann wieder einer von vorne, sie schienen überall zu sein. Tatsächlich war die Aura bei seinem Migräneanfall ähnlich irritierend gewesen, vielleicht noch verwirrender, weil er zu dem Zeitpunkt nicht gewusst hatte, was wirklich mit ihm passierte. Dass ihm eine Maschine diese Symptome jetzt vorgaukeln konnte, fand er erstaunlich. Peer spürte, wie sein Gehirn versuchte, die Lichtreflexe zu verarbeiten, wie er sich selbst immer wieder sagen musste, dass es einen Unterschied zwischen den Blitzen gab, die aus dem EEG kamen, und denen, die während des Migräneanfalls vor seinem inneren Auge aufgetaucht waren. Er atmete tief ein und aus, um möglichst nicht zu verkrampfen.

Plötzlich schreckte er auf. War da noch jemand im Raum?

»Hallo?«

Peer bemühte sich, mit fester Stimme zu sprechen, aber er hörte selbst, wie verunsichert er klang. Er kniff die Augen zusammen und gab sich Mühe, den Raum hinter den Lichtblitzen besser zu erkennen.

Da! Da war doch jemand, oder nicht?

»Sind Sie das, Schwester Anna?«, fragte er, obwohl er genau wusste, dass sie es nicht war.

Peer rieb sich über die Augen. Das Blitzgewitter war inzwischen so intensiv, dass er kaum noch unterscheiden konnte, was real und was eine optische Täuschung in seinem Kopf war. Er strengte sich an, das laute Knacken des EEGs auszublenden, und lauschte in den Raum hinein. War das ein Atmen? Ja, fast ein Schnaufen, so als wären die Bronchien zu und die Person bekäme nicht richtig Luft. Oder täuschte er sich? Nein, verdammt, er täuschte sich nicht!

»Ich weiß genau, dass da jemand ist. Was soll denn das Theater? Jetzt sagen Sie doch was!«

Doch er bekam keine Antwort.

Peer starrte in die Ecke, in der er die Atemgeräusche auszumachen meinte. Er war sich jetzt ganz sicher, dass jemand hinter dem Regal mit den Fachbüchern stand und ihn aus dem verborgenen Winkel beobachtete. Peer spürte, wie die Aggressionen in ihm hochkochten. Früher hätte er sich über so etwas nicht aufgeregt. Er hätte vermutlich gedacht, ein Pfleger oder eine Schwester wäre noch im Raum, und er hätte angenommen, dass sie schon einen guten Grund dafür haben würden. Aber er bemerkte, dass er sich verändert hatte. Er stand buchstäblich unter Strom, war angespannt, ja fast schon aggressiv.

Ich lass mich doch nicht verarschen, dachte er und riss sich die Badekappe mit den Elektroden vom Kopf. Er sprang auf, und im gleichen Moment hörte er ein Alarmsignal. Irgendein Gerät fiel scheppernd zu Boden, die Lichtblitze verschwanden schlagartig, und es war stockdunkel im Raum. Mit einem Satz stürzte sich Peer in die Ecke, in der das Regal stand, hinter dem er die Person vermutete. Er spürte einen Schlag gegen sein Kinn, gefolgt von einem dumpfen Schmerz. Benommen fiel Peer zu Boden.

Dann ging alles ganz schnell. Jemand lief an ihm vorbei, er spürte den Luftzug, hörte die Schritte. Die Tür wurde aufgerissen, das Licht ging an, und Schwester Anna stürmte in den Raum. Besorgt eilte sie zu ihm.

»Herr Henke! Sind Sie in Ordnung? Kommen Sie, ich helfe Ihnen hoch.«

Während die Schwester ihm auf die Beine half, eilten auch Mia und Professor Schmoll in den Raum.

»Was ist passiert?« Die Stimme des Professors klang angespannt.

»Er ist aufgestanden und gestürzt«, erklärte die Schwester, während sie Peer mit besorgter Miene in den Sessel schob. »Sind Sie gegen das Regal gelaufen? Haben Sie Schmerzen?«

»Ich kümmere mich um ihn«, unterbrach Mia die Schwester, die daraufhin ohne ein weiteres Wort zu sagen den Raum verließ.

»Ich bin nicht gestürzt.« Peer rieb sich das schmerzende Kinn. »Jemand hat mich niedergeschlagen.«

Professor Schmoll runzelte ungläubig die Stirn. »Ich glaube, das können wir ausschließen.«

»Nein, können wir nicht! Ich weiß genau, was ich gesehen habe. Hier war jemand im Raum, und ich würde gern wissen, wer das war und was er hier wollte, verdammt!«

»Hat Schwester Anna Sie nicht über mögliche Halluzinationen aufgeklärt?« Der Professor schüttelte den Kopf. »Durch die Lichtreize kann es vorkommen, dass die Patienten halluzinieren«, erklärte Mia ihm. »Das ist kein

Grund zur Besorgnis. Es sind in dem Sinne keine echten Sinnestäuschungen, die Lichtblitze irritieren das Gehirn nur so weit, dass es einem schwerfällt, zum Beispiel einen Schatten von einem Gegenstand zu unterscheiden. Manche Patienten neigen mehr dazu als andere.«

Peer schüttelte energisch den Kopf. »Das ist Quatsch! Ich weiß, was ich gesehen habe. Oder war der Schlag gegen mein Kinn auch eine Halluzination?«

Mia wies auf eine Schublade, die offen aus dem Regalschrank hervorragte. »Könnte es das hier gewesen sein?«

Peer schluckte. Wieso war ihm die vorher nicht aufgefallen? Konnte es sein, dass er gegen die Schublade gelaufen war? Nein, nein. Natürlich hatten ihn die Lichtblitze irritiert, aber doch nicht *so*! Er hatte die Schritte im Raum deutlich gehört, hatte den Luftzug gespürt, als die Person an ihm vorbeigelaufen war. Das hatte er sich nicht alles eingebildet, das konnte einfach nicht sein.

Oder doch?

Schlagartig sah er die Bilder vor sich. Wie sein Vater im Wohnzimmer auf dem Boden kniete und mit einem Schraubenzieher in der Wand herumstocherte. Peer war allein mit ihm gewesen, seine Mutter war in den Supermarkt gegangen.

»Was machst du da, Papa?«, hatte Peer gefragt, so unschuldig und naiv, wie nur ein zehnjähriger Junge fragen konnte.

»Das ist eine Verbindung zu Frau Kirsch, eine direkte Verbindung«, stöhnte sein Vater und riss schließlich an dem Kabel, das er hinter dem Putz zu fassen bekommen hatte. Frau Kirsch war die nette alte Dame, die im Nachbarhaus wohnte und Peer manchmal etwas Schokolade zusteckte.

»Was denn für eine Verbindung, Papa?«

»Damit kann sie die Wesen in unser Haus schicken.

Siehst du sie nicht? Diese kleinen widerlichen Dinger? Wir müssen uns beeilen, sonst ist unser ganzes Haus befallen«, sagte sein Vater und riss nun mit voller Kraft an dem Kabel. Er zerrte es aus der Wand, am Türrahmen hoch, über die Zage und wieder nach unten zur Leiste, derart heftig, dass der Putz nur so durch den Raum flog.

Erst im Flur hielt sein Vater plötzlich irritiert inne. »Was ... mache ich nur?«, hatte er mit zitternder Stimme gefragt und zu weinen angefangen.

Sein Vater hatte irgendwelche Wesen im Raum gesehen. Hatte Peer gerade etwas Ähnliches erlebt?

»Ich ... ähm ...« Er wusste nicht, was er sagen sollte.

»Wir geben Ihnen etwas zur Beruhigung«, sagte Professor Schmoll. »Und dann entspannen Sie sich erst mal. Solche paranoiden Schübe können durchaus mal vorkommen.«

»Paranoide Schübe?«

Peer wurde schwindlig. Das durfte nicht sein, nein!

»Glauben Sie, das könnte etwas ... etwas mit meiner ... möglichen erblichen Vorbelastung zu tun haben?«

Jetzt hatte er es ausgesprochen.

»Sie sprechen von der Schizophrenie Ihres Vaters?«

Peer nickte schwach.

»Sie sollten sich da nicht verrückt machen. Selbst wenn Sie eine genetische Disposition haben, bedeutet das noch lange nicht, dass die Krankheit auch ausbricht. Sie können das mit Krebserkrankungen vergleichen. Unzählige Leute laufen mit einem erblich bedingten Krebsrisiko herum und erkranken dennoch niemals daran, aus unterschiedlichen Gründen. Wenn also beispielsweise keine bestimmte psychosoziale Ursachen oder massiver Drogenmissbrauch hinzukommen, haben Sie eine gute Chance, dass Sie Ihr Leben lang gesund bleiben.«

Richtig beruhigend hörte sich das nicht an, fand Peer.

Trotzdem, es half alles nichts. Er ließ sich von Mia wie ein Schlafwandler aus dem Raum führen, unfähig etwas zu sagen und tief in Gedanken versunken. Dumpf hörte er die Stimme von Professor Schmoll, der ihnen hinterherlief und erklärte, dass man das EEG nicht wiederholen müsse, die Daten, die sie aufgezeichnet hätten, seien ausreichend.

»Ich … ich brauche eine Pause«, sagte Peer, als sie sein Schlafzimmer erreicht hatten.

»Sie sind auf einen guten Weg. Bald können wir die Therapie lockern«, entgegnete Schmoll und tippte auf einem der Überwachungsmonitore herum.

»In der kommenden Woche muss ich in der Schule ein Feriencamp betreuen. Da wäre es mir sehr lieb, wenn ich zu Hause schlafen könnte.«

Professor Schmoll warf einen letzten Blick auf den Therapiebogen, bevor er antwortete: »Passen Sie auf, wenn wir das jetzt noch mal richtig durchziehen, denke ich, dass wir nächste Woche auf einen Zwei-Tages-Rhythmus umschalten können.«

»Und das heißt *was*?«

»Das heißt, dass Sie nur noch drei Nächte pro Woche hier schlafen müssen. Vielleicht können wir auch bald auf eine Nacht verkürzen. Aber dafür brauchen wir noch mehr Zeit.«

Peer seufzte. »Noch einmal eine ganze Woche?«

»Wie gesagt, Sie sind auf einem guten Weg.«

»Gehen wir wenigstens noch mal zusammen essen?«, wandte sich Peer an Mia und lächelte schwach.

»Sehr gern«, sagte sie und berührte seinen Arm. »Und vielleicht auch mal frühstücken?«

Peer nickte. »Das macht den Aufenthalt hier gleich viel angenehmer.«

»Gut, hätten wir das also geklärt.« Professor Schmoll drehte sich zur Tür. »Schlafen Sie gut.«

Er und Mia verließen den Raum. Aber obwohl sich Peer darüber freute, in den nächsten Tagen wieder Zeit mit Mia verbringen zu können, blieb er mit einem unguten Gefühl zurück.

Warum bin ich eigentlich noch hier? Irgendwie will ich das alles gar nicht mehr, ging es ihm durch den Kopf. Was konnten sie noch über seinen Schlaf herausfinden, was sie jetzt nicht eh schon wussten? Wie viele Tage wollten sie ihn noch beobachten? Langsam, aber sicher konnte er keinen Sinn mehr darin erkennen, weiterhin hier zu übernachten. Und Mia könnte er auch außerhalb des Labors treffen.

Aber bei einem Therapieabbruch müsse er die entstandenen Kosten übernehmen, hatte Professor Schmoll zu ihm gesagt. Ach was, gesagt. *Gedroht* hatte er fast. Irgendwie war Peer diese ganze Nummer hier langsam leid.

Anstatt wie sonst auf den Schlaf zu warten, knipste er das Licht über seinem Kopf wieder an. Am liebsten würde er sofort aufstehen und gehen.

Jetzt reiß dich mal zusammen, schalt er sich selbst. Bisher hatten sie ihm toll geholfen. Das durfte er nicht vergessen. Und Mia gab es ja schließlich auch noch.

Gedankenverloren beobachtete Peer die Flüssigkeit, die durch den dünnen Plastikschlauch in seinen Arm floss. Hell war sie, fast durchsichtig, wie Wasser. Genau so hatte die Infusion die letzten Tage auch ausgesehen.

Peer wollte gerade wieder das Licht ausschalten, als er stutzte. War da noch eine zweite Substanz im Schlauch? Neben der klaren Flüssigkeit schien auch eine hellorangefarbene aus dem Beutel in seine Vene zu fließen. Peers Augen wanderten nach oben zu dem Tropf, an dem der Beutel mit der Medikation hing. Er war aus dunklem Plastik, und Peer konnte nicht erkennen, was für eine Flüssigkeit im Inneren war. Aber dass es nicht nur die klare war, davon war er inzwischen überzeugt.

Er versuchte sich aufzurichten, um die Aufschrift auf dem Beutel besser lesen zu können. In dem Moment ging das Licht aus. »Gute Nacht, lieber Peer«, hörte er Mias Stimme fast zärtlich sagen. »Du musst jetzt versuchen zu schlafen, sonst bringst du den ganzen Ablauf durcheinander.«

Bevor er etwas erwidern konnte, fiel ihm auf, wie seine Müdigkeit immer stärker wurde. Hatten die ihm ein wirkungsvolleres Schlafmittel verabreicht? Was war das für eine zweite Flüssigkeit gewesen, die sie ihm gaben? Er konnte nicht mehr klar denken und bemerkte, wie er langsam wegdämmerte.

Kurz bevor er endgültig einschlief, fiel ihm der schreckliche Traum ein, den er letzte Nacht auf dem Sofa gehabt hatte. Dieses Monster, das ihm das Herz aus der Brust gerissen hatte … sein Gesicht. Er hatte es genau erkannt.

Es war sein eigenes gewesen.

22

Im Schneidersitz lümmelte Sascha auf dem Bett und starrte auf sein Handydisplay. Endlich machte es *pling*, und die nächste Whatsapp-Nachricht wurde angezeigt: *Kannst du nicht ausziehen? Mit siebzehn darf man doch schon allein wohnen, oder?*

Sascha seufzte. Wenn das so einfach wäre, dachte er und überlegte, was er Lea antworten sollte. Einerseits hatte sie recht, es gab durchaus Siebzehnjährige, die das Heim verlassen hatten und in einer Jugend-WG wohnten. Aber das war nicht das, was er wollte. Da würde es ja wieder einen Betreuer geben, der nach dem Rechten sah, und er müsste sich wieder mit anderen Jugendlichen arrangieren. Das wollte er aber nicht mehr. Er wollte keine Kompromisse mehr eingehen, wollte sich nicht mehr mit anderen absprechen müssen, wer wann das Bad benutzte oder den Müll rausbrachte. Er wollte für sich sein, auf eigenen Füßen stehen und selbstständig leben. Und auch, wenn die Erinnerungen an seine Eltern jeden Tag schwächer wurden, so war er davon überzeugt, dass sie genau das für ihn gewollt hätten. Einen selbstständigen und starken Jungen. Ihr Kind eben. Wenn er an sie dachte, sah er immer zwei starke und selbstsichere Menschen vor sich.

Sie waren voller Pläne gewesen und gerade dabei, ein Unternehmen auf die Beine zu stellen, als der Unfall passiert war. Ihre gesamten Ersparnisse hatten sie in die Gründung ihrer Firma gesteckt, und trotzdem hatten sie noch Geld zusammengekratzt, um mit Sascha zu verreisen. Er erinnerte sich an all die schönen Urlaube auf Mallorca und in Italien, die er mit ihnen erlebt hatte, sah die lockigen dunklen Haare seiner Mutter im Wind flattern und hörte seinen Vater lachen.

Es hatte kein Leiden gegeben, kein Siechtum, vermutlich nicht mal Schmerzen. Es war einfach Schluss gewesen. Ende, aus, vorbei. Sascha wusste, wie viel Glück er gehabt hatte, mehr als zwei gebrochene Beine hatte er nicht davongetragen. Abgesehen vom Verlust seiner Eltern natürlich.

Das Stauende war ganz plötzlich gekommen, hinter einer Kurve. Sein Vater hatte nicht mehr bremsen können und war in den Lkw hineingerast. Oder vielmehr darunter. Die beiden vorderen Sitze waren vollständig unter den Laster gequetscht worden. Aber an all das erinnerte sich Sascha nicht mehr. Er hatte kein Bild von dem Unfall im Kopf, es war fast so, als hätte er niemals stattgefunden.

Bist du noch da?

Die nächste Whatsapp-Nachricht holte ihn zurück aus der Vergangenheit.

Sorry, ja, klar, bin da, tippte er schnell. *Eigene Wohnung ist momentan keine Option. Muss hier trotzdem raus.*

Die Antwort kam prompt: *Willst du zu mir?*

Sascha grinste. Wie geil war das denn? Natürlich wollte er zu Lea. Unbedingt sogar!

Bevor er antworten konnte, poppte eine weitere Whatsapp auf: *Hey! Lange nichts mehr gehört.*

Jana, dachte Sascha und seufzte. Wie die ihm auf die Nerven ging. Vor ein paar Wochen hatte er sie auf dem Open-Air-Festival im Taunus kennengelernt, sie hatten ein bisschen zusammen abgerockt, gekifft, gesoffen und schließlich auch geknutscht. Aber das war‘s auch schon. Es war ein Fehler gewesen, ihr seine Handynummer zu geben. Zwar war er kein einziges Mal drangegangen, wenn sie angerufen hatte, aber bei Whatsapp konnte er ihr nur schwer entgehen. Er musste unbedingt seine Einstellungen ändern, es ging ihm total auf die Nerven, dass alle Welt sehen konnte, wann er online war.

Er ignorierte Jana erst mal, so wie immer, und ging wieder in den Chat mit Lea. *Meinst du das ernst?*, tippte er und schickte ihr die Nachricht.

Ja! Wieder kam die Antwort direkt. *Kannst du abhauen?*

Gute Frage. Konnte er es erneut wagen? Er hatte das Heim schon mal verlassen, ganze drei Tage hatte er auf der Straße verbracht. Die Polizei hatte ihn schließlich aufgegriffen und wieder zurückgebracht. Sein Erzieher Thorsten hatte ihm daraufhin eine heftige Standpauke gehalten.

»Glaubst du eigentlich, dir kann da nichts passieren?«, hatte er gebrüllt. »Junge, drei Nächte auf der Straße! Du spinnst doch!«

Er hätte ausgeraubt werden können, vergewaltigt, womöglich sogar ermordet. Sascha hatte das ganz schön übertrieben gefunden. Er war ein kräftiger Typ, groß und trainiert, der älter aussah, als er war. Wer sollte ihm schon was tun?

Richtig toll war die Zeit auf der Straße allerdings trotzdem nicht gewesen. Sascha hatte sich das ganz anders vorgestellt, hatte geglaubt, es gäbe so etwas wie das große Freiheitsgefühl, eine Unabhängigkeit, die er nie zuvor erlebt hatte. Aber schon nach wenigen Stunden hatte er feststellen müssen, dass das Leben total teuer war, wenn man auf sich allein gestellt war. Er hatte geglaubt, für zwanzig Euro in einer Pension übernachten zu können, aber da hatte er sich getäuscht. In Frankfurt war Messe gewesen, und fast alle Hotels und Pensionen im großen Umkreis waren ausgebucht gewesen. Die, die noch was frei gehabt hatten, hatten für ihre Zimmer astronomische Preise verlangt. Die erste Nacht hatte Sascha auf einer Parkbank übernachtet. Ätzend war das gewesen, unbequem und kalt. Keine zwei Stunden Schlaf hatte er in dieser Nacht bekommen. Die nächsten beiden Nächte war er durch die Frankfurter City gelaufen, ohne zu wissen, was er als Nächstes tun sollte und wie es für ihn weitergehen würde. Sascha war fast froh gewesen, als die Bullen ihn endlich in den warmen Einsatzwagen gepackt hatten.

Seitdem hatte ihn sein Erzieher natürlich noch mehr auf dem Kieker. So richtig gut war er mit Thorsten eh nie klargekommen. Es war ihm schon immer wahnsinnig auf den Sack gegangen, dass der Erzieher alle Probleme, die Sascha hatte, mit dem Tod seiner Eltern in Zusammenhang bringen wollte. Es wollte ihm einfach niemand glauben, dass er die Tragödie mittlerweile gut verarbeitet hatte. Er vermisste seine Eltern noch nicht mal mehr – wie auch, er lebte inzwischen länger ohne sie als mit ihnen. Wonach er sich allerdings sehnte, war eine Familie, eine eigene Familie. Sascha war sich ziemlich sicher, dass er in nicht allzu ferner Zukunft eine Familie gründen würde. Vielleicht ja sogar mit Lea.

Sollte er es noch einmal probieren und einfach abhauen? Aber dann musste er es anders angehen, er musste es besser organisieren und vorbereiten. Letztes Mal war ihm nach einem Streit mit Thorsten die Sicherung durchgebrannt, und er war mitten in der Nacht aus dem Fenster geklettert. Wenn er aber wirklich zu Lea fahren wollte, dann musste er einige Vorbereitungen treffen. Hamburg war weit, aber irgendwie würde er da schon hinkommen. Die Strecke Frankfurt-Hamburg wurde hunderttausend Mal am Tag gefahren, er würde bestimmt eine Mitfahrgelegenheit finden, vielleicht in einem Lkw. Dennoch brauchte er Kohle.

Das Geräusch einer eingehenden Whatsapp-Nachricht riss ihn aus den Gedanken.

Wieso meldest du dich nie? Jana schon wieder. Mann, ging die ihm auf die Eier. Sie kam ihm fast vor wie eine Stalkerin. Sie wurde immer penetranter. Neulich hatte sie ihm glatt vorgeworfen, er hätte ihre Gefühle manipuliert, um sie ins Bett zu kriegen. Dabei hatte er überhaupt nicht mit ihr geschlafen. Was für einen Schwachsinn die sich dauernd ausdachte! Und dann drohte sie ständig mit ihrem Vater, der angeblich so irre einflussreich und mächtig war. Total nervig. Am besten gar nicht drauf eingehen, dachte er.

Klar kann ich abhauen, schrieb er Lea zurück. *Kann ich denn bei dir pennen?*

Als Antwort schickte sie ein Herzchen und einen Smiley.

Ist das ein Ja?

Ja! Wann kommst du?

Asap, schrieb er und schaltete sein Handy aus. Er hatte keine Lust, dass Jana wieder mit irgendeiner nervigen Nachricht dazwischenfunkte.

Lächelnd ließ er sich nach hinten aufs Bett sinken. Er würde Lea wiedersehen. Er konnte gar nicht sagen, wie sehr er sich darauf freute. Sascha hatte sie letztes Jahr im Ferienlager kennengelernt und sich augenblicklich in sie verliebt. Sie war eine echte Erscheinung, ganz anders als die Mädchen, die er sonst so kannte. Während die Tussis in der Schule eigentlich alle gleich aussahen, lange geglättete Haare und mit ziemlich viel Make-up im Gesicht, trug Lea einen pink gefärbten Kurzhaarschnitt, der ihre hellblauen Augen geradezu zum Leuchten brachte. Sie war kein Punk oder so, war eigentlich auch ganz normal gekleidet, trug enge Jeans und bunte Shirts. Aber sie war unglaublich hübsch.

Es hatte zwei Tage gedauert, bis er sich getraut hatte, sie anzusprechen. Von da an waren sie unzertrennlich gewesen und hatten zwei Wochen lang jede Minute miteinander verbracht. Und jetzt würde er sie wiedersehen. Schon so bald.

23

Die Woche verging wie im Flug, und alles schien sich wieder normalisiert zu haben. Erneut schlief Peer bis zu zehn Stunden am Stück, war frei von jeglichen Albträumen und tagsüber erholt und ausgeruht. Er fühlte sich wie ein neuer Mensch. Und ihm fiel auf, dass er ein ganz anderes Auftreten hatte als früher, viel selbstsicherer geworden war. Oder bildete er sich das nur ein?

Es waren nur kleine Veränderungen, und ein Außenstehender hätte sie vielleicht nicht bemerkt. Eigentlich war es die nette Frau Hein, die ihn als Erstes darauf aufmerksam gemacht hatte. Regelmäßig ging er in ihre Bäckerei, um sich mit Brot und Kuchen einzudecken. Und immer standen bestimmt fünf Leute vor dem Tresen und warteten darauf, an die Reihe zu kommen. Normalerweise war es Peer egal, wenn sich jemand vordrängelte, auch wenn er schon fünf Minuten gewartet hatte. Aber diesmal war alles anders gewesen.

»Ich glaube, ich bin jetzt dran«, sagte die alte Frau, die gerade erst in den Laden gekommen war.

»Da täuschen Sie sich aber«, entgegnete Peer mit ruhiger, aber sonorer Stimme. »Ich war vor Ihnen da.« Demonstrativ machte er einen Schritt nach vorn.

»Aber …«

»Kein Aber. Ich bin vor Ihnen in den Laden gekommen. Haben Sie damit ein Problem?«

Die alte Dame guckte ihn eingeschüchtert an und schüttelte dann verlegen den Kopf.

»So kenne ich Sie ja gar nicht, Herr Henke«, hatte Frau Hein daraufhin überrascht gesagt, und in dem Moment war es ihm selbst aufgefallen.

Peinlich berührt hatte er seine Brötchentüte genommen und war aus dem Laden geschlichen. Wie hatte er nur so barsch sein können? Eine alte Dame so anfauchen. Das hätte er früher niemals gemacht, er ließ grundsätzlich die alten Leute vor, weil denen das lange Stehen schwerer fiel als ihm.

Grübelnd war er nach Hause gegangen und hatte überlegt, wie sich sein Verhalten in der letzten Zeit verändert hatte. Denn auch, wenn es nur Kleinigkeiten waren, er hatte sich verändert, das fiel ihm jetzt immer deutlicher auf. Wollte auf dem Parkplatz vorm Supermarkt ein anderer Wagen in die Parklücke fahren, die Peer gerade entdeckt hatte, gab er heute Gas und drängte den anderen Fahrer so zurück, während er ihm vor ein paar Wochen noch wie selbstverständlich den Vortritt gelassen hätte. Rempelte ihn jemand in der Fußgängerzone versehentlich an, schickte er ihm ein »Pass doch auf!« hinterher, anstatt wie früher gar nicht zu reagieren oder nur »Entschuldigung« zu murmeln.

War das gut? Oder sollte er sich Sorgen machen?

Peer hatte nicht den Eindruck, als hätte er sich zu einem nörgelnden Arschloch entwickelt, das auf die Bedürfnisse seiner Mitmenschen pfiff. Er hatte viel mehr das Gefühl, als würde er endlich angemessen auf bestimmte Dinge reagieren. Er spürte auch, dass seine Umwelt ihn nun anders wahrnahm. Früher war es ihm häufig so vorgekommen, als ob ihn keiner beachten würde. Das war jetzt anders. Man begegnete ihm mit viel mehr Respekt. Jugendliche, die rumpöbelten, wurden leiser, wenn er sich ihnen näherte, und beim Joggen machten ihm Passanten sofort Platz, wenn er ihnen entgegenkam. Seine ganze Ausstrahlung schien sich verändert zu haben. Er bemerkte, dass er männlicher wirkte als früher, dominanter, selbstbewusster, obwohl er eigentlich gar nicht viel machte. Aber es schien so, als wenn er eine breitere Brust bekommen hätte – im übertragenen und auch ein bisschen im körperlichen Sinn, denn er lief nun viel aufrechter. Anstatt den Kopf einzuziehen, richtete er sich auf und präsentierte sich der Welt in seiner ganzen Größe. Das kam gut an. Und es gefiel ihm selbst. Ob er eine verstärkte Testosteronausschüttung hatte? Vielleicht aufgrund der hohen Melatoningabe?

»Das ist eine angenehme Begleiterscheinung«, erklärte ihm Mia, als er das Thema bei einem gemeinsamen Frühstück anschnitt. »Tatsächlich dürfte dein Testosteronspiegel etwas höher sein als vor der Therapie. Und außerdem: Wer müde und gerädert ist, wirkt nicht besonders selbstsicher. Toll, dass sich die Behandlung so positiv bei dir bemerkbar macht!«

Ja, das fand er auch. Zumal es auch mit Mia super lief. Sie verbrachten immer häufiger auch die Nachmittage zusammen, gingen spazieren, saßen in einem Café oder bummelten durch die Stadt.

»Wann schläfst du eigentlich?«, fragte Peer sie irgendwann. Immerhin war sie nachts auch im Schlaflabor, und obwohl sie rund um die Uhr auf den Beinen zu sein schien, wirkte sie nie übermüdet oder gerädert. Sie schlenderten gerade am Dom vorbei, der immer noch zu den Hauptattraktionen von Limburg zählte und die Touristen anzog, obwohl er vom protzigen und skandalumwitterten Bischofspalais inzwischen starke Konkurrenz bekommen hatte.

Mia zögerte einen Moment. »Eigentlich darf ich dir das nicht sagen …«

»Komm schon!« Er legte ihr vertrauensvoll den Arm um die Schulter und knuffte sie liebevoll in die Seite. »Ich werde es auch keinem verraten. Versprochen.«

Er sah ihr an, dass ihr das Thema unangenehm war, trotzdem bohrte er weiter. Ihr Zögern weckte seine Neugierde erst recht.

»Ich … schlafe zwischendurch ein bisschen im Schlaflabor. Mein … Der Professor führt nachts einige Tests durch, für die er mich nicht braucht. In der Zeit kann ich dann schlafen.«

Peer wurde hellhörig. »Was denn für Tests?« Die Vorstellung, dass der Professor irgendetwas mit ihm machte, ohne dass jemand etwas davon mitbekam, behagte ihm nicht.

»In erster Linie sind das diese Reflextests, die du schon mitgekommen hast. Er hat dir ja gesagt, dass du diese außergewöhnliche Fähigkeit hast, Reflexe zu unterdrücken beziehungsweise zu kontrollieren. Das will er noch gründlicher untersuchen.«

Peer ging neben ihr her und dachte darüber nach, was Mia gerade gesagt hatte. »Und das macht er ganz allein? Nur er und ich in einem Raum – und ich schlafe? Irgendwie finde ich das schräg, Mia.«

Sie lachte. »Peer, das ist ein Schlaflabor. Die Hauptarbeit findet statt, während du schläfst. Das liegt in der Natur der Sache!«

Da hatte sie recht. Trotzdem interessierte es ihn, was während dieser Untersuchungen genau passierte.

»Wie gesagt, ich war bei diesen Reflextests noch nie dabei«, antwortete Mia. »Aber soviel ich weiß, spricht er mit dir, gibt dir beziehungsweise deinem Unterbewusstsein Anweisungen oder stellt dir Fragen.«

»Wie bei einer Hypnose?«

Alter, das wurde ja immer schräger! Mittlerweile war sich Peer nicht mehr so sicher, ob es eine gute Idee gewesen war nachzufragen.

»Hypnose? Ja, vielleicht so ähnlich. Du schläfst ja die ganze Zeit, daher ist es sicher ein bisschen anders. Aber irgendwie schaltet er sich in dein Bewusstsein.«

Das fand Peer bemerkenswert und beunruhigend zugleich. Letzteres vor allen Dingen deshalb, weil er sich an nichts erinnern konnte.

»Kann ich mir die Aufzeichnungen der Videoüberwachung eigentlich anschauen?«, fragte er sie deshalb. Er wollte zu gern wissen, wie Professor Schmoll bei den Tests vorging.

»Ich denke schon.«

Peer blieb abrupt stehen. Täuschte er sich? Da vorn, am rechten Seitenschiff des Doms, da lehnte doch eine Person an der Wand und beobachtete ihn. Oder? Der Mann war vielleicht hundert Meter von ihm entfernt und schien auf sein Handy zu starren. Aber in Wirklichkeit schaute er immer wieder zu ihm rüber – oder bildete er sich das nur ein?

»Ist was?«, fragte Mia irritiert. »Hab ich irgendwas Falsches gesagt?«

»Nein, nein …« Er räusperte sich. »Während der Professor meine Reflexe untersucht, schläfst du also«, sagte Peer, den Blick immer noch auf den Unbekannten gerichtet.

Der steckte das Handy in diesem Augenblick in die Hosentasche, drehte sich um und ging. Wahrscheinlich hatte sich Peer wirklich getäuscht. Verdammte Paranoia! Er schüttelte den Gedanken ab und wandte sich wieder Mia zu.

»So viel Schlaf kannst du dadurch eigentlich nicht bekommen. Der wird mich ja nicht stundenlang untersuchen, oder? Und du gähnst noch nicht mal.«

»Nein, das stimmt. Das liegt wahrscheinlich am …« Sie biss sich auf die Lippe und verstummte.

»Was?«

Mia seufzte. »Peer, ich darf wirklich nicht darüber sprechen.«

»Nimmst du irgendwelche Aufputschmittel?«, fragte er erstaunt. Das konnte er sich eigentlich kaum vorstellen,

Mia wirkte nicht wie jemand, der sich mit Hallo-Wach-Pillen durch den Tag schlug.

»Nein.« Sie seufzte. »Also gut, ich erkläre es dir. Im Zuge unserer Studien wurde ein Zusammenhang zwischen Alzheimer und einer Verkalkung der Zirbeldrüse festgestellt.«

»Das war die mit der Melatoninausschüttung, richtig?«

»Richtig. Ich kann dir das nicht genau erklären, jedenfalls arbeiten sie an einem pflanzlichen Präparat, das direkt auf die Zirbeldrüse einwirkt. Die Patienten sind dadurch wesentlich klarer und wacher.«

»Und die Dinger nimmst du?«, fragte Peer ungläubig.

»Ab und zu, ja. Das ist ganz harmloses Zeug, was aber eine tolle Wirkung hat. Der Professor nimmt es selbst auch manchmal.«

Peer blieb erstaunt stehen und sah sie kopfschüttelnd an. »Ich denke, wir sind mitten in einer Versuchsphase? Ich bin Teil dieser Studie, da kannst du doch nicht schon irgendwelche Medikamente nehmen.«

»Glaub mir, das ist harmlos!«, beeilte sich Mia zu sagen. »Ich kann dem Professor hundertprozentig vertrauen. Auch unsere amerikanischen Auftraggeber setzen große Hoffnung in dieses Mittel.« Zärtlich legte sie ihren Arm um seine Hüften und zog ihn weiter. »Ich nehme das auch nur selten. Aber …« Sie grinste. »Bevor ich dich kannte, konnte ich wenigstens nachmittags in Ruhe schlafen.« Sie schmiegte sich an ihn, und er nahm sie fest in den Arm.

»Jetzt bin ich also schuld?« Er lächelte.

Eng umschlungen gingen sie weiter.

»Sind die Verhandlungen mit den Amerikanern eigentlich abgeschlossen?«

Mia schüttelte den Kopf und machte ein betrübtes Gesicht. Das Thema schien ihr auf den Magen zu schlagen. »Nein. Es gibt ernste Probleme.«

»Machst du dir Sorgen um deinen Job?«

Sie schwieg einen Moment. »Somnia sollte eh nur eine Zwischenstation sein«, sagte sie dann, ohne auf seine Frage einzugehen. »Vielleicht ist bald ein guter Zeitpunkt, um zu gehen.«

»Aber nicht, solange ich noch da bin«, meinte Peer und grinste vielsagend.

Sie lachte. »Natürlich nicht.«

Inzwischen waren sie vor seiner Wohnung angekommen, und ohne groß darüber nachzudenken, beugte Peer sich zu Mia hinunter und küsste sie. Auch etwas, das er sich früher niemals einfach so getraut hätte. Egal. Es war ein schöner Kuss, innig und vertraut, und in der Art, wie Mia sich an ihn drückte, bemerkte er, dass sie genauso empfand wie er: Sie hatten sich verliebt.

»Bis heute Abend«, sagte er und sah ihr lächelnd hinterher, als sie wegging. Dann sprang er gut gelaunt die Stufen zu seiner Wohnung hoch und hätte beinahe einen Herzinfarkt bekommen, als plötzlich jemand aus einer dunklen Ecke im Flur trat.

»Scheiße, wollen Sie mich ins Grab bringen?« Erschrocken hielt sich Peer die Hand auf die Brust. Dann sah er genauer hin. Es war die mysteriöse Frau, die ihn vor ein paar Tagen schon vor der Haustür angesprochen hatte. Und sah sie nicht der Person ähnlich, die ihn vom Dom aus beobachtet hatte? Vielleicht war das gar kein Mann gewesen, wie er gedacht hatte.

»Was lungern Sie hier vor meiner Wohnung rum?«, rief er laut. »Verschwinden Sie, oder ich rufe die Polizei!«

Die Frau trat einen Schritt näher und nahm die Kapuze vom Kopf. Jetzt konnte er ihr Gesicht zum ersten Mal richtig erkennen. Sie war etwas älter als er, jedenfalls sah sie so aus. Er schätzte sie auf vielleicht Mitte dreißig. Ihre kurzen dunklen Haare standen wuschelig vom Kopf ab, ihr

Gesicht wirkte kantig und hart, wie das eines durchtrainierten Profisportlers. Kein Wunder, dass er sie für einen Kerl gehalten hatte. Vermutlich war sie sehr muskulös, das konnte Peer unter dem weiten Sweatshirt nicht erkennen. Aber er sah ihre Hände, die ebenfalls sehnig und stark wirkten. Sie hatte bemerkenswert kleine Augen, die eng zusammenstanden und ungewöhnlich grün waren. Er konnte nicht sagen, ob die Frau attraktiv war oder nicht. Hässlich war sie auf keinen Fall, aber irgendwie hatte sie auch etwas Unheimliches an sich.

»Wer sind Sie? Was zur Hölle wollen Sie von mir?«, fragte er erneut.

»Mein Name ist Ricarda Hagen. Ich muss Sie dringend sprechen«, flüsterte die Frau.

»Ach ja? Und warum?«

Sie machte eine abwehrende Handbewegung. »Nicht so laut! Ihre Wohnung ist komplett verwanzt, die können vermutlich bis in den Flur hören.«

»So ein Schwachsinn!« Peer dachte gar nicht daran, leiser zu reden. »Die NSA oder was?« Er lachte spöttisch.

»Bitte, seien Sie leise! Bitte.«

Besorgt sah sich die Frau um, und Peer war sich nun vollkommen sicher, dass sie eine durchgeknallte Spinnerin war.

»Kommen Sie in den Stadtpark. Ich werde um sechzehn Uhr an den Tischtennisplatten auf Sie warten. Jeden Tag.«

»Was soll das denn bedeu…?«

In dem Moment hörte er, wie unten die Haustür geöffnet wurde. Hatte er sie nicht richtig zugemacht?

»Peer?« Es war Mia. »Peer, ich kann meine Schlüssel nicht finden! Hast du sie zufällig?«

»Und nehmen Sie sich vor der Frau in Acht«, zischte ihm die Unbekannte zu.

»Peer?« Er hörte, wie Mia die Stufen hochstieg, schnell und zielstrebig. Warum hatte sie es so eilig, verdammt?

»Ich komme runter«, rief er ihr entgegen, doch davon ließ sich Mia nicht abhalten.

Als sie auf seiner Etage angekommen war, drehte Peer sich noch mal zu der geheimnisvollen Frau um. Sie war verschwunden.

Auch Mia schien sich suchend umzuschauen. »Alles okay?«

Was sollte die Frage? Hatte Mia die andere Frau etwa gehört? Nein, das war unmöglich.

»Ja, klar. Ich habe deinen Schlüssel aber nicht.« Er bemerkte, wie verwirrt er war. Wohin war die merkwürdige Frau verschwunden? Sie konnte sich doch nicht in Luft aufgelöst haben. »Wie kommst du eigentlich darauf, dass ich ihn habe? Ich hätte dir den Schlüssel schon aus der Tasche klauen müssen.«

Stand das Flurfenster offen? Ja, verdammt, es war einen Spalt geöffnet. Das war vorher nicht so gewesen, oder? War die Frau durch das Fenster abgehauen? Dann müsste sie klettern können wie eine Katze, immerhin lag seine Wohnung im dritten Stock.

Mia lächelte ihn entwaffnend an. »Entschuldige«, sagte sie und schmiegte sich an ihn. »Ich dachte, ich hätte dich am Fenster mit einer anderen Frau gesehen. Tja, ich glaube, da war ich … na ja, vielleicht ein bisschen eifersüchtig …« Sie wich verlegen seinem Blick aus.

Peer nahm sie in den Arm und küsste sie. »Nein, hier war niemand«, hörte er sich zu seiner Überraschung sagen.

Er zog sie noch enger an sich, küsste sie erneut, diesmal drängender und intensiver als vorher. Sie erwiderte seinen Kuss leidenschaftlich. Er war überrascht, welches Tempo sie plötzlich vorlegten, aber es gefiel ihm. Sehr sogar.

»Willst du noch mit reinkommen?«, flüsterte er ihr ins Ohr.

So etwas hast du noch nie gemacht, schoss es ihm durch den Kopf. Noch nie. Dabei war es doch ganz einfach. Er wollte nicht, dass sie ging, aber er musste auf jeden Fall mit ihr aus dem Hausflur verschwinden. Vielleicht tauchte diese Irre noch mal auf. Die Tatsache, dass sie von einer Sekunde auf die andere verschwunden war, beunruhigte ihn, und er wollte nicht, dass Mia etwas damit zu tun bekam.

Womit eigentlich?, fragte er sich, während er Mia noch drängender küsste und seine Hände in ihren Haaren vergrub. Eine Irre verfolgte ihn. Vielleicht hatte er eine Stalkerin, oder sie war eine Drogenabhängige, die ihn ausrauben wollte. Warum erzählte er Mia nichts davon? Und das Wichtigste: Wohin war diese Frau verschwunden?

Mias Hände wanderten seine Hüften hinunter, und er bekam Schwierigkeiten, sich zu konzentrieren. Seine Gedanken kreisten jetzt nur noch um das eine.

»Ich habe aber nur noch zehn Minuten Zeit«, sagte sie leise. »Dann muss ich zum Labor.«

»Ich will dich nicht …«, sagte er zwischen zwei Küssen, »überrumpeln.«

»Ich bin schon groß, Peer. Ich weiß, was ich will«, raunte sie ihm zu.

Er hob ihren Kopf, sodass er ihr in die Augen sehen konnte. »Das ist gut. Ich weiß es nämlich auch.«

Mit einer Hand schloss Peer die Wohnung auf und schob Mia mit der anderen hinein. Er warf die Tür zu und knöpfte im nächsten Moment ihre Bluse auf, küsste ihren Hals und wanderte gierig nach unten. Sie hatte wunderschöne Brüste, klein und fest, und seine Küsse und Berührungen schienen ihr zu gefallen. Im nächsten Augenblick hatte sie schon seine Gürtelschnalle in der Hand und öffnete ihm die Hose. Sie schafften es nicht bis ins Schlafzimmer, fielen noch im Wohnungsflur übereinander her. Mia lehnte sich gegen die Kommode neben der Garderobe, und aus dem Nichts zauberte sie ein Kondom hervor und streifte es ihm über. Peer nahm sie im Stehen, schnell, leidenschaftlich und wild. Er wusste nicht, wie lange es dauerte, aber nach wenigen Minuten kamen sie beide zum Höhepunkt und sackten und schwer atmend übereinander zusammen.

»Das … war … der Wahnsinn«, seufzte Peer und küsste sie zärtlich.

Mia nickte selig lächelnd. »Genauso, wie ich es mag.«

»Wir können das gern wiederholen.«

»Sehr gerne.«

Wieder küssten sie sich, und Peer sah ihr noch einmal tief in die Augen. »Du bist toll.«

Sie lächelte und wollte gerade etwas erwidern, als ihr Blick auf die Uhr an seinem Handgelenk fiel. »Verdammt, ich muss los!« Sie sprang auf und schnappte sich ihre Sachen. Schnell zog sie sich an.

»Wir sehen uns ja nachher«, sagte Peer, während er sich nach seinen Klamotten umsah.

»Ja. Bis heute Abend«, erwiderte Mia und küsste ihn noch mal innig. Dann verließ sie die Wohnung.

Erschöpft und auch etwas durcheinander starrte Peer ins Nichts. Das war schön gewesen. Auch wenn er damit eigentlich nicht gerechnet hatte. Natürlich hatte er sich schon mal ausgemalt, wie es wäre, mit Mia zu schlafen. Aber er hatte geglaubt oder vielmehr gehofft, dass das vielleicht in ein paar Wochen passieren würde, wenn seine Therapie abgeschlossen wäre. Im Bett, mit viel Zeit und noch mehr Zärtlichkeit. Zwar war er durchaus für schnellen Sex zu haben, aber er musste sich eingestehen, dass ihn die Nummer gerade ein bisschen aus der Bahn geworfen hatte. Eigentlich war er gar nicht so ein hemmungsloser Liebhaber. Früher war er ganz anders gewesen. Aber was sollte die Grübelei? Mia hatte es gefallen, und ihm auch – und dass war doch das Wichtigste. Peer war zwar verwirrt, aber auch glücklich, und nur darauf kam es an.

Dann fiel ihm wieder die merkwürdige Frau ein. Das offene Fenster im Treppenhaus – war es wirklich möglich, dass sie dadurch verschwunden war?

Er zog sich wieder an und verließ die Wohnung, ging zu dem Fenster im Hausflur und beugte sich hinaus. Im Blumenkasten darunter waren die Köpfe von ein paar Geranien abgeknickt. Peer blickte nach unten. Wenn sie über den Blumenkasten raus war, hatte sie sich hier an der Fassade festhalten und über den darunterliegenden Balkon auf das Garagendach des Nachbarhauses springen können. Das war theoretisch möglich. Aber in der Kürze der Zeit? Und ohne einen Laut von sich zu geben?

Nachdenklich ging er wieder in seine Wohnung und blieb einen Moment regungslos im Flur stehen, dem man den wilden Sex von eben noch deutlich ansah. Einige Jacken waren von der Garderobe gefallen, und die Kommode war verschoben. Peer lächelte kurz. Doch dann musste er wieder an die Fremde denken. Was für eine merkwürdige Begegnung. Ob er die Polizei rufen sollte? Und die Frau wegen Belästigung anzeigen? Aber irgendetwas sagte ihm, dass er das besser lassen sollte.

Peer ging ins Wohnzimmer und ließ seinen Blick durch den Raum schweifen. Alles stand an seinem Platz, nichts schien verschoben und durcheinandergebracht worden zu sein.

Dass du das tatsächlich für möglich hältst, ist schon gaga genug, dachte er kopfschüttelnd, aber irgendwie war er nun misstrauisch geworden. Die Frau hatte gesagt, seine Wohnung sei verwanzt. Nun, wenn das stimmte, müsste er doch Anzeichen dafür finden, oder etwa nicht?

Er ging schnurstracks auf das Bücherregal zu und ließ seine Hand über die Buchrücken gleiten. Er musste sich eingestehen, dass er keine Ahnung hatte, wonach er überhaupt suchen sollte. Für ihn sah alles ganz normal aus. Aber was hieß das schon? Abhörmikrofone oder Überwachungskameras, all das kannte er nur aus Filmen und Büchern. Wie sahen solche Dinger wohl in echt aus? Und wurden sie wirklich in Lampen oder Telefonen versteckt, wie er es aus James-Bond-Filmen kannte? Sein schnurloses Telefon hatte nur hinten einen Deckel, den man öffnen konnte, um die Akkus zu wechseln. Als er ihn aufmachte, konnte er nichts Auffälliges entdecken.

Es ist totaler Quatsch, was du da machst!, dachte er und setzte sich an den Schreibtisch. Die Frau hatte nicht mehr alle Tassen im Schrank. Vor Mia hatte sie ihn schließlich auch gewarnt, was ganz offensichtlich Blödsinn war. Vor ihr musste er sich bestimmt nicht in Acht nehmen, im Gegenteil.

Trotzdem fuhr Peer den Computer hoch. Vielleicht fand er ja im Netz irgendetwas über diese Frau. Wie hieß sie noch mal? Ricarda Hagen. Es konnte nicht schaden, wenn er sich ein wenig informierte.

Er gab ihren Namen in die Suchmaske des Browsers ein und versuchte, sich einen Überblick über die zahlreichen Artikel zu verschaffen, die ihm nur Bruchteile einer Sekunde später angezeigt wurden. Da es auch die Stadt Hagen gab und ihm anscheinend jede Ricarda, die in Hagen lebte, angezeigt wurde, schien es ein hoffnungsloses Unterfangen zu sein, die »echte« Ricarda Hagen zu finden. Er versuchte die Trefferquote einzugrenzen, indem er den Namen in Anführungszeichen setzte, aber auch da bekam er über vierhundert Treffer angezeigt. Nachdem er sich minutenlang durch die Seiten geklickt hatte, fiel sein Blick auf eine Überschrift. *Ricarda Hagen immer noch flüchtig*, las er. Es war die erste Überschrift, die sich von den anderen Meldungen über die zahllosen Ricardas auf Facebook und StayFriends abhob. Sein Gefühl sagte ihm, dass es um die Ricarda Hagen ging, die ihm in seinem Hausflur aufgelauert hatte.

Er klickte auf den Artikel. Zunächst flackerte der Bildschirm nur, dann war er für einen Moment wie eingefroren, um im nächsten Augenblick schwarz zu werden.

»Scheiße, das kann doch nicht …«

Abgestürzt.

»Diese verdammte Scheißkiste!«, stöhnte Peer.

In letzter Zeit passierte das immer öfter. Er schaltete den Computer aus und wartete einige Minuten, um ihn dann wieder hochzufahren. Unzählige Fehlermeldungen poppten auf, und er wurde aufgefordert, ein Sicherheitsupdate durchzuführen. Ansonsten würde sich sein Internetbrowser nicht öffnen lassen, erfuhr er.

»Ich hasse dich«, sagte Peer aus tiefstem Herzen.

Ja, das tat er wirklich. Er war kein Technikfreak, brauchte weder das neueste iPhone noch sonst einen neumodischen Schnickschnack. Er war mit der normalen Technik für den Hausgebrauch absolut zufrieden. An sie hatte er nur einen Anspruch: Sie sollte gefälligst funktionieren.

Seufzend begann Peer, das Update durchzuführen. »Einundzwanzig Minuten?!«, wunderte er sich kurz darauf. So lange sollte es dauern, bis der Krempel installiert war? Großartig. Irgendwann würde er sich einen schnelleren Computer zulegen müssen.

Während die Updates langsam und gemächlich auf seine Festplatte geladen wurden, ging Peer ins Bad, packte seine schmutzige Wäsche in einen Korb und trug sie in den Waschkeller. Dort traf er auf Philipp. Hoffentlich hatte er Mia und ihn nicht gehört. Das wäre ihm peinlich. Waren sie sehr laut gewesen? Er wusste es nicht genau, aber lautlos war die Sache nicht abgegangen. So viel stand fest.

»Hi. Was macht das Baby?«

»Lässt auf sich warten. Hast du schon Zeitung gelesen? Der Ripper ist wieder da.«

»Ich hab keine Ahnung, wovon du sprichst.«

»Du weißt doch, vor ein paar Jahren hat so ein Irrer im Taunus drei Menschen mit ‚ner Machete zerhackt.«

Peer erinnerte sich. »Stimmt. Irgendwo bei Frankfurt war das, oder?«

Philipp nickte. »Ja. Und jetzt haben sie wieder jemanden gefunden. Diesmal irgendeine Nutte, die in einem Waldstück in der Nähe abgeschlachtet wurde. Die Art und Weise erinnert wohl mächtig an das Gemetzel von damals.«

Peer stopfte seine Wäsche in die Maschine und hörte Philipp nur mit einem Ohr zu. Boulevardthemen dieser Art hatten ihn noch nie sonderlich interessiert.

»Eben hab ich im Netz gelesen, dass die Bullen fremde DNS-Spuren auf der toten Nutte gefunden haben. Vielleicht haben sie den Killer ja bald. Mich würde es freuen.« Philipp grinste unsicher.

»Mach dir keine Sorgen«, meinte Peer und stellte die Maschine an. »Wer darauf steht, Prostituierte abzuschlachten, der wird einen Familienvater wie dich vermutlich in Ruhe lassen.«

»Baldigen Familienvater«, korrigierte Philipp grinsend. »Ja, da hast du recht. Trotzdem finde ich es gruselig, dass so‘n Irrer hier in der Gegend rumläuft.«

Das war für Peer das Stichwort. »Apropos irre. Eben im Treppenhaus war so eine komische Frau …«

»Zeugen Jehovas?«, fragte Philipp stöhnend. »Schon wieder? Ich muss noch mal einen Aushang machen, dass die Haustür wirklich immer abgeschlossen ist. Neulich waren irgendwelche Leute von der Telekom im Haus, weil der Anschluss im Keller angeblich kaputt war. Ich hatte keine Ahnung, wie die reingekommen sind. Wenn die mir nicht ihre Ausweise gezeigt hätten, hätte ich die Polizei gerufen.«

Sie verließen den Kellerraum und gingen wieder nach oben.

»Ja, man muss aufpassen«, sagte Peer. »Hast du die Frau heute denn auch gesehen?«

»Nein. Ich bin aber auch eben erst nach Hause gekommen. Trinkst du noch einen Kaffee mit mir?«

Peer nickte und fand sich kurz darauf in der Küche seines Nachbarn wieder. Philipps Laptop stand auf dem Tisch. Er hatte die Startseite eines großen Nachrichtendienstes geöffnet. Der Artikel über den brutalen Mord an der Prostituierten füllte den Bildschirm aus.

»Darf ich?«, fragte Peer und klickte sich in den Artikel, ohne eine Antwort abzuwarten.

»Ja, klar, mach ruhig«, meinte Philipp, der an der dunklen Arbeitsplatte der ansonsten hellen Einbauküche stand und Kaffee aufsetzte.

Peer überflog den Artikel, in dem ausführlich beschrieben wurde, was Philipp ihm bereits erzählt hatte. Eher aus Neugierde als aus wirklichem Interesse klickte er einen Link an, der unter dem Artikel stand und auf ähnliche Mordfälle verwies. Zu seiner Überraschung öffnete sich eine Seite, auf der ein Bericht der spanischen Zeitung *El Pais* zu finden war, der in einem kurzen Begleittext auf Deutsch zusammengefasst wurde.

Mysteriöse Mordserie wird international agierender Mafia zugeschrieben

Die Polizei im westukrainischen Galizien ist sich sicher: Die vier zerstückelten Leichen, die in den vergangenen

Wochen an verschiedenen Orten in der Region gefunden wurden, gehen auf das Konto der Mafia. Die Opfer wurden mit sinnloser Brutalität niedergemetzelt. Es konnten keinerlei Kontakte zur kriminellen Szene nachgewiesen werden. Die Polizei geht daher davon aus, dass es sich um zufällig ausgewählte Opfer der Mafia handelt, die entweder aus rituellen Gründen oder zu Übungszwecken ermordet wurden. So grausam und unwahrscheinlich diese Motive gerade für Laien erscheinen mögen: Die meisten verbrecherischen Organisationen haben solch blutige Aufnahmerituale. Üblich ist im organisierten Verbrechen auch, sich regelmäßig davon zu überzeugen, wie weit die eigenen Mitglieder gehen würden. Weltweit sind solche Morde bekannt. El Pais *berichtete im vergangenen Jahr über eine ähnliche Serie in Argentinien.*

»Irgendwas Neues?« Philipp stellte ihm die Kaffeetasse auf den Tisch.

Peer schüttelte den Kopf. »Nein. Der Artikel war verlinkt zu einem Bericht über vergleichbare Taten. Scheint aber was anderes zu sein, als die Sache mit der Prostituierten. Hört sich jedenfalls für mich anders an.« Er berichtete Philipp kurz, was er gerade gelesen hatte.

»Wieso klingt das für dich nach was anderem?«, fragte Philipp. »Ist doch genau der gleiche Scheiß!«

»Ja, schon. Aber sie haben DNS auf der Leiche der Prostituierten gefunden, steht in dem Artikel. Und was wird man schon für DNS bei einer Hure finden?«

»Sperma.«

»Schätze ich auch. Hört sich eher schwer nach einem Sexualmord an, finde ich.«

Philipp schüttelte sich. »Mann oh Mann. Weißt du, dass ich manchmal ganz froh bin, dass wir einen Jungen bekommen? Ich weiß, das klingt albern. Aber irgendwie denke ich manchmal, denen passiert nicht so schnell was. Armes Mädchen.«

Peer nickte. Er kannte diese Einstellung von einigen Eltern an der Schule. Auch wenn es Quatsch war und Jungen genauso viel passieren konnte wie Mädchen, waren es doch in erster Linie die Eltern einiger Schülerinnen, die durch übertriebene Fürsorge auffielen.

»Trotzdem. Irgendwie kann ich mir nicht vorstellen, dass das ein gewöhnlicher Sexualmord war. Das Mädel ist in seine Einzelteile zerhackt worden. Wer steht den bitte auf so was? Haben die bei den Morden in Spanien denn auch DNS gefunden?«

»Davon stand in dem Artikel nichts.«

»Beim Taunus-Ripper war auch nie von Vergewaltigung die Rede … Gib das mal bei Google ein.«

Peer sah ihn erstaunt an. Dass sein Nachbar so ein Interesse an Boulevardthemen hatte, überraschte ihn.

Philipp war sein Blick offenbar nicht entgangen. »Das interessiert mich auch aus beruflichen Gründen«, fügte er erklärend hinzu. »Wir kriegen manchmal Proben rein, die wir auf K.-o.-Tropfen untersuchen sollen. Und das passiert natürlich meistens im Zusammenhang mit Vergewaltigung oder Nötigung.«

»Verstehe.« Peer konnte sich ein Grinsen nur schwer verkneifen. Er ahnte, dass Philipps Interesse in erster Linie auf seine Neugierde zurückzuführen war und mit seinem Job als Bio-Chemiker nur wenig zu tun hatte.

»Zum Stichwort Taunus-Ripper kommt total viel«, sagte er, nachdem er das Wort bei Google eingegeben hatte. »Das kann ich mir jetzt nicht alles durchlesen …«

Peer überflog die Suchergebnisse und hielt plötzlich inne. Er spürte, wie sein Herz schneller schlug. Seine Augen überflogen immer wieder die Überschrift: *Wer ist der Taunus-Ripper? Tatverdächtige H. auf der Flucht.*

Ihm wurde mulmig zumute. Womit war der Artikel noch mal überschrieben gewesen, den er hatte lesen wollen, als sein Computer abstürzte? *Ricarda Hagen immer noch flüchtig*.

Peer schluckte. Hatte ihm der Taunus-Ripper im Hausflur aufgelauert?

24

Harry hatte sich aus dem Rollstuhl auf seinen Schlafsack gehievt. Er wollte noch nicht schlafen, dafür war es noch zu früh, aber er hatte auch keine Lust mehr, die Zeit anders totzuschlagen. Das Einzige, was er noch wollte, war trinken.

Der Besuch auf der Polizeistation hatte ihn aus der Bahn geworfen, das musste er sich eingestehen. Er hätte das niemals für möglich gehalten, war er sich doch immer relativ sicher gewesen, dass er seine Erinnerungen mit dem Alkohol ganz gut im Griff hatte. Aber so, wie ihn der Bulle behandelt hatte – so von oben herab, freundlich, aber doch abfällig –, war alles in ihm wieder hochgekommen.

Harry hatte Mühe, die Flasche Rum zu öffnen. Der Verschluss saß ungewöhnlich fest. Scheiß verkrüppelte Hand, dachte er frustriert.

Als die Bullen damals ins Krankenhaus gekommen waren, wo er, mehr oder weniger in seine Einzelteile zerlegt, gerade aus dem Koma erwacht war, da waren sie noch anders gewesen, hatten ihn ernsthafter behandelt, mit Mitgefühl und auch Respekt vor dem, was er erlitten hatte. Bereitwillig hatte er ihnen erzählt, was passiert war, oder besser das, woran er sich hatte erinnern können. Wenig später hatte ein Polizeizeichner neben seinem Bett gesessen. Er hatte ihm verschiedene Augenpaare und Nasen gezeigt, Münder und Augenbrauen und versucht, das Gesicht so zu zeichnen, wie Harry es ihm gesagt hatte. Am Ende hatte Harry auf das Porträt einer kurzhaarigen Frau mit eng zusammenstehenden Augen geblickt.

»Das könnte genauso gut ein Mann sein«, hatte der Kriminalbeamte später gemeint.

»Es war aber eine Frau. Ich schwöre Ihnen, dass es eine Frau war!«

»Hm-hm.« Mehr hatte der Bulle nicht dazu gesagt. Einfach nur Hm-hm. Und dabei hatte er Harry angeschaut, dass dem sofort klar gewesen war, dass ihm nicht geglaubt wurde.

Harry hatte die Flasche endlich auf und nahm einen langen und sehnsüchtigen Schluck. Bald würde es ihm besser gehen, er wusste, dass er sich auf seinen Strohrum verlassen konnte. Manchmal brannte es noch im Magen, aber meistens breitete sich sofort ein wohliges Gefühl in seiner Körpermitte aus. Ein trügerisches Wohlgefühl, das nicht lange anhalten würde, aber jetzt war es erst mal da.

Warum war es damals bloß allen so schwergefallen, ihm zu glauben, dass eine Frau die Killerin war? Er konnte ja verstehen, dass man Frauen eine so blutrünstige und brutale Tat nicht so schnell zutrauen wollte, aber er war der einzige Zeuge gewesen! Er hatte sie gesehen und hatte sie ziemlich genau beschreiben können – und trotzdem hatte man ihm nicht glauben wollen. Hatte das wirklich nur daran gelegen, weil er ein obdachloser Penner war?

Harry nahm einen weiteren Schluck und starrte in die Dämmerung. Nein, auch wenn er als Säufer nicht besonders glaubwürdig war, er hatte schon damals den Verdacht gehabt, dass etwas anderes hinter der Sache steckte. Die Bullen hatten viel zu schnell einen Tatverdächtigen aus dem Hut gezaubert, und je länger er heute darüber nachdachte, desto merkwürdiger kam ihm das Ganze vor. Vielleicht quälte ihn deshalb die Frage nach dem Warum so sehr, weil er nie das Gefühl gehabt hatte, dass die Polizei ein ernsthaftes Interesse an der Wahrheit gehabt hatte.

Der Mann der ermordeten Spaziergängerin hatte ausgesagt, dass seine Frau in den Tagen vor ihrem Tod von einem Unbekannten aus dem Auto heraus angesprochen worden war. Nur kurze Zeit später hatte die Polizei einen Verdächtigen festgenommen, einen jungen Mann, der schon durch kleinere Drogendelikte auffällig geworden war. Diese Kleinkriminelle hatte sich angeblich in Widersprüche verwickelt und kein Alibi vorzuweisen gehabt. Es hatten sich Zeugen gefunden, die ihn in der Nähe der Tatorte gesehen haben wollten, und so war es irgendwann zum Prozess gekommen.

Harry erinnerte sich noch genau an den Typen, den er im Gerichtssaal zum ersten Mal gesehen hatte und der nicht die geringste Ähnlichkeit mit der Killerin gehabt hatte. Merkwürdig apathisch hatte er neben seinem Anwalt gesessen. Harry kannte diesen abwesenden Gesichtsausdruck von den Kumpels, die nicht nur soffen, sondern auch mit härteren Sachen hantierten. Eigentlich alles, was man sich durch die Venen jagen konnte, bescherte einem diesen Blick. Auf die Aussagen der Angehörigen hatte der Angeklagte mit keinerlei Regung reagiert.

»Sie wollte die Abendrunde mit dem Hund gehen«, hatte der Mann der ermordeten Spaziergängerin seine Schilderung begonnen, nachdem der Richter ihn gebeten hatte, den Tatabend aus seiner Sicht zu schildern. »Normalerweise machen wir das immer zusammen, aber ich lag zu dem Zeitpunkt seit zwei Wochen auf dem Sofa, weil ich mir die Achillessehne gerissen hatte. Ich habe ihr noch gesagt, sie soll ihr Handy mitnehmen und mich sofort anrufen, falls dieser Mann wieder auftaucht.«

»Was war das für ein Mann?«, hatte der Staatsanwalt daraufhin gefragt.

»Ich weiß es nicht genau. Er fuhr einen schwarzen Mercedes. Ein paar Tage zuvor hat er aus dem Wagen heraus meine Frau angesprochen. Ob er sie mitnehmen könnte, wollte er wissen. Ganz harmlos eigentlich, aber unheimlich fand sie es trotzdem.«

Harry wusste noch genau, dass er in dem Moment hatte losschreien wollen, den Leuten zubrüllen, dass sie falschlagen, dass der Täter eine Frau war und nicht dieser junge Mann, der da vorne saß und angeblich auch schon mal einen Mercedes geklaut hatte. Niemals war dieser vollgedröhnte Grünschnabel in der Lage, ein solches Verbrechen zu planen und auszuführen. Nie und nimmer! Aber Harry hatte kein Wort über die Lippen gebracht.

»Während meine Frau mit dem Hund draußen war, muss ich auf dem Sofa eingeschlafen sein. Ich habe damals viel geschlafen, die Schmerzmittel, die ich wegen meiner Achillessehne nehmen musste, machten mich ganz matschig im Kopf. Jedenfalls wurde ich erst mitten in der Nacht wieder wach. Und da war meine Frau immer noch nicht da.«

»Wie spät war es, als sie aufwachten?«

»Kurz nach eins. Ich habe sofort versucht, sie auf dem Handy zu erreichen, aber es war ausgeschaltet. Da habe ich gewusst, dass etwas passiert sein musste, und sofort die Polizei gerufen.«

Der Mann hatte weiter berichtet, wie er sich auf Krücken zu seinen Nachbarn geschleppt, alle zusammengetrommelt und einen Suchtrupp organisiert hatte.

»Zum Glück haben wir sie nicht gefunden … Die Polizei war schneller. Ich hätte es nicht ertragen können, wenn ich gesehen hätte, was der Scheißtyp mit ihr angestellt hat.«

»Es war kein Mann. Es war eine Frau!«, hatte Harry in dem Moment laut dazwischengerufen, und der Witwer war förmlich ausgeflippt. Ob dieser Penner den Prozess platzen lassen wolle, was der hier überhaupt zu suchen habe, ein obdachloser Idiot, der sich den Verstand weggesoffen habe. Das schrie er damals, und Harry konnte nur fassungslos schweigen.

»Können Sie ruhigen Gewissens weiterleben, wenn der Mörder meiner geliebten Susanne wieder auf freien Fuß kommt?«, hatte der Mann der Ermordeten am Ende unter Tränen gefragt.

»Aber er war es nicht. Es war eine Frau. Jetzt sag doch was, Junge! Sag, dass du es nicht warst.«

Doch der junge Typ auf der Anklagebank hatte ihn nur gleichgültig angegrinst. Es war ihm offensichtlich scheißegal gewesen, was hier gerade mit ihm passierte. Wie war das möglich gewesen?

Dann war es zu tumultartigen Szenen gekommen. Der verwitwete Mann hatte sich auf Harry gestürzt und anschließend mit Polizeigewalt aus dem Gerichtssaal gebracht werden müssen. Der Prozess war unterbrochen worden.

Harry wischte sich etwas Rum vom Kinn, der ihm aus dem Mund gelaufen war. Die hatten alles getan, um den Jungen wegen der Sache dranzukriegen. Das war ihm damals schon aufgefallen, aber heute sah er es noch deutlicher. Die hatten den Jungen dafür verknacken wollen, die Bullen, das Gericht, alle hatten sich auf ihn eingeschossen. Und der Bursche war das perfekte Bauernopfer gewesen, gleichgültig, vollgepumpt mit Drogen, apathisch. Die Bullen hatten einen Täter, die Presse war glücklich, die Angehörigen beruhigt. Vielleicht hatten sie dem Jungen was versprochen? Einen Deal, Drogen, Ausland? Von so was hörte man immer wieder.

Nur mit einem hatten sie nicht gerechnet. Dass er, Harry, dieser versoffene Penner, so beharrlich an seiner Aussage festhielt, dass es eine Frau gewesen war, die ihn angegriffen hatte. Der Richter hatte nichts anderes tun können, als den Jungen schließlich laufen zu lassen. Er, Harry, hatte den Prozess zum Platzen gebracht. Sonst hätten die doch nie im Leben weiter nach der Frau gesucht.

Ein Jahr später war Harry über eine kurze Meldung gestolpert. Die Polizei hatte tatsächlich eine Verdächtige ins Visier genommen. Ob es die echte Mörderin war, wusste Harry bis heute nicht. Man hatte ihn nicht mehr als Zeugen zu dem Fall befragt. Warum eigentlich nicht? Hatten die Bullen ihn nicht finden können? Nicht finden *wollen*? Er hatte noch mitbekommen, dass die Frau bei der Festnahme abgehauen war. Einfach so, und niemanden hatte es gejuckt. Auch das konnte eigentlich kein Zufall gewesen sein. Seitdem hatte er nichts mehr über die Morde und deren Aufklärung gehört.

Die Flasche war halb leer, als Harry ein Gedanke kam: Die wollten die echte Killerin gar nicht finden. Ihm lief ein Schauer den Rücken herunter, und er trank schnell einen weiteren kräftigen Schluck, als ihm klar wurde, was das bedeutete. Irgendjemand hatte im Hintergrund die Fäden in der Hand. Und dieser Jemand musste eine ungeheure Macht haben.

25

Es war noch relativ warm, als sich Sascha an die Autobahnauffahrt stellte. In der Hand hielt er ein Schild mit der Aufschrift »Hamburg«, und er hoffte, dass er nicht allzu lange warten musste, bis ihn ein Auto mitnahm. Die Chancen standen nicht schlecht, freitagabends war einiges los auf den Straßen.

Die Dämmerung wurde langsam von der Dunkelheit abgelöst. Er schätzte, dass sie sein Fehlen gegen dreiundzwanzig Uhr bemerken würden. Vermutlich würden sie noch eine Stunde warten, bevor sie die Polizei alarmierten. Bis dahin musste er längst von hier weg sein.

Während er sein Schild mit freundlicher Miene den entgegenkommenden Autofahrern hinhielt, überlegte er, was er in Hamburg machen sollte. Klar, erst mal wollte er zu Lea fahren. Er freute sich wahnsinnig drauf, sie endlich wiederzusehen. Wenn er erst mal in einem Wagen saß, wollte er ihr schreiben, dass er auf dem Weg zu ihr war. Denn ihre Adresse hatte er noch nicht. Hoffentlich freute sie sich auch wirklich, wenn er nun tatsächlich nach Hamburg kam.

Aber was sollte er dann machen? Er konnte sich schließlich nicht einfach an einer Schule einschreiben und seinen Abschluss machen. Wenn die Heimleitung die Bullen informiert hatte, würde man ihn suchen. Er musste sich also erst mal für eine Weile bedeckt halten. Vielleicht konnte er im Hafen irgendwo jobben, das stellte er sich relativ einfach vor. Der Hamburger Hafen war riesig, da wurden bestimmt immer Leute gesucht.

Ein großer, schwarzer Mercedes verringerte sein Tempo und hielt ein paar Meter hinter Sascha an.

Bingo, dachte der und freute sich. Eine Autofahrt in so

einer Luxuslimousine war genau das Richtige. Sascha schnappte sich seinen Rucksack und eilte zu dem Wagen.

Der Fahrer hatte das Fenster auf der Beifahrerseite heruntergelassen. »Da hast du aber Glück gehabt, Junge«, sagte ein freundlicher Typ, zu dem Sascha sofort Vertrauen fasste. Er war vielleicht Ende vierzig oder Anfang fünfzig, gut gekleidet und hatte sympathische Lachfalten um die Augen.

»Fahren Sie nach Hamburg?«

»Nicht ganz. Aber bis nach Bremen kann ich dich mitnehmen, und von da aus ist es ja nur noch ein Katzensprung.«

Sascha grinste zufrieden, öffnete die Beifahrertür und stieg ein.

»Den Rucksack kannst du auf die Rückbank werfen«, sagte der nette Mann und wartete, bis Sascha sich angeschnallt hatte.

»Ich bin Sascha«, stellte er sich vor, nachdem er sein Handy aus dem Rucksack geholt und diesen nach hinten verfrachtet hatte.

»Freut mich. Was machst du in Hamburg? Fährst du nach Hause?«

Sascha hatte so eine Frage erwartet. Er wusste, dass er etwas älter aussah, als er es eigentlich war, und locker für zwanzig durchgehen konnte. Die Studentenausrede müsste also eigentlich funktionieren.

»Nicht direkt. Ich studiere in Hamburg und muss morgen wieder in der Uni sein.«

»Verstehe. Das heißt, du kommst hier aus der Ecke und hast deine Eltern besucht?«

Sascha seufzte innerlich. Das war der Nachteil am Trampen. Die Leute wollten sich grundsätzlich unterhalten. Er hatte keine Lust, dem Typen seine ganze Lebensgeschichte zu erzählen, und beschloss sich kurz zu fassen.

»Meine Eltern sind tot. Verkehrsunfall vor knapp zehn Jahren.«

»Das tut mir leid.«

»Schon okay. Was machen Sie denn so?«

Der Typ lächelte ihn verständnisvoll an. »Du wirst wahrscheinlich häufig nach deinen Eltern gefragt, was?«

Sascha nickte. »Ja. Und alle sind immer mächtig betroffen, wenn sie hören, dass ich schon so früh Waise wurde. Aber ehrlich, für mich ist das Thema abgeschlossen. Ich komme gut zurecht, und das Leben geht weiter.«

»Gute Einstellung.«

Sie hatten Frankfurt schnell hinter sich gelassen, zum Glück war die Autobahn um diese Uhrzeit ziemlich leer. Sascha nahm sein Handy und schrieb eine Nachricht an Lea.

»Was schätzen Sie, wann wir in Bremen sind?«

»Keine Ahnung. Wenn die Autobahn so frei bleibt, müssten wir in etwas mehr als vier Stunden da sein, denke ich. Ich stell mal den Verkehrsfunk an.«

Während Sascha auf seinem Handy tippte, bekam er die Nachrichten im Radio nur mit einem Ohr mit. Ukraine-Krise, Putin, Griechenland und auch der brutale Mord an einer Prostituierten vor ein paar Tagen standen im Mittelpunkt der Berichterstattung.

Lea antwortete sofort auf seine Whatsapp-Nachricht. Sie freute sich, dass er kam. Gott sei Dank. Da sie erst mitten in der Nacht Bremen erreichen würden und er nicht wusste, wie er von dort aus weiterreisen konnte, schrieb er ihr, dass er sich später noch mal melden wolle.

Es fährt ein Bus von B nach HH. Kostet nur 6€.

Wann fährt der?, schrieb er zurück.

6 Uhr.

Das ist vermutlich das Beste, dachte Sascha. Vielleicht würde ihn der freundliche Typ – hatte er ihm überhaupt seinen Namen gesagt? – am Bahnhof in Bremen rauslassen, dann würde er ein paar Stunden bei McDonalds totschlagen und den ersten Bus nach Hamburg nehmen. Sascha tippte eine letzte Nachricht an Lea und drückte danach das Handy aus.

Als er wieder hochschaute, stellte er irritiert fest, dass sie gerade von der Autobahn abfuhren.

»Wieso fahren Sie ab? Ist irgendwo ein Unfall?«

»Tut mir leid. Es ist mir ein bisschen peinlich, aber ich muss ganz dringend, und die nächste Raststätte kommt erst in gut fünfzig Kilometern. Ich fahre kurz ab, dann geht es gleich weiter.«

»Alles klar.«

Sie fuhren eine dunkle Landstraße entlang, auf der ihnen nur wenige Autos entgegenkamen. Links und rechts waren dunkle, undurchdringliche Wälder. Eine Möglichkeit zum Parken gab es zwar nicht, aber Sascha fand, dass es durchaus genug Platz gab, um kurz anzuhalten.

»Halten Sie doch einfach irgendwo. Hier ist eh kein Verkehr.«

»Da vorn ist eine Nothaltebucht.« Zielstrebig steuerte der Typ den Wagen auf den kleinen Parkstreifen an der Seite. »Entschuldige bitte. Geht schnell«, sagte er noch und stieg dann aus.

Sascha konnte in der Dunkelheit gerade noch erkennen, wie der Typ in den Wald sprang. Grinsend schüttelte er den Kopf. Ist wohl ein größeres Geschäft, dachte er, sonst hätte der Mann sich doch einfach an den nächsten Baum stellen können.

Sascha kramte wieder sein Handy hervor und loggte sich bei Facebook ein. Er scrollte die neusten Meldungen hinunter, klickte ab und zu einen Link an und surfte durchs Netz. Er zuckte erschrocken zusammen, als es plötzlich an seiner Scheibe klopfte.

»Was zur Hölle …« Sascha öffnete die Beifahrertür. Er sah den Mann mit entsetztem Gesichtsausdruck vor dem Wagen stehen. »Ist was passiert, Mann?«

»Ja, ich glaube schon! Ich hab da vorn irgendetwas im Wald gesehen. Es sah irgendwie aus … Ich weiß nicht, aber es sah aus wie eine Leiche. Komm mit!«

»Soll ich nicht lieber die Polizei rufen?«, entgegnete Sascha, obwohl ihm das eigentlich gar nicht recht war. Das Heim dürfte die Bullen inzwischen über seine Abwesenheit informiert haben. Wenn die hier auftauchten, würden sie ihn sofort einkassieren.

»Nein, lass uns erst mal gucken. Vielleicht ist es nur ein totes Tier. Die Polizei können wir immer noch benachrichtigen. Warte, ich hab eine Taschenlampe im Kofferraum.«

Das war Sascha auch lieber. Er steckte sein Handy in die Hosentasche, stieg aus dem Wagen und folgte dem Mann in den Wald, der mit seiner Taschenlampe einen hellen Kegel vor sich auf den Boden warf. Der Mann ging ungewöhnlich schnell, sodass Sascha kaum hinterherkam.

»Hey, warten Sie mal! Ich kann fast nichts erkennen.«

Doch der andere antwortete nicht, sondern schien sein Tempo sogar noch zu beschleunigen. Sascha glaubte zu erkennen, dass er jetzt sogar rannte. Was sollte das alles?

»Hey!«, rief er erneut. »Ich verlier Sie gleich noch.«

Plötzlich konnte er nichts mehr sehen. Um ihn herum war nur noch Dunkelheit. Hatte der Kerl die Taschenlampe ausgeschaltet? Oder sie verloren?

»Ich geh jetzt nicht mehr weiter«, rief Sascha verärgert und blieb stehen. »Ich kann nichts mehr sehen, und wenn Sie so rennen, flieg ich noch auf die Fresse. Da hab ich keinen Bock drauf.«

Er wartete – ging er doch davon aus, dass der Mann zurückkommen würde. Oder ihm wenigstens antwortete. Aber er sah und hörte nichts.

»Hallo? Sind Sie okay? Sind Sie hingefallen oder so?«

Sascha kniff die Augen zusammen. Langsam gewöhnten sich seine Augen an die Dunkelheit. Er glaubte, einen Schatten durch das Unterholz huschen zu sehen, oder täuschte er sich? Er hörte ein Knacken und Schnaufen, als wenn jemand durch das Gestrüpp springen würde, ganz in seiner Nähe.

Er zog sein Handy aus der Tasche und schaltete das Display an. Im selben Augenblick wurde ihm das Gerät aus der Hand gerissen.

»Was soll der Scheiß?«

Doch der Schatten eilte weiter und war nach wenigen Augenblicken nicht mehr zu erkennen. Kurz darauf hörte Sascha das Starten eines Motors.

Der Wichser fährt weg, dachte er entsetzt. Das Arschloch wollte ihn tatsächlich ausrauben. Das konnte doch nicht wahr sein! So ein verdammter Scheißbonze beklaute ihn?

Sascha versuchte, so schnell, wie es ihm nur möglich war, durch den Wald Richtung Nothaltebucht zu hetzen. Doch schon nach wenigen Metern hielt er inne und lauschte. Er hörte, dass der Wagen mit Vollgas davonfuhr.

»Was für ein Megawichser!«, rief er frustriert in den Wald hinein.

Seine ganzen Ersparnisse lagen im Rucksack auf der Rückbank des Autos. Wie viel war es? Mit dem, was er sich von seinen Kumpels geliehen hatte, bestimmt dreihundert Euro. Natürlich hatte er ein Konto, aber die EC-Karte lag im Rucksack, genau wie sein Personalausweis. Und sein iPhone! Der Scheißtyp hatte es ihm tatsächlich geklaut. Niemals hätte er gedacht, dass jemand, der so seriös aussah, einen Tramper ausrauben könnte. Wegen diesem Pisser war jetzt alles vorbei! Jetzt musste er zu den Bullen, und die würden natürlich das Heim informieren. In ein paar Stunden würde er wieder in seinem verkackten Zimmer hocken.

»Arschloch!«, schrie er noch einmal in den Wald hinein.

Was für ein blöder Wichser. Sascha seufzte tief. Es half alles nichts. Er musste irgendwie zur Polizei kommen.

»Dann mal los«, sagte er leise zu sich und begann, sich vorsichtig einen Weg durch das Gestrüpp zu bahnen.

»Warte.«

Sascha blieb irritiert stehen. Hatte er da gerade eine Stimme gehört?

»Warte.«

Nein, keine Frage, da war jemand und sprach mit ihm. Die Stimme war dunkel, auf eine gewisse Art und Weise rau und gleichzeitig sanft. Sascha drehte sich um die eigene Achse und versuchte, etwas in der Dunkelheit zu erkennen.

»Wer ist da?«

Erschrocken zuckte er zusammen, als direkt neben ihm eine dunkle Gestalt hinter einem Baum hervorkam.

»Wer sind Sie?«

Sascha spürte, wie die Angst in ihm hochkroch. Was war hier eigentlich los? Wieso lungerte so eine Gestalt im Wald herum? So spät am Abend?

Hau ab!, ging es Sascha durch den Kopf. Und zwar so schnell du kannst!

Er drehte sich wieder um und rannte los. Die Äste und Zweige, die ihm gegen die Beine und ins Gesicht schlugen, nahm er kaum noch wahr. Der Taunus-Ripper, dachte er nur. Wenn das der irre Nuttenschlächter war, musste er sehen, dass er hier wegkam.

Sascha registrierte, dass die dunkle Gestalt ihm folgte. Er hörte die Schritte, die sicher und gleichmäßig auf den Boden aufsetzten, hörte die Atmung, die der eines Profisportlers glich. Der andere japste nicht so panisch wie er, sondern atmete ruhig und regelmäßig. Sascha spürte die Gefahr, er fühlte die Todesangst in sich aufsteigen, gepaart mit der Hoffnung, der Situation durch ein Wunder zu entkommen.

Jemand, der Nutten schlachtet, will nichts von einem Siebzehnjährigen, sagte er sich.

Oder?

Im nächsten Augenblick stürzte Sascha zu Boden. Die dunkle Gestalt hatte ihm von hinten in die Beine gegrätscht. Ein spitzer Ast bohrte sich in seine Wange, und Sascha schrie auf vor Schmerzen.

Hastig drehte er sich auf den Rücken, um sich gegen seinen Angreifer zu verteidigen. Er konnte das Gesicht nicht erkennen, wie ein schwarz gekleideter Ninja-Kämpfer kam ihm der andere vor. Er sah, wie sein Verfolger ausholte, und hörte ein Geräusch, das wie ein Knacken klang. Sascha spürte keinen Schmerz.

Ein weiteres Mal holte der Fremde aus, und wieder erklang dieses Geräusch. Für einen Moment dachte Sascha, er wäre im Kino und würde sich einen Film anschauen, oder er wäre eingeschlafen und hätte gerade einen ganz schlimmen Albtraum. Er wollte die Arme heben, um den Angreifer abzuwehren, und sah, dass sie abgehackt neben seinem Körper lagen. Es war fast surreal.

Der andere ließ sich nicht beirren und holte erneut aus, traf erst das linke Bein, dann das rechte. Sascha spürte, wie das Blut sprudelnd aus ihm herauslief. Schmerz empfand er immer noch nicht, und auch die Todesangst war nun verschwunden. Die Gestalt holte immer wieder und wieder aus, und mit einem Mal glaubte Sascha, ihr Gesicht zu erkennen.

»Mama«, sagte er leise und lächelte, bevor die Machete seinen Kopf spaltete.

26

»Das war eine gute Nacht«, sagte Professor Schmoll zufrieden. »So können Sie in aller Ruhe ins Wochenende gehen.«

Mia und der Chefarzt standen an Peers Bett, und während sie ein wenig angespannt wirkte und ihn von den Kabeln befreite, war der Professor geradezu euphorisch.

»Sie haben sich wirklich toll entwickelt. Ich bin sehr zufrieden. Das war ein guter Abschluss der ersten Therapiephase. Es reicht, wenn Sie nächste Woche wieder zu uns kommen. Vielleicht am Donnerstag? Ich lasse gleich klären, ob da noch ein Termin frei ist. Bis dahin müssten Sie jetzt eigentlich ganz entspannt zu Hause schlafen können.«

»Und was mache ich, wenn ich wieder so heftige Migräne bekomme wie das letzte Mal?«

»Dagegen gebe ich Ihnen natürlich etwas mit. Sie bekommen außerdem ein Melatoninpräparat, das Sie von nun an oral einnehmen. Am besten eine Stunde, bevor Sie ins Bett gehen. Damit dürften sowohl Albträume als auch Migräne kein Thema mehr sein.« Professor Schmoll klopfte Peer anerkennend auf die Schulter. »Ich hatte selten einen Patienten, bei dem die Therapie so gut anschlug wie bei Ihnen. Glückwunsch, dass Sie durchgehalten haben! Ich weiß, dass das nicht immer einfach ist.«

Mit diesen Worten verließ der Professor das Zimmer, und Peer war endlich mit Mia allein.

»Scheint so, als wäre ich jetzt sein Lieblingspatient«, scherzte er, doch anders, als er es erwartet hatte, konnte Mia darüber noch nicht einmal lächeln. »Alles okay?«, fragte er besorgt. »Du wirkst irgendwie abgespannt.«

»Nein, alles super.«

Er griff nach ihrer Hand, die sie aber reflexhaft zurückzog.

»Was ist los?«

»Sorry«, sagte sie schnell. »Ich stehe etwas unter Druck.« Sie senkte die Stimme und warf einen kurzen Blick auf die Kamera, die über Peers Bett hing. »Ich hatte einen Streit mit dem Professor, von wegen Privates und Berufliches vermischen und so. Und ich weiß nicht, ob er uns gerade sehen kann.«

»Mach dir keine Sorgen. Du hast selbst gesagt, dass die Kameraüberwachung automatisch endet, wenn ich nicht mehr verkabelt bin.« Er wies auf die losen Kabel in ihrer Hand. »Und das bin ich ja nun offensichtlich nicht mehr.«

Sie wollte etwas sagen, biss sich dann aber auf die Lippe und nickte nur. Ohne sich zu verabschieden, verließ sie den Raum.

Komisch, dachte Peer. Gestern war sie noch die leidenschaftlichste Person gewesen, die er sich vorstellen konnte, und die es offensichtlich nicht hatte abwarten können, hemmungslosen Sex mit ihm zu haben – und heute redete sie kaum ein Wort mit ihm.

Er stand auf und ging ins Bad, um zu duschen. Er zog seinen Schlafanzug aus und strich sich verwundert über die Unterarme. Lange Kratzer waren dort zu sehen, nicht besonders tief und blutig, eher oberflächlich und harmlos. Trotzdem …

»Bitte lass es nicht das sein, was ich denke«, murmelte er und sah sich die Wunden genauer an. Hatte er sich im Schlaf selbst verletzt?

Peer atmete tief durch. Jetzt mal locker bleiben, dachte er. Selbst wenn es wirklich so war, das bedeutete ja noch lange nicht, dass er sich die Verletzungen im Zuge eines schizophrenen Schubes zugefügt hatte. So wie sein Vater damals. Die Infusionsnadel hatte schon gestern

Abend gezwickt, das war im Laufe der Nacht vermutlich nicht besser geworden. Also hatte er sich im Tiefschlaf gekratzt. Vielleicht etwas zu fest, aber so was konnte vorkommen.

Peer blickte in den Spiegel und sah sich in die Augen. »Du bekommst es nicht«, sagte er laut. Nein, er würde die Scheißkrankheit seines Vaters nicht kriegen, und die paar Kratzer an seinen Armen hatten absolut gar nichts zu sagen. Dennoch beschloss er, sich die Aufnahmen der Überwachungskamera von letzter Nacht anzusehen. Er wollte einfach sicher sein.

Ihm kamen die Worte seiner Mutter in den Sinn. »Achte auf dich, mein Junge. Auf dich und auf das Erbe deiner Väter.« Er hatte sie kaum verstehen können, so leise hatte sie gesprochen. Es waren ihre letzten Sätze gewesen, danach war sie eingeschlafen.

Auf dich und auf das Erbe deiner Väter …

Damals hatte er nicht verstanden, was sie damit gemeint hatte. Es gab schließlich kein Erbe, der Brandanschlag hatte alles Materielle vernichtet. Erst später war ihm klar geworden, dass seine Mutter vermutlich nicht über derlei Dinge gesprochen hatte, als sie ihre letzten Atemzüge tat. Sie hatte die verdammte Krankheit gemeint. Und sie hatte gewollt, dass er auf sich aufpasste, dass er nicht zu sehr belastet und traumatisiert wurde, durch das Erbe, dass sein Vater ihm hinterlassen hatte: die schrecklichen Erinnerungen.

Jetzt gingen ihm die Worte seiner Mutter wieder durch den Kopf. Ja, er musste sich die Videoaufzeichnungen anschauen, er brauchte einfach diese Bestätigung, dass in seinem Gehirn alles normal lief, dass er sich nur gekratzt hatte, im Schlaf, weil die Infusionsnadel gejuckt hatte. Nicht mehr und nicht weniger.

Achte auf dich, Peer.

Er duschte, putzte sich die Zähne und rasierte sich, bevor er sich seine Sachen anzog und den benutzten Schlafanzug in den Wäscheschacht warf.

Als er die Klappe öffnete und die Sachen mit Schwung hineinwerfen wollte, stutzte er kurz. Irgendetwas war in dem Schacht hängen geblieben und versperrte den Klamotten den Weg nach unten. Peer griff mit dem Arm in den Schacht und zog an einem Stück Stoff, das von einer Schraube oder Kante auf dem Weg nach unten aufgehalten worden war. Er zog es heraus und sah es verwundert an.

»Das ist doch …«

Es war die gleiche Schlafanzughose wie die, die er gerade in den Wäscheschacht hatte werfen wollen.

»Vielleicht ist es die vom letzten Mal«, murmelte er, aber als er die Hose gerade wieder in den Schacht werfen wollte, bemerkte er dunkle bräunliche Spritzer am unteren Hosensaum. Die Flecken erstreckten sich nur über eine Stelle, die vielleicht eine Handbreit war, darüber war die Hose wieder blütenweiß.

War das Schlamm? Peer betrachtete die Flecken genauer. Nein. Definitiv kein Schlamm.

Es waren Blutflecke.

Er biss sich auf die Lippe und dachte sofort an die Kratzer auf seinen Unterarmen. Hatte er sich also doch nicht einfach nur gekratzt? Sondern sich selbst verletzt, vielleicht sogar im Schlaf mit sich gerungen und so die Schlafanzughose beschmutzt?

»Schwachsinn. Das ist Schwachsinn«, sagte er kopfschüttelnd zu sich selbst. Er war total verkabelt gewesen. Wie hatte er denn mit den blutig gekratzten Armen bis zu seinen Waden kommen sollen? Das ging doch gar nicht!

Vermutlich war es gar nicht seine Hose. Wahrscheinlich gehörte sie einem anderen Patienten, irgendjemandem, der ein ganz anderes Problem hatte, vielleicht eine Wunde am Bein oder weiß der Teufel was. Ja, genau, das war die Lösung!

Energisch warf Peer die Schlafanzughose in den Wäscheschacht und seinen Pyjama gleich hinterher. Vielleicht war der andere Patient aus dem Bett gefallen und hatte die Geräte mit sich zu Boden gerissen. Dabei hatte er sich verletzt, wodurch das Blut an die Hose gekommen war. Ja, das war eine logische Erklärung – so musste es gewesen sein.

Peer dachte nach. Und wenn das nicht stimmte?

Die Alternative war, dass er es gewesen sein musste, der um sich geschlagen und sich irgendwo verletzt hatte, und das konnte eigentlich nicht sein. Denn davon wäre er doch vermutlich wach geworden, oder Mia und die Pfleger hätten ihn aufgeweckt und aus der Albtraumphase herausgeholt.

Er nahm sein Handy und wählte Mias Nummer. Mailbox. Ohne eine Nachricht zu hinterlassen, ging er aus dem Zimmer und hinunter zum Empfang, um nach ihr zu fragen. Doch dort sagte man ihm, dass sie im Moment leider unabkömmlich sei.

»Ich würde mir gern die Videoaufzeichnungen von letzter Nacht ansehen. Wer kann mir da weiterhelfen?«

»Oh, das besprechen Sie am besten bei Ihrem nächsten Termin mit Professor Schmoll«, sagte die hübsche Blondine lächelnd.

»Nein. Das dauert mir zu lange. Ich möchte sie mir jetzt ansehen.« Er wusste, wie bestimmt er klang.

»Es wäre wirklich besser, wenn Sie …«

Peer unterbrach sie. »Es sind meine Aufnahmen, verstehen Sie? Ich habe ein Recht darauf, sie mir anzusehen, und genau das möchte ich jetzt auch tun.«

Anstatt ihm zu antworten, nickte die Blondine mit einem unverbindlichen Lächeln und griff zum Telefonhörer. »Herr Obermann? Hier möchte jemand seine Aufnahmen … Ja, in Ordnung.« Sie legte auf und lächelte ihn weiter freundlich an.

Lächelte die Frau eigentlich immer? Sie kam Peer fast wie eine Marionette vor. Wie hatte er diese Tussi bloß attraktiv finden können, als er das erste Mal zu *Somnia* gekommen war? Eine dauergrinsende Barbiepuppe mit perfekten Titten und kleinem Stupsnäschen, die reinste Kunstfigur. Er spürte, wie aggressiv er wurde.

»Was gibt es eigentlich die ganze Zeit zu grinsen?«, blaffte er sie an.

Ihr Lächeln gefror augenblicklich. »Ich … ähm … Es kommt gleich jemand, der Ihnen weiterhelfen wird.« Sie wirkte verunsichert. »Wenn Sie solange noch Platz nehmen möchten?«

»Mir macht es nichts aus zu stehen.«

Peer bemerkte, dass er immer noch wütend klang. Die Reaktion, die sein dominantes Auftreten bei der blöden Kuh auslöste, gefiel ihm, und er hatte große Lust weiterzumachen. Er sah ihrem Gesicht an, dass sie es reflexhaft zu einem Lächeln verziehen wollte, sich im letzten Moment aber eines Besseren besann. Sie wich seinem Blick aus und tat so, als wäre sie emsig mit irgendwelchen Papieren beschäftigt, die vor ihr lagen.

Für einen Augenblick überlegte er, der jungen Frau noch ein paar Takte zu sagen, über Angepasstheit und Individualität, über die Bedeutung von Schönheitsoperationen und wahre Schönheit, über echte Freundlichkeit und falsches Grinsen. Aber dann ließ er den Gedanken fallen.

Steiger dich in nichts rein, was dich nichts angeht, dachte er und wunderte sich über sich selbst. Was hatte er plötzlich für ein Problem mit der Frau? Die Empfangsdame hatte nur gelächelt, warum brachte ihn das so auf die

Palme? Er konnte förmlich spüren, wie Testosteron und Adrenalin durch seinen Körper rauschten.

Kurz darauf stand ein kräftiger dunkelhaariger Mann im weißen Pflegeroutfit vor ihm. Er war bestimmt einen Kopf größer als Peer. Und er lächelte nicht.

»Herr Henke, es gibt leider ein technisches Problem. Im Moment können wir Ihnen die Aufnahmen der letzten Nacht nicht zeigen. Ich bin aber zuversichtlich, dass sich die Schwierigkeiten in den nächsten Tagen legen werden.«

Der Satz klang wie auswendig gelernt, fand Peer. Aber da war noch etwas anderes, was ihn störte.

»Professor Schmoll wird bei Ihrem nächsten Termin alles mit Ihnen besprechen. Okay?« Der Typ atmete schwer, er schnaufte fast. Und bei jedem Atemzug klang ein leiser Pfeifton mit.

War das nicht? ... Aber natürlich!

»Alles klar. Danke«, sagte Peer knapp, drehte sich um und verließ grußlos das Gebäude.

Dieses Schnaufen ... Doch, es war dasselbe gewesen. Peer war sich ganz sicher, dass es der Typ war, der sich neulich im Raum versteckt hatte, als er das EEG bekommen hatte. Was war das für ein Kerl? Er hatte ihn noch nie zuvor gesehen, war er eine Art Aufpasser? Sein Aussehen erinnerte daran, er wirkte wie jemand, der wild um sich schlagende Patienten wieder unter Kontrolle bringen konnte. Aber weshalb hatte er sich in dem EEG-Raum versteckt? Aus Sicherheitsgründen? Falls Peer durch die Lichtreize durchdrehte?

Quatsch!, dachte er. Das war nun wirklich Blödsinn. Warum hatten Schmoll und die anderen jedoch steif und fest behauptet, dass niemand im Raum gewesen war? Sie hätte ihm sagen können, dass sie jemanden abkommandiert hatten, der darauf achtete, dass alles seinen normalen Gang ging.

Nachdenklich blieb Peer auf dem Parkplatz stehen und drehte sich noch einmal um. Sein Blick fiel auf die Glasfront des Gebäudes. Die Sonne spiegelte sich in den Fenstern wider, die undurchsichtig wirkten. Es gab nur wenige, durch die man ins Innere schauen konnte.

Das ganze Gebäude wirkt wie ein Fels, dachte Peer. Eine dicke Wolke schob sich langsam vor die Sonne und entspiegelte die Fenster wie bei einem Zaubertrick. Peer stutzte. Im ersten Stock stand der Pfleger von eben am Fenster und starrte zu ihm runter. Ganz unverfroren beobachtete er ihn und machte keine Anstalten, sich zu verstecken oder wegzugehen. Es schien ihn auch nicht zu stören, dass Peer ihn offenkundig entdeckt hatte. Er stand einfach nur da und starrte ihn an.

27

Harry hatte die ganze Nacht nicht schlafen können und war erst in den frühen Morgenstunden eingenickt. Dementsprechend gerädert fühlte er sich jetzt. Seine Gedanken hatten ihm einfach keine Ruhe gelassen. Besonders eine Sache machte ihm zu schaffen: Wenn damals wirklich niemand ein Interesse daran gehabt hatte, die Killerin hinter Schloss und Riegel zu bringen, wollte das heute vermutlich auch keiner. Und dann konnte sie in Ruhe weitermorden. Wäre er sie, wüsste er genau, mit wem er anfangen würde. Mit dem einzigen Augenzeugen natürlich. Mit ihm.

Wenn das in der Fußgängerzone kein Zufall gewesen war, wenn sie ihn erkannt hatte, dann war sie jetzt vielleicht schon hinter ihm her. Und wenn sie ihn erst mal gefunden hatte, hatte er keine Chance, das war ihm klar. Er, der verkrüppelte Alki, konnte einer Killermaschine wie ihr nichts entgegensetzen.

Doch in ihm regte sich der Widerstand. Er wollte kein Opfer mehr sein. Er wollte nicht besoffen auf seinem Lager darauf warten, dass die Irre ihr Werk zu Ende brachte! Er musste etwas unternehmen. Aber was?

Harry rollte den Bürgersteig entlang und dachte nach. Früher, als er noch erfolgreich als Einbrecher unterwegs gewesen war, hatte er sich immer an Paule gewandt, wenn es Probleme gab. Paule war einer der dienstältesten Diebe der Stadt und früher einer seiner besten Kumpels gewesen. Er hatte immer die neusten Tricks am Start und kannte sich bestens in der Szene aus. Auf Paule hatte Harry sich immer verlassen können. Vielleicht konnte er ihm einen Tipp geben, wo der junge Typ, den die Bullen vor sechs Jahren wegen der Morde vor Gericht gezerrt hatten, heute steckte. Wenn er beweisen konnte, dass die Sache damals abgekartet gewesen war, hatte er vielleicht etwas in der Hand. Dann konnte er sich an die Presse wenden oder die Angehörigen der Toten mobilisieren, einfach irgendetwas tun und nicht nur darauf warten, dass er abgeschlachtet wurde. Möglicherweise würde er dann endlich eine Antwort auf die Frage nach dem Warum bekommen.

Obwohl sie damals gute Kumpels gewesen waren, hatten sie schon lange keinen Kontakt mehr. Harry wusste, dass das nur an ihm lag. Der Alkohol, der am Anfang zum Feiern und zur Entspannung da gewesen war, hatte ihm irgendwann die Einsamkeit gebracht. Ein teuflischer Kreislauf, bei dem man nicht wusste, was das Huhn und was das Ei war. Trank er, um die Einsamkeit zu verdrängen, oder war er einsam, weil er so viel trank? Vielleicht war es eine Mischung aus beidem. Doch Harry war davon überzeugt, dass Paule ihn nicht wegschicken würde, und so klingelte er eine halbe Stunde später an seiner Tür.

Das Haus war heruntergekommen und schäbig, Dreck klebte in allen Ecken, und die Fenster waren schwarz vor Staub. Es sah noch genauso aus wie vor sechs Jahren, als er das letzte Mal hier gewesen war.

»Harry?« Paule sah ihn ungläubig an, als er die Tür aufgemacht hatte. »Dich hab ich ja ewig nicht mehr gesehen. Ich glaube seit … seit der Nummer damals. Mensch, Alter, komm rein!«

Er freute sich wirklich, davon war Harry überzeugt. Paule war kein schlechter Kerl. Auch wenn er ein Berufsverbrecher war, hatte er ein gutes Herz. Die grauen Haare trug er immer noch zu einem Pferdeschwanz gebunden, das Gesicht war etwas faltiger und der Bauch etwas dicker geworden. Ansonsten sah Paule noch genauso aus, wie Harry ihn in Erinnerung gehabt hatte.

»Bier?«, fragte er, als Harry in die Erdgeschosswohnung rollte.

»Logo.«

Mit einem Feuerzeug öffnete Paule zwei Bierflaschen, reichte ihm eine und stieß mit ihm an.

»Und?«, fragte er dann, denn natürlich war ihm klar, dass Harry nach all den Jahren nicht einfach auf ein Bierchen vorbeigekommen war. Und mit Small Talk und Fragen nach dem werten Befinden hatten sie sich noch nie aufgehalten.

»Der Prozess damals ...« Harry zeigte auf seinen Beinstumpf, und Paule nickte. »Dieser junge Typ, den sie angeklagt hatten. Ich such ihn.«

»Warum?«

Harry erklärte ihm, dass die Killerin wieder aufgetaucht und er der festen Überzeugung war, dass es damals nie ein ernsthaftes Interesse gegeben hatte, sie hinter Schloss und Riegel zu bringen. Und dass er die Hoffnung hatte, jetzt endlich ein paar Antworten zu bekommen.

»Keiner glaubt mir. Die Bullen sowieso nicht. Aber wenn ich recht habe, muss der Typ Bescheid wissen.«

»Verstehe. Wie heißt der Kerl?«

»Ich habe nicht die leiseste Ahnung.« Er tippte gegen seine Schläfe. »Es ist nur noch Schweizer Käse da oben drin. Ist das ein Problem?«

Paule zuckte mit den Achseln und ging zu einem alten Wohnzimmerschrank. Als er ihn öffnete, fiel Harrys Blick auf zwei Duzend Laptops.

»Bist du bei Saturn eingestiegen?«, fragte er erstaunt.

Paule lachte. »Nö. Ich hab die Dinger bei meinen letzten Brüchen mitgehen lassen, und jetzt werde ich sie nicht los. Will keine Sau haben. Entweder sind sie zu alt, oder sie haben ‚ne Registriernummer. Klau ich nie wieder, den Scheiß.«

Harry grinste und wartete, bis Paule sich ins Internet geklickt hatte. Er tippte auf der Tastatur und blickte mit gerunzelter Stirn auf den Bildschirm.

»Also über dich gibt es echt ‚ne Menge im Netz, Junge«, murmelte er. »Warte mal … Hier haben wir was über den Prozess. Ah, da ist der Typ. Okay, ohne vollständigen Namen, Moment …« Paule tippte wieder, wartete und murmelte etwas Unverständliches.

Harry beugte sich vor. »Was?«

»Ich krieg den vollständigen Namen auf die Schnelle nicht raus, aber der Kerl hat Chrystal Meth am Frankfurter Bahnhof vertickt, steht in dem Artikel hier. Mein Cousin kennt sich da bestens aus. Er besorgt das Zeug aus Tschechien und verteilt es an die kleinen Bahnhofsdealer. Würde mich wundern, wenn er den Wichser nicht kennt.«

Paule griff zu seinem Handy, das neben ihm auf dem Tisch lag, und wählte eine Kurzwahlnummer. Er steckte sich eine Zigarette an und wartete einen Moment.

»Ja, hi, ich bin‘s«, sagte er dann und zog den Zigarettenqualm tief in die Lunge ein. »Nein, keine Probleme … Alter, machst du noch in Steinen?«

Am Telefon niemals offen über Drogen oder andere kriminelle Machenschaften sprechen, das hatte Harry schon in frühester Jugend gelernt.

»Sauber. Nee, ich will nichts, ich such so‘n Typen. Mehr als den Vornamen habe ich aber nicht. Kennst du irgendeinen Tankred?«

Paule lauschte und nickte zwischendurch immer wieder. Harry konnte nicht verstehen, was der andere sagte, aber wenn er Paules Mimik und Gestik richtig deutete, regte sich sein Cousin gerade mächtig auf.

»Jaja … Ist egal … Scheiß drauf.« Paule versuchte, den anderen zu beruhigen, aber es gelang ihm nicht. »Hast du denn wenigstens eine Nummer von dem Typen? Ja, warte.« Er suchte nach einem Stift und notierte sich etwas auf einem Zettel. »Danke, Alter.« Er drückte das Gespräch weg und grinste Harry an. »Keiner weiß, wo der Kerl steckt. Aber du kannst ihn anrufen.«

Harry nickte nur. Anrufen, klar – gute Idee. Er versuchte, seine Gedanken zu sortieren. Was sollte er den Typen fragen? Was erwartete er von dem Gespräch überhaupt? Und was würde er machen, wenn sich seine Befürchtungen bewahrheiteten?

»Gib mal«, sagte Harry und streckte die verstümmelte Hand aus.

Paule gab ihm das Handy und den Zettel mit der Nummer. Harry zögerte noch einen winzigen Moment, dann gab er energisch die Zahlenfolge ein und atmete tief durch.

»Ja?« Die Stimme am anderen Ende der Leitung war leise und klang gehetzt.

»Hi. Du kennst mich nicht, oder vielleicht doch. Damals, der Mordprozess. Ich bin Harry, der verstümmelte Kerl, der überlebt hat.«

Stille. Der Kerl am anderen Ende der Leitung schwieg, aber Harry wusste, dass er sich ganz genau erinnerte.

»Was willst du?«, fragte der andere schließlich.

»Ich muss wissen, was da damals abgelaufen ist. Die Bullen … Ich meine, du …«

»Halts Maul«, unterbrach ihn der andere leise. »Du raffst schon, dass du auf ‚nem Handy anrufst, ja? Weißt du, wie einfach das ist, die Dinger abzuhören?«

»Ich will nur wissen, wie das damals …«

»Du hast überlebt, Alter, okay? Sei dankbar. Und schließ mit dem Scheiß ab.«

»Kann ich aber nicht! Ich glaub nämlich, dass sie wieder da ist, verstehst du? Und man kann sich ausrechnen, auf wen sie es als Nächstes abgesehen hat.«

»Ich kann dir nicht helfen.«

»Doch. Du kannst mir sagen, warum das damals alles passiert ist, wer dich bezahlt hat. Du hast dich doch nicht umsonst vor Gericht schleifen lassen und hast die Fresse gehalten. Bist du bezahlt worden?«

Der Kerl zögerte. »Ja, Mann. Sozusagen. Die hatten mich wegen der Steine drangekriegt. Wäre ich für die Morde verknackt worden, hätten sie mich nach Holland gebracht. Da hätte ich untertauchen können. Hätte, hätte. Aber du hast ja einen Strich durch die Rechnung gemacht!«

Harry atmete tief durch. Er hatte also recht gehabt. Zum Glück konnte er sich zumindest in Teilen noch auf seinen Verstand verlassen.

»Wer hat dich damals beauftragt?«

»Das kann ich dir nicht sagen.«

»Du musst! Die Irre mordet wieder, das kannst du nicht zulassen.«

»Ich kann es dir nicht sagen, verstehst du? Unter keinen Umständen! Ich hab eh schon viel zu viel gequatscht.«

»Bitte, du ...«

»Sorry, kann dich kaum verstehen«, unterbrach ihn der andere. »Der Empfang ...«

Harry hörte nur noch ein Knirschen, dann war die Leitung tot. Das Arschloch hatte aufgelegt. Was sollte das? Hatte er einfach keinen Bock, mit ihm zu sprechen? Oder war er drauf gewesen und hatte nicht klar denken können? Vielleicht hatte er einfach Angst gehabt.

Ratlos sah er Paule an, der nachdenklich auf seiner Unterlippe herumkaute.

»Die Frau ist also wieder da«, sagte er nachdenklich.

Harry nickte und erzählte ihm von der Begegnung in der Fußgängerzone. Paule stand auf und ging zu dem Schrank, in dem die Laptops lagen. Er zog eine Schublade auf und nahm ein Handy heraus. Davon hatte er offensichtlich auch mehr als genug.

»Als ich damals angefangen habe, gab es noch keine Handys«, murmelte Harry. »Mit meinem Vater bin ich immer mit Walkie-Talkies zu Brüchen gegangen.«

»Machen heute auch noch einige Kollegen. Ist manchmal sicherer, von wegen Abhören und so. Nimm trotzdem eines«, sagte er und reichte ihm ein Gerät. »Du kannst immer anrufen, wenn was ist. Aber …«

»Was?«

»Ich weiß nicht. Irgendwie glaube ich nicht, dass von der Frau Gefahr ausgeht.«

»Wieso nicht? Du weißt doch, was sie …«

»Ja klar«, unterbrach Paule. »Aber überleg mal. Die rennt seit damals frei herum, wirft dir ein paar Münzen in die Schnorrerschale und macht sonst nichts. Wenn sie dich wirklich umlegen wollte, hätte sie das doch längst getan.«

Harry nickte nachdenklich. »Da ist was dran.«

»Klar ist da was dran. Ich kenne echt ,ne Menge mieser Typen. Mörder, Vergewaltiger – ich hab viele Arschlöcher in meinem Leben getroffen. Ich weiß, wie die ticken. Es macht überhaupt keinen Sinn, dass die Alte sechs Jahre wartet, um dich umzubringen.«

»Vielleicht hatte sie vorher keine Gelegenheit dazu? Vielleicht ist sie im Ausland untergetaucht?«

»Kann sein. Aber dann hätte sie es doch wenigstens an dem Tag gemacht, als sie dich in der Fußgängerzone getroffen hat, oder? Sie wäre dir gefolgt und hätte dich noch am gleichen Abend um die Ecke gebracht. Kein Mörder der Welt lässt unnötig viel Zeit verstreichen, um einen unliebsamen Augenzeugen auszuschalten. Nein, ich sag dir, von der geht keine Gefahr aus. Aber …« Er stockte.

»Aber was?«

»Ich weiß nicht, Harry. Sei lieber vorsichtig. Wenn du recht hast und irgendjemand hat ein Interesse daran, dass die Frau nicht gefunden und verurteilt wurde, dann … Ich meine, überleg mal, wer kann denn so was? Wer hat denn die Macht, so was zu beeinflussen?« Paule sah ihn alarmiert an. »Das kann nur einer von ganz oben.« Er eilte zum Fenster und schaute auf die Straße. »Ist dir irgendjemand gefolgt? Scheiße, wenn dir die Bullen oder sonst wer hinterhergekommen sind, bin ich dran.«

»Die Bullen? Du glaubst, die Bullen haben die Frau laufen lassen?«

»Ich hab keine Ahnung. Aber irgendjemand konnte offensichtlich einen Staatsanwalt kaufen und dafür sorgen, dass sie eine Killerin laufen lassen. Und ich sag dir eines. Wer immer da seine Finger im Spiel hatte, ist viel gefährlicher als diese wahnsinnige Killerin!«

28

Peer parkte vor einem kleinen Café und schaute noch mal auf sein Handy. Er hatte zwei SMS an Mia geschickt und ihr eine Nachricht auf der Mailbox hinterlassen, aber sie hatte sich immer noch nicht bei ihm gemeldet.

Na ja, wenn sie gerade eine Patientenanalyse macht, kann sie sich schlecht melden, dachte er und ermahnte sich selbst, Ruhe zu bewahren.

Er stieg aus dem Wagen und setzte sich auf die sonnige Terrasse. Ein Pärchen saß an einem Nebentisch und trank Kaffee, weiter hinten saß ein Mann und las Zeitung. Schaute er wirklich in das Blatt? Oder beobachtete er ihn über den Zeitungsrand hinweg? Ganz eindeutig: Der Typ sah ihn an. Jetzt grinste er auch noch. Wer war das? Was wollte er?

»Hier bin ich!« Der Kerl ließ die Zeitung sinken und winkte freundlich. Im nächsten Augenblick lief eine junge Frau an Peer vorbei und ging auf den Mann zu.

»Hallo, Schatz«, begrüßte sie ihn und nahm Platz.

Peer atmete tief durch und wandte sich ab. Wieso hatte er eigentlich dauernd das Gefühl, beobachtet zu werden? Jetzt verdächtigte er schon harmlose Paare, die sich im Café trafen! Das war absurd. Trotzdem sah er sich noch mal um und schaute sich die Besucher des Cafés genau an. Denn das Gefühl, beobachtet zu werden, war immer noch da.

»Was darf es sein?«, fragte die Kellnerin und brachte ihn auf andere Gedanken. Heute Morgen stand ihm der Sinn nach einem englischen Frühstück, mit Würstchen und Speck, Eiern und Toast. Er wunderte sich selbst, dass er so einen Appetit auf Fleisch hatte. Normalerweise achtete er auf ein gesundes Frühstück, Obst, Müsli, Joghurt – das waren eigentlich die Bestandteile seines Speiseplans. Aber heute lechzte er geradezu nach Fett, Fleisch und Deftigem.

»Haben Sie schon die Nachrichten gehört?«, fragte die Kellnerin, als sie ihm den Milchkaffee brachte, den er bestellt hatte.

Peer schüttelte den Kopf.

»Der Ripper hat wieder zugeschlagen. Ganz hier in der Nähe, nicht weit von der Stelle, wo das arme Mädchen vor ein paar Tagen ermordet wurde.«

Die Kellnerin klang extrem besorgt, und Peer ahnte, dass sie zu der Sorte Mensch gehörte, die den Morgen mit einer gewissen Zeitung mit vier großen Buchstaben begann und sich im Laufe des Tages mit reißerischen Boulevard-Nachrichten aus dem Netz updatete. Er kannte dieses Verhalten von seinen Schülern, die bei Unglücken oder Katastrophen fast stündlich mit neuen Horrormeldungen zu ihm kamen, aber von den Fakten eigentlich keine Ahnung hatten. Wobei er sich eingestehen musste, dass er nach allem, was er gestern bei Philipp gelesen hatte, einen ähnlichen Informationsbedarf verspürte.

»Nein, davon habe ich noch nichts gehört. Haben Sie eine Tageszeitung da?«

»Ja, aber da steht es noch nicht drin. Kam gerade im Radio. Sie haben den Jungen erst vor ein paar Stunden gefunden.«

»Ein Kind?«

»Nein, ein Jugendlicher. Erst siebzehn Jahre alt, der arme Kerl. Und das Ganze ist keine zehn Kilometer von hier passiert. Da ist einem angst und bange.«

»Ist er auf die gleiche Art ermordet worden wie die junge Frau?«

»Ja, es gibt wohl eindeutige Parallelen. Aber Genaues wissen die noch nicht. Schrecklich.«

Peer nickte, und ihm lief ein Schauer den Rücken hinunter. »Ja, wirklich furchtbar. Man kann nicht vorsichtig genug sein.«

»Das sage ich auch immer.« Mit diesen Worten verschwand die junge Frau wieder im Café.

Peer kramte sein Smartphone aus der Jackentasche. Immer noch keine Nachricht von Mia. Er klickte den Internetbrowser an. Tatsächlich, die Meldung vom ermordeten Teenager war überall auf den Startseiten der diversen Nachrichtenportale. Aber vielmehr als das, was ihm die Kellnerin gesagt hatte, fand er dort auch nicht.

Er musste wieder an die mysteriöse Frau denken, die ihm im Hausflur aufgelauert hatte. Konnte es ein Zufall sein, dass sie Ricarda Hagen hieß und dass die Frau, die in dem Artikel, den er gestern bei Philipp gelesen hatte, mit »H.« abgekürzt worden war? Möglich. Vielleicht war es aber auch kein Zufall.

Er suchte noch einmal den Artikel und fand ihn schnell. Es war nur ein kurzer Beitrag aus einer Boulevardzeitung, klein und ohne Foto.

Vor fünf Tagen sprang die Tatverdächtige H. während einer Therapiesitzung aus dem Fenster des 1. Stocks der Psychiatrischen Anstalt Frankfurt (wir berichteten). Nach wie vor ist die Frau flüchtig. Sie steht unter dringendem Tatverdacht, an mehreren Morden beteiligt gewesen zu sein. Hinweise an die Polizei bitte unter folgender Telefonnummer …

Komisch, dachte Peer. Das war der einzige Artikel, der über eine Frau als Tatverdächtige in dieser sechs Jahre zurückliegenden Mordserie berichtet hatte. Ob es dieselbe Frau war, die ihm aufgelauert hatte, wusste er nicht. Aber seltsam fand er es allemal, dass über sie nicht mehr im Netz zu finden war. Zumal der kurze Artikel eindeutig darauf hinwies, dass die Zeitung zuvor schon wesentlich ausführlicher über die mutmaßliche Mörderin berichtet hatte.

Aber bis auf ein paar wenige Querverweise konnte Peer nichts entdecken. Das war wirklich merkwürdig, zumal über die Morde grundsätzlich sehr viele Berichte im Netz zu finden waren. Nur über eine Frau als mögliche Täterin konnte er kaum etwas lesen. Dabei wäre so etwas gerade ein Thema für die Boulevardpresse gewesen. Eine weibliche Serienkillerin – darauf würden sich die Blätter doch eigentlich stürzen. Waren Beiträge etwa gelöscht worden? Heutzutage war das ja durchaus möglich. Das Internet vergisst nichts – dieser Satz galt nicht mehr. Inzwischen war es gang und gäbe, Informationen über sich aus dem Netz entfernen zu lassen. Vielleicht hatte die Frau die Artikel löschen lassen, nachdem ihre Unschuld bewiesen worden war?

Peer ging vor allen Dingen eine Sache nicht aus dem Kopf: War es die mutmaßliche Mörderin von damals, die so dringend mit ihm sprechen wollte? War es Ricarda Hagen? Zumindest hatte die Fremde etwas mit der ganzen Sache zu tun, das spürte Peer. Aber war das alles Zufall? Ausgerechnet jetzt passierten wieder so schreckliche Morde wie damals. War die Frau, die ihn sprechen wollte, die Täterin? Hatte sie erneut zugeschlagen? Aber warum sollte sie gerade ihn sprechen wollen? Vielleicht war sie auch nur eine verrückte Trittbrettfahrerin? Aber was wollte sie dann von *ihm*?

Das wirst du nur erfahren, wenn du mit ihr redest, dachte Peer, während die Kellnerin sein Frühstück brachte. Jeden Tag um vier wollte sie im Park auf ihn warten. Das hatte sie gesagt. Was sprach dagegen, später dort vorbeizuschauen? Offensichtlich wollte sie ihm keine Gewalt antun – das hätte sie ja längst tun können.

Wahrscheinlich ist sie eine ganz harmlose Person, dachte Peer. Aber irgendetwas sagte ihm, dass das nicht stimmte.

29

Auf dem Rückweg von Paule war Harry vor dem Schaufenster eines großen Elektronikmarkts stehen geblieben. Hinter der Glasscheibe standen bestimmt zwanzig Fernseher. Und alle zeigten das gleiche Programm.

Auch wenn Harry den Ton nicht verstehen konnte, wusste er ganz genau, wovon die Nachrichtensprecherin gerade berichtete. Ein weiterer Mord war geschehen, genauso bestialisch wie der an der kleinen Nutte, und genauso brutal wie damals bei ihm.

+++ *breaking news: Zerstückelte Leiche im Taunus gefunden* +++ *Derselbe Täter wie beim Prostituiertenmord?* +++ *Körper in Stücke zerteilt* +++ *breaking news …*

Es war gleich vier Uhr, und Harry hatte erst zwei Liter Bier intus, Rum hatte er heute noch gar nicht getrunken. Er fühlte sich nüchtern und klar, konnte nachdenken, ohne einen Gedanken nach zwei Sekunden gleich wieder zu vergessen. Er fühlte sich gut, so gut wie schon lange nicht mehr.

Hatte Paule wirklich recht? War nicht die Killerin die Gefahr, sondern die Kerle, die sie schützten?

Angst kroch in ihm hoch, und das Gefühl der Hilflosigkeit wurde überwältigend. In seinem Quartier unter der Brücke im Park hatte er noch zwei Flaschen Rum. Heute Morgen hatte er sich vorgenommen, sie nicht vor Sonnenuntergang anzufassen, aber jetzt brauchte er einen Schluck. Die Tatsache, dass der Albtraum, der sechs Jahre zurücklag, gerade seine Auferstehung feierte und Harry nichts dagegen tun konnte, machte ihm zu schaffen.

Als er in den Park rollte, konnte er die Jugendlichen

bereits von Weitem hören. Sie spielten Tischtennis, und Harry wusste jetzt schon, wie sich der weitere Tag gestalten würde: Die Bande würde sich noch ein wenig die Bälle hin und her schlagen, dann irgendwann mit dem Saufen und Kiffen anfangen, Musik aufdrehen und die halbe Nacht grölend auf den Tischtennisplatten aus Beton verbringen. Schon jetzt war der Lärmpegel enorm, die Teenies lachten und fluchten so laut, als wären sie allein auf der Welt.

»Ey, verpiss dich! Das ist unsere Bank«, hörte er einen der Jugendlichen plötzlich sagen. Zum Glück nicht zu ihm.

»Ach ja?«, sagte da eine andere Stimme. »Ich habe nirgends ein Schild gesehen.«

Harry stoppte abrupt. Das war doch … Es bestand kein Zweifel. Er kniff sein verbliebenes Auge zusammen und versuchte die Personen, die rund um die Tischtennisplatte standen, besser zu erkennen.

»Ich hab gesagt, das ist unsere Bank. Wir brauchen kein beschissenes Schild. Also verpiss dich jetzt, Alte!«

Obwohl er vor Angst zitterte, rollte Harry weiter an die Gruppe heran. Fünf oder sechs Jugendliche hatten sich bedrohlich um die Frau geschart, die in entspannter Haltung auf der Bank saß. Die jungen Leute beeindruckten sie offensichtlich nicht im Geringsten.

Kein Wunder, dachte Harry. Wenn die Jungs wüssten, wen sie da dumm anmachten, würden sie sofort davonlaufen.

»Kapierst du es nicht, du Fotze?«, sagte einer der Typen aggressiv. »Verpiss dich endlich!«

Die Frau hob den Kopf und sah dem Jungen direkt in die Augen. Dann flüsterte sie etwas, was Harry nicht verstand. Die Halbstarken starrten die Frau für einen Moment an, dann drehten sie sich um und marschierten zügig davon, ohne auch noch ein Wort zu verlieren.

Was hatte sie ihnen gesagt? Hatte sie ihre Maske fallen lassen und sich als brutale Killerin offenbart? Das konnte sich Harry beim besten Willen nicht vorstellen.

Er dachte an Paules Worte, dass von der Frau keine Gefahr für ihn ausging, dass sie ihn längst umgebracht hätte, wenn sie es denn wollte. Außerdem war der Park belebt. Er war sich plötzlich sicher, ihm würde nichts passieren.

Langsam rollte er auf die Bank zu und blieb direkt vor ihr stehen. Er fixierte sie mit seinem Auge und wartete kurz, glaubte er doch, die Frau würde ihn erkennen. Aber sie sah ihn nur erstaunt an.

»Ja bitte?«, fragte sie.

Warum erkannte sie ihn nicht? Sie hatte ihn fast abgeschlachtet, war dafür verantwortlich, dass er ein Krüppel war – wie konnte sie ihn da vergessen?

»Was gucken Sie so? Wollen Sie Geld?«

»Ich … ich …« Harry wusste nicht, was er sagen sollte.

»Hier.« Sie griff in ihre Tasche, zog einen Zehneuroschein heraus und warf ihn auf seinen Schoß. »Und jetzt lassen Sie mich bitte in Ruhe.«

Harry hielt ihrem Blick stand. Auch wenn er sich vor Angst am liebsten übergeben hätte, war er fest entschlossen, das jetzt durchzuziehen. Er wollte endlich wissen, weshalb sie ihm das angetan hatte. Die Frage nach dem Warum hatte ihn jahrelang nicht losgelassen. Jetzt endlich konnte er eine Antwort bekommen.

»Ich … Erinnern Sie sich … nicht … an mich?«, stammelte er.

Die Frau zog die Stirn kraus und schien nachzudenken. Ihr Blick fiel auf seinen Beinstumpf, auf die fehlenden Finger und seine zahlreichen Narben an den Unterarmen. Auch wenn sie ihn augenscheinlich nicht erkannte, musste ihr doch dämmern, wer er war.

»Es tut mir leid, was Ihnen passiert ist«, sagte sie nach einer Weile, und ihre Stimme klang überraschend ehrlich, so als würde sie tatsächlich meinen, was sie sagte.

Wollte sie ihn verarschen? Jetzt tat ihr die ganze Sache plötzlich leid? Nun war Harry vollends verwirrt.

»Warum? Sagen Sie mir, warum …«

»Das kann ich nicht.«

»Aber warum ich? Warum haben Sie ausgerechnet mir das angetan?«

Die Frau zog ihr Portemonnaie aus der Tasche und nahm mehrere Geldscheine heraus. »Das ist alles, was ich habe«, sagte sie. »Ich würde Ihnen das Geld gern geben. Als eine Art … Nun, Sie wissen schon, wie ich das meine.«

Harry schnappte nach Luft. »Als eine Entschuldigung oder was? Dafür, dass Sie einen Scheißkrüppel aus mir gemacht haben?«

Die Frau schwieg für einen Moment. »Nehmen Sie das Geld und verschwinden Sie«, sagte sie dann. »Schnell! Sie sollten sich nicht allzu lange in meiner Nähe aufhalten.«

»Ich gehe erst, wenn ich weiß, warum Sie mir das damals angetan haben!«

»Wenn ich es Ihnen sage, sind Sie innerhalb kürzester Zeit tot.« Die Frau sprach so nüchtern und klar, als würden sie über das Wetter reden. Sie sah ihn eindringlich an. »Hören Sie, es tut mir *wirklich* leid. Aufrichtig leid, und ich weiß, dass ich es nie wiedergutmachen kann. Aber glauben Sie mir, es ist das Beste, wenn Sie das Geld jetzt nehmen und verschwinden!«

»Warum … machen Sie weiter … wenn es Ihnen so leidtut?« Es fiel Harry schwer zu sprechen, die Angst lähmte ihn. Aber noch nie war er so nah an der Wahrheit gewesen, noch nie hatte er so kurz davor gestanden, Antworten auf die Fragen zu bekommen, die ihn seit Jahren quälten.

»Gehen Sie!«, erwiderte die Frau und wich seinem Blick aus.

»Warum haben Sie vor sechs Jahren …«

»Bitte lassen Sie mich jetzt in Ruhe!«

»Nein, das kann ich nicht. Ich muss wissen, warum …«

Der Gesichtsausdruck der Frau veränderte sich, und Harry schwieg abrupt. Langsam beugte sie sich zu ihm vor. Ihr Gesicht war nun ganz nah an seinem, er konnte ihren Geruch wahrnehmen, eine Mischung aus billiger Seife und noch billigerem Deo. Die Frau sah ihn auf eine Art und Weise an, die die Todesangst in ihm aufsteigen ließ.

»Ein letzte Mal: Verschwinden Sie! Es ist besser so, glauben Sie mir«, sagte sie leise und mit gefährlicher Stimme.

In diesem Moment sah Harry, dass ein Mann auf dem Gehweg in ihre Richtung bog. Er kam direkt auf sie zu.

»Schnell«, sagte sie noch einmal eindringlich zu Harry.

Ihm war klar, dass die Unterhaltung endgültig beendet war. Frustriert rollte er von der Bank weg.

»Was soll das ganze Theater?«, hörte er den Mann in dem Moment sagen.

Harry rollte noch ein Stückchen weiter, sodass er außerhalb des Sichtfelds der beiden war, und verbarg sich hinter einen Busch. Er atmete tief ein und aus und versuchte, seine Angst in den Griff zu bekommen.

Sie hatte es ihm nicht gesagt. Verdammt! Die Schlampe hatte es ihm einfach nicht gesagt. Er war so nah an der Wahrheit dran gewesen, aber dann hatte er sich von der Frau einfach wegschicken lassen. Immerhin wusste er jetzt, dass sie es wirklich war, dass er sich das alles nicht bloß eingebildet hatte, und, vielleicht am wichtigsten, dass er sich auf seine grauen Zellen noch verlassen konnte.

Mein Gott, du hast ihr gegenübergesessen, dachte er, erschüttert von seiner eigenen Courage. Du hast mir ihr gesprochen, mit deinem schlimmsten Albtraum!

Aber er hatte keine Antwort bekommen. Im Gegenteil. Die kurze Begegnung mit der Frau hatte noch mehr Fragen aufgeworfen. Warum war sie so verständnisvoll und mitfühlend gewesen? Tat es ihr wirklich leid, was sie damals getan hatte? Nein, das war total unwahrscheinlich, dann würde sie mit dem Morden nicht weitermachen.

Zunächst hatte sie betroffen gewirkt, dann aber merkwürdig kalt, als hätte sie zwei Gesichter. Harry kannte so ein Verhalten aus dem Entzug. Früher, bevor das alles passiert war, hatte er mal versucht, in einer Klinik trocken zu werden. Auch wenn er die Therapie nach ein paar Tagen abgebrochen hatte, waren ihm einige Leute von der Station in Erinnerung geblieben. Sobald der massive, körperliche Schmerz, den jeder Entziehende nur zu gut kannte, dieses Verkrampfen von Magen und Darm, ja fast vom ganzen Leib, das einem kaum Luft zum Atmen ließ, sobald diese heftigen Schmerzen einsetzten, zeigten viele ihr zweites Gesicht. Er erinnerte sich genau an einen Dachdecker, der von seinem Chef in die Klinik gebracht worden war. Über drei Promille im Blut. Ein netter Kerl, freundlich, lustig, man hatte ihm den Alk kaum angemerkt. Am nächsten Tag hatte das ganz anders ausgesehen. Er war Harry auf dem Flur entgegengekommen, zitternd, schwitzend, mit weit aufgerissenen Augen. Gebrüllt hatte der Mann, geschrien nach Alkohol. Wie ein wildes Tier hatte er um sich getreten und geschlagen, als zwei Pfleger versucht hatten, ihn zurück auf sein Zimmer zu bringen. Mit dem netten Kerl vom Vortag hatte er nichts mehr zu tun gehabt.

Vielleicht war es bei der Frau ähnlich? Vielleicht tötete sie nur im Drogenrausch? Und war ansonsten ein netter Mensch? Harry schüttelte den Kopf. Es konnte sich keinen Grund der Welt vorstellen, warum irgendjemand ein Interesse daran haben könnte, eine Mörderin, die auf Drogen war, *nicht* zu stoppen. Nein, das passte vorne und hinten nicht zusammen.

»Ich weiß, dass das für Sie total verrückt klingt«, hörte er die Frau in diesem Moment sagen. »Aber Sie dürfen dort niemandem vertrauen.«

»Ach, hören Sie auf!«, warf der Mann zornig ein. »Das ist doch völlig verrückt.«

Dann sprach die Frau so leise, dass Harry es nicht verstehen konnte.

»... vollkommen absurd! Wie soll so etwas denn funktionieren?« Der Mann sprach wesentlich lauter, er klang aufgeregt und empört. Aber auch ungläubig.

»Mithilfe von Medikamenten, Elektrostimulation und Hypnose. Die manipulieren Sie ...«

»Haben Sie ein psychisches Probleme?«, unterbrach der Typ die Frau. »Nehmen Sie irgendwelche Medikamente?«

»Nein. Ich schwöre ... sage die Wahrheit!«

Plötzlich veränderte sich die Stimme der Frau. Harry spähte durch das Geäst und sah, dass sie aufgesprungen war.

»Schnell! Wir müssen verschwinden.«

Ohne ein weiteres Wort zu verlieren, ging sie eilig den Weg entlang und war nach wenigen Metern verschwunden. Der junge Mann blickte ihr irritiert nach, zögerte einen Moment und folgte ihr dann. Kurz darauf war auch er wie vom Erdboden verschluckt.

Was war hier los?

Schnell rollte Harry aus seinem Versteck. Wo waren die hin? Verdammt! Was passierte hier gerade?

Er rollte ein paar Meter über den Weg und überlegte, ob es Sinn ergab, die beiden zu verfolgen. Aber natürlich war das ein Himmelfahrtskommando, das wusste er genau. Er war zu langsam, und er wusste nicht, wo sie waren und überhaupt – ach scheiße. Resigniert starrte er ins Nichts.

Zwei Männer kamen den Weg entlang und gingen relativ zügig an ihm vorbei. Harry nahm sie nur aus dem Augenwinkel wahr und wunderte sich, dass sie bei dieser Hitze mit so strammem Schritt durch den Park gingen. Nach einem gemütlichen Spaziergang sah das jedenfalls nicht aus. Plötzlich bemerkte er, wie jemand von hinten die Griffe seines Rollstuhls packte und ihn mit schnellen Schritten vorwärtsschob.

»Hey!«

Er drehte sich nach hinten um und erkannte einen der Männer hinter ihm. Ein großer Kerl mit halblangen blonden Haaren und einem auffälligen Leberfleck neben der Nase. Der andere Kerl ging mit ernster Miene neben ihm her.

»Was soll das? Was wollen Sie von mir?«

»Harald Voßgrebe?«, sagte der blonde Mann zu ihm.

Harry konnte sich nicht erinnern, wann ihn das letzte Mal jemand mit seinem richtigen Namen angesprochen hatte.

»Ja – und? Lassen Sie den Rollstuhl los, oder ich schreie!«

»Tun Sie nicht«, sagte der andere, und im selben Augenblick spürte Harry einen schmerzhaften Stich in seinem Hals.

30

Peer eilte aus dem Park und sprang in den nächsten Bus, der zur Abfahrt bereitstand. Er war völlig durcheinander. Wer war diese Ricarda Hagen wirklich? Und was hatte es mit ihrer abenteuerlichen Geschichte auf sich? Als sie zu erzählen begonnen hatte, war sein erster Gedanke gewesen, dass sie auf Drogen oder irre war. Zu verrückt hatte sich das angehört, was sie gesagt hatte. Aber jetzt …

Warum wusste sie so viel über ihn? Und über *Somnia*? Vielleicht weil die Sachen doch stimmten, die sie erzählt hat?

»Setzen Sie sich neben mich, aber schauen Sie mich nicht an. Tun Sie so, als würden wir uns nicht kennen«, hatte sie zur Begrüßung zu ihm gesagt, und obwohl ihm das schon verrückt vorgekommen war, hatte er sich an ihre Anweisung gehalten.

»Was wollen Sie von mir? Warum verfolgen Sie mich?«

»Ich will Sie warnen«, hatte sie leise gesagt und dabei mit den Augen ununterbrochen den Park abgesucht. »Wir können vermutlich nicht lange sprechen, daher hören Sie mir genau zu. Die Leute von Somnia sind nicht das, was Sie denken. Man manipuliert Sie, ohne dass Sie es bemerken. Die machen aus Ihnen eine willfährige Marionette, die beliebig einsetzbar ist.«

»Weshalb sollten die das denn bitte machen?«

»Es geht um wirtschaftliche Interessen im Nahen Osten. Und auch um politische.«

Er hatte kurz aufgelacht und den Kopf geschüttelt. »Sie ticken doch nicht mehr ganz richtig. Was soll Somnia denn bitte für Interessen im Nahen Osten haben? Das ist absurd!«

»Somnia ist nur ein Handlanger von vielen. Sie alle arbeiten für etwas Größeres, rekrutieren Menschen auf der ganzen Welt für ihr Projekt. Aus Spanien, Südamerika, von überall her. Es ist ein gutes Projekt, dabei zu sein ist eine Ehre. Aber …« Sie verstummte.

»Was soll das denn für ein Projekt sein?«

»Ich kann Ihnen auf die Schnelle nicht alles erklären. Nur so viel: Es geht darum, dem Terror im Nahen Osten ein Ende zu setzen.«

Peer lachte spöttisch. »Und dazu soll ein kleiner Lehrer wie ich etwas beitragen können?«

»Sie gehören zu den Besten, Peer. Glauben Sie mir. Ich weiß, wovon ich spreche. Ich war selbst einmal wie Sie.«

»Wie ich?«

»In Therapie. Oder wie die das nennen.« Sie lachte freudlos auf. »Aber Sie müssen sich in Acht nehmen! Bei Somnia läuft alles aus dem Ruder. Professor Schmoll stellt eine große Gefahr dar, für Sie, aber auch für die Sache. Und auch von dieser Mia sollten Sie sich fernhalten.«

Er wurde lauter. »Was ist mit Mia?«

»Sie müssen mir glauben! Halten Sie sich von dieser Frau fern.«

Natürlich hatte er ihr nicht geglaubt, aber sie hatte darauf bestanden, dass er in großer Gefahr sei. Unheimlich fand er ihre Behauptung, dass man mithilfe von Medikamenten und Elektrostimulation sein Unterbewusstsein bearbeite. Man habe ihn manipuliert und ihn Dinge tun lassen, die jeden Rahmen seiner Vorstellungskraft sprengen würden.

Irgendwann war es ihm dann aber doch zu bunt geworden, und er hatte sie harsch unterbrochen. »Ich habe gelesen, dass bei den Morden vor ein paar Jahren eine Frau als tatverdächtig galt. Sind Sie diese Frau?«

Damit hatte er sie tatsächlich aus dem Konzept gebracht. Sie wirkte für einen Moment perplex und zögerte, als wüsste sie nicht genau, wie sie darauf reagieren sollte.

»Wühlen Sie nicht in der Vergangenheit«, hatte sie schließlich geflüstert. »Das ist lebensgefährlich.«

Dann war sie mit einem Mal aufgesprungen und verschwunden, und ihm war durch den Kopf gegangen, dass sie es wirklich sein musste. Sie war die flüchtige Tatverdächtige von damals. Vielleicht war sie tatsächlich die Mörderin. Der Taunus-Ripper.

Er dachte an das, was sie zu ihm gesagt hatte. Medikamente, Elektrostimulation – nein, das konnte nicht stimmen. Gerade bei dem Gedanken an Elektrostimulation drehte sich ihm der Magen um, hatte man bei seinem Vater doch auch mal eine sogenannte Elektrokrampftherapie angewandt. Unter einer leichten Narkose wurde durch einen Stromimpuls ein epileptischer Anfall ausgelöst. Dadurch sollte die Ausschüttung von Neurotransmittern und Neurohormonen stimuliert werden. Peer hatte früher den Eindruck gehabt, dass es seinem Vater immer schlechter gegangen war, je mehr Elektroschocks er bekommen hatte. In seiner kindlichen Vorstellung war jedes Mal ein Stück mehr vom Gehirn seines Vaters abgestorben, je mehr Stromstöße ihm verabreicht worden waren. Peer erinnerte sich noch genau, wie inbrünstig er früher in der Kirche gebetet hatte, dass Gott ihn vor so einer Sache bitte verschonen möge. Niemals würde er einer solchen Behandlungsmethode zustimmen, niemals.

Achte auf dich, Peer.

Er starrte aus dem Fenster und dachte darüber nach, dass ihm schon einige Dinge komisch vorgekommen waren, seitdem er bei *Somnia* in Behandlung war. Kleinigkeiten wie die Sache mit der blutverschmierten Schlafanzughose, der fehlenden Unterhose, der unbekannten Person beim EEG und der zweiten Flüssigkeit in seinem Tropf. Er hatte Veränderungen an sich festgestellt, war selbstsicherer und dominanter geworden, aggressiver und aufbrausender – und er hatte zum ersten Mal in seinem Leben Migräne gehabt. Schwere Migräne. Ausgerechnet an dem einen Abend, an dem er eine *Somnia*-Sitzung hatte ausfallen lassen.

Sprachen diese Auffälligkeiten wirklich dafür, dass die Frau die Wahrheit sagte? Es konnte für all das auch eine normale Erklärung geben, die weitaus weniger abenteuerlich war als das, was diese Ricarda Hagen ihm eben erzählt hatte. Was für eine Marionette sollte man aus ihm denn auch machen? Warum sollte ein durchschnittlicher Typ wie er, der ein unauffälliges Dasein als Lehrer fristete, für irgendjemanden interessant sein? Nein – alles, was diese Frau erzählt hatte, war einfach nur verrückt.

Dennoch wusste sie eine Menge. Woher kannte sie zum Beispiel Mia? Peer dachte an den kurzen Zeitungsartikel, den er im Netz gefunden hatte. Hatte Ricarda Hagen die Morde vielleicht in der Zeit begangen, in der sie selbst bei *Somnia* in Behandlung gewesen war? Vielleicht gab sie dem Institut nun die Schuld dafür, weil sie mit der eigenen Verantwortung nicht leben konnte? So etwas kam nicht so selten vor, viele Verbrecher machten andere für ihre Taten verantwortlich, im Zweifelsfall waren die Eltern und eine verkorkste Kindheit an allem Übel schuld.

Sie hatte davon gesprochen, dass irgendeine Organisation Leute aus der ganzen Welt rekrutieren würde. Aus Spanien, Südamerika ... Der Artikel aus *El Pais*!, schoss es Peer durch den Kopf. Auch da war von einer mafiaähnlichen Organisation gesprochen worden, die Morde in Spanien und Argentinien begangen hätte. Aus rituellen Gründen, hatte es geheißen, oder um zu testen, wie weit ihre Mitglieder zu gehen bereit waren.

Peer schüttelte den Kopf. Das war alles ganz schön absurd. Und dann tauchten plötzlich diese zwei Männer auf, und sofort haute die Frau ab, als wäre sie auf der Flucht.

Gut, auch er hatte sich aus dem Staub gemacht. Er wusste selbst nicht so genau, warum. Die beiden Männer hatten irgendwie düster und bedrohlich gewirkt, oder hatte er sich das nur eingebildet? Nein, alles konnte nicht seiner Fantasie entspringen. Irgendetwas stimmte hier nicht. Aber er konnte die einzelnen Puzzleteile noch nicht zusammenbringen.

An der nächsten Haltestelle sprang er aus dem Bus und lief die paar Meter bis zur seiner Wohnung zu Fuß. Als er in seine Straße bog, konnte er das Haus schon von Weitem sehen. Nachdenklich wanderte sein Blick die Fassade hoch bis zum dritten Stock, in dem seine Wohnung lag.

Er blieb kurz stehen und betrachtete das Flurfenster von der Straße aus. Die Sonne spiegelte sich im Glas, und es war vollkommen unmöglich, von hier unten aus zu erkennen, ob jemand hinter der Scheibe des Hausflurs stand oder nicht. Dafür lag das Fenster zu weit oben, und der Blumenkasten mit den Geranien, der davor hing, verdeckte aus dieser Perspektive fast die Hälfte der Scheibe.

Wie konnte Mia ihn da oben eigentlich mit Ricarda Hagen gesehen haben?

31

Es war noch früh am Vormittag und trotzdem schon ganz schön heiß. Maike Busch sah sich noch einmal um, bevor sie ihre Kleidung ablegte. Der See lag relativ einsam im Wald, trotzdem kamen hier häufig Spaziergänger vorbei. Am Wochenende war am See normalerweise eine Menge los, der Parkplatz am Waldrand war meist schon am Morgen rappelvoll. Aber heute war er für einen Sonntag recht leer gewesen, vielleicht lag es an den Ferien und viele waren verreist, oder sie war etwas früher hier als sonst, und der große Ansturm kam erst noch. Jedenfalls konnte sie auch direkt am See niemanden entdecken. Ein gutes Zeichen. Es sprach also nichts dagegen, nackt zu schwimmen.

Es war das erste Mal in diesem Jahr – normalerweise schwamm sie immer im Badeanzug. Aber wenn sie sicher sein konnte, dass sie allein war, genoss sie es, das kühle Wasser auf ihrer bloßen Haut zu spüren. Es gab nichts Schöneres.

Fast täglich kam sie zum See, gestern und vorgestern war sie hier gewesen, eigentlich kam sie immer, wenn es ihre Zeit zuließ. Es war einfach das ideale Trainingsgebiet für sie. Mit dem Fahrrad zum Wasser, dann schwimmen und hinterher noch eine Runde um den See laufen. Wenn sie weiterhin so viel trainierte, würde sie ihre Bestzeit bald verbessert haben, und dann hatte sie gute Chancen, beim nächsten Triathlon ganz vorne mitzumischen. Maike sah auf ihre wasserfeste Uhr und sprang in den See.

Herrlich, dachte sie, als das kühle Wasser auf ihre aufgeheizte Haut spritzte. Sofort fing sie an zu kraulen und versuchte, ein zügiges Tempo vorzulegen. Zwölf Minuten hatte sie das letzte Mal gebraucht, um den ganzen See zu durchqueren. Jetzt wollte sie es in zehn schaffen, maximal elf.

Es dauerte nur wenige Augenblicke, und ihr Kopf war frei. Nur beim Schwimmen schaffte sie es, alle Sorgen und Probleme zu vergessen. Auf dem Fahrrad und selbst beim Lauftraining schwirrten ihr die Gedanken durch den Kopf, dachte sie über die Uni und die anstehende Bachelorarbeit nach, oder grübelte über ihre Beziehung zu Johan. Nur im See, wenn ihr das Blut in den Ohren rauschte, wenn sie automatisch ihren Kopf nach rechts drehte, um Luft zu holen, und ihre Arme rhythmisch auf die Wasseroberfläche schlugen, konnte sie richtig abschalten.

Sie hatte die Mitte des Sees erreicht und das Gefühl, gut in der Zeit zu sein. Jetzt war sie an der tiefsten Stelle angekommen, unter ihr waren es bestimmt zehn Meter bis zum Grund. Sie bemerkte, dass ihre Kraft noch lange nicht verbraucht war und dass sie noch etwas schneller schwimmen konnte. Ohne innezuhalten, kraulte sie weiter und legte noch einen Zahn zu.

Plötzlich schlug sie mit dem Arm gegen etwas Weiches, und sofort war ihr ganzer Rhythmus durcheinander. Sie stoppte, schwamm auf der Stelle und schnappte nach Luft.

Scheiße, dachte sie. Jetzt war die Zeit hin.

Maike sah auf die Uhr. Sechs Minuten zwanzig. Das war eine gute Zeit. Und jetzt die blöde Unterbrechung. Wogegen war sie gestoßen? Einen Fisch? Das konnte schon mal passieren, kam aber selten vor. Normalerweise verschwanden die Viecher, sobald sie angerauscht kam.

Na egal. Weiter. Die Bestzeit war zwar hin, aber sie wollte ihre übliche Trainingsstrecke wenigstens zu Ende bringen.

Als sie gerade wieder losschwimmen wollte, stieß sie erneut gegen etwas Weiches, diesmal mit dem Fuß.

Hoffentlich gibt es hier keine Welse, dachte sie. Ihr

wurde nun doch etwas mulmig. Mit einem großen Wels wollte sie nichts zu tun haben. Auch wenn sich die Raubfische normalerweise nicht mit Menschen anlegten, fand sie die großen Tiere unheimlich.

Plötzlich hörte sie hinter sich ein Geräusch. Ein Schwappen, als sei etwas durch die Wasseroberfläche gestoßen. Erschrocken drehte sie sich um, im gleichen Moment schrie sie panisch auf. Direkt vor ihr war das Gesicht eines Mannes aufgetaucht. Er hatte die Augen weit aufgerissen und starrte sie an. Aus seiner Nase quoll weißer Schaum, seine Haut sah aufgedunsen und glänzend aus. Der Mann war tot. Daran gab es keinen Zweifel.

Maike spürte, wie ihr Herz zu rasen begann und ihre Atmung hektischer wurde. Sie strampelte panisch mit ihren Beinen und verlor den Auftrieb. Immer wieder kam sie mit dem Kopf unter Wasser, schluckte viel zu viel davon.

Beruhig dich, beruhig dich, beruhig dich!, sagte sie sich. Nichts war schlimmer, als mitten auf einem See in Panik zu geraten, das wusste sie genau. Sie musste ihre Atmung unter Kontrolle bekommen, sonst würde sie hyperventilieren, einen Krampf bekommen oder ohnmächtig werden.

Der Mann ist tot, dachte sie. Schlimm für ihn, aber nicht für sie. Der tat ihr nichts mehr.

Der nicht.

Hektisch blickte sie sich um, als ihr der Gedanke durch den Kopf schoss. War der Mann umgebracht worden? Er hatte normale Kleidung an, das konnte sie erkennen. Ein Schwimmer, so wie sie, war er kaum.

Scheiße, wenn der umgebracht worden war, konnte sein Mörder noch in der Nähe sein.

Panisch suchte sie mit den Augen das Ufer ab und drehte sich dabei immer wieder hektisch im Kreis. Zum

Glück bemerkte sie rechtzeitig, wie viel Kraft sie dadurch verlor. Maike hielt inne und atmete tief ein und aus. Dann nahm sie ihren ganzen Mut zusammen und blickte dem Toten noch mal ins Gesicht.

Guck dir die Haut an, zwang sie sich. Und dieses Zeug, das aus seiner Nase kam. Der war schon länger tot. Der schwamm schon ein paar Stunden hier, vielleicht sogar länger. Sonst wäre er doch auch gar nicht wieder aufgetaucht.

Maike erinnerte sich an einen Wettkampf, den sie am Bodensee gehabt hatte. Er lag schon ein paar Jahre zurück, aber sie sah den Artikel in der Zeitung noch vor sich, der passend zum Start des Triathlons veröffentlicht worden war. Wegen seiner ungewöhnlichen Tiefe von dreißig Metern gab der Bodensee seine Leichen nur selten wieder her. Fünfundsechzig Menschen hatte er bereits verschlungen, die nie hatten gefunden werden können. Aufgrund der Tiefe war die Temperatur im See so niedrig, dass die Leichen keine Fäulnisgase bildeten, die sie normalerweise wieder an die Wasseroberfläche trieben. Das war aber eine Besonderheit des Bodensees, und alle Schwimmer hatten sich damals tierisch gegruselt. Bei einem Gewässer mit normaler Tiefe, so hatte es in dem Artikel gestanden, tauchte eine Leiche nach ein bis zwei Tagen wieder auf.

Also, ermahnte Maike sich selbst. Ein Mörder konnte hier nirgends mehr sein. Vielleicht war der Mann ja auch beim Angeln verunglückt oder hatte sich umgebracht. Kein Grund zur Panik.

Trotzdem musste sie so schnell wie möglich ans Ufer gelangen und von da aus die Polizei rufen. Was sollte sie mit der Leiche machen? Die Vorstellung, sie ans Land zu ziehen, bereitete ihr Übelkeit. Andererseits war ihr klar, dass der Körper irgendwann wieder untergehen würde und die Polizei ihn dann vielleicht nicht mehr finden konnte. Trotzdem – anfassen konnte sie den Toten unter gar keinen Umständen. Völlig ausgeschlossen. Allein die Tatsache, dass sie ihn schon zweimal versehentlich berührt hatte, ließ ihre Atmung wieder flattern.

Vielleicht bleibt er ja noch etwas oben, dachte sie. Er war gerade erst aufgetaucht, so schnell konnte er doch nicht wieder untergehen.

Maike sah sich um und versuchte sich die Stelle, an der sie war, genau einzuprägen. Sie war ungefähr auf der Höhe des kleinen Stegs, der auf der rechten Uferseite lag. Am linken Uferrand standen die großen Eichen. Das konnte sie sich merken. Dann kraulte sie so schnell wie möglich zu der Stelle zurück, an der sie sich vor einer knappen Viertelstunde erst ausgezogen hatte.

32

Trotz des Melatonins hatte Peer das Gefühl, in der letzten Nacht nicht besonders gut geschlafen zu haben. Den ganzen Morgen über hatte er über das merkwürdige Treffen mit Ricarda Hagen nachgedacht. Von Mia hatte er immer noch nichts gehört, was ihm langsam ebenfalls zu denken gab.

Warum reagierte sie nicht auf seine Nachrichten? Peer hatte den Eindruck, als würden sich seine Gedanken nur noch im Kreis drehen. Er musste den Kopf freikriegen, und dafür gab es kein besseres Mittel, als eine Runde laufen zu gehen. Selbst bei dieser Hitze.

Nass geschwitzt und ausgelaugt kam er nach einer Dreiviertelstunde wieder in seiner Straße an. Und fühlte sich nicht einen Deut besser. Im Gegenteil. Die ganze Zeit hatte er das Gefühl gehabt, dass ihn jemand verfolgen würde. Zuerst war es das dunkle Auto gewesen, dass viel zu langsam an ihm vorbeigefahren war, dann die Person auf Inlineskates, bei der er nicht hatte erkennen können, ob es eine Frau oder ein Mann gewesen war. Und schließlich der Radfahrer, der ihn erst überholt hatte und ihm später wieder entgegengekommen war. Die ganze Zeit hatte er sich eingeredet, dass das nichts zu bedeuten hatte – und hatte doch gewusst, dass er sich das alles nicht einbilden konnte.

Nervös sah er sich um. Aber auf der Straße hinter sich konnte er niemanden sehen. Auch das kam ihm mittlerweile merkwürdig vor. Die ganze Zeit traf er auf Leute, aber vor dem Haus, in dem er lebte, war die Straße wie ausgestorben.

Als er die Tür aufschloss, stieß er mit Philipp zusammen.

»Ah, hast du heute Nacht hier geschlafen?«

Peer bemühte sich, die dunklen Gedanken wegzuschieben und so normal wie möglich zu wirken. »Ja, ich bin als erfolgreich therapiert entlassen worden«, sagte er betont munter. »Jedenfalls vorläufig.«

»Schön. Das heißt, du bist mit dem Kram durch?«

»In der nächsten Zeit soll ich noch ein bis zwei Mal pro Woche vorbeikommen, aber das dauerhafte Schlafen dort ist zum Glück vorbei.«

»Das freut mich für dich. Hoffentlich hat deine nächtliche Rumschreierei damit ein Ende. Dafür sorgt jetzt nämlich ein anderer.« Er grinste breit.

Peer brauchte einen Moment, um zu begreifen. Dann umarmte er Philipp. »Herzlichen Glückwunsch, Daddy! Sind alle gesund und munter?«

»Allen geht es prima. Und es ist das absolut schönste Kind der Welt. Ganz der Vater halt.«

»Wohl eher die Mutter. Wie heißt der Kleine denn nun?«

Philipp hatte in den letzten Monaten ein großes Geheimnis um den Namen des Kindes gemacht, was Peer immer ein bisschen albern gefunden hatte.

»Ein kleiner Ben«, sagte er stolz. »Gestern Abend um sechs war es so weit. Nach achtzehn Stunden Wehen!«

»O Gott. Die arme Anni.«

»Allerdings. Aber er ist unglaublich süß.«

»Toll. Ich freu mich für euch. Geht's Anni denn gut?«

»Ja, sie hat das echt toll gemacht. War natürlich irre anstrengend, aber jetzt ist ja alles gut.« Für einen Moment machte Philipp ein nachdenkliches Gesicht. »Meine Güte, wenn ich mir überlege, dass dieser siebzehnjährige Tramper zu der Zeit umgebracht wurde, als bei Anni die Wehen einsetzten und unser Sohn auf die Welt kommen wollte … Da wird mir ganz anders.«

Peer nickte ernst. »Ja, ein schreckliches Verbrechen.«

»Hoffentlich haben sie das Schwein bald.« Philipp schüttelte sich, als wollte er die Gedanken an den toten Jungen von sich werfen.

»Ach, noch was«, sagte er dann. »Nachdem du neulich weg warst, habe ich mir noch mal die ganzen Artikel zu den Morden von damals angeschaut. Der Originalartikel aus der spanischen Zeitung war noch weiterverlinkt zu anderen ausländischen Zeitungen. Ich kann zwar kein Spanisch, und mein Englisch ist auch eher so mittel, aber dank diverser Übersetzungsdienste hab ich noch ‚ne ganze Menge herausgefunden.«

Peer bemühte sich, ruhig zu bleiben. Hatte Philipp etwas über Ricarda Hagen recherchiert?

»Es gab in Argentinien, den USA, Spanien, Thailand und auf Neuseeland ähnliche Mordserien. Ist das nicht schräg?«

»Das ist es. Andererseits werden auf der ganzen Welt Leute umgebracht. Die Wahrscheinlichkeit, dass sich die Mordmethoden mal ähneln, ist nicht so gering.«

Philipp zog skeptisch die Augenbrauen hoch. »Also, ich weiß nicht. Innerhalb von knapp zehn Jahren werden relativ zeitnah jeweils bis zu fünf Menschen mit einer Machete abgeschlachtet. Und bei allen scheint es ähnlich abgelaufen zu sein. Vielleicht ist es irgendeine irre Sekte oder so?«

»Ich will dir nicht zu nahe treten, aber wenn dir das auffällt, müsste das auch jemandem von Interpol oder dem FBI oder so aufgefallen sein. Oder? Dann würden die doch ermitteln.«

Das war der einzige Gedanke, der Peer beruhigte. Solche schlimmen Taten konnten nicht geschehen, ohne dass die Chefermittler dieser Welt davon Wind bekamen. Wenn Ricarda Hagen etwas mit den Morden zu tun hatte, konnte sie nicht einfach so im Park sitzen, dann musste die Polizei ihr auf den Fersen sein.

Philipp zuckte nur mit den Achseln. »Klar. Aber denk mal an die NSU-Morde. Hat ja angeblich auch keine Sau mitgekriegt. Oder jemand enorm Wichtiges hält seine Hand schützend darüber.«

»Du bist echt ein Verschwörungstheoretiker.«

»Ich weiß. Vielleicht hatte ich auch einfach zu viel Zeit ... Diese ewige Warterei auf die Wehen!« Er lachte. »Übrigens hast du die Wäsche in der Maschine vergessen. Ich hab sie mal in den Trockner geworfen, wenn's recht ist. Müsste fertig sein.«

»Danke, Philipp.«

»Gern. Ich bin schon der perfekte Hausmann«, sagte er grinsend, bevor er sich verabschiedete und verschwand.

Als Philipp weg war, erstarb Peers Grinsen schlagartig. Nein, hör auf, das ist viel zu verrückt, das ist geradezu paranoid!, schimpfte er sich.

Mit schweren Schritten ging er die Treppe in den Keller hinunter. Eine Organisation, die weltweit dieselben Morde in Auftrag gab – und *Somnia* war Teil davon? Aber was für eine Organisation sollte das sein? Ricarda Hagen hatte vom Nahen Osten gesprochen, vom Kampf gegen den Terror. Hatte er selbst unbewusst ein Aufnahmeritual durchlaufen? Nein, das war Quatsch. Einen Test? Hatte man getestet, wie weit er ging, wenn sie ihn manipulierten? Wie weit sie ihn bringen konnten? Die beiden Morde waren in Nächten passiert, in denen er im Schlaflabor gewesen war ...

Peer musste schlucken.

Nein, das ist alles viel zu verrückt, dachte er dann und bemerkte, wie ihm schwindelig wurde. Elektrostimulation, Hypnose, Medikamente – das konnte doch nicht sein! Andererseits ... Kam das Blut an der Schlafanzughose womöglich von ...

Hör auf, so eine Scheiße zu denken, ermahnte er sich,

als er die Kellertür aufschloss. Warum zur Hölle sollte *Somnia* aus ihm einen Killer machen wollen? Welches Interesse würde jemand daran haben, dass er eine Nutte und einen Tramper tötete? Diese Ricarda Hagen hatte von wirtschaftlichen und politischen Interessen im Nahen Osten gesprochen, nicht von Mädchen, die sich auf dem Straßenstrich anboten. Wenn ein Politiker gestorben wäre oder sonst irgendjemand Wichtiges, könnte er dahinter vielleicht einen Sinn erkennen. Aber so?

Und wie sollte er bitte unter Hypnose und vollgestopft mit Medikamenten einen Tramper im Auto mitnehmen, ein abgelegenes Waldstück finden, ihn überzeugen auszusteigen und dann dort umbringen? So eine Tat musste geplant werden, das konnte er doch gar nicht allein bewältigen, schon gar nicht in einem solchen Zustand! Das war ein ganz gewaltiger Schwachsinn, den er sich da zusammenreimte. Nichts weiter als eine verrückte Lügengeschichte, die sich eine irre Frau ausgedacht und in sein paranoides Hirn eingepflanzt hatte.

Peer nahm den leeren Wäschekorb von der Maschine, schaltete den Trockner aus und öffnete die Klappe. Mechanisch packte er die Wäsche in den Korb und fühlte sich wie benommen. Ein Klacken ließ ihn aufschrecken.

Was war das denn? Peer bückte sich und hob eine Kette auf, die mit der Wäsche aus dem Trockner gefallen war. Erstaunt betrachtete er sie. Es war eine silberne Kette, an der ein runder Anhänger hing. Darauf abgebildet war eine Frau, die Peer an eine Heilige erinnerte, am Rand stand irgendetwas auf Kyrillisch, das er nicht verstand.

Wie kam diese Kette in seine Wäsche? Peer schüttelte den Kopf, als wollte er all düsteren Gedanken loswerden.

Du musst jetzt nicht in jede Kleinigkeit etwas hineininterpretieren, schalt er sich. Das war ein Gemeinschaftstrockner, vielleicht gehörte die Kette Frau Hülsing oder

Anni und hatte schon im Trockner gelegen, als seine Wäsche dazugekommen war.

Doch als er auf dem Weg in seine Wohnung an Frau Hülsings Tür klingelte, um ihr die Kette zu zeigen, schüttelte die alte Dame nur mit dem Kopf.

»Nein, die gehört mir nicht.« Sie hielt den Anhänger ganz nah an ihre Augen. »Xenija von Petersburg. Ah ja. Interessant.«

»Sie können Kyrillisch lesen?«, fragte Peer erstaunt.

»Aber natürlich, mein Junge. Ich bin erst nach der Wende rübergekommen. Und früher in der DDR war Russisch erste Fremdsprache in der Schule.«

»Wissen Sie, ob die Kette vielleicht Anni gehört?«

»Nein, das weiß ich nicht. Aber ich kann es mir ehrlich gesagt auch nicht vorstellen. Xenija von Petersburg wird bei uns nicht als Heilige verehrt. Nur die orthodoxen Russen beten sie an. Da würde es mich schon sehr wundern, wenn unsere atheistische Anni eine solche Kette tragen würde.« Frau Hülsing lachte freundlich.

»Da haben Sie vermutlich recht. Wem könnte sie dann gehören?«

»Das kann ich Ihnen beim besten Willen nicht sagen. Herr Wittig aus dem Erdgeschoss ist ja seit drei Wochen auf den Kanaren, dem gehört sie vermutlich auch nicht. Hängen Sie die Kette doch unten im Hausflur ans Schwarze Brett. Vielleicht hat sie irgendeine Freundin von Anni verloren, und sie ist zufällig in die Wäsche geraten. Wer weiß?«

Peer nickte und verabschiedete sich. Er ging in seine Wohnung und blieb für einen Moment im Flur stehen. Nachdenklich steckte er die Kette mit dem Anhänger in seine Hosentasche und beschloss, sie später ans Schwarze Brett zu hängen. Bestimmt hatte Frau Hülsing recht, und irgendjemand im Haus hatte die Kette verloren. Wie sie in seine Wäsche gekommen war, konnte er sich zwar immer noch nicht erklären, aber manchmal passierten ja die merkwürdigsten Dinge.

Die Türklingel riss ihn aus den Gedanken. Kurz darauf stand Mia bei ihm im Flur. Sie sah hinreißend aus und hatte einen engen, kurzen Rock und eine taillierte Bluse an, die mehr als sexy war. Sie fiel ihm um den Hals und küsste ihn stürmisch. Im ersten Moment fühlte er sich fast überrumpelt.

»Ich habe dich wahnsinnig vermisst«, flüsterte sie.

»Warum hast du nicht auf meine SMS geantwortet?«

»Tut mir leid. Ich hatte irre viel zu tun.« Sie schlang die Arme noch enger um seinen Hals und küsste ihn erneut, leidenschaftlicher als zuvor.

»Ich hab dir bestimmt dreimal auf die Mailbox gesprochen.«

Irgendwie fand er es komisch, dass sie schon wieder so plötzlich bei ihm auftauchte. Warum hatte sie nicht vorher angerufen? Woher hatte sie gewusst, dass er da war?

»Sorry, ehrlich, tut mir leid«, flüsterte sie ihm ins Ohr.

Dann küsste sie seinen Hals und fuhr ihm mit den Händen über den Rücken, den Po, die Hüften, immer auffordernder, immer drängender. Als er spürte, wie die Beule in seiner Hose größer wurde, verschwanden die finsteren Gedanken in seinem Kopf schlagartig. Er legte seine Arme um ihre Taille, schob sie ins Schlafzimmer und hörte dabei nicht auf, sie zu küssen.

33

Mia hatte den ganzen Sonntag bei ihm verbracht und zum ersten Mal bei ihm übernachtet. Er wusste nicht, wie oft sie sich geliebt hatten – viermal? Fünfmal? Mindestens. Es war wie ein Rausch gewesen, und Peer konnte an nichts anderes mehr denken, als an Mia und ihren wunderbaren Körper. Er spürte, dass er sich verliebt hatte, von Kopf bis Fuß, und er hatte das starke Gefühl, dass sie die Richtige war. Er fühlte sich wohl in ihrer Nähe.

Außerdem konnte sich Peer nicht erinnern, wann er das letzte Mal so guten Sex gehabt hatte. Leidenschaftlich war Mia gewesen, hingebungsvoll und wild. Und zwischendurch hatten sie geplaudert und gescherzt, nicht ein Mal hatte er an Ricarda Hagen gedacht. Immer dann, wenn ein düsterer Gedanke gedroht hatte, sich in den Vordergrund zu drängen, hatte Mia ihn da gestreichelt, wo er es so gern mochte, und er hatte alle Sorgen vergessen.

Bevor sie eingeschlafen waren, hatte Mia ihn noch daran erinnert, dass er das Melatoninpräparat einnehmen sollte, auch wenn er eigentlich davon überzeugt war, dass er es nach dieser Nacht nun wahrlich nicht gebraucht hätte. Vermutlich hätte er auch ohne das Medikament wundervoll geschlafen.

Nachdem sie am Morgen zusammen im Bett gefrühstückt hatten und Mia im Bad unter der Dusche verschwunden war, blieb ihm eigentlich nicht mehr viel Zeit. In einer Stunde musste er in der Schule sein, die Ferienkurse begannen. Er betreute einen Creative-Writing-Kurs, in dem sich die Schüler als Schriftsteller versuchen sollten. Eine Aufgabe, auf die er sich eigentlich freute, obwohl er heute viel mehr Lust gehabt hätte, einen weiteren Tag mit Mia im Bett zu verbringen.

Er schaltete die Morgennachrichten im Fernsehen ein, um für ein bisschen Unterhaltung zu sorgen, während er sich anzog. Er streifte seine Jeans über und hielt inne, als er den Sprecher sagen hörte: »Im Fall der getöteten Prostituierten Sandra W. hat die Polizei einen ersten Ermittlungserfolg vorzuweisen. Auf der Leiche wurden DNS-Spuren gefunden, die eindeutig von einem Mann stammen. Die Kriminalpolizei wird daher in den nächsten Tagen an verschiedenen Orten in der Region Taunus Massengentests durchführen. Alle männlichen Mitbürger zwischen achtzehn und fünfundsechzig Jahren sind dazu aufgefordert, an diesen Tests teilzunehmen. Die Polizei betont, dass die DNS-Spuren nicht zwangsläufig vom Täter stammen müssen, es wäre auch möglich, dass sie von einem Kunden der jungen Frau sind, die als Prostituierte gearbeitet hat. Dieser könnte ein wichtiger Zeuge in dem grausamen Mordfall sein.«

Peer starrte auf den Bildschirm. Ein Massengentest? Wenn er da hingehen und eine Probe abgeben würde, hätte er Gewissheit. Aber was würde passieren, wenn die Probe positiv war? Peer wurde unruhig. Ja, was dann? Dann war er immer noch unschuldig. Täter, die im volltrunkenen Zustand oder unter Drogen ein Verbrechen begingen, galten schließlich als nicht zurechnungsfähig. Professor Schmoll hatte ihm doch von dem Fall erzählt, wo ein Mann freigesprochen worden war, der schlafwandelnd seine Schwiegereltern erschossen hatte. Nein, er hatte sicher nichts getan. Wenn, dann hatten ihn andere zum Werkzeug ihrer Taten gemacht, aber er, Peer Henke, war unschuldig.

»Träumst du?«

Mia war in den Raum gekommen, ohne dass er es bemerkt hatte. Das Handtuch hatte sie nur um die Hüften gewickelt, und sie sah atemberaubend aus. Sie stellte sich direkt vor den Fernseher und zog sich an, sodass Peer nichts mehr sehen konnte.

»Ich habe nur gerade überlegt, ob ich da mitmachen soll. Es gibt einen Massengentest. Wegen der ermordeten Prostituierten.«

»Und warum willst du da hin?«, fragte sie erstaunt. »Sind alle Männer aufgefordert, eine Probe abzugeben?«

Peer zögerte einen Moment. Er vertraute Mia doch, oder? Sie waren jetzt so etwas wie ein Paar, oder schätzte er die Situation falsch ein? Nein, er konnte ihr vertrauen. Sie waren sich in den letzten Stunden so nah gewesen, dass er sich sicher war, sie und auch die Beziehung zu ihr richtig einschätzen zu können.

»Ich weiß auch nicht. Es gab ein paar Dinge in letzter Zeit, die irgendwie merkwürdig waren. Sagt dir der Name Ricarda Hagen etwas?«

»Nein.«

Die Antwort kam schnell. Etwas zu schnell, fand Peer.

»Wer soll das sein?«, fragte Mia.

»Ich weiß es nicht genau. Diese Frau hat mich jedenfalls gewarnt. Sie meinte, ich würde bei Somnia manipuliert werden, man würde aus mir eine Marionette machen.«

»Was denn für eine Marionette? Das sind ja abenteuerliche Behauptungen.«

»Ich weiß. Das finde ich ja auch. Aber irgendwie habe ich das ungute Gefühl, dass ich irgendetwas mit den Morden zu tun haben könnte.«

Mia sah ihn erstaunt an und schüttelte verwundert den Kopf. »Also da kann ich dich beruhigen«, sagte sie. »Du hast das Schlaflabor nie verlassen. Das hätte ich ja bemerken müssen.« Sie zog sich ihren Rock über die Hüfte. »Aber wenn es dich beruhigt, geh doch zu dem Test. Dann hast du es schwarz auf weiß. Wahrscheinlich macht man sich eh verdächtig, wenn man da nicht auftaucht.« Nur mit einem BH und dem knappen Rock bekleidet, kam sie näher und drückte ihn aufs Sofa runter. Dann setzte sie sich auf seinen Schoß.

»Soll ich dich begleiten?«, flüsterte sie ihm ins Ohr.

Erleichtert nahm er sie in die Arme. »Am liebsten wäre es mir, wenn du mich ab jetzt überall hin begleiten würdest«, sagte er und küsste sie.

Mia schmiegte sich noch enger an ihn. »Was ist das da in deiner Hose?«, fragte sie zärtlich. »Hast du die Taschenlampe eingesteckt?«

»Sehr witzig.« Peer grinste.

Mia lachte und tastete auf seiner Hosentasche herum. »Nein im Ernst. Hier ist wirklich etwas.«

Richtig, der Anhänger. Er zog die Kette aus der Tasche und hielt sie hoch. »Ach ja, die hab ich …«

»Das ist ja meine«, rief Mia entzückt. »Schön, dass du sie gefunden hast, ich hab sie schon vermisst.« Sie schnappte sich die Kette und hängte sie sich um den Hals. »Danke!« Dann sprang sie auf und zog sich weiter an.

Peer beobachtete sie irritiert. Ihm war das Schmuckstück noch nie bei ihr aufgefallen. Hatte sie die Kette bei ihm verloren, als sie neulich im Flur übereinander hergefallen waren? Aber wie sollte sie in seine schmutzige Wäsche gekommen sein?

»Was ist das eigentlich für eine Heilige auf dem Anhänger?«

Warum fragte er das? Wollte er sie testen?

»Keine Ahnung. Maria wahrscheinlich«, antworte Mia unbekümmert und zog sich die Schuhe an.

»Ach so. Ich dachte, da wären russische Schriftzeichen drauf.«

Peer beobachtete sie. Zögerte sie? Ja. Ein wenig. Und sie wirkte verunsichert, jedenfalls etwas.

»Kann schon sein. Ich habe Verwandte in Russland«, sagte sie schnell.

»Ach, du hast russische Wurzeln? Davon hast du mir ja noch gar nichts erzählt.«

»Wir kennen uns ja auch noch nicht so lange. Irgendwer hat mir die Kette als Kind geschenkt. Ich glaube, es war zur Kommunion oder so.« Sie zog ihren Pferdeschwanz zurecht und lächelte ihn an. »Hast du irgendein Problem mit der Kette?«

»Nein ... Bist du eine orthodoxe Christin?«

Mias Lächeln gefror für einen Moment. »Was soll diese Fragerei eigentlich?«

»Sorry. Ich bin einfach nur neugierig und möchte dich besser kennenlernen.«

»Aha. Und deshalb willst du alles über die Kette wissen?«

»Ich hab mich nur gewundert, dass du sie bei mir verloren hast.«

»Ja, sehr verwunderlich. Wo du mir doch das letzte Mal im Flur alle Kleider vom Leib gerissen hast.« Jetzt lächelte sie wieder. »Nun, jetzt haben wir ja alles geklärt. Ich wäre fertig. Wollen wir noch einen Kaffee trinken?«

Er nickte und schaute ihr hinterher, wie sie in die Küche ging.

Ich sammle meine Schmutzwäsche immer im Bad, ging es ihm durch den Kopf. Auch das letzte Mal, als er gewaschen hatte, hatte er sie aus dem Bad geholt und in den Keller gebracht, das wusste er ganz genau, weil er es immer so machte. Und Mia war damals nur im Hausflur gewesen. Sie hatte das Bad nicht betreten.

Du lügst, dachte er und bemerkte, wie ihm schlecht wurde.

34

Als Harry wieder zu sich kam, fand er sich in einem bequemen Bett wieder. Es roch sauber, duftete nach Waschmittel und fühlte sich einfach wunderbar an. Erstaunt richtete er sich auf und sah sich um. Der Raum, in dem er sich befand, war modern eingerichtet. Neben dem Bett stand ein heller Nachttisch, ein Eichenschrank bedeckte die gegenüberliegende Wand fast vollständig. In der anderen Ecke des Zimmers befand sich ein sehr bequem aussehender Ohrensessel, davor ein kleines Tischchen.

Harry konnte sich nicht erinnern, wann er das letzte Mal in einem so hübschen Zimmer gewesen war. Er brauchte einen Moment, bis ihm auffiel, dass etwas nicht stimmte. Im Raum gab es kein Fenster. Und die Tür war aus Stahl.

Langsam ließ er sich wieder in die Kissen sinken. Er war gefangen, so viel stand fest. Das Letzte, woran er sich erinnerte, war der schmerzhafte Stich, den er im Hals gespürt hatte. Hatten ihm diese Männer eine Spritze verpasst? Wer waren sie? Und was wollten die von ihm? Waren sie die Komplizen der Killerin? Nein, das erschien Harry sinnlos. Die Frau hatte den Park geradezu fluchtartig verlassen, vielleicht sogar, weil sie die Männer gesehen hatte. War er im Zwangsentzug? Blödsinn. So etwas gab es in Deutschland gar nicht. Hier hatte jeder das Recht, sich totzusaufen, das konnte niemand verhindern.

Harry überlegte kurz, wann er wohl das letzte Mal etwas getrunken hatte. Da er nicht wusste, wie spät es war und wie lange er geschlafen hatte, konnte er es nur schätzen.

Du hast gar keinen Turkey, dachte er dann. Es war also scheißegal, wann er das letzte Mal was getrunken hatte.

Solange er nicht unter Entzugserscheinungen litt, interessierte das nicht.

Aber warum hatte er keine Symptome? Normalerweise wachte er morgens schon mit Gier nach Alkohol auf, und wenn er nach dem Aufstehen nicht schnell ein Bier trank, zitterten seine Hände so stark, dass er es kaum in den Rolli schaffte.

Wo war eigentlich sein Rollstuhl?

Harry setzte sich wieder auf und sah sich noch einmal in dem Raum um. Sein Rollstuhl war nirgends zu sehen. Scheiße. Ohne ihn war er total hilflos. So würde er es noch nicht mal bis in den Sessel schaffen, denn auf einem Bein hüpfen konnte er schon lange nicht mehr. Da schaffte er höchstens einen Meter, dann fiel er in der Regel um. Er brauchte etwas, worauf er sich abstützen konnte. Aber er entdeckte in dem Raum nichts, das sich als Krücke eignete.

Dann hörte er ein Geräusch. Jemand schien einen Schlüssel in das Schloss zu stecken. Ja, die Tür wurde aufgeschlossen. Schlagartig kehrte die Angst zurück. Wer würde gleich durch die Tür kommen? Wer hielt ihn hier gefangen und warum?

»Guten Morgen, Herr Voßgrebe.«

Zuerst glaubte Harry, er habe nun doch Entzugserscheinungen und fange an zu halluzinieren. Eine sehr attraktive junge Frau kam in den Raum, in der Hand ein Tablett mit duftendem Kaffee, Brötchen und Aufschnitt, das sie auf den kleinen Tisch stellte. Freundlich lächelte sie ihn an. »Darf ich Ihnen zum Sessel helfen?«

Harry wollte zunächst verneinen, war es ihm doch unangenehm, dass eine so hübsche junge Frau ihn in seinen zugepissten und verlotterten Klamotten sah. Erst da begriff er, dass er saubere Kleidung trug, eine Art Jogginganzug, nur viel schicker. Und irgendjemand musste ihn auch gebadet haben, jedenfalls war er sauber, und der stechende Gestank von Urin war dem Duft von Lavendel gewichen.

Harry wusste nicht, was er sagen sollte, und ließ sich widerstandslos zum Sessel führen. Erst als die Frau ihm einen Kaffee eingeschenkt hatte und fragte, ob sie ihm die Brötchen aufschneiden solle, fand er die Sprache wieder.

»Wo bin ich hier?«, wollte er wissen, und die hübsche Brünette lächelte ihn verständnisvoll an.

»An einem sicheren Ort. Sie müssen keine Angst haben.«

»Warum bin ich hier? Was passiert mit mir?«

»Machen Sie sich keine Sorgen, Herr Voßgrebe. Es wird alles dafür getan, dass Sie wieder gesund werden.«

Jetzt musste Harry lachen. »Wie soll ich denn wieder gesund werden?«

»Indem Sie zum Beispiel Ihr Frühstück essen«, sagte die Frau freundlich.

»Ohne Krücken komme ich noch nicht mal aus diesem Sessel hoch.«

»Ich werde Ihnen welche bringen. Aber jetzt lassen Sie es sich erst mal schmecken. Alles Weitere klären wir später.« Mit diesen Worten ließ sie ihn wieder allein und schloss die Tür von außen ab.

Wo war er hier nur gelandet? Es muss eine geschlossene Psychiatrie sein, dachte er. Er hatte schon von der Geschlossenen gehört, er wusste, dass die Patienten dort weggesperrt wurden. Warum die hier aber auf Fenster verzichteten, konnte er sich nicht erklären. Vielleicht wegen einer möglichen Selbstmordgefahr? Viele Alkoholiker, die auf Entzug waren, fielen in eine Art Delirium, bekamen Wahnvorstellungen und drehten durch. Vielleicht hatte man deshalb auf ein Fenster verzichtet, damit er sich nichts antun konnte.

Nach ein paar Minuten wurde erneut die Tür geöffnet, und die Frau brachte ihm zwei Kunststoffkrücken herein.

»Bitte schön. Damit können Sie sich frei im Raum bewegen.«

»Wo sind meine Sachen?«

»Die haben wir in die Wäscherei gegeben.«

»Und mein Handy?« Paule hatte es ihm extra gegeben, damit er im Notfall Hilfe rufen konnte.

»Das brauchen Sie hier drinnen nicht.« Sie zwinkerte ihm freundlich zu und schloss die Tür wieder hinter sich ab.

Harry atmete tief durch. Sie hatte also innerhalb kürzester Zeit Krücken besorgen können. Also musste er in einer medizinischen Einrichtung sein. Wäre er in den Händen irgendwelcher Krimineller, hätten die kaum solche Gehhilfen für ihn gehabt. Das beruhigte Harry. Er nahm einen Schluck Kaffee und biss in sein Brötchen. Nachdem er es halb aufgegessen hatte, hielt er nachdenklich inne.

Spinnst du eigentlich?, schimpfte er sich selbst. Da wurde er gewaltsam aus dem Park entführt, kurz nachdem er die irre Killerin gesehen hatte, man sperrte ihn in einen fensterlosen Raum, nahm ihm sein Handy weg und sagte ihm nicht, wo er war und was das alles sollte – und wie reagierte er auf den ganzen Wahnsinn? Er frühstückte erst mal in Ruhe! Es war nicht zu fassen. Aber obwohl sich Harry über sein eigenes Verhalten wunderte, fühlte er sich merkwürdig ruhig und ausgeglichen.

Als ihm die Kaffeetasse aus der Hand fiel und scheppernd auf dem Boden zerbrach, starrte er für einige Sekunden auf die Scherben, bevor er in seinem Sessel zusammensackte.

35

Seit zwei Tagen betreute er nun schon den Ferienkurs zum Thema Creative Writing, und bisher hatte keiner seiner Schüler auch nur eine Zeile zu Papier gebracht. Egal, wie sehr Peer auch versuchte, die Aufmerksamkeit auf Drama, Komödie oder Roman zu lenken, es dauerte meist nur fünf Minuten, bis die Jugendlichen wieder über die Morde des Taunus-Rippers sprachen. Ständig tippte jemand auf seinem Handy herum, um die neusten Nachrichten im Internet abzurufen.

»Jana, jetzt leg mal bitte dein Handy weg«, ermahnte Peer die Schülerin streng. Es reichte ihm langsam. »Und das gilt auch für den Rest von euch.«

Jana sah ihn empört an. »Wir haben auf einem Festival ein ganzes Wochenende zusammen gefeiert. Wir waren ein Paar, haben uns geliebt! Und jetzt ist er tot. Das ist unfassbar«, sagte sie mit dramatischer Stimme.

Auch die anderen Schüler waren geschockt, wobei Peer nicht richtig einschätzen konnte, was echte Betroffenheit und was Sensationsgier war. Er hatte die Befürchtung, dass es eine Mischung aus beidem war.

Bis auf Jana schien niemand den toten Tramper gekannt zu haben. Aber die Tatsache, dass praktisch permanent neue oder vielmehr vermeintlich neue Nachrichten zu dem Fall im Netz auftauchten, sorgte dafür, dass die Jugendlichen am laufenden Band auf die Newsportale klickten. Peer hatte dieses Phänomen schon häufiger beobachtet. Wenn irgendwo etwas Schlimmes passierte, ein Terroranschlag oder eine Naturkatastrophe, dann waren einige seiner Schüler fast ständig online und versorgten den Rest der Klasse mit Neuigkeiten. Trotz Handyverbots. Einfach abtun wollte er die Ängste der jungen Leute aber auch nicht. Immerhin war ein Gleichaltriger bestialisch ermordet worden, und er konnte verstehen, dass das die Schüler beschäftigte. Er selbst musste ja auch dauernd an das schreckliche Verbrechen denken. Allerdings aus anderen Gründen als seine Schüler.

»Leute, ich verstehe ja, dass euch die Sache interessiert. Aber es bringt nichts, wenn ihr alle zwei Minuten nachschaut, ob es was Neues gibt.«

»Es hätte jeden von uns treffen können!«, regte sich Jana erneut auf. »Da müssen wir uns informieren. Wir haben Angst, verstehen Sie das nicht? Angst!«

Ja, sie war eine Dramaqueen, so viel stand fest.

»Doch, Jana, es ist furchtbar und ich verstehe, dass ihr über den Fall so viel wie möglich wissen wollt. Aber man darf sich nicht von Angst bestimmen lassen. Du verlierst deine Freiheit, wenn du ständig in Angst lebst.«

»Schnall ich nicht.«

»Nun, es ist zum Beispiel tausendmal wahrscheinlicher, dass du von einem Auto überfahren wirst, als dass du Opfer eines solchen Täters wirst.«

Jana runzelte die Stirn. »Was hat das miteinander zu tun?«

»Na ja, du gehst ja trotzdem ganz normal zur Schule und triffst dich mit deinen Freunden, ohne ständig Angst zu haben, dass du Opfer eines Verkehrsunfalls wirst. Was ich damit sagen will: Dieser Mord ist furchtbar, aber so etwas kommt zum Glück nur recht selten vor. Wenn du aus Angst vor einer solchen Tat nicht mehr trampen willst, würde ich sagen: Gut, das ist die richtige Reaktion. Wenn du aber gelähmt bist vor Angst und nicht mehr in der Lage bist, deinen Alltag normal zu gestalten, dann bist du im Prinzip auch ein Opfer von diesem Typen.«

Für einen Moment herrschte Stille in der Klasse. Die Schüler schienen über seine Worte nachzudenken.

Vielleicht können wir ja jetzt endlich mit dem Kurs anfangen, dachte Peer. Aber gerade, als er das Thema auf den Aufbau eines Romans lenken wollte, meldete sich Jana wieder zu Wort.

»Was mag das wohl für ein Kerl sein?«, sagte sie tonlos. Sie flüsterte fast, wodurch ihre Stimme unheimlich klang.

»Bestimmt irgendein Perverser«, sagte ein Junge aus der letzten Reihe. »Der soll auch die Nutte umgebracht haben. Und jetzt müssen alle Kerle ihre DNS testen lassen.«

»Wollen wir uns nicht mal ans Schreiben machen?«, schlug Peer vor. »Das bringt euch vielleicht auf andere Gedanken.«

Aber die Schüler schienen ihm gar nicht zuzuhören.

»Haben Sie auch eine Vorladung zum Speicheltest bekommen?«, fragte der Junge weiter. »Mein Vater hat Post gekriegt.«

»Sogar mein älterer Bruder muss hin«, warf ein anderer ein.

»Mein Dad nicht«, sagte Jana und setzte einen arroganten Gesichtsausdruck auf.

Der Junge stöhnte auf. »Wir wissen, wie wichtig ihr seid«, sagte er spöttisch.

»Ja, ich werde auch eine Probe abgeben«, erklärte Peer und bemühte sich, mit ruhiger Stimme zu sprechen. »Vielleicht ist dieser ganze Spuk schnell zu Ende.«

»O Gott, Sie werden doch nicht etwa verdächtigt, ein perverser Frauenmörder zu sein!«, sagte Jana mit aufgesetzt hysterischer Stimme. Dann beugte sie sich zu dem Mädchen, das neben ihr saß, und fügte leise kichernd hinzu: »Von dem würde ich mich auch vergewaltigen lassen.«

Die beiden Mädchen kicherten, und Peer bemerkte, dass er wütend wurde.

»Das ist überhaupt nicht lustig, Jana. Ehrlich gesagt ist das ein sehr, sehr dummer Satz. Vielleicht solltest du dich mal mit Opfern von solchen Verbrechen unterhalten, dann wird dir bestimmt nicht mehr der Sinn danach stehen, Witze darüber zu reißen.«

Jana verdrehte die Augen. »Meine Güte, es war nur ein Spruch!«

»Und ein saudämlicher dazu. So, und jetzt möchte ich dieses Thema beenden. Ich bin mir sicher, dass die Polizei den Täter bald finden wird. Spätestens nach dem Speicheltest.«

»Das glauben Sie doch selbst nicht«, regte Jana sich auf. »Das sind alles nur Beruhigungsmaßnahmen. Oder glauben Sie vielleicht, dass der Killer freiwillig zu so einem Test geht?«

»Das weiß ich nicht, Jana. Aber ich möchte dieses Thema jetzt beenden – sagte ich das nicht bereits?« Peer fühlte sich nicht wohl dabei, dass die Schüler die ganze Zeit nur über die Morde sprachen.

Jana funkelte ihn böse an, und man konnte deutlich sehen, wie wütend sie war, von ihrem Lehrer so abgewürgt zu werden. Sie wollte gerade noch etwas sagen, als Peer ihr wieder über den Mund fuhr. »Es reicht jetzt, Jana!«, bellte er laut.

Er wusste, wie streng er klang, und seine Stimme verfehlte ihre Wirkung nicht. Das Mädchen biss sich jedenfalls auf die Unterlippe und wurde rot.

»Wie wäre es, wenn jeder seine Gedanken zu diesem schrecklichen Verbrechen aufschreibt? Was er glaubt, warum dieser Mord passiert ist, was das Motiv des Täters sein könnte, eben alles, worüber wir die letzten zwei Tage gesprochen haben.«

»Sie meinen, als eine Art Krimi?«, fragte ein Junge.

»Krimi, Drama, eine Zusammenfassung – was auch immer. Lasst euch einfach treiben«, antwortete Peer.

Hauptsache, ihr redet nicht mehr die ganze Zeit davon,

fügte er in Gedanken hinzu. Denn er selbst konnte auch kaum noch an etwas anderes denken und fieberte dem Speicheltest inzwischen geradezu entgegen. Dann würde er endlich Gewissheit haben. Morgen früh um elf Uhr sollte er sich auf dem Polizeipräsidium einfinden.

Doch vorher hatte Peer noch etwas vor.

Es war der letzte Tag, den sein Nachbar Philipp an seinem Arbeitsplatz in einem Labor für Umwelttechnologie und Toxikologie verbrachte, bevor seine Frau und sein neugeborener Sohn nach Hause kamen und er in Elternzeit ging. Auf dem Heimweg stattete ihm Peer einen Besuch ab. Er hatte sich per SMS bei Philipp angemeldet, der ihn unten in der Eingangshalle des Instituts begrüßte.

»Was kann ich denn nun so Wichtiges für dich tun?«, fragte Philipp und blickte im gleichen Moment auf die Uhr, die über der Eingangstür hing. »Du kannst dir vorstellen, wie viel ich noch zu tun habe.«

»Sorry, Philipp, ich weiß das wirklich zu schätzen. Ich würde dich auch niemals um diesen Gefallen bitten, wenn es nicht wirklich dringend wäre.« Peer holte ein kleines Fläschchen aus seiner Jackentasche. »Könntest du den Inhalt analysieren?«

Philipp nahm ihm das Fläschchen aus der Hand und hielt es prüfend gegen das Licht. Dann öffnete er es und roch daran. »Was soll das sein?«

»Ein Medikament. Ich habe es im Schlaflabor bekommen und soll es jeden Abend vor dem Einschlafen nehmen. Angeblich ist es ein einfaches Melatoninpräparat, aber …« Er verstummte.

»Aber was?«

»Ich weiß auch nicht. Ich glaube einfach nicht, dass es so harmlos ist, wie die behaupten. Das Zeug knockt mich jedes Mal komplett aus.«

Philipp nickte. »Verstehe. Sie geben dir ein starkes Barbiturat und tun so, als wärst du geheilt und deine Schlafstörungen damit los. Ja, so was soll es geben.«

»Kannst du herausfinden, was da drin ist?«

»Ich kann es versuchen. Aber wahrscheinlich wird die Analyse etwas länger dauern, dann bin ich schon in Elternzeit.«

»Kriegst du es trotzdem hin?«

»Logisch. Ist nicht die einzige Probe, die heute nicht fertig wird. Das fällt keinem Menschen auf. Ich muss die nächsten Tage vermutlich eh noch mal rein.«

»Danke, Philipp. Du hast was gut bei mir.«

»Kannst dich ja mal mit Babysitten revanchieren.«

36

Als Maike Busch am Mittwochmorgen das Polizeipräsidium betrat, staunte sie nicht schlecht. Eine Schlange von bestimmt zwei Dutzend Männern stand im Flur.

»Was ist denn hier los?«, fragte sie den Beamten, der sie unten in Empfang genommen hatte.

»Ein großer Speicheltest. Keine Sorge, hat nichts mit Ihrem Fall zu tun. Folgen Sie mir bitte.«

»Geht es um die schrecklichen Morde?«, fragte Maike.

»Ja, ganz genau. Wir haben in den letzten Tagen in den Medien einen großen Aufruf gestartet. Haben Sie sicher in der Zeitung gelesen. Es geht um die ermordete Prostituierte und den jungen Tramper.«

Maike nickte. Natürlich hatte sie davon gehört, alle in der Umgebung sprachen von der Rückkehr des Taunus-Rippers. Nachdenklich ließ sie ihren Blick über die Schlange der wartenden Männer gleiten. War einer von ihnen der Mörder? Hatte einer von ihnen Spaß daran, Menschen zu zerstückeln?

Ein Schauer lief ihr den Rücken hinunter, als sie daran dachte, dass sie ungefähr in demselben Alter sein musste wie die tote Prostituierte. Einige Männer erwiderten ihren Blick, musterten sie und blickten ihr nach. Die Vorstellung, dass bei einem von ihnen gerade ein blutrünstiger Film im Kopf ablief, in dem sie die Hauptrolle spielte, ließ sie frösteln. Sie folgte dem Beamten durch die Gänge und ließ sich erleichtert auf einen Stuhl fallen, als sie das Büro des ermittelnden Kommissars erreicht hatten.

»Danke, dass Sie noch mal gekommen sind, Frau Busch.«

»Ich dachte, mit der Zeugenaussage wäre alles erledigt?«

»Sie haben uns damit sehr geholfen. Jetzt haben wir allerdings das Obduktionsergebnis vorliegen, außerdem konnten wir die Identität des Toten aufklären. Und da sind uns noch mal ein paar Fragen gekommen.« Der Beamte suchte ein Foto heraus und zeigte es Maike. »Der Tote heißt Tankred Amal und war ein bekannter Drogendealer. Haben Sie ihn schon mal irgendwo gesehen?«

Maike betrachtete das Foto genauer. Es zeigte einen jungen Mann, vielleicht Ende zwanzig, mit dunklen Haaren und Augen. Er blickte finster in die Kamera, aber Maike hatte den Eindruck, als wenn er versuchte, extra böse zu gucken. Um seine Augen waren einige Lachfältchen zu sehen, die verrieten, dass er auch mal fröhlichere Zeiten erlebt hatte.

Sie sah den Beamten an und schüttelte den Kopf. »Nein. Habe ich noch nie gesehen. Wieso sollte ich auch einen Drogendealer kennen?«

Der Beamte zögerte kurz und schien seine Worte mit Bedacht zu wählen. »Nun, Sie sagten uns, dass Sie einen Tag vorher schon mal im See schwimmen waren.«

»Ja, das ist richtig. Und?«

»Die Obduktion hat ergeben, dass der Mann ungefähr zu der Zeit ermordet wurde. Kurz darauf muss die Leiche in den See geworfen worden sein. Der Zersetzungsprozess weist jedenfalls auf diesen Zeitraum hin.«

Maike bemerkte, wie sich ihr der Magen umdrehte.

»Natürlich gibt es immer ein Plusminus von einer Stunde und mehr«, fuhr der Kommissar fort. »Dennoch ist es nicht auszuschließen, dass der Mord ungefähr zu der Zeit begangen wurde, als sie trainiert haben. Beziehungsweise dass die Leiche in diesem Zeitfenster in den See geworfen wurde. Deshalb ist natürlich alles wichtig für uns, was Ihnen vielleicht auch schon am Samstag aufgefallen sein könnte und woran Sie bisher noch gar nicht gedacht haben.«

Die Worte des Kommissars drangen nur noch dumpf zu ihr durch. Ja, sie hatte am Samstag trainiert, auch im See. Mein Gott. Und genau zu der Zeit war ein Mensch ganz in ihrer Nähe umgebracht worden?

»Ist Ihnen irgendetwas aufgefallen? Haben Sie Spaziergänger oder andere Sportler gesehen? Jogger oder Schwimmer?«

Maike atmete tief ein und aus. Sie versuchte sich zu konzentrieren. Am Samstag am See. Sie erinnerte sich, dass sie da nicht nackt geschwommen war. Das tat sie grundsätzlich nur, wenn sie sicher sein konnte, dass sie wirklich allein war. Also war sie nicht allein gewesen? Maike rieb sich über die Arme. Trotz der warmen Temperaturen hatte sie eine Gänsehaut.

»Am Wochenende sind immer viele Spaziergänger da. Meistens bin ich aber deutlich früher am See als die anderen Leute. Aber ich … denke, da war noch jemand, ja.«

Der Kommissar sah sie aufmerksam an und wartete.

Maike kniff die Augen zusammen und versuchte, in ihren Erinnerungen zu wühlen. Sie war nicht allein gewesen, nein, irgendetwas musste sie ja davon abgehalten haben, nackt zu schwimmen. Aber ihr war nichts Ungewöhnliches aufgefallen, sie hatte niemanden direkt gesehen, sonst würde sie sich erinnern. Es muss mehr eine Ahnung gewesen sein, ein Gefühl, dass irgendjemand seinen Hund ausführte oder so. Das reichte Maike in der Regel, um den Badeanzug anzubehalten.

Sie versuchte, jeden einzelnen Moment zu rekonstruieren. Sie war mit ihrem Fahrrad angekommen, hatte es an den Baum gelehnt und erst mal was getrunken. Dann hatte sie sich umgeschaut, ob Spaziergänger in der Nähe waren, um sich dann …

Ruckartig blickte Maike auf. »Ja, da war jemand.«

Plötzlich fiel es ihr wieder ein. Sie hatte es vollständig

vergessen, weil es ihr so normal und belanglos vorgekommen war, aber jetzt sah sie die Szene wieder genau vor sich.

»Da war ein Paar, das zusammen joggte. Obwohl ich sie nur von hinten gesehen habe, bin ich mir ziemlich sicher, dass es ein Mann und eine Frau waren. Von der Statur und von der Größe sahen sie jedenfalls so aus. Ich weiß noch, wie ich dachte, dass die ja ein ganz schönes Tempo drauf haben. Für so einen Waldlauf waren sie ziemlich schnell unterwegs.«

Der Kommissar machte sich eine Notiz. »Können Sie die beiden etwas genauer beschreiben? Was für Kleidung trugen sie?«

»Sportkleidung. Dunkle Laufsachen, würde ich sagen. Eng anliegend und schwarz.«

»Die Haarfarbe?«

Maike schüttelte den Kopf. »Nein. Ich glaube, sie hatten Kappen auf. Jedenfalls kann ich mich an keine Haarfarbe erinnern. Ich habe sie aber auch nur kurz von hinten gesehen, wie sie gelaufen sind. Ich hab die mir ja nicht genau angeschaut.«

»Können Sie was zu der Statur sagen? Die ungefähre Körpergröße? Waren sie dick oder dünn?«

Maike schüttelte den Kopf und seufzte. »Ich war selbst mitten im Training und hab die nur ganz kurz angeschaut.«

Der Kommissar sah sie abwartend an.

»Also dick waren sie nicht«, fügte Maike deshalb hinzu. »Schlanke, sportliche Leute, würde ich sagen. Normal groß, sie vielleicht einen halben Kopf kleiner als er. Aber mehr kann ich dazu wirklich nicht sagen. Glauben Sie, das waren die Mörder?«

»Das weiß ich nicht. Vielleicht sind sie auch wertvolle Zeugen. Dank Ihrer Beobachtung können wir jetzt nach den beiden suchen. Vielleicht haben die beiden ja etwas beobachtet, was uns weiterhelfen könnte.«

Maike nickte. »Verstehe.«

»Fahren Sie eigentlich immer über den Parkplatz am Waldrand, wenn Sie zum See radeln?«

»Ja. Das ist meine Strecke.«

»Erinnern Sie sich noch, ob dort irgendwelche Autos standen?«

»Meinen Sie Sonntag, als ich die Leiche gefunden habe oder den Tag davor?«

»Den Tag davor.«

»Ja. Da parkten ein paar Autos. Aufgefallen ist mir aber nur ein schwarzer Transporter. So ein Kastenwagen. An die Marke kann ich mich aber nicht mehr erinnern. Tut mir leid.«

Der Kommissar machte sich erneut eine Notiz. »Dieses Paar, das Sie im Wald gesehen haben … Haben die Sie eigentlich auch bemerkt?«

Maike starrte den Beamten erschrocken an. »Das … weiß ich nicht.«

Sie brauchte ihn nicht zu fragen, warum er das wissen wollte. Irgendwelche brutalen Mörder könnten sie für eine Augenzeugin halten.

37

Mia holte ihn ab, um ihn zum Präsidium zu begleiten. Wie immer sah sie hinreißend aus, und Peer küsste sie zur Begrüßung. Und wie immer, wenn sie ihn küsste, waren alles Misstrauen und alle Zweifel schlagartig verschwunden. Ihre Berührungen und ihr Duft legten einen Schalter in seinem Gehirn um, und er genoss diese Momente, in denen er fast sorgenfrei war. Dennoch warf er einen Blick auf ihren Hals. Die Kette mit dem Anhänger trug sie heute nicht.

»Bist du nervös?«, fragte Mia, als sie zu seinem Wagen gingen.

»Vielleicht ein bisschen. Aber eigentlich bin ich nur froh, wenn ich endlich weiß, dass es keinen Grund gibt, warum ich mich so verrückt mache.«

»Paranoia kann bei einer Therapie im Schlaflabor durchaus schon mal vorkommen«, sagte Mia einfühlsam. »Alles, was du früher im Schlaf ausgelebt hast, bleibt jetzt ja in dir drin. Das kann sich schon mal aufs Gefühlsleben auswirken.«

»Ich weiß. Aber bei meiner Vorgeschichte … Du verstehst, was ich meine.«

Mia nickte und nahm ihn in den Arm. Ja, sie verstand ihn, das spürte er ganz genau. Sie wusste von der schweren Schizophrenie, unter der sein Vater gelitten hatte. Und sie wusste, wie viel Angst Peer hatte, eines Tages an derselben Krankheit zu leiden. Vielleicht war sie ja sogar schon ausgebrochen? Vielleicht war das die Erklärung für all die Merkwürdigkeiten, die ihm in den letzten Wochen passiert waren?

Als sie das Präsidium betraten, mussten sie sich erst mal in eine lange Schlange stellen. Bestimmt fünfzig Männer standen vor ihm, schätzte Peer.

»Das geht schnell«, raunte Mia ihm zu. »Die müssen ja nur einmal mit so einem Wattestäbchen in deinen Mund, und das war es dann schon.«

Peer blickte an das Ende der Schlange und beobachtete das Prozedere, das gleich auch auf ihn zukommen würde. Wie bei einer Wahl musste jeder seinen Benachrichtigungszettel abgeben und den Personalausweis vorzeigen. Eine Beamtin überprüfte die Daten mit denen in ihrem Ordner und nickte einem anderen Beamten zu, der bereits mit einem Wattestäbchen in der Hand auf seinen Einsatz wartete. Damit strich er einmal im Inneren des Mundes entlang, und die Sache war erledigt. Fast jeder der Männer fragte, wann er über das Ergebnis informiert würde.

»Wenn Sie innerhalb von einer Woche nichts von uns gehört haben, können Sie die Sache als erledigt betrachten«, erklärte der Beamte zum bestimmt zwanzigsten Mal, seitdem Peer da war. »Ihre Daten werden automatisch gelöscht.«

Zum Glück ging es zügig voran. Peer registrierte, dass seine Anspannung stieg. Was sollte er tun, wenn es seine DNS war, die man auf der Leiche der Prostituierten gefunden hatte? Was würde mit ihm passieren? Würde er sofort verhaftet werden? Konnte er noch fliehen, beziehungsweise wollte er das dann überhaupt?

Du hast nichts getan, sagte er sich. Das war alles viel zu verrückt. Er war unschuldig.

Das laute Klingeln von Mias Handy riss ihn aus den Gedanken. Hastig drückte sie den Anruf weg und blickte die Beamten, die jetzt nur noch wenige Meter von ihnen entfernt waren, entschuldigend an. Die nickten nur.

»Sorry«, sagte sie zu Peer. »Mein Boss lässt mich einfach nicht in Ruhe.« Sie tippte etwas in ihr Handy, vermutlich schickte sie dem Professor eine SMS.

Nur noch zwei Männer waren jetzt vor ihm in der Schlange. Als Peer endlich an der Reihe war, musste er noch mal kurz warten, da die beiden Beamten, die bisher die Tests durchgeführt haben, in die Mittagspause gingen und dafür zwei andere kamen. Peer gab seinen Zettel ab und stellte sich vor den Polizisten mit dem Wattestäbchen.

»Machen Sie bitte den Mund auf«, sagte dieser und fuhr ihm kurz darauf an den Mundinnenseiten entlang. »Vielen Dank. Sie werden umgehend von uns benachrichtigt.«

Ich dachte, es dauert eine Woche, ging es ihm durch den Kopf, aber bevor er etwas sagen konnte, zog Mia ihn schon wieder Richtung Ausgang. Wenig später standen sie vor dem Präsidium.

»Ich muss los«, sagte sie. »Der Professor will heute Abend noch an seiner Studie arbeiten. Die Sache mit dem Alzheimermedikament steht wohl kurz vor dem Durchbruch. Du bist morgen Abend wieder im Labor, oder?«

»Ja. Sehen wir uns morgen Nachmittag?«

Doch sie schüttelte zu seiner Enttäuschung den Kopf.

»Das werde ich nicht schaffen.« Sie schlang ihm die Arme um den Hals und küsste ihn, und er spürte, wie echt dieser Kuss war. »Ich muss … dringend ein paar Sachen regeln.«

Nach einem weiteren intensiven Kuss verabschiedeten sie sich.

Peer setzte sich in seinen Wagen und wollte gerade losfahren, als er die beiden Beamten sah, die vor wenigen Minuten die Speichelprobe bei ihm durchgeführt hatten. Sie verließen das Gebäude und stiegen in einen dunklen Kastenwagen.

Komisch, dachte Peer. Hinter ihm waren noch jede Menge Männer in der Schlange gewesen.

Langsam fuhr er an dem Kastenwagen vorbei und stellte zu seiner Verwunderung fest, dass das Kennzeichen mit einer Null anfing. Ein Diplomatenkennzeichen, dachte er und fragte sich, was zwei Beamten vom Polizeipräsidium Limburg in dem Wagen zu suchen hatten.

38

Als Harry wach wurde, saß er immer noch in dem Sessel, in den die hübsche Frau ihn gesetzt hatte. Der ekelhafte Geruch fiel ihm sofort auf, und als er an sich herunterblickte, sah er, dass er sich eingenässt und eingekotet hatte. Wie lange hockte er schon in diesem verfluchten Sessel? Harry blickte auf das Frühstückstablett, das vor ihm auf dem Tisch stand. Die Wurst war eingetrocknet, und als er das Brötchen befühlte, stellte er fest, dass es steinhart war. Einen, vielleicht auch zwei Tage hatte er so gesessen, dachte er und versuchte, seine verstümmelten Hände ruhig zu halten.

Die Entzugserscheinungen waren nun im vollen Umfang da. Er zitterte am ganzen Körper, der Schweiß lief ihm den Rücken hinunter, und ein unbändiger Durst überkam ihn. Die Wasserflasche, die neben der Kaffeekanne auf dem Tablett stand, trank er zur Hälfte aus. Dann atmete er tief durch und versuchte sich zu sammeln.

Was hatten die ihm nur gegeben, um ihn so auszuknocken? Er war zwischendurch schon mal wach geworden, daran konnte er sich erinnern. Wahrscheinlich, als er gepisst hatte. Was immer die ihm auch in den Kaffee gemischt hatten, musste so stark gewesen sein, dass er sofort eingeschlafen war. Das sprach tatsächlich für einen Entzug. Er hatte schon mal davon gehört, dass Abhängige in eine Art Tiefschlaf versetzt wurden, um die körperlichen Entzugserscheinungen zu ertragen. Aber warum zitterte er dann so? Warum kamen die Ärzte nicht und kümmerten sich um ihn? Warum ließen sie ihn hier in seiner eigenen Scheiße sitzen?

Die Krücken standen noch genau da, wo die nette Frau sie hingestellt hatte. Er streckte seinen Arm aus und versuchte, mit der Hand danach zu greifen. Im dritten Anlauf gelang es ihm, und Harry stemmte sich aus dem Sessel. Er musste sich jetzt erst mal waschen. Dieser Gestank war kaum auszuhalten. Im Suff hatte er sich schon häufiger mal in die Hose gepinkelt, aber besoffen hatte ihn das nie so gestört wie jetzt.

Harry sah sich in dem Raum um. Es gab zwar eine Campingtoilette, aber ein Waschbecken konnte er nicht entdecken. Er schluckte und verdrängte den Gedanken, dass es in einem Krankenhaus oder in einer Psychiatrie natürlich ein Badezimmer gegeben hätte.

Mithilfe der Krücken schaffte er es bis zum Eichenschrank. »Wenigstens etwas«, stöhnte er, als er im Inneren einige Stapel Kleidung fand. Waren das alles Schlafanzüge? Sah so aus. Egal, Hauptsache, er konnte sich was Frisches anziehen.

Er schnappte sich eine Hose und ein Oberteil und humpelte damit zurück zum Bett. Zitternd und voller Ekel vor den eigenen Exkrementen zog er sich aus und wischte sich, so gut wie es ging, sauber. Er überlegte kurz, ob er sich mit dem Wasser aus der Flasche waschen sollte, entschied sich aber dagegen. Denn das Gefühl, dass er so schnell kein neues bekommen würde, wurde immer stärker.

Er warf seine schmutzige Kleidung in die Ecke und ließ sich erschöpft aufs Bett fallen. Es hatte keinen Zweck, weiter nach Ausflüchten zu suchen. Er musste der Wahrheit ins Gesicht blicken. Er war gefangen, davon war er felsenfest überzeugt. Und er glaubte auch nicht mehr, dass seine Entführer Gutes mit ihm vorhatten. Vielleicht hatten sie ihm zunächst etwas gegen die Entzugserscheinungen gegeben, aber das war nun vorbei. So wie er jetzt zitterte, wie sich sein Magen krampfte und wie ihm der Schweiß den Körper herunterlief, war er voll auf Turkey.

Und das nicht erst seit ein paar Stunden. Die Tatsache, dass er sich eingeschissen hatte, sprach ebenfalls für Entzugserscheinungen, die gern mit Durchfällen einhergingen.

Okay, dachte Harry und versuchte, seine Atmung zu kontrollieren. Was wollen die von dir? Die beiden Männer im Park ... Kannte er sie irgendwoher? Nein. Definitiv nicht. Aber die Killerin war vor ihnen geflohen. Das war kein gutes Zeichen. Wenn selbst die Frau, die ihn damals hatte abschlachten wollen, vor den Typen davonlief, die ihn jetzt entführt hatten, war er wirklich am Arsch.

»Das macht doch alles überhaupt keinen Sinn!«, schimpfte Harry laut.

Also, noch mal: Wenn die Killerin vor den Typen geflohen war, bedeutete das zwangsläufig, dass die Männer die Guten waren. Oder? Nein, natürlich nicht. Sonst hätten sie ihn nicht in dieses fensterlose Zimmer gesperrt. Sie waren also nicht gut, vermutlich waren sie sogar noch mieser als die Killerin, sonst wäre die ja nicht vor denen abgehauen.

Denk nach, denk nach!

Abrupt setzte sich Harry auf. Natürlich. Die Männer waren die Auftraggeber der Frau. Die hatte ihren Job nicht zu Ende gebracht und war deshalb selbst in Gefahr. Und Harry ... Er schluckte. Er war ein verunglückter Mordanschlag *und* ein unliebsamer Zeuge.

Aber warum hatten die ihn nicht sofort gekillt? Die hätten ihm auch genauso gut eine tödliche Injektion geben können. Hätte doch keiner gemerkt, wenn sie ihn tot aus dem Park gerollt und in einem Waldstück abgeladen hätten. Wen schert schon ein toter Obdachloser?

Womöglich haben die Scheißtypen irgendwas mit dir vor, dachte er, und ihm war sofort klar, dass das nichts Gutes sein konnte.

Du musst hier raus.

Seine Augen suchten die gesamte Einrichtung ab. Früher hatte er jede Tür aufgekriegt, jede beschissene Scheißtür. Eine Büroklammer hatte ihm dafür schon gereicht. Er war der beste Einbrecher im gesamten Taunus gewesen, da würde er es doch wohl schaffen, aus diesem Zimmer zu entkommen.

Leider fehlen dir ein paar Finger, dachte er lakonisch. Egal. Er würde es auch mit den verstümmelten Händen schaffen, davon war er überzeugt. Er brauchte nur das richtige Werkzeug.

Am Schrank fand er nichts, was er hätte gebrauchen können. Auf seinem Frühstückstablett gab es weder Messer noch Gabel. Er stemmte sich auf den Krücken hoch und schleppte sich bis zur Campingtoilette. Vorsichtig ließ er sich davor auf den Boden sinken. Das Klo war aus Kunststoff, aber der Deckel war mit Metallscharnieren befestigt. Die waren allerdings zu groß, um damit ein Schloss zu knacken, das konnte er vergessen. Harry suchte die Toilette weiter ab. Hinten war ein Griff angebracht. Mit dem man konnte eine Klappe öffnen, um den Auffangbehälter zu entleeren.

»Na bitte«, sagte Harry leise und grinste. Hinter der Klappe war ein Eimer. Mit einem schmalen Metallbügel.

Er entfernte den Bügel und steckte ihn in die Schlafanzugtasche. Dann humpelte er zum Tisch zurück. Er musste etwas essen, das war wichtig. Nahrungsaufnahme minderte die Entzugserscheinungen wenigsten etwas, das wusste er aus Erfahrung. Schon als Jugendlicher hatte er das Bedürfnis gehabt, möglichst viel zu futtern, wenn er stark verkatert gewesen war. Pizza, Burger, alles, was fettig und voller Kohlenhydrate war, hatte seinem Körper geholfen, wenigstens einigermaßen auf die Beine zu kommen.

Auch wenn er diese Auswahl an Nahrungsmitteln jetzt nicht hatte, zwang er sich, das harte Brötchen zu essen. Er träufelte etwas Wasser darauf, weil er es mit seinen verbliebenen Fingern nicht schaffte, ein Stückchen herauszubrechen. Die aufgeweichten Stellen kaute er ab, bis er das harte Ding komplett aufgegessen hatte. Sein Kreislauf dankte es ihm, und auch wenn er den Entzug immer noch spürte, wurde das Zittern langsam etwas weniger. Und er brauchte ruhige Hände – unbedingt.

Harry stützte sich zur Tür und sah sich das Schloss genauer an. »Profil-Doppelzylinder«, murmelte er. »Sieht aus wie ein XP2SN.«

Er wusste, dass solche Schlösser als besonders einbruchsicher galten, da sie mit zwölf unabhängigen Schließelementen ausgestattet waren, die sich auf drei Stiftebenen verteilten. Er hatte früher unzählige von ihnen geknackt. Man brauchte zwar etwas länger als für ein normales Schloss, aber eigentlich hatte er damit noch nie ein Problem gehabt. Hoffentlich hatte er sein Handwerk nicht verlernt. Und hoffentlich konnte er es mit seinen verkrüppelten Händen noch ausüben.

»Dann mal an die Arbeit«, sagte er leise und nahm den Metallbügel aus der Tasche.

39

»Alles okay?«, fragte Peer, als ihn Mia am Abend im Schlaflabor verkabelte. »Du siehst irgendwie blass aus.«

»Alles gut«, sagte sie leise, und er wusste sofort, dass etwas nicht stimmte.

Sie befestigte die Kabel an seinem Kopf, blickte einmal kurz in Richtung Kamera und beugte sich dann näher zu ihm herunter. »Wir müssen reden«, sagte sie leise.

»Was ist denn los?«

Aber Mia bedeutete ihm mit ihrem Blick, dass er leise sein sollte. »Morgen früh«, flüsterte sie.

»Morgen ist Freitag, ich hab noch Unterricht und muss früh los.«

»Nur ein paar Minuten …«

Im gleichen Moment wurde die Tür schwungvoll aufgerissen, und Professor Schmoll betrat den Raum. Auch er wirkte irgendwie angespannt, fand Peer.

»Ihre Werte sind gut, Herr Henke«, sagte er. Auf eine Begrüßung verzichtete er. »Lass mich bitte mit Peer allein«, sagte er an Mia gerichtet, und es klang alles andere als freundlich.

Mia gehorchte, ohne Peer oder ihren Chef noch einmal anzuschauen. Was war hier los?

»Ich werde Ihnen für heute Nacht ein neues Präparat geben. Zusätzlich zum Melatonin, versteht sich. Es ist vollkommen harmlos und sollte Sie jetzt, in der Endphase der Therapie, gut auf die Zeit zu Hause vorbereiten.«

»Was ist das für ein Medikament?«

»Es ist ganz neu auf dem Markt und wirkt sich positiv auf Ihr Unterbewusstsein aus.«

»Und wie heißt es?«

Der Professor sah ihn grimmig an. »Warum wollen Sie das wissen? Die Bezeichnung sagt Ihnen sowieso nichts.«

»Ich würde es trotzdem gerne wissen.«

»Fenix 320. Sind Sie jetzt schlauer?«

Warum war der Professor so patzig? War es nicht Peers gutes Recht zu erfahren, was für Medikamente er hier verabreicht bekam?

Während Professor Schmoll den neuen Beutel an den Infusionsständer hing, gingen Peer die Worte von Ricarda Hagen durch den Kopf. *Sie manipulieren dich. Sie verabreichen dir irgendwelche Medikamente, die aus dir eine Marionette machen.* Peer dachte fieberhaft nach. Wenn das wirklich stimmte, was diese Frau alles gesagt hatte, war es höchste Zeit, etwas zu unternehmen.

»So, jetzt läuft alles«, sagte Schmoll zufrieden und kontrollierte noch einmal Peers Venenzugang. »Schlafen Sie gut.«

Das Licht ging aus, und Peer war allein, beobachtet von der Kamera, die wieder die ganze Nacht laufen würde. Verdammtes Mistteil, dachte er. Lief die ganze Nacht, ohne dass er wusste, was es sah. Er spürte, dass die Kamera der Schlüssel zur Wahrheit war. Wenn er die Aufzeichnungen endlich mal zu Gesicht bekam, würde er wissen, was mit ihm passiert war, dann hätte er endlich Klarheit.

Tu so, als wäre alles normal, sagte er sich und rollte sich mit einem tiefen Seufzer auf die Seite. Mit geschlossenen Augen lag er eine Weile ruhig da und versuchte, regelmäßig ein- und auszuatmen. Natürlich konnte er denen nicht vormachen, dass er wirklich schlief. Vielleicht konnte er seine Beobachter täuschen, die Überwachungsmonitore aber nicht. Seine Gehirnfrequenzen würden verraten, dass er noch wach war.

Du darfst nicht so lange warten, dachte er. Sonst schlief er am Ende wirklich ein. Und dann?

Er kuschelte sich in sein Kissen und schob die Hand, in der der Venenzugang steckte, unter die Bettdecke. Peer bemerkte, wie er immer schläfriger wurde. Er musste sich beeilen.

Vorsichtig lockerte er die Nadel etwas und zog sie so weit heraus, dass sie schief in seiner Haut steckte. Nach einem Moment spürte er Feuchtigkeit auf seinem Handrücken. Gut, das Medikament lief nicht mehr in die Vene. Und wenn man ihn kontrollierte, würden sie denken, die Nadel wäre verrutscht.

Jetzt musst du nur noch versuchen, wach zu bleiben.

Bleib wach. Du hast nur wenig von dem Zeug abbekommen, das kann noch nicht reichen. Du musst wach …

40

Die Gestalt lauert hinter einem Baum. Sie ist dunkel gekleidet und beobachtet einen jungen Mann, der verwirrt durch den Wald stolpert.

Ich gehe auf die Gestalt zu und betrachte sie genauer. Ich kenne sie. Sie hat mein Gesicht. Aber bin ich es auch? Wie kann ich es sein, wenn ich die Gestalt doch vor mir sehe? Ich strecke die Hand aus und versuche, dieses andere Ich zu berühren. Aber es gelingt mir nicht. Ich greife ins Leere.

Plötzlich sehe ich, dass die Gestalt etwas in der Hand hält. Es scheint aus Metall zu sein, jedenfalls blitzt es im Mondlicht. Was ist das? Bedrohlich hebt die Gestalt den Arm. Da erkenne ich es. Es ist eine Machete, sauber und glänzend, ich sehe sofort, wie scharf sie ist. Eine tödliche Klinge.

Die Gestalt beobachtet den jungen Mann und folgt ihm, leise und unauffällig, wie ein Jäger, der seiner Beute auflauert. Ich bekomme Mitleid mit dem Jungen, der offensichtlich große Angst hat. Hat er die Gestalt bemerkt? Mehrmals dreht er sich um, ruft in die Dunkelheit, ob da jemand sei. Ich folge den beiden, es scheint, als könnte ich fliegen.

Die Gestalt verbirgt sich erneut hinter einem Baum, und ich nutze die Gelegenheit, um ganz nah an sie heranzutreten. Ich versuche, ihr in die Augen zu blicken. Ich sehe mein Gesicht, aber die Augen, nein, die erkenne ich nicht. Sie sind kalt, irgendwie tot. Sie blinzeln nicht. Und sie bewegen sich auch nur ganz langsam, wie die Glasaugen einer Puppe. Bin das wirklich ich? Die Gestalt erinnert mich an eine Zombie-Ausgabe von mir, an eine Imitation, einem Roboter gleich.

Plötzlich rennt die Gestalt los, folgt dem jungen Mann durchs Unterholz. Ich renne hinterher. Äste knallen mir an die Unterarme, reißen meine Haut auf, peitschen gegen meine Waden. Ich spüre die blutigen Kratzer, sie brennen und schmerzen. Aber mein Zombie scheint nichts zu bemerken. Er rennt lautlos hinter dem Jungen her.

Und schließlich hat er ihn. Hilflos liegt der Junge am Boden, streckt abwehrend seine Arme aus. Vergebens. Mit der Machete holt der Zombie aus. Nein, schreie ich, nein! Aber keiner hört mich. Warum hört mich niemand? Was passiert denn hier?

Peer! Peer, du träumst! Das ist ein Albtraum! Erinnere dich daran, was du mal konntest, was du doch immer noch kannst. Du kannst deine Träume beeinflussen, du konntest es früher, tue es auch jetzt! Lass nicht zu, dass du im Traum zum Mörder wirst, lass nicht zu, dass der Junge stirbt. Wach auf! Leg die Machete weg und wach auf!

Ich will mich auf die Gestalt stürzen, die aussieht wie ich. Ich springe auf ihn und falle. Und falle und falle und falle …

41

Ruckartig schlug Peer die Augen auf. Er war schweißgebadet und zitterte am ganzen Körper. Verwirrt versuchte er, einen klaren Gedanken zu fassen. Er hatte keine Vorstellung davon, wie lange er geschlafen hatte.

Es war vergleichsweise hell im Zimmer, und er erkannte mit einem Blick, dass er nicht in demselben Raum lag, in dem er eingeschlafen war. Die moderne, ganz in Weiß gehaltene Einrichtung fehlte. Zwar war dieser Raum auch durch und durch weiß, aber irgendwie anders.

Vorsichtig setzte er sich auf und sah sich um. Wände und Boden waren weiß gekachelt, es gab keine Fenster, keine Möbel. Merkwürdig. Dafür hingen mehrere Kameras an der Decke. Ihm war sofort klar, dass es nicht lange dauern würde, bis jemand in den Raum stürmte.

Peer warf einen raschen Blick auf seine Hand. Die Infusionsnadel hing immer noch schief in seiner Haut. Gut. Sie hatten also nicht bemerkt, dass er sie etwas herausgezogen hatte.

Neben dem Bett, ungefähr auf Höhe seines Kopfes, stand ein Metallkasten auf einem Tisch. Zwei Kabel waren daran befestigt, an deren Enden jeweils ein Schaumstoffpad hing. Ein Display und mehrere Schaltknöpfe waren vorn am Kasten angebracht. Peer wusste, um was für ein Gerät es sich handelte. Zu oft hatte er es in seinem früheren Leben gesehen. Er erinnerte sich sogar noch an den Namen. Wahrscheinlich würde er den nie vergessen. Es war ein Thymatron. Solche Geräte hatten früher in den Krankenhauszimmern seines Vaters gestanden, wenn dieser zur Elektrokrampftherapie eingewiesen wurde. Sein Vater hatte manchmal stundenlang auf der Bettkante gesessen und den Kasten angestarrt. Und dabei die ganze

Zeit ängstlich »Thymatron, Thymatron, Thymatron« geflüstert, als könnte er die anstehende Behandlung so verhindern.

Peer musste schlucken. War er jetzt tatsächlich an der Reihe? Hatten sie die Schocktherapie bei ihm durchgeführt? Sofort gingen ihm die Worte von Ricarda Hagen durch den Kopf. Sie hatte recht gehabt, die verdammte Irre. Die manipulierten ihn hier. Warum auch immer. Aber jetzt war damit Schluss. Ein für alle Mal.

Gerade als Peer versuchte aufzustehen, stürmten Professor Schmoll und der große dunkelhaarige Pfleger von neulich in den Raum.

»Herr Henke! Was ist denn los mit Ihnen? Warum stehen Sie denn einfach ...« Schmoll kontrollierte als Erstes die Infusionsnadel. »Die sitzt ja gar nicht richtig. Wie konnte ...«

Doch Peer schlug seine Hand weg. »Es reicht!« Er funkelte ihn böse an. »Ich lasse mich nicht länger für dumm verkaufen.«

»Ganz ruhig, Herr Henke, ganz ruhig.« Professor Schmoll machte eine besänftigende Handbewegung, während sich der Pfleger drohend hinter ihm aufbaute. »Niemand will Ihnen etwas. Wir sind hier, um Ihnen zu helfen, das wissen Sie.«

»Hören Sie auf, mich zu verarschen!«, schrie Peer ihn an. Er war außer sich und spürte, wie die Aggressionen in ihm hochkochten. »Warum haben Sie mich mitten in der Nacht in diesen Raum verlegt? Und was macht dieses verdammte Thymatron hier? Ich habe niemals die Einwilligung zu einer Elektrokrampftherapie gegeben, niemals! Das weiß ich ganz genau!«

»Herr Henke.« In der Stimme von Professor Schmoll schwang etwas Vorwurfsvolles mit. »Wir haben keine Elektrokonvulsionstherapie bei Ihnen gemacht. Das geht ohne Anästhesie gar nicht. Es ist richtig, wir haben Sie heute Nacht verlegt, aber das hatte einen ganz simplen Grund. Die Kamera in Ihrem Zimmer ist ausgefallen.«

»Wir hatten neulich schon technische Probleme, erinnern Sie sich?«, warf der Pfleger ein. »Als Sie sich die Aufnahmen anschauen wollten. Schon da zickte das Gerät rum.«

Schmoll nickte. »Wir sind aber verpflichtet, Sie während der Therapie zu beobachten. Das Risiko, dass Sie sich im Schlaf losreißen und selbst verletzen, ist viel zu groß. Wir müssen Sie beobachten. Das ist unsere Pflicht.«

Für einen Moment dachte Peer, dass das plausibel klang. Einerseits. Andererseits …

»Warum haben Sie mich nicht in ein normales Zimmer verlegt? Warum in diesen fensterlosen Raum?«

»Die Technik ist in der gesamten Etage ausgefallen. Nur hier unten im Keller funktionieren die Kameras noch«, erklärte der Pfleger mit sanfter Stimme.

»Ich kann verstehen, dass das für Sie irritierend ist«, sagte Schmoll. »Zumal es während der Therapie immer wieder zu paranoiden Schüben kommen kann. Wir sprachen ja bereits darüber.«

Peer schüttelte den Kopf. Nein, das war ihm alles zu einfach. »Wieso bin ich nicht wach geworden, als Sie mich verlegt haben? Melatonin ist zwar schlaffördernd, aber es betäubt einen nicht so, dass man nicht wach wird, wenn man von einem Stock in den anderen verlegt wird.«

»Bei den einen wirkt es mehr, bei den anderen weniger …«

»Hören Sie auf!«, unterbrach Peer den Professor wütend. »Wo ist Mia? Ich möchte sie sprechen!«

»Das geht im Moment leider nicht. Sie ist mit einem anderen Patienten …«

»Das sind doch alles Ausreden!«

»Kommen Sie, legen Sie sich wieder hin, ich gebe Ihnen etwas zur Beruhigung …«

Der Professor kam auf ihn zu, aber Peer stieß ihn wütend zurück.

»Nein! Ich höre mir das nicht länger an. Hier passiert irgendetwas. Mit *mir* passiert irgendetwas! Und ich werde auch rauskriegen, was.« Er riss sich die Infusionsnadel aus der Hand und sprang auf. »Und jetzt will ich, dass Sie mich hier rausbringen. Und zwar *sofort*!«

Das Lächeln in Professor Schmolls Gesicht war inzwischen eingefroren. Peer spürte, dass er kurz vorm Durchdrehen war, jederzeit bereit, sich mit diesem Tier von Pfleger und dem unheimlichen Professor zu prügeln. Keine Sekunde länger wollte er hier verbringen.

»Haben Sie mich verstanden? Bringen Sie mich hier raus!«, brüllte er.

»Das ist überhaupt kein Problem, Herr Henke. Bitte beruhigen Sie sich. Herr Obermann wird Sie nach draußen begleiten. Wir können morgen alles in Ruhe besprechen. Wir wollen Ihnen helfen, Herr Henke, verstehen Sie? Helfen. Denn Sie wissen schon, dass Ihr Verhalten …« Er verstummte.

»Das mein Verhalten *was*?«, fragte Peer zornig.

»Nun ja, es könnten erste Anzeichen für eine psychische Erkrankung sein, Herr Henke. Aber ich will Sie nicht weiter verunsichern. Wir kriegen das alles in den Griff. Jetzt fahren Sie erst mal nach Hause und ruhen sich aus.«

Nachdem man ihm seine Sachen wiedergegeben und er sich umgezogen hatte, stand Peer auf dem dunklen Parkplatz vor dem Schlaflabor. Die Gedanken rasten durch seinen Kopf. Ricarda Hagen hatte recht gehabt, verdammt noch mal, sie hatte recht gehabt. Es passierte etwas mit ihm. Und er hatte keine Ahnung, was. Er musste unbedingt versuchen, Kontakt mit ihr aufzunehmen. Aber wie?

Peer ging zu seinem Auto, das neben einer schwarzen Mercedeslimousine parkte. Auf der Scheibe prangte ein großer Aufkleber. Sollten das die Umrisse der Klinik sein? Er glaubte schon. Wahrscheinlich gehörte die Bonzenkarre Schmoll höchstpersönlich. Peer stieg in seinen Wagen. Er trommelte mit den Fingern auf dem Lenkrad herum und dachte fieberhaft nach. Wie konnte er Ricarda Hagen erreichen?

Die Mail, schoss es ihm durch den Kopf. Er hatte vor vielleicht zwei Wochen eine Mail bekommen, von der er gedacht hatte, dass sie Spam gewesen sei. Aber wenn er sich recht erinnerte, war es durchaus möglich, dass die Nachricht der erste Versuch von Ricarda Hagen gewesen war, Kontakt mit ihm aufzunehmen.

Peer griff nach seinem Smartphone und loggte sich in seinen E-Mail-Account ein. Wenn er die Mail gelöscht hatte, war sie vermutlich weg. Sein Account behielt gelöschte Nachrichten nicht länger als eine Woche in dem Ordner, dann wurden sie automatisch und unwiderruflich vom Server entfernt. Und tatsächlich, der Ordner »Gelöscht« war leer.

Schnell klickte er zum Spam-Ordner weiter. Normalerweise markierte er jede Mail, die er für Spam hielt, als eben solche, um in Zukunft nicht wieder davon belästigt zu werden. Hatte er es in diesem Fall auch getan? Hektisch scrollte er sich durch den Ordner, bis er sie endlich fand: ricardahagen@hotmail.com.

»Das ist sie.«

Er öffnete die Mail und klickte auf »antworten«. Dann tippte er mit feuchtem Finger: *Bitte melden Sie sich bei mir. Es ist dringend. Gruß, Peer H.*

42

Harry hatte die Schreie ganz genau gehört. »Bringen Sie mich hier raus!«, hatte irgendjemand gebrüllt. So wie es sich angehört hatte, war es ein Mann gewesen. Er konnte nicht weit von Harrys Zelle entfernt sein. Zwar hatte er die Stimme nur dumpf gehört, aber getäuscht hatte er sich auf keinen Fall. Er war also nicht allein hier. Vielleicht gab es noch mehr Leute, die hier unten gefangen waren?

Harry wusste nicht, wie lange er schon versuchte, das Schloss aufzubrechen. Es war viel schwieriger, als er es sich vorgestellt hatte. Der fehlende Daumen seiner rechten Hand war ein echtes Problem. Hinzu kam, dass er auf seinem verbliebenen Bein nicht gut knien konnte, ohne andauernd das Gleichgewicht zu verlieren. Seine Ausgangsposition war also alles andere als gut.

Früher war die goldene Regel immer gewesen, abzuhauen, wenn man nach drei Minuten die Tür nicht aufhatte und drin war. Drei Minuten. Er seufzte. Mehrere Stunden hockte er schon vor diesem Scheißschloss. Ein paarmal hatte er gedacht, dass er es fast geschafft hatte, aber dann hatten seine Hände wieder so stark gezittert, dass es unmöglich gewesen war weiterzuarbeiten.

Versuch es noch mal. Du musst dich konzentrieren, dann schaffst du es. Du musst hier raus!

Er versuchte, mit den verbliebenen Fingern der linken Hand den wichtigen Daumen der rechten zu ersetzen. Der Schweiß lief ihm in Strömen, tropfte von der Stirn auf den Boden und brannte in seinen Augen.

Als er gerade aufgeben wollte, hörte er endlich das befreiende Geräusch, ein metallische Klacken, das ihm signalisierte, dass er es geschafft hatte. Er hatte dieses Geräusch immer geliebt, es war wie ein Startschuss gewesen, ein Zeichen, dass es losgehen konnte. Und genau wie früher setzte mit dem besagten Geräusch der Adrenalinstoß ein, der ihn in eine andere Welt katapultierte. Früher in die eines Fremden, einer unbekannten Familie, eines Junggesellen oder einer Witwe, in private Räume, die ihn eigentlich nichts angingen. Dann hatte er gewusst, dass ihm nur wenig Zeit blieb, um die Wohnung systematisch zu durchsuchen. Immer zuerst ins Schlafzimmer, da die Mehrzahl der Leute ihren Schmuck im Kleiderschrank zwischen der Wäsche versteckte. Dann jede Schublade aufmachen, jedes Kissen umdrehen, jedes Bild von der Wand nehmen. Zack, zack, zack, einpacken, was wertvoll war, und wieder raus, bevor die Nachbarn etwas bemerkten und die Bullen auftauchten.

Das Gefühl, das er jetzt empfand, war ähnlich. Nur mischte sich zu dem Adrenalin noch eine gehörige Portion Angst. Denn früher hatte er abhauen können, wenn die Bullen kamen. Heute war er vollkommen hilflos.

Leise öffnete Harry die Tür. Es war nicht ausgeschlossen, dass ein Alarm ausgelöst wurde, wenn er das Zimmer verließ. Aber zu seiner Erleichterung passierte nichts dergleichen, sodass er auf seine Krücken gestützt den Flur betreten konnte.

Er sah sich um. Er stand in einem langen, düsteren Gang, der nur schwach beleuchtet wurde. Das Neonlicht an der Decke flackerte und machte ein brummendes Geräusch, als könnte es jederzeit den Geist aufgeben. Zur linken Seite endete der Flur nach vielleicht zwanzig Metern. Bis dahin konnte er auf jeder Seite drei Türen zählen. In die andere Richtung war der Gang ähnlich lang, allerdings gingen von hier nur zwei Türen in jede Richtung ab.

Von wo waren die Schreie gekommen?, überlegte Harry.

Von rechts, glaubte er, ohne es sicher zu wissen. Sollte er in die Richtung gehen und versuchen, gemeinsam mit dem anderen Mann zu flüchten? Er könnte Unterstützung gebrauchen, ein Krüppel wie er war schließlich leicht wieder einzufangen. Andererseits hätte der Typ wohl kaum so gebrüllt, wenn er allein gewesen wäre. Die Leute, die ihn festhielten, waren ganz in der Nähe. Und dass sie nichts Gutes wollten, davon war er inzwischen überzeugt.

Also links, beschloss er und versuchte, so leise wie möglich den Flur entlangzuhumpeln. Mit den Krücken war es besonders schwierig, keine verdächtigen Geräusche zu machen, weshalb Harry nur langsam vorwärtskam.

Vor der ersten Tür auf der linken Seite blieb er stehen. Er kontrollierte seine Atmung. Cool bleiben!, sagte er sich. Dann hielt er das Ohr an die Tür und lauschte. Bis auf das Klopfen seines Herzens konnte er nichts hören. Ganz langsam und vorsichtig drückte er die Klinke hinunter.

Nichts.

Die Tür war verschlossen.

Hoffentlich ist das nicht bei jeder Tür so, dachte er. Die Vorstellung, noch einmal stundenlang ein Schloss zu knacken, ließ ihn kurz verzweifeln. Das würde er nicht schaffen, das wusste er ganz genau. Sie würden ihn vorher finden.

Langsam schleppte er sich weiter. Er spürte, wie die Kraft in seinen Armen nachließ. Es war wahnsinnig anstrengend für ihn. Ein Entzug war normalerweise schon eine extreme körperliche Belastung, aber verbunden mit den Strapazen seiner Flucht stieß er langsam, aber sicher an die Grenzen seiner Kraft.

Erschöpft lehnte er sich an die nächste Tür und horchte erneut. Wieder war nichts zu hören. Er drückte die Klinke hinunter … Nichts. Sie ließ sich genauso wenig öffnen wie die andere.

Bei der nächsten war es dasselbe, genau wie bei den übernächsten, der fünften und sechsten. Harry standen die Tränen in den Augen, als er vor der vorletzten Tür in diesem Flurabschnitt angekommen war. Er konnte nicht mehr, es würde nicht mehr lange dauern, und er würde zusammenbrechen.

Als er die Klinke herunterdrückte, ließ sich die Tür zu seiner Überraschung kinderleicht öffnen. Harry wäre vor Freude fast in Tränen ausgebrochen. War das der Ausgang? Kam er hier jetzt endlich raus?

Er blinzelte in den dunklen Raum hinein. Auch hier schien es keine Fenster zu geben, jedenfalls konnte er nichts erkennen. Vorsichtig tastete er die Wand ab. Es musste doch einen Lichtschalter geben! Er brauchte einen Moment, bis er ihn gefunden hatte und ein gelbliches Licht flackernd ansprang.

»Scheiße«, entwich es Harry, als er sah, dass der Raum keine weitere Tür hatte und somit auch nur eine Sackgasse war. An den Wänden waren Metallschränke angebracht, mit großen Klappen vorne dran. Sie erinnerten Harry irgendwie an …

»Kühlfächer«, murmelte er tonlos und spürte, wie sein Herz immer heftiger schlug. Verdammte scheiße, ja, das waren Kühlfächer. Die kannte er aus dem Fernsehen. War er also doch in einem Krankenhaus? Hatte nicht jede Klink im Keller Kühlfächer, um die Leichen aufzubewahren?

Mit zitternden Händen öffnete Harry eines der Fächer. Im nächsten Moment biss er sich auf die Lippen und versuchte, einen Schrei zu unterdrücken. Da war jemand drin. Eindeutig. Daran gab es keinen Zweifel.

Langsam umfasste er den Griff am Kopfende der Bahre, die in dem länglichen Fach steckte. Kühle Luft strömte ihm entgegen, als er sie langsam herauszog.

Erschüttert blickte er auf den Leichnam, der vor ihm lag. Es war eine hübsche junge Frau – wie alt mochte sie sein? Zwanzig? Höchstens. Sie hatte wunderschöne lange rot gewellte Haare, die bis auf ihre schneeweißen Schultern fielen. Die Tote war nackt, und Harry konnte erkennen, wie mager die junge Frau war. Die Rippen zeichneten sich unter der Haut ab, und die Hüftknochen ragten hervor.

»Arme Kleine«, flüsterte er und strich ihr über die Haare. »Wer hat dir das nur angetan?«

Sein Blick wanderte über ihren Oberkörper, der von blauen Flecken übersät war. Brust, Bauch, Arme und Oberschenkel sahen aus, als hätte jemand die Frau als Boxsack missbraucht. Einzig das Gesicht und die Beine von den Knien abwärts waren verschont worden. Blut schien in den Bauchraum geflossen zu sein, jedenfalls war die Bauchdecke schwarz verfärbt. Harry hatte keinen Zweifel daran, dass irgendjemand die Frau totgeschlagen, sie systematisch verprügelt hatte, bis sie gestorben war. Ihr unversehrtes Gesicht wirkte im Gegensatz zu dem misshandelten Körper engelsgleich. Sanft sah es aus, als hätte es keine Schmerzen erlebt.

Mit einem Seufzer schob Harry die Bahre wieder zurück in das Kühlfach. Er hatte nicht das geringste Interesse daran, in die anderen Fächer zu gucken. Die Vorstellung, von Leichen umgeben zu sein, ließ ihn erschaudern.

Raus hier, nur raus.

Der Anblick der Toten ließ ihn seine letzten Kräfte mobilisieren. Es musste einen Ausgang geben. Und er würde ihn finden. Denn sonst würde er bald neben der hübschen Rothaarigen liegen, davon war er überzeugt.

Harry checkte die letzte Tür in diesem Gangabschnitt. Sie war ebenfalls unverschlossen. Vorsichtig betrat er auch diesen Raum, machte Licht an und stellte enttäuscht fest, dass es schon wieder nicht der Ausgang war. Diesmal schien er in einer Art Archiv gelandet zu sein. In den Regalen standen unzählige DVDs, beschriftet mit Namen und Daten. Hier kam er auch nicht weiter.

Also die andere Flurseite, von seinem Zimmer abgehend. Er konnte nur hoffen, dass er dort nicht auf seine Entführer treffen würde.

Du hast eh keine Alternative.

Entschlossen humpelte Harry los. Zwei Türen auf jeder Seite. Eine davon musste der Ausgang sein, davon war er überzeugt.

Die erste Tür – verschlossen.

Aber die zweite Tür ließ sich öffnen.

Und plötzlich stand Harry vor einer Treppe, die nach oben führte.

43

Als er zu Hause angekommen war, hatte er nicht mehr schlafen können. Inzwischen war die Sonne aufgegangen, und Peer starrte ungeduldig auf sein Handy. Warum meldete sich die Frau nicht? In zwei Stunden musste er zum Ferienkurs in der Schule sein, der letzte Unterricht für diese Woche, morgen war zum Glück Samstag. Aber bevor er zur Schule fuhr, wollte er unbedingt mit Ricarda Hagen sprechen.

Das Geräusch einer eingehenden SMS ließ ihn aufschrecken.

Ich muss dich sehen. Mia.

Peer seufzte. Mia. Er wusste nicht, welche Rolle sie in diesem Spiel spielte. Er wusste ja noch nicht mal, welches Spiel überhaupt gespielt wurde. Eben, als er im Keller wach geworden war, war sie nicht da gewesen. War das ein gutes Zeichen? Hatte sie mit der ganzen Sache vielleicht gar nichts zu tun?

Peer wusste selbst, wie unwahrscheinlich das war. Er dachte daran, wie Mia es in den letzten zwei Wochen immer wieder geschafft hatte, jeden Zweifel, der in Peer aufgekommen war, im Keim zu ersticken. Wie hatte sie das geschafft?

Indem sie dafür gesorgt hat, dass du durch die Hose denkst, ging es ihm durch den Kopf. Seine Laune wurde immer schlechter. Natürlich! Jetzt fiel es ihm wie Schuppen von den Augen. Immer, wenn er Fragen zu *Somnia* gestellt hatte, etwas über die Studie hatte wissen wollen oder Kontakt zu Ricarda Hagen gehabt hatte, war Mia bei ihm aufgetaucht und hatte sich regelrecht an seinen Hals geworfen. Verdammt, warum war ihm das nicht eher aufgefallen? Nicht nur Schmoll hatte ihn mit seinen dubiosen Medikamenten und Elektroschocks manipuliert, auch Mia hatte es getan. Indem sie an seine Gefühle und an seine Libido appelliert hatte. Aber warum? Was genau hatte sie vor? Was hatte *Somnia* vor?

Dass er Mia nicht mehr trauen konnte, machte Peer schwer zu schaffen. Er hatte sich ernsthaft in sie verliebt, wollte ihr vertrauen, ihr glauben und beim besten Willen nicht wahrhaben, dass sie aus reiner Berechnung mit ihm angebandelt hatte. Verdammte Scheiße! Da traf er einmal eine tolle Frau, und dann …

Sein Blick wanderte durch den Raum. Ricarda Hagen hatte ihm vor ein paar Tagen gesagt, seine Wohnung sei verwanzt. Im Keller war ein WLAN-Router, der das ganze Haus mit Internet versorgte. Hatte Phil nicht neulich zu ihm gesagt, dass Mitarbeiter von der Telekom im Keller gewesen waren? Unangemeldet und nicht bestellt?

Und wenn das gar keine Telekomleute gewesen waren? Wenn die zu *Somnia* gehört hatten? Vielleicht wurde sein Telefon wirklich abgehört, vielleicht hatten sie seinen Internetzugang manipuliert, und das war der Grund, warum sein Computer dauernd abstürzte, wenn er etwas recherchieren wollte. Er guckte auf sein Smartphone. G3 stand oben rechts im Display. Es hatte sich also nicht ins Haus-WLAN eingewählt.

Eine weitere SMS von Mia traf ein: *Bitte melde dich bei mir. Es ist dringend.*

Peer zögerte. Sollte er sie anrufen? Im Moment war er viel zu durcheinander, als dass er mit ihr hätte sprechen können. Also ließ er es bleiben.

Da er seinen Computer nicht benutzen wollte, aus Angst, dass dieser ausgespäht wurde, ging er über sein Smartphone ins Internet und gab verschieden Wortkombinationen in die Suchmaschine ein. »Somnia manipuliert Patienten«, »Somnia Naher Osten«, »Somnia kriminell« – aber bei keiner seiner Suchanfragen gab es auch nur einen einzigen Treffer. Es kam ihm fast so vor, als wäre *Somnia* aus dem Internet gelöscht worden. Bis auf die offizielle Homepage konnte er nichts finden.

Dann hatte er eine Idee. Er gab »Fenix 320« in die Suchmaske ein. Das war der Name des neuen Medikaments, das Schmoll ihm durch den Infusionsbeutel verabreicht hatte.

Gleich der erste Artikel dazu verschlug Peer den Atem.

Bei Fenix 320 handelt es sich um eine Weiterentwicklung der vermeintlichen Wunderpille Pervitin, die vor allen Dingen im Zweiten Weltkrieg zum Einsatz kam. Als Deutschland 1940 seinen groß angelegten Westfeldzug begann, waren die Soldaten scheinbar nicht zu stoppen. Bis zu sechzig Kilometer marschierten die Infanteristen am Tag, dank Pervitin, einem Metamphetamin mit einer ungeheuer aufputschenden Wirkung. 35 Millionen Tabletten wurden allein für den Frankreich-Feldzug benötigt. Zehn Stunden hält die Wirkung von Pervitin an, das gegen Kälte und Angst hilft, aber leider auch massive Nebenwirkungen wie Wahnvorstellungen und Herzprobleme hat.

Fenix 320 sollte dagegen weitestgehend nebenwirkungsfrei sein und trotzdem über die positiven Eigenschaften des herkömmlichen Pervitin verfügen. Das glaubte jedenfalls die US-Army, die das Mittel im zweiten Golfkrieg an ihre Soldaten ausgab. Da es aber auch hier Spätfolgen wie Psychosen und Herzschäden gab, wurde die Produktion dieses Mittels 2004 eingestellt.

Er starrte minutenlang ins Nichts. Das Zeug hatte Schmoll ihm verabreicht? Peer war davon überzeugt, dass er dieses Medikament letzte Nacht nicht zum ersten Mal bekommen hatte. Schon vor Tagen war ihm aufgefallen, dass zwei unterschiedliche Flüssigkeiten durch seinen Infusionsschlauch flossen. Aber was bewirkte das bei ihm?

Hektisch klickte er sich weiter, um mehr Informationen über die Droge zu bekommen. Sie sei dem körpereigenen Adrenalin nahe, las er, ließe die Versuchspersonen mutiger, aggressiver und männlicher auftreten. Als Nebenwirkung wurde neben Herzrasen, Psychosen und Wahnvorstellungen auch Migräne genannt.

Aber wie hatten die ihm so ein Mittel verabreichen können, ohne dass er wach geworden war? Er hatte im Schlaflabor immer super geschlafen – wie passte das zusammen?

Ein Signalton zeigte den Eingang einer neuen Mail an. Ricarda Hagen hatte sich gemeldet: Werde im Laufe des Tages Kontakt mit Ihnen aufnehmen. R.

Wenigstens etwas. Vielleicht würde er dann endlich Klarheit bekommen. Er schaute auf die Uhr und beschloss, dass er um sieben Uhr morgens durchaus schon bei Philipp klingeln konnte. Wer einen Säugling hatte, musste um die Uhrzeit längst wach sein.

Als er an Philipps Wohnung vorbeikam, hörte er den kleinen Ben weinen. Deutlich waren Schritte zu hören, jemand schien mit dem Säugling im Flur auf und ab zu gehen. Leise klopfte er an die Wohnungstür.

»Philipp? Ich bin‘s. Peer.«

Kurz darauf stand ihm sein Nachbar gegenüber. Er sah übermüdet und gestresst aus und wiegte den Säugling auf dem Arm.

»Jetzt sag nicht, er ist zu laut! Wir haben deine Albträume Ewigkeiten ertragen, da wirst du dich bitte nicht jetzt schon beschweren, nur weil der Kleine mal … Wie spät ist es überhaupt? Ich hab die ganze Nacht nicht …«

»Ist das Ergebnis von der Probe schon da?«, unterbrach ihn Peer.

»Äh, was?« Philipp legte sich den Säugling über die Schulter und klopfte ihm sanft auf den Rücken. »Ja. Ist gestern Abend gekommen. Ich hätte dir das Ergebnis heute gebracht. Also ein normales Melatoninpräparat ist das nicht.«

»Sondern?«

»Melatonin ist zwar auch drin, aber vor allem ist eine ordentliche Ladung Propofol dabei.«

»Was ist das?«

»Das ist das Zeug, mit dem sich Michael Jackson abgeschossen hat. Ein Narkosemittel, gilt eigentlich als extrem gut steuerbar. Und du schläfst damit wie ein Baby. Allerdings …«

»Moment mal. Die haben mir ein Narkosemittel gegeben?«

»Ja. Keine Sorgen, in der Dosis wäre dir so was wie bei Michael Jackson nie passiert. Aber für einen tiefen Schlaf ist es natürlich eine feine Sache. Vielleicht sollte ich dir das auch mal geben …« Philipp sah seinen kleinen Sohn verzweifelt, aber dennoch liebevoll an. »Außerdem habe ich in deiner Probe auch noch Lysergsäurediethylamid gefunden«, fügte er noch hinzu.

»Was ist das?«

»Es ist besser bekannt unter dem Namen LSD. Warum du das gegen deine Schlafstörungen bekommen hast, ist mir überhaupt nicht klar. Für mich hört sich das wie eine Mischung an, die stark bewusstseinstrübend sein könnte – und damit nicht ungefährlich. Aber ich bin natürlich kein Mediziner.«

Ben machte ein Bäuerchen, und in dem Moment huschte ein Strahlen über Philipps Gesicht.

»Endlich! Endlich! Geht es jetzt besser, kleiner Schatz? Können wir jetzt wieder schlafen gehen? Gott sei Dank. Endlich Ruhe.«

»Sagt dir Fenix 320 etwas?«, fragte Peer weiter.

»Leider nein.«

»Pervitin?«

»Ja, klar. Das haben doch die Nazis alle geschluckt. Das habe ich in dem Präparat aber nicht gefunden. Warum fragst du?«

»Was würde passieren, wenn ich es zusätzlich genommen hätte? Zu dem Medikamentencocktail, den ich eh schon intus hatte, meine ich.«

Philipp zuckte mit den Schultern. »Ich bin Biochemiker, kein Mediziner. Grundsätzlich ist Pervitin ja nichts anderes als Chrystal Meth. Wenn du das Zeug zusammen mit LSD nimmst, wirst du wahrscheinlich zu einer Art Zombie oder so. Ich erinnere mich an einen Fall aus den USA, da hat sich ein Typ am helllichten Tag auf einen wildfremden Mann gestürzt und versucht, ihm das Gesicht abzufressen.«

Peer nickte. »Ja, davon haben mir meine Schüler erzählt.«

»Der Spinner hatte jedenfalls LSD und Meth genommen. Gut ist die Mischung also nicht.«

»Und in Verbindung mit dem Propofol?«

Philipp schüttelte den Kopf. »Peer, das ist eine völlig irre Kombination. Ich hab keine Ahnung, was passiert, wenn man das schluckt. Vielleicht läufst du schlafend Amok. Irgendwelche Spinner haben so was vielleicht mal ausprobiert, aber ich würde es dir nicht empfehlen.«

»Warum könnten die mir so eine Mischung wohl geben?«, wollte Peer nachdenklich wissen.

»Haben sie ja nicht. Amphetamine habe ich gar nicht gefunden. Die Sache mit dem Fenix hast du ja nur behauptet.«

Habe ich nicht, dachte Peer, sagte aber nichts.

»Die Menge, von der ich Lysergsäurediethylamid in der

Probe gefunden habe, war relativ gering. Ich glaube nicht, dass das für einen krassen Trip gereicht hätte. Es ist eher eine Größenordnung, die den Körper langsam an den Konsum gewöhnen würde. Also keine Sorge, die haben dich jetzt nicht total mit Drogen vollgepumpt. Trotzdem ist es natürlich eine Frechheit. Gerade wegen des Propofols. So zu tun, als wäre deine Schlafstörung behoben, aber in Wirklichkeit wirst du mit so einem Mittel in den Tiefschlaf gelegt. Das ist nicht korrekt, mehr noch, das ist auch verboten. Du kannst die Leute anzeigen. An deiner Stelle würde ich ernsthaft darüber nachdenken.«

»Gibt es eine medizinische Indikation für diese Mittel?«

»Also fürs Propofol fällt mir keine ein. Fürs LSD schon.« Philipp unterdrückte ein Gähnen. »Psycholytische Psychotherapie nennt sich das. Da kann LSD schon mal zum Einsatz kommen. Aber das ist echt nicht mein Fachgebiet. Ich bin kein Arzt.«

Peer bedankte sich und ging zurück in seine Wohnung. Sie hatten ihm also Medikamente gegeben, die sein Bewusstsein verändern konnten. Wenn sie zusätzlich noch zu Hypnose und Elektrostimulation gegriffen hatten, konnten sie ihn womöglich tatsächlich nach Belieben manipulieren, ohne dass er etwas davon bemerkte. Peer war fassungslos. Sie hatten seine massive Schlafstörung ausgenutzt, sein Bewusstsein medikamentös verändert und ihn unter Hypnose irgendetwas machen lassen, woran er sich hinterher nicht erinnern konnte. Und wenn er zu Hause übernachtete, bekam er eine ordentliche Portion Propofol und schlief tief und fest wie ein Baby, ohne unter den Nebenwirkungen der Drogen zu leiden.

Wow. Das war wirklich krass.

Peer lehnte sich gegen die geschlossene Wohnungstür. Sein Herz raste, und für einen Augenblick überlegte er, ob vor Aufregung oder weil er nun doch Nebenwirkungen verspürte. Oder bekam er grade einen Herzinfarkt? Gesund konnten die ganzen Präparate mit Sicherheit nicht sein, die er wochenlang verabreicht bekommen hatte.

Als Erstes musste er bei der Schule anrufen und sich krankmelden. Unter gar keinen Umständen wollte er in dieser Verfassung vor seine Schüler treten. Mussten sie den Kurs mit der Parallelklasse eben zusammenlegen, das sollte ja wohl mal für einen Tag gehen. Zu seiner Verwunderung reagierte die Sekretärin merkwürdig distanziert auf seine Krankmeldung. Egal, um die Befindlichkeiten von Frau Kramer konnte er sich beim besten Willen nicht kümmern.

Entschlossen nahm er sein Handy und wählte Mias Nummer. Sie hatte ihm die Infusion gegeben, sie hatte ihn nachts überwacht, sie musste wissen, was man mit ihm angestellt hatte. Und wenn nicht alles gelogen war, was sie zu ihm gesagt hatte, wenn Gefühle und Leidenschaft nicht nur gespielt gewesen waren, dann würde sie ihm jetzt vielleicht reinen Wein einschenken.

Schon nach dem ersten Klingeln ging sie ran. »Peer, endlich, ich muss mit dir reden.«

»Du musst mir vor allen Dingen einiges erklären, würde ich sagen!« Er nahm zur Kenntnis, wie aggressiv seine Stimme klang. »Willst du mir vielleicht mal erzählen, was ihr nachts mit mir angestellt habt?«

Mia schwieg für eine Weile. »Peer … ich …«

»Was sind das für Medikamente, die ihr mir gegeben habt? Oder soll ich besser *Drogen* sagen?«

Wieder herrschte für einen Moment Stille. »Ich kenne die genaue Zusammensetzung nicht«, sagte sie leise.

»Mia! Verdammt. Sei endlich ehrlich zu mir!« Peer bemühte sich, seine Stimme unter Kontrolle zu halten. »Ich weiß, dass etwas mit mir passiert«, fügte er etwas gedämpfter hinzu. »Was immer es auch ist, es ist nicht gut. Denn ihr macht das ohne mein Einverständnis. Das ist verboten, das ist eine Form von Missbrauch, von Freiheitsberaubung, von Körperverletzung, von ich weiß nicht was alles noch. Sag mir, was passiert ist!«

»Peer, beruhige dich erst mal. Ich kann dir am Telefon nicht …«

»Doch! Kannst du. Also sag es mir. Und zwar sofort!«

»Können wir uns treffen? Jetzt?«

»Sag mir erst …«

»Nein, bitte, nicht am Telefon. Wir können uns …«

»Und dann? Fällst du mir wieder leidenschaftlich um den Hals? *Fickst* du wieder mit mir, damit ich auf andere Gedanken komme?« Giftig presste er die Worte heraus, spuckte sie fast in den Hörer.

Mia schien schockiert. »Ich habe dir nie etwas vorgespielt«, sagte sie leise. Weinte sie?

Das Schluchzen am anderen Ende der Leitung ließ ihn innehalten. Die Wut verrauchte ein wenig. Tat er ihr gerade unrecht?

»Okay. Treffen wir uns. In einer Stunde im Café Sahneweiß.«

»Gut. Peer?«

»Was?«

»Ich liebe dich.«

Statt einer Antwort drückte Peer das Handy aus.

44

Harry hatte sich mühevoll die Treppe nach oben gekämpft, bis er zu einer Tür gekommen war, die sich öffnen ließ. Eine neue Etage. Wieder stand er in einem langen Flur, diesmal war es aber wenigstens nicht mehr so dunkel. Etwas Tageslicht fiel durch die schmalen, vergitterten Fenster, die an der linken Wand zu sehen waren. Menschen oder wenigstens menschliche Geräusche vernahm er nicht.

Bevor Harry den Flur betrat, sah er sich die Wände genau an. Gab es hier Kameras, Bewegungsmelder oder andere Überwachungsfunktionen? Seine langjährige Erfahrung als Einbrecher hatte ihn vorsichtig werden lassen, und bei allem, was er in diesem merkwürdigen Gebäude erlebt hatte, war Vorsicht auch mehr als angebracht.

Harry spürte, dass er eine Pause brauchte. Er musste etwas essen, vor allen Dingen aber trinken, sonst würde er bald zusammenklappen. Er schleppte sich zur ersten Tür, hinter der sich ein Bettenlager befand, wie er mit einem Blick feststellte. Bestimmt zehn Krankenhausbetten standen in dem Raum, alle sorgfältig mit weißer Plastikfolie abgedeckt. Eine ungeheure Lust überkam ihn, sich einfach in eines der Betten zu legen und zu schlafen.

»Reiß dich zusammen«, ermahnte er sich und konzentrierte sich wieder.

In der linken Ecke des Zimmers war ein Waschbecken an der Wand angebracht. Wasser, Gott sei Dank! Eilig humpelte Harry dorthin, drehte den Wasserhahn auf und trank gierig. Er spritzte sich noch etwas ins Gesicht, um wieder richtig wach zu werden. Dann hängte er sich ein weiteres Mal unter den Hahn und trank, bis sein Durst gelöscht war. Erst jetzt fühlte er sich besser.

Als er den Wasserhahn wieder zudrehte, zuckte er erschrocken zusammen. Waren das Schritte? Ging da jemand den Flur entlang? Verdammt, ja, es hörte sich so an! Was sollte er tun, wenn jemand in den Raum kam? Wo konnte er sich verstecken?

Panisch sah sich Harry im Raum um. Keine Tür, keine Schränke, bis auf die Betten war das Zimmer leer. Sollte er sich einfach in eines legen? Unter der Plane würde man ihn vermutlich nicht sehen können. Und wenn doch? Gab es irgendetwas, womit er sich verteidigen konnte?

Harry sah an sich herunter. Die Krücken ... nein, ein Krüppel wie er würde sich niemals mit einer Krücke verteidigen können. Außer dem schmalen Metallgriff der Campingtoilette hatte er aber nichts anderes bei sich.

Er hörte, wie die Schritte immer näher kamen. Harry hatte keine andere Wahl. Er stürzte sich, so schnell es ihm nur möglich war, zum anderen Ende des Raumes. Er wollte sich im hintersten Bett verstecken, je weiter weg von der Tür, desto besser. Hektisch hob er die Plastikplane an und kroch darunter. Im letzten Augenblick zog er noch die Krücken zu sich, da hörte er, wie die Tür geöffnet wurde.

Harry bemühte sich, so flach wie nur möglich zu atmen. Du darfst kein Geräusch machen, ging es ihm durch den Kopf. Sie durften ihn nicht finden.

»Was ist das denn für eine Sauerei?«, hörte er eine Männerstimme murmeln.

Das Wasser, ging es ihm durch den Kopf. Natürlich hatte er beim Trinken Flecken auf dem Boden hinterlassen. Verdammt! Warum hatte er nicht besser aufgepasst?

Der Mann murmelte noch irgendetwas, das Harry nicht verstand, dann hörte er Geräusche, die so klangen, als würde er versuchen, eines der Betten aus dem Zimmer zu schieben. Ein Piepsen erklang, dann ein Rauschen. War das ein Handy? Der Mann hielt inne, es klapperte. Nein. Harry erkannte das Geräusch. Es war ein Walkie-Talkie oder ein Funkgerät, jedenfalls kein Handy. Aber warum benutzte der Unbekannte so etwas? Harry dachte an Paules Worte: weil er sichergehen will, dass er nicht abgehört wird.

»Ja?« Die Stimme des Mannes klang genervt.

»Der Penner im Keller«, hörte Harry eine blecherne Stimme aus dem Walkie-Talkie sagen. »Wir brauchen ihn nachher.«

»Ich dachte, er soll noch …«

»Es gab Veränderungen. Er muss heute ran.«

»Soll ich ihn betäuben?«

»Ja. Verpass ihm eine kleine Ladung, nicht zu viel, er soll später noch reagieren können. Mach es am besten sofort. Wir holen ihn später hoch.«

»Geht klar.«

Das Walkie-Talkie wurde ausgeschaltet.

Harry spürte, wie er zu zittern begann. Bleib ruhig, ermahnte er sich, bleib ruhig. Sobald er zitterte, bewegte sich die Plastikfolie, und das konnte der Pfleger womöglich hören! Aber Harry konnte das Zittern kaum kontrollieren.

Er hörte, wie ein Bett aus dem Raum geschoben wurde und sich die Schritte auf dem Boden entfernten. Harry unterdrückte ein Seufzen. Der andere schien ihn nicht bemerkt zu haben. Vielleicht kam er hier ja doch noch mit heiler Haut aus diesem Irrenhaus, vielleicht hatte er Glück und würde das alles überstehen!

Doch dann kamen die Schritte zurück.

»Ist hier jemand?«, sagte eine skeptische Männerstimme in den Raum hinein.

Für einen Moment herrschte Totenstille.

»Das sind doch Fußspuren«, hörte Harry den anderen Mann murmeln. »Was ist denn …«

Verdammter Mist, dachte Harry. Er musste durch die Wasserlache gehumpelt sein, als er sich hatte verstecken wollen. Was zur Hölle sollte er tun, wenn der Typ ihn in seinem Versteck entdeckte? Der würde ihn umbringen, so viel war Harry klar. Aber er würde hier nicht liegen bleiben und darauf warten, dass dieser Kerl ihn tötete. Nein, diesmal würde er sich zu Wehr setzen, diesmal würde er kämpfen!

Nur wie?

Du musst ihn überraschen. Du musst schneller sein als er.

Harry griff nach dem Metallbügel, den er in der Hosentasche vergraben hatte, und zog ihn vorsichtig heraus. Er hörte, wie die Schritte näher kamen, und spürte, dass seine Hände immer heftiger schwitzten. Schaffte er das? Konnte er das durchziehen? Er fühlte, dass der andere nicht mehr weit von ihm entfernt war. Gleich würde er ihn entdecken.

Du hast nur eine Chance, dachte Harry. Nur eine einzige, sonst hatte er für immer verloren. Und er wollte nicht mehr verlieren, er wollte nie wieder verlieren! Zu lange hatte er auf der Verliererseite des Lebens gestanden.

Jemand zog die Plane mit einem Ruck vom Bett. Bevor er richtig aufgedeckt war, schnellte Harry mit einem unterdrückten Schrei hoch und rammte dem Mann mit aller Kraft den Metallbügel ins Auge. Es knirschte und knackte, als würde man einen Hühnerknochen in der Mitte entzweibrechen.

Entsetzt ließ Harry den Bügel los, der im Auge des Mannes stecken blieb. Hektisch atmete er ein und aus, starrte den Kerl ängstlich an. Er war groß, viel größer als er, hatte blonde, halblange Haare und einen großen Leberfleck neben der Nase. War das der Typ aus dem Park? Ja, er musste es sein.

Harry wartete auf irgendeine Reaktion, darauf, dass der Mann ihn schlug oder schrie. Aber zu seiner Überraschung blieb er regungslos stehen, ohne einen Ton von sich zu geben. Das getroffene Auge lief bereits aus, eine durchsichtige Flüssigkeit, in die sich immer mehr Blut mischte, tropfte auf den Boden.

Man kann mit einem Auge ganz gut leben, dachte Harry unwillkürlich. Er konnte den Gedanken kaum zu Ende führen, da fiel der Kerl krachend nach hinten, knallte noch im Fallen mit dem Hinterkopf auf die Metallstange des gegenüberliegenden Bettes und blieb mit weit aufgerissenen Augen auf dem Boden liegen.

Harry biss sich auf die zitternde Unterlippe. Du hast einen Menschen umgebracht, dachte er voller Entsetzen. Es war Notwehr gewesen, der Kerl hätte ihn sonst totgeschlagen. Trotzdem. Er hatte ein Leben ausgelöscht. Er hatte jemanden getötet. Niemals hätte er gedacht, dass er so etwas tun könnte. Niemals.

Eine Mischung aus Betroffenheit und Euphorie übermannte ihn. Betroffen wegen der Tatsache, dass er getötet hatte. Euphorisch, weil er als Sieger aus dem Ring gegangen war. Er, der Krüppel, der Penner, der umgebracht werden sollte, hatte den Spieß umgedreht und seinen potenziellen Mörder kaltgemacht.

Doch die Euphorie hielt nicht lange an. Er musste die Leiche verstecken, und zwar schnell. Es lief eine Menge Blut aus dem Toten heraus, da der Hinterkopf beim Sturz aufgeplatzt war. Wer einen Blick in den Raum warf, würde sofort erkennen, dass hier ein Toter lag.

Harry nahm eine Plane vom Bett und legte sie über den toten Körper. Er hatte Mühe, sie über der Leiche auszubreiten, ohne dabei in die immer größer werdende Blutlache zu treten. Dann schob er ein paar Betten so zusammen, dass man die verdeckte Stelle auf den ersten Blick nicht sehen würde. Harry wischte sich den Schweiß von der Stirn. Das musste fürs Erste reichen.

Als er sich gerade umdrehen wollte, um den Raum zu verlassen, hörte er unter der Plane das Rauschen des Walkie-Talkies. Sekundenlang war er wie versteinert. Was sollte er tun? Wenn er nicht antwortete, würde der andere vermutlich Verdacht schöpfen.

Hektisch schob der die Betten zur Seite, humpelte zu der Plane, riss sie hoch und nahm das Walkie-Talkie in die Hand. Für einen Moment hielt er inne. Dann räusperte er sich.

»Ja?«

»Hast du es erledigt?«

»Ja.«

»Okay. Hau dich aufs Ohr. Die Nacht war anstrengend. Und die nächste wird vermutlich auch nicht besser.«

»Okay.«

Mit zitternden Händen schaltete Harry das Walkie-Talkie aus. Dann atmete er tief durch.

Du hast Zeit gewonnen, dachte er. Jetzt konnte er in Ruhe versuchen, hier rauszukommen. Er betrachtete den Toten, der vor ihm in seinem Blut lag. Vorsichtig ließ er sich auf den Boden sinken und begann, den Körper abzutasten. Vielleicht hatte der Kerl ja etwas Nützliches bei sich, vielleicht sogar eine Knarre. Aber was Harry fand, war noch viel besser: ein Schlüsselbund mit fünf Sicherheitsschlüsseln.

Als er die Leiche zur Seite rollte, fiel sein Blick auf die Waffe, die am Gürtel des Mannes steckte. Jetzt schaffe ich es, dachte er und empfand zum ersten Mal seit langer Zeit so etwas wie Zuversicht.

45

Mit tränennassen Augen sah Mia ihn an. Seitdem sie in dem Café saßen, hatte sie immer wieder zu weinen angefangen.

»Bitte, du musst mir glauben. Ich weiß nicht genau, was da passiert. Alles, was ich weiß, habe ich dir gesagt.«

»Das gibt es nicht. Das darf doch alles nicht wahr sein!«

Mia hatte ihm erzählt, dass Professor Schmoll zu illegalen Methoden gegriffen habe, um die Studie schneller voranzutreiben. Er hoffe auf den Nobelpreis, hatte Mia behauptet, sehe sich schon fast im medizinischen Olymp.

»Warum sollen LSD und Methamphetamine gegen Alzheimer wirken?«

Sie seufzte. »Man hat es dir nur in sehr geringen Dosen gegeben. Ich weiß ja, dass das falsch ist. Aber für die Forschung ist es von entscheidender Bedeutung.«

Sie erzählte ihm, man habe ihm die Drogen verabreicht, um ihn einfacher hypnotisieren zu können. Die Tests seien wichtig gewesen, um an der Steuerbarkeit von geistig verwirrten Menschen arbeiten zu können.

»Natürlich war das nicht in Ordnung. Aber das alles galt nur wissenschaftlichen Zwecken!«

»Ich habe von den Morden *geträumt*«, sagte Peer leise. »Mit allen Details. Ich habe sie deutlich vor mir gesehen.«

»Das hat doch nichts zu sagen. Deine Albträume waren immer heftig.«

Peer schüttelte den Kopf. »Nein, das war anders. Und dann die Kratzer an meinen Armen, die Blutspuren auf der Hose … Das sind zu viele Zufälle. Die haben etwas mit mir gemacht, Mia. Vielleicht weißt du es wirklich nicht. Aber ich bin felsenfest davon überzeugt, dass sie mich für irgendetwas missbraucht haben. Für irgendetwas Schreckliches.«

»Peer.« Sie sah ihn fast flehend an. »Meine Eltern haben ein Ferienhaus in der Nähe von Göteborg, wir könnten …«

»Hör auf!«, unterbrach er sie schroff und nagte nachdenklich an seiner Unterlippe. »Warst du immer dabei, wenn ich hypnotisiert wurde? Die ganze Zeit?«

Sie schüttelte den Kopf. »Nein. Meistens habe ich nur die Einschlaf- und Aufwachphase überwacht. Schmoll und Obermann haben sich um den Rest gekümmert.« Sie zog ihr Handy aus der Tasche. »Lass uns bei der Polizei anrufen. Ich bin mir sicher, dass sie die Auswertung des Speicheltests schon haben. Wenn du darauf bestehst, das Ergebnis zu erfahren, dann hast du Klarheit. Dann kannst du die Sache endlich abhaken!«

Mia gab eine Nummer in ihr Telefon ein, und Peer spürte, wie sein Herz zu rasen begann. Was zum Teufel machte sie da? Die Polizei durfte so ein Ergebnis niemals am Telefon herausgeben. Das musste Mia wissen. Was sollte das Theater? Glaubte sie wirklich, dass er darauf reinfiel? Jetzt entlarvte sie sich endgültig als Lügnerin. Sie hatte also doch ihre Finger in diesem miesen Spiel!

Peer versuchte, seine Aggressionen zu unterdrücken, die das Gefühl der Enttäuschung sofort überlagern wollten. Am liebsten hätte er Mia mit der Faust ins Gesicht geschlagen. Sie hatte ihn ausgenutzt, hemmungslos und hinterhältig. Tatsächlich schien sie jetzt mit einem Polizisten zu sprechen, jedenfalls tat sie so, als wenn es einer wäre. Sie war eine gute Schauspielerin, das musste er ihr lassen.

»Hier«, sie reichte Peer das Handy. »Sprich selbst mit ihnen.«

Peer sah sie böse an. »Mia! Das …« Doch dann nahm er das Handy. »Ja? Hier spricht Peer Henke.«

»Herr Henke, wir können Ihnen mitteilen, dass Ihre DNS nicht mit der am Tatort gefundenen übereinstimmt.«

Ohne zu antworten, drückte Peer das Handy aus.

»Siehst du, habe ich dir doch gesagt«, meinte Mia betont fröhlich. »Bist du jetzt etwas beruhigter?«

»Ganz im Gegenteil.« Er presste die Worte wütend heraus. »Du hältst dich wohl für wahnsinnig schlau, was?«

»Ich … äh … Ich weiß nicht, was du meinst.«

»Seit wann darf die Polizei Ergebnisse eines DNS-Tests am Telefon preisgeben? Schon mal was von Datenschutz gehört, Mia?«

»Keine Ahnung. Ich schätze, die kriegen wegen der Sache jede Menge Anrufe und machen deshalb …«

»Es reicht jetzt, Mia!«, unterbrach er sie harsch. »Ich weiß nicht, was du mir hier vorspielst, aber ich habe endgültig genug!«

»Ich …« Sie verstummte und sah betreten zu Boden. Eine Träne lief ihre Wange hinunter. »Es tut mir leid«, sagte sie leise. »Das hatte ich nicht geplant.«

»Was hattest du nicht geplant? Dass du mich von vorne bis hinten verarschst?«

»Ich hatte nicht geplant, mich in dich zu verlieben.«

Peer schlug mit der Faust auf den Tisch, dass die Kaffeetassen klirrten und sich ein paar ältere Damen vom Nebentisch erschrocken umdrehten.

»Wenn du wirklich auf meiner Seite stehst, dann hilfst du mir jetzt, die Wahrheit herauszufinden«, sagte er energisch.

»Peer, bitte, lass uns verschwinden …«

»Nein. Ich will die Aufzeichnungen sehen. Ich muss wissen, was passiert ist! Jetzt sofort. Und du wirst mir dabei helfen.«

»Das kann ich nicht machen.«

»Natürlich kannst du. Ich denke, du liebst mich? Dann sollte das ja wohl eine deiner kleinsten Übungen sein. Ich glaube, es wird allerhöchste Zeit, dass du mal etwas für mich tust, ohne zu lügen.«

Sie nickte einsichtig. »Ich weiß. Es tut mir leid, dass ich …« Sie stockte.

»Du hast oft genug gesagt, dass es dir leidtut. Jetzt geht es darum zu handeln. Wir gehen da rein und sehen uns die Aufnahmen an.«

»Aber …«

»Mia!« Er ergriff ihre Hände, fest, sehr fest, und sah ihr in die Augen. »War irgendetwas von dem, was zwischen uns passiert ist, echt? Oder war alles nur eine Lüge?«

Sie zögerte einen Moment und atmete tief durch. »Nein. Es war echt. Alles, Peer. Alles.«

»Stehst du zu mir, ja oder nein?«

»Ja … Aber …«

»Kein Aber. Komm! Jetzt sofort.« Peer warf einen Zehneuroschein auf den Tisch und stand auf. »Los!«

Er zog Mia am Arm hoch und schob sie energisch nach draußen. Sie würde ihm jetzt die verdammten Bänder besorgen. Er würde nicht lockerlassen, bevor er endlich sehen konnte, was in den Nächten im Schlaflabor wirklich passiert war.

»Tagsüber ist das doch viel zu riskant«, jammerte Mia, als Peer sie am Arm zu seinem Auto zog.

»Schwachsinn. Als wenn nachts weniger in dem Schuppen los wäre. Im Gegenteil. Außerdem machen wir ja nichts Verbotenes. Ich habe schließlich ein Recht darauf, mir diese Aufnahmen anzuschauen.«

»Bitte, Peer, lass uns einfach wegfahren!« Mia flehte nun fast. »Ins Ausland, nach Frankreich oder Italien, einfach nur weg. Nur wir beide. Bitte!«

Peer wartete einen Moment, bevor er den Wagen startete. Er drehte sich zu ihr und sah sie fest an. »Mia, ich muss das wissen. Ich *muss* wissen, was hier mit mir passiert. Das ist wichtiger für mich als alles andere. Mein Vater hat seinen Verstand verloren, er hat nicht mehr gewusst, was wahr ist und was nicht. Es ist für mich absolut notwendig, Gewissheit zu bekommen, verstehst du? Sonst habe ich das Gefühl, dass ich genauso durchdrehe wie mein Vater.«

Sie zögerte kurz, dann nickte sie. »Ich verstehe das. Aber wenn du mit deiner Vermutung recht hast und sich auf den Bändern irgendetwas Merkwürdiges befindet, wird der Professor alles dafür tun, damit du sie nicht zu sehen bekommst.«

»Dafür habe ich ja dich«, sagte Peer trocken und fuhr los. »Selbst wenn sie auf mich allergisch reagieren, du kannst dich in dem Gebäude frei bewegen. Gibt es einen Lieferanteneingang? Irgendwie muss eure Gourmet-Kantine ja beliefert werden.«

»Ja, klar, den gibt es. Aber der wird natürlich auch von Kameras überwacht.«

»Macht nichts.« Peer erinnerte sich an die beiden Wasserkästen, die immer noch im Kofferraum seines Wagens standen. Er hatte vergessen sie herauszunehmen. Jetzt konnten sie für seine Tarnung hilfreich sein.

Das Klingeln seines Handys unterbrach seine Überlegungen. Die Schule, dachte er, als er auf das Display sah. Am liebsten wäre er gar nicht drangegangen, aber er hatte sich krankgemeldet, da war es besser, wenn er den Anruf annahm.

»Ja, Frau Kramer?«

»Herr Henke, Sie müssen bitte sofort zur Schule kommen.«

»Das geht nicht. Ich bin krank, das habe ich Ihnen doch gesagt.«

»Es ist extrem wichtig. Und wenn Sie nicht gerade eine Lungenentzündung haben, sollten Sie schleunigst hier auftauchen. Man will Sie umgehend sprechen.«

»Was gibt es denn so Wichtiges? Können wir das nicht am Telefon regeln?«

»Auf keinen Fall. Sie müssen sofort kommen! Herr Cordes besteht darauf.«

Wieso ist der Direktor überhaupt da?, dachte Peer. Er war davon ausgegangen, dass Cordes im Urlaub war, dass hatte er ihm doch gesagt. Hatte er nicht nach Australien gewollt? Nie und nimmer würde er sich von da unten aus um irgendwelche schulischen Dinge kümmern.

»Jetzt sagen Sie schon, was los ist, Frau Kramer. Bitte!« Peer versuchte, so freundlich wie möglich zu klingen. Wenn er in seiner derzeitigen Lage eines nicht gebrauchen konnte, war das Ärger an der Schule.

Frau Kramer seufzte. »Also gut, aber Sie müssen trotzdem sofort kommen, auch wenn ich Ihnen sage, um was es geht. Versprechen Sie mir das?«

»Versprochen.«

»Eine Ihrer Schülerinnen, Jana Schröder ...«

Jana, die Drama-Queen. Er seufzte. »Was hat sie angestellt?«

»Herr Henke.« Wieder hörte er Frau Kramer laut atmen. »Das Mädchen hat Sie wegen sexueller Belästigung beim Schulamt gemeldet. Die Familie hat Kontakt zu Herrn Cordes in Australien aufgenommen. Es wird eine Untersuchung geben. Sie müssen sofort kommen und zu den Vorwürfen Stellung beziehen.«

Peer war froh, dass die Ampel vor ihm auf Rot sprang. Was hatte Jana gemacht? Drehte das Mädchen jetzt völlig durch?

»Frau Kramer. Sie kennen mich ... Die Vorwürfe sind absurd.«

»Ich weiß, ich weiß. Ich kann mir das ja auch nicht vorstellen. Aber Janas Eltern ... Sie wissen, der Vater ist im diplomatischen Dienst, der hat Kontakte nach ganz oben, und die Eltern machen richtig Druck. Herr Cordes kann gar nicht anders, er *muss* die Sache untersuchen.

Bitte, Herr Henke, Sie müssen kommen. Und zwar sofort!«

»Danke, Frau Kramer.«

Peer drückte das Handy aus und starrte auf die rote Ampel. Was war das für eine absurde Geschichte? Jana hatte schon immer einen Schuss gehabt, aber dass sie sich so einen Schwachsinn ausdachte, hätte Peer nie für möglich gehalten. Er musste die Angelegenheit klären, so viel stand fest. Seine Existenz stand auf dem Spiel, das konnte er sich nicht gefallen lassen. Doch dann warf er einen kurzen Blick auf Mia, die angestrengt aus dem Seitenfenster schaute.

Moment mal, dachte er, bevor er weiterfuhr. Das war schon ein merkwürdiger Zufall. Ausgerechnet jetzt kam so eine Sache auf den Tisch? Ausgerechnet wenn er auf dem Weg zu *Somnia* war, um der Wahrheit auf die Spur zu kommen? Das schrie doch schon wieder nach Betrug.

Aber selbst wenn die Geschichte zum Himmel stank, würde er sie klären müssen. Er konnte es nicht riskieren, seinen Job zu verlieren. Dennoch: nicht jetzt. Die Schule musste warten. So eine Schülerlüge würde sich leichter aufklären lassen als das, was bei *Somnia* mit ihm passiert war.

Er drückte aufs Gas, und zehn Minuten später tauchte das moderne Gebäude vor ihnen auf.

Als sie auf dem Parkplatz angekommen waren, ließ sich Peer von Mia den Lieferanteneingang zeigen. Dafür mussten sie um das Gebäude herumfahren, wo sich ein weiterer Parkplatz befand, der aber nur für die Angestellten vorgesehen war. Peer zog sich ein Basecap auf den Kopf und stieg aus, um die Wasserkisten aus dem Kofferraum zu holen. Mia folgte ihm skeptisch.

»Das reicht nicht als Tarnung. Peer, komm, lass uns abbrechen, das bringt nichts! Die werden dich trotzdem erkennen.«

»Du kannst mir nicht erzählen, dass Schmoll und dieses Ungeheuer von Pfleger die ganze Zeit die Überwachungsmonitore anstarren. Da glotzt irgendein Hausmeister oder so drauf, der mich nicht kennt. Und der sieht nur einen jungen Mann Wasserkisten schleppen.« Er sah Mia ernst an und stellte die Wasserkisten ab. »Du kannst es mir nicht ausreden, okay?«

Sie nickte zögerlich.

»Kann ich mich auf dich verlassen?«, hakte er nach.

Sie hielt seinem Blick stand. »Ja.«

»Dann hilf mir jetzt, die Wahrheit herauszufinden.«

Sie schluckte und wirkte sichtbar nervös. »Okay«, sagte sie schließlich. »Komm.«

Er nahm die Kisten wieder auf und folgte ihr. Mia hatte einen Universalschlüssel, der alle Türen öffnete. Peer senkte den Kopf, als er an der Überwachungskamera vorbeiging, und betrat neben ihr das Gebäude.

»Wo kann ich die Kisten abstellen, ohne dass es auffällt?«, raunte er ihr zu.

»Wir sind gleich im Küchenbereich. Dort gibt es keine Kameras.«

Sie gingen einen Gang entlang, der zu einer Großküche führte. Die Gerüche und das Geklapper der Töpfe verrieten Peer, dass dort bereits hektisches Treiben herrschte. Er stellte die Kisten in ein Regal, dass an der Wand im Flur angebracht war, und in dem mehrere Getränkekisten lagerten.

»Wir müssen in den Keller, das Archiv ist unten.«

Mia öffnete die Tür zur Küche. Vier Köche und mindestens noch mal so viele Küchenhelfer waren damit beschäftigt, Gemüse zu schnippeln und in großen Töpfen umzurühren. Mia und Peer gingen zügig zwischen ihnen hindurch, ohne dass jemand Notiz von ihnen nahm. Dann öffnete sie eine Tür, die zu einer Art Lagerraum führte. Für einen kurzen Augenblick hatte Peer das Gefühl, dass sie nicht allein in dem Raum waren. Beobachtete sie jemand? War da noch irgendjemand in dem Lagerraum? Peer ließ seinen Blick durch die Regale gleiten. Lebensmittel und fertig zubereitete Speisen standen dort. Etwas Ungewöhnliches konnte er nicht entdecken.

Du musst einen kühlen Kopf behalten, ermahnte er sich. Wenn er hinter jeder Kiste eine Gefahr witterte, verlor er den Blick fürs Wesentliche.

Sie gingen durch den Raum, der in einem langen Flur mündete. Von dort aus erreichten sie das Treppenhaus.

Abrupt drehte sich Mia um. »Peer …« Ihre Stimme klang ernst, nicht jammernd und bittend, wie zuvor, sondern besorgt. »Bevor wir da runtergehen, möchte ich dir noch etwas sagen.«

»Was?« Er hatte keine Lust, noch mehr Zeit zu verplempern, er wollte endlich Gewissheit haben.

»Du bist ein guter Mensch, Peer. Vergiss das nie.«

Er sah sie erstaunt an. Die Art und Weise, wie sie die Worte ausgesprochen hatte, stimmten ihn nachdenklich. Sofort dachte er an die schrecklichen Morde.

»Warum sagst du das?«

»Weil ich Angst habe.«

»Wovor?«

Sie zögerte. »Vor der Wahrheit.« Pause. »Und vor dir.«

Peer atmete tief durch. »Du weißt also, was mit mir geschehen ist?«

Energisch schüttelte sie den Kopf. »Nein, das weiß ich nicht. Wirklich nicht. Der Professor hat es immer geheim gehalten, hat mich immer rausgeschickt, wenn er nachts zu dir gegangen ist. Aber dass da irgendwas passiert ist, das habe ich bereits befürchtet.«

»Du hast nie etwas gesagt.«

Sie schwieg. Dann drehte sie sich um und ging die Treppe hinunter.

Reiß dich zusammen, dachte Peer und schluckte die Enttäuschung über ihr Geständnis hinunter. Jetzt war nicht die Zeit für Sentimentalitäten. Wenn er die Bänder gesehen hatte, wenn er wusste, was genau mit ihm passiert war, ob man ihn wirklich zu irgendwelchen Verbrechen verleitet hatte, ohne dass er etwas davon mitbekommen hatte, war immer noch genügend Zeit, um seine private Situation mit Mia zu klären. Zuerst musste er über andere Dinge Klarheit gewinnen.

Er folgte ihr in den Keller. War das dieselbe Etage, in der er letzte Nacht untergebracht worden war? Aber es war ein anderes Treppenhaus gewesen, durch das man ihn nach oben geführt hatte, oder täuschte er sich? Sah es bei Tageslicht einfach nur anders aus?

»Gibt es mehrere Treppen, die in den Keller führen?«, fragte er Mia.

»Ja. Zwei.«

Sie standen vor einer großen Stahltür. Es drang nur noch wenig Tageslicht zu ihnen herunter. Zwar brauchte man noch kein Licht anzuschalten, aber alles wirkte viel düsterer als im Stockwerk weiter oben. Und damit auch irgendwie unheimlicher.

Mia zog den Schlüssel aus der Tasche und steckte ihn ins Schloss. Sie zögerte erneut.

»Schließ auf, Mia! Es gibt kein Zurück mehr«, sagte Peer mit Nachdruck.

Kurz darauf befanden sie sich in einem dunklen Gang, der nur von einem flackernden Neonlicht erhellt wurde. Es war definitiv derselbe, durch den er gestern nach oben gebracht wurde, nachdem er im Keller aufgewacht war. Zügig ging Mia bis zur Mitte des Gangs, wandte sich zur rechten Seite und öffnete eine weitere Tür. Nachdem sie in dem Raum Licht gemacht hatte, sah Peer, dass sie am Ziel waren.

»Mach die Tür zu«, forderte Mia ihn auf und sah sich suchend um. An den Wänden waren Regale angebracht, die mit DVD-Hüllen vollgestellt waren. Peer konnte an den Aufklebern erkennen, dass sie alphabetisch sortiert waren. Ob es hier auch Aufnahmen von Ricarda Hagen gibt?, ging es ihm kurz durch den Kopf. Hagen musste in der Nähe von Henke sein, er würde danach Ausschau halten. Er ließ seinen Blick über die DVD-Rücken gleiten, da griff Mia ins Regal und zog drei DVDs heraus.

»Bitte sehr. Deine Aufnahmen«, sagte sie und drückte ihm die DVDs in die Hand. »Du kannst sie dir zu Hause anschauen.«

»Nein, ich möchte sie mir jetzt ansehen, sofort. Dann kann ich Schmoll direkt zur Rede stellen und eventuell die Polizei einschalten.« Er ging zu einem Tisch, auf dem zwei Bildschirme und ein DVD-Player standen. »Funktionieren die? Sind die Monitore angeschlossen?«

»Wir sollten lieber verschwinden, Peer. Du kannst dir doch zu Hause …«

»Nein, Mia.« Er wusste, wie streng er klang. »Ich will es wissen. Jetzt!«

Peer schob die DVD, die mit einer eins beschriftet war, in den Player. Er brauchte einen Moment, um sich auf der Fernbedienung zu orientieren, schaltete dann den Bildschirm ein und ließ die Aufnahme laufen.

Zunächst sah er sich selbst im Bett liegen, wie er sich unruhig von einer Seite auf die andere wälzte.

»Gibt's hier einen Schnelldurchlauf?«, fragte er und fand im selben Moment die richtige Taste.

Die Aufnahme lief nun deutlich schneller. Als sie zu Ende war, hatte er nichts anderes gesehen, als sich selbst beim Schlafen. Unsicherheit stieg in ihm auf. Hatte er sich doch alles eingebildet? War bei *Somnia* gar nichts mit ihm passiert? Drehte er langsam wirklich durch?

Hastig nahm er die DVD aus dem Gerät und legte die zweite hinein. Wieder konnte er sich eine ganze Weile selbst beim Schlafen beobachten. Doch dann wurde es interessanter.

Professor Schmoll kam herein und überprüfte die Monitore, an die Peer angeschlossen war. Er tauschte den Infusionsbeutel aus, Peer bekam also offensichtlich ein anderes Medikament. Waren das die Drogen, von denen Philipp gesprochen hatte? Hatte er sie schon so früh innerhalb der Therapie bekommen? Es musste eine Aufzeichnung aus einer der früheren Nächte sein, schenkte man der Aufschrift auf der DVD Glauben.

Schmoll verließ wieder den Raum. Exakt zwei Stunden später kam er erneut herein, diesmal gefolgt von diesem Pfleger namens Obermann. Sie zogen die Decke von ihm herunter, dann richtete Obermann Peer auf und setzte ihn auf die Bettkante.

»Komisch. Ich bleibe einfach so sitzen. Wenn ich schlafen würde, müsste ich doch nach hinten umfallen.«

»Du schläfst da nicht mehr«, sagte Mia, die etwas hinter ihm stand. »Über die Lautsprecher hat der Professor eine Hypnose bei dir durchgeführt. Hätten die Aufnahmen Ton, könntest du es hören.«

»Verstehe.«

Was Peer dann sah, machte ihn fassungslos. Zuerst wusste er nicht, wie er die Szene deuten sollte, die sich vor ihm abspielte. Auf dem Bildschirm war zu sehen, wie Obermann das Zimmer verließ und kurz darauf einen Rollstuhl hereinschob. Darin saß ein Mann, den Kopf in den Nacken gelegt, die Augen geschlossen. Er war tot, dass konnte Peer auf den ersten Blick sehen. Er hatte nur ein Totenhemd an, seine Haut war wächsern und weiß, und Peer konnte an den nackten Beinen dunkle Flecken erkennen, die nichts anderes als Totenflecke sein konnten. Warum schoben sie eine Leiche zu ihm ins Zimmer?

»Mia, was passiert da? Der Mann ist tot, warum bringen sie einen Toten zu mir?«

»Es ... Ich ... Ich kann es dir nicht genau erklären. Ich weiß selbst erst seit kurzer Zeit ... Sieh selbst.« Mias Stimme klang brüchig.

Als Nächstes war zu sehen, wie Professor Schmoll auf Peer einredete. Entweder führte er die Hypnose fort, oder er gab ihm irgendwelche Anweisungen. Dann drückte er ihm ein langes Messer in die Hand. Nein, es war kein Messer. Peer hatte die Klinge schon einmal gesehen. In seinem Traum. Es war eine Machete.

Ohne zu zögern nahm der Peer im Video die Waffe in die Hand, stand auf und starrte die Leiche noch einen Moment lang an. Dann schien Schmoll ihm ein Zeichen zu geben, und Peer schlug zu. Immer wieder drosch er mit der Machete auf den Leichnam ein. Blut konnte nicht mehr aus dem leblosen Körper spritzen, aber die Haut sprang auf und gab das darunterliegende Fleisch preis. Nach vielleicht einer Minute machte Schmoll ein Zeichen, und Peer ließ die Machete fallen.

»Sie haben mich eine Leiche massakrieren lassen?« Peer war fassungslos. »Wozu? War das eine Art Übung?«

»Ich ... ich glaube ja. Ich habe erst von den Amerikanern erfahren, dass Somnia solche ... Methoden anwendet.«

Er hörte ihr nicht mehr zu, sondern aktivierte den Schnelldurchlauf. Sein Herz schlug ihm bis zum Hals, und seine Hände zitterten.

Die Wahrheit, das war die Wahrheit.

Und sie war furchtbar.

Es folgten wieder einige Aufnahmen, die ihn schlafend zeigten. Tatsächlich wurde er zwischendurch an ein Thymatron angeschlossen und schien Elektroschocks zu bekommen, von denen er aber nichts zu bemerken schien. Diese Schweine, dachte Peer. Was hatten sie alles mit ihm gemacht!

Dann drehte sich ihm plötzlich der Magen um, und er hätte sich fast übergeben. Zunächst schien sich ein ähnliches Szenario abzuspielen wie zuvor mit dem Toten. Wieder kamen Obermann und Schmoll nachts in sein Zimmer, wieder wurde er auf die Bettkante gesetzt und wieder verließ Obermann den Raum, während Schmoll auf Peer einzureden schien. Dann kam der Pfleger zurück, mit einer sehr schmalen rothaarigen Frau im Arm. Die Frau schien wie in Trance, ihr Gesicht war regungslos, die Augen halb geschlossen. Es war nicht zu übersehen, dass sie ihr ebenfalls irgendetwas gegeben hatten. Aber sie lebte, auch das war eindeutig. Sie trug nur ein dünnes Kleidchen und war von einer fragilen Schönheit. Sie stand einfach nur da.

Professor Schmoll redete weiter auf Peer ein, woraufhin er aufstand und sich der Frau gegenüberstellte. Schmoll machte eine Handbewegung, als wollte er Peer signalisieren, das Gesicht nicht weiter zu beachten. Immer wieder zeigte er auf den Oberkörper.

Und dann sah Peer das Unglaubliche. Er holte aus und schlug der Frau mit einem gezielten Faustschlag in den Magen. Die zierliche Person ging sofort zu Boden, wurde aber vom Pfleger gepackt und wieder aufgerichtet.

Mit zitternden Händen sah Peer, wie er, wie diese Person auf Band, die so aussah wie er, auf die hilflose Frau einschlug. Immer und immer wieder landeten seine Fäuste auf dem Oberkörper der Frau, deren Gesicht nach wie vor regungslos war. Schließlich schwappte eine Ladung Blut aus ihrem Mund, und Schmoll gab wieder ein Zeichen, das Peer offensichtlich signalisierte, aufzuhören.

Peer hielt die Aufnahme an und starrte auf die Frau, die er offensichtlich bewusstlos geschlagen hatte. Um ihren Hals hing eine silberne Kette mit einem runden Anhänger.

»Die Kette.« Peer drehte sich zu Mia, doch die wich seinem Blick aus und schluckte nur.

»Peer … ich wusste nichts von dem Mädchen.«

»Aber die Kette! Du hast sie sofort erkannt.«

»Somnia hat deine Wohnung überwachen lassen, ich wusste also, dass du dir wegen der Kette Gedanken gemacht hast, und wollte dir diese Sorge nehmen.«

»Wie selbstlos von dir.« Er spuckte es beinahe aus.

Dann ließ er den Film weiterlaufen. Er sah, wie die arme Frau auf den Boden fiel, wie Obermann sie packte und aus dem Raum trug. Daraufhin setzte sich Peer wieder auf die Bettkante, legte sich auf den Rücken und wartete, bis Schmoll ihn mit einem zufriedenen Lächeln im Gesicht zudeckte. Dann sagte er noch etwas, woraufhin Peer die Augen schloss und wieder tief und fest zu schlafen schien.

Entsetzt drückte er erneut den Pausenknopf und starrte Mia an. »Ich … Hab ich … Ist die Frau tot?«

Doch Mia schwieg und knetete ihre Hände.

»Habe ich sie umgebracht?«, brüllte er sie im selben Moment an, sodass sie ängstlich zusammenfuhr.

»Ich weiß es nicht«, sagte Mia leise.

»Ja, haben Sie«, sagte eine tiefe ruhige Stimme in diesem Augenblick.

Erschrocken sah Peer auf. Er hatte nicht bemerkt, dass Professor Schmoll in den Raum gekommen war. Hinter ihm stand Obermann, eine Pistole in der Hand.

»Aber Sie brauchen sich keine Vorwürfe zu machen. Die Kleine war eh schon so gut wie tot. Niemand wird sie vermissen. Das gilt übrigens für alle Testpersonen. Sie sind bewusst so ausgewählt worden, dass keine trauernden Angehörigen zurückbleiben.«

Peer brauchte einen Moment, um sich zu sammeln. »Die … armen … Menschen!«

Der Professor machte ein abwägendes Gesicht. »Das kann man natürlich so sehen. Andererseits stand ihnen keine besonders glorreiche Zukunft bevor. Diese Kreaturen haben ihr Leben für etwas Gutes geopfert. So sollten Sie das sehen, Herr Henke.«

Peer atmete tief ein und aus. Er spürte, dass er zu kollabieren drohte. »Warum haben Sie das mit mir gemacht?«, fragte er mit schwacher Stimme.

»Sie sind eine Ausnahmeerscheinung, Herr Henke. Menschen mit Ihrer Störung sind äußerst selten. Das ist ein Geschenk, eine Gabe.«

»Sie haben mir gesagt, dass eine Störung der REM-Phase häufiger vorkommt …«

»Ja, natürlich habe ich das gesagt, aber Sie haben ja auch keine normale Störung. Ihr, sagen wir mal, *Defekt* ist wesentlich gravierender und damit auch nützlicher. Sie besitzen die Fähigkeit, Ihre Träume selbst zu steuern. Sie können im Schlaf Ihre Reflexe kontrollieren. Das gibt es sehr selten. Wir haben uns das zunutze gemacht und ein wenig an den Steuerknüppel gesetzt. Wir haben Ihr Gehirn ein bisschen ferngesteuert, wenn Sie so wollen.« Er lachte kurz auf.

»Aber warum? Ich verstehe nicht, warum!«

»Um Sie für etwas Größeres einzusetzen. Peer Henke, Sie sind für Großes bestimmt. Haben Sie in den Nachrichten von dem Anschlag auf die Ölfirma im Irak gehört? Ungefähr vor zehn Tagen? Der Attentäter war einer wie Sie. Ebenfalls ein brillanter Mann.«

Peer erinnerte sich, dass er im Radio die Nachricht von dem Anschlag gehört hatte, als er bei Philipp im Wohnzimmer gesessen hatte. »Ich denke, das war ein Selbstmordattentäter, der sich in die Luft gesprengt hat? Irgendein IS-Kämpfer?«

Schmoll strahlte über das ganze Gesicht. Die Freude war ihm deutlich anzusehen. »Ja, das sollten alle glauben. Aber unser Mann ist da natürlich heil wieder rausgekommen. Wir würden niemals einen so wertvollen Agenten opfern.«

»Aber … Ich verstehe das nicht. Was hat er getan?«

»Er hat diese Ölfirma in die Luft gejagt und gleichzeitig dafür gesorgt, dass alle Welt denkt, die IS hätte das Attentat begangen.« Schmoll nickte zufrieden. »Daraufhin gab es einen groß angelegten Luftangriff auf die Stellungen der IS. Unser Mann hat dafür gesorgt, dass diese schreckliche Terrorgruppe hoffentlich bald der Vergangenheit angehört.«

Die Gedanken rasten durch Peers Kopf. »Ich verstehe immer noch nicht ganz … Der echte Attentäter leidet unter einer ähnlichen Störung wie ich?«

»Ganz genau. Durch unsere gezielte Therapie, einer Mischung aus Desensibilisierung, unterstützenden Medikamenten und Hypnose, wurde er zu so einem furchtlosen Kämpfer für das Gute.«

»Das heißt, er hat das Attentat praktisch im Schlaf begangen?«

»Nun ja, wenn Sie so wollen. Kein richtiger Schlaf, aber im Prinzip ja. Er ist ein Held. Genau wie Sie auch einer werden.«

»Aber warum? Warum wurde dafür nicht irgendein brutaler Söldner genommen? Warum diese aufwendige … *Ausbildung* für etwas, was genug skrupellose Killer für ein paar tausend Euro sowieso machen würden?«

Schmoll schüttelte den Kopf. »Sie unterschätzen die Situation. Natürlich gibt es brutale Söldner, die für Geld eine Menge machen würden. Aber keiner von denen ist in der Lage, seine Überlebensreflexe auszuschalten. Das können Sie, und das konnte auch unser Mann im Irak. Fluchtreflex, Abwehrreflex, ja, der unbedingte Wille, am Leben zu bleiben – all das können Sie abschütteln. Sie gehen in eine Gefahrensituation und kämpfen wie ein Roboter, spüren keinen Schmerz und kennen keine Angst, tun, was wir Ihnen sagen. Wie eine Maschine. Wenn Sie so wollen, wären Sie der ideale Selbstmordattentäter. Aber natürlich tun wir alles dafür, damit unsere Leute am Leben bleiben. Dafür investieren wir viel zu viel in sie. Und im Vergleich zu einem Söldner gibt es noch einen anderen entscheidenden Vorteil.«

»Der wäre?«

»Sollte einer unserer Leute in Gefangenschaft geraten, ist er für den Feind wertlos. Selbst unter extremer Folter könnten Sie keine Details verraten, ganz einfach, weil Sie ja nichts wissen.«

Schmoll lächelte triumphierend, und Peer bemerkte, wie er ganz ruhig wurde. Er sortierte seine Gedanken und versuchte, sich zu sammeln. Wollte ihm dieser kranke Typ wirklich erzählen, dass er mit diesen unlauteren Methoden zu einem heldenhaften Antiterrorkämpfer ausgebildet wurde? Nein, das war absurd. Keine seriöse Organisation der Welt würde ihre Kämpfer auf diese Art trainieren. Niemals würde es jemand zulassen, dass eine junge Frau totgeschlagen wurde, nur um einen zukünftigen Antiterrorkämpfer zu desensibilisieren, nur um Tötungsmethoden zu üben. Oder vielleicht doch? Den Geheimdiensten auf diesem Planeten war alles zuzutrauen, vor Folter schreckte schließlich auch niemand zurück.

»Habe ich die anderen Morde auch begangen?«, fragte Peer leise, obwohl er die Antwort bereits wusste. »Die Prostituierte? Und den jungen Tramper?«

Schmoll nickte und sah ihn mit aufgesetzt betroffener Miene an. »Ich weiß, das ist hart für Sie. Aber glauben Sie mir, es war absolut notwendig. Diese Methode funktioniert nur über eine gewisse Art von Drill. Zunächst haben wir Sie an der Leiche des alten Mannes arbeiten lassen, um zu testen, ob Sie überhaupt in der Lage sind, auf einen Körper einzustechen. Als das gelungen war, brauchten wir lebende Versuchsobjekte. Zunächst das Mädchen, das nicht auf Sie reagieren konnte. Wenn es Sie beruhigt: Sie hat nichts von all dem mitbekommen.«

»Und die beiden anderen?«

»Nun ja. Die vielleicht schon. Aber Sie mussten eben auch auf die Jagd trainiert werden.« Er zuckte bedauernd mit den Schultern. »Menschen verfolgen und sie töten, wenn sie schreien und sich wehren, braucht halt ein gewisses Maß an Übung. Wir mussten Sie ans Töten gewöhnen, sonst wären Sie niemals einsatzfähig geworden. Auch Tötungsmaschinen muss man programmieren. Das sind leider Opfer, die wir im Kampf gegen den internationalen Terror bringen mussten. Diese Menschen sind für etwas Größeres gestorben. Auch sie waren Helden.«

Peers Herz schlug immer heftiger. Er war ein Mörder. Er hatte mindestens drei Menschenleben auf dem Gewissen. Er, Peer Henke, hatte getötet. Wie sollte er mit diesem Wissen weiterleben? Mit dieser Schuld?

Professor Schmoll schien seine Gedanken lesen zu können. »Ich weiß, dass Sie sich jetzt Vorwürfe machen. Das ist mehr als verständlich. Aber glauben Sie mir, dass brauchen Sie nicht. Wir mussten Ihre Gabe für diese gute Sache nutzen.«

Plötzlich fiel Peer etwas ein. »Gab es auch vor dem Anschlag auf die Ölfirma Attentate, die Ihre Organisation zu verantworten hat?«

»Ja, selbstverständlich. Bei einer Ölfirma in Libyen

und bei einer weiteren an der syrischen Grenze haben wir ähnlich erfolgreich verfahren. Wieder konnte die Zerstörung der Firmen der IS in die Schuhe geschoben werden. Auf diese Art und Weise erzeugen wir eine Reaktion der Alliierten, die die terroristischen Akte mit Bomben beantworten. Wenn der islamistische Terrorismus da unten eines Tages ausgerottet ist, ist das auch Ihr Verdienst, Herr Henke.«

Die Gedanken rasten durch Peers Kopf. Der Mann versuchte schon wieder, ihn zu manipulieren.

»Ölfirmen«, murmelte Peer. »Warum immer Ölfirmen?«

Für eine Weile herrschte Stille in dem Raum.

Professor Schmolls Oberlippe zuckte. »Nun«, sagte er schließlich, »irgendwo muss das Geld für den Krieg gegen den Terror ja herkommen. Es gibt einen amerikanischen Ölkonzern, der uns intensiv unterstützt.«

»Dem es natürlich ganz recht ist, wenn da unten eine Ölfirma nach der anderen in die Luft fliegt«, ergänzte Peer grimmig.

»Nennen wir es eine Win-win-Situation. Ja.«

Plötzlich sah Peer alles ganz klar vor sich. Er schüttelte angewidert den Kopf. »Sie sind ein geldgeiles Schwein, Schmoll, und nichts anderes. Ihre vermeintlich weltrettende Organisation ist nichts anderes als eine profitgeile Mafia, die unter dem Deckmantel der Terrorbekämpfung Geld scheffeln will.«

Professor Schmoll wackelte mit dem Kopf. »Es ist mir egal, wie Sie das sehen. Jetzt hängen Sie mit drin.«

»Wenn Sie glauben, dass ich bei so etwas mitmache, dann haben Sie sich getäuscht. Ich werde zur Polizei gehen und alles öffentlich machen. Und Sie werden mich nicht daran hindern!«

Professor Schmoll lachte spöttisch auf. »Und wer soll

Ihnen diese Geschichte glauben? Ihre DNS hat man auf der Leiche der kleinen Nutte gefunden. Wir haben extra Ihren Speichel darauf platziert. Die Bullen haben Sie nur deshalb noch nicht verhaftet, weil wir es so wollen, verstehen Sie? Ein Anruf von mir, und Sie wandern wegen mehrfachen Mordes für eine sehr lange Zeit in den Knast.«

Peer hielt demonstrativ die DVD hoch. »Nicht wenn die Polizei diese Bänder sieht.«

Schmoll grinste. »Leider wird das niemals passieren.«

Er machte ein Zeichen, und Obermann, der hinter ihm stand, hob den Arm. Er zielte auf Peers Brust.

»Nein! Bitte nicht!«, schrie Mia in diesem Moment.

Aber da hatte der Mann schon abgedrückt.

Peer spürte einen kurzen Schmerz in der Bauchgegend, ein stechendes Ziehen. Dann wurde alles um ihn herum schwarz.

46

Mit der verkrüppelten Hand hielt Harry die Waffe fest umklammert. Er wagte es nicht, sich zu rühren, zu groß war die Angst, dass sie ihn entdecken könnten. Sie standen keine fünf Meter von ihm entfernt. Zwei Männer im weißen Kittel, einer etwas älter, der andere groß und bullig. Eine hübsche Frau mit dunklen Haaren, die er vorhin mit dem anderen gesehen hatte, war auch dabei.

Nachdem er die Leiche im Bettenlager versteckte hatte, hatte sich Harry raus in den Flur geschlichen. Er hatte seine Behinderung mehr denn je verflucht, da sie es ihm fast unmöglich machte, unauffällig durch die Gänge zu kommen. Er wusste immer noch nicht genau, wo er war, hatte aber inzwischen den Eindruck, als wäre er in einer Art Versuchslabor angelangt. Er kam an vielen Zimmern vorbei, in denen medizinische Geräte aufbewahrt wurden, ohne dass er auch nur einen Menschen traf. Warum war hier niemand?

Vielleicht arbeiten die meisten Leute um diese Uhrzeit nicht, dachte Harry. Der Typ am Walkie-Talkie hatte ja auch von einer anstrengenden Nacht gesprochen. Möglicherweise wurde hier überwiegend nachts gearbeitet?

Doch dann stand er plötzlich vor einer Tür, hinter der eindeutig Geräusche zu vernehmen waren. Vorsichtig öffnete er sie und fand sich in einer Art Lagerraum wieder, von dem eine weitere Tür abging. Dahinter hörte er das Klappern von Töpfen.

Eine Küche, dachte Harry. Hatte eine Küche nicht meistens einen Ausgang nach draußen? Damit Lebensmittel angeliefert werden konnten? Kam er endlich raus aus diesem Labyrinth?

Er humpelte in den Raum hinein, an dessen Wänden

zahllose dunkle Regale angebracht waren. Große Packungen mit Salz und Zucker standen darauf, außerdem Grundnahrungsmittel wie Reis und Nudeln. Auf der gegenüberliegenden Seite standen die bereits zubereiteten Speisen, die offenbar darauf warteten, in eine Kantine oder ein Restaurant gebracht zu werden.

Sein Blick fiel auf eine Platte mit Streuselkuchen, der mit einer Frischhaltefolie abgedeckt wurde. Von Hunger geplagt, konnte er nicht widerstehen, schnappte sich zwei Stücke und kauerte sich damit hinter eine große Kiste, in der Kartoffeln aufbewahrt wurden. Gierig biss er in den Kuchen. Fast hätte er einen lauten Seufzer von sich gegeben, so gut tat es, endlich wieder etwas zwischen die Zähne zu bekommen. Hatte ihn sonst immer die Suche nach Alkohol angetrieben, so spürte er seit langer Zeit mal wieder, welches Wohlgefühl Essen auslösen konnte.

Wenn ich es schaffe, hier lebend rauszukommen, werde ich richtig gut essen gehen, dachte er. Er hatte sich viel zu lange von geschenkten Hamburgern und Pommes ernährt, die aus hygienischen Gründen nicht länger in der Auslage des Fast-Food-Restaurants hatten liegen dürfen. Harry hatte die Eintönigkeit in seinem Speiseplan nie gestört, es war für ihn viel wichtiger gewesen, seinen Suff zu organisieren.

Als er das zweite Stück Kuchen gerade verspeist hatte, zuckte er erschrocken zusammen. Die Tür ging auf, und ein Mann und eine Frau kamen in den Raum. Harry erkannte den Typ sofort. Es war derselbe, den er neulich mit der Killerin gesehen hatte. Was machte er hier? Suchte er ihn?

Harry hielt die Luft an und beobachtete die beiden von seinem Versteck aus. Der Mann wirkte entschlossen, während die Frau einen nervösen Eindruck machte. Harry duckte sich ruckartig, als der Mann in seine Richtung blickte. Hatte er ihn gesehen? Doch dann hörte er wieder eine Tür schlagen, und die beiden waren verschwunden.

Harry hatte noch eine ganze Weile in seinem Versteck ausgeharrt. Ständig waren Leute aus der Küche gekommen und hatten Lebensmittel in den Raum gebracht oder aus ihm herausgeholt, und schnell war ihm klar geworden, dass er durch die Küche nicht entkommen konnte. Viel zu riskant. Auf der Suche nach einem anderen Ausgang war er schließlich dahin gelangt, wo er jetzt war, in ein Durchgangszimmer, das offensichtlich zu einem anderen Trakt des Gebäudes führte. An den Wänden waren zahlreiche Schränke angebracht, und in einer dunklen Ecke, die von zwei Schrankwänden flankiert wurde, kauerte Harry auf dem Boden. Er hatte sich gerade hierher zurückgezogen gehabt, als die Tür wieder aufgeflogen war, und zwei Männer und eine Frau hereingeplatzt waren.

Harry erkannte die dunkelhaarige Frau, die er eben noch im Lagerraum der Küche gesehen hatte – allerdings in Begleitung eines anderen Manns. Und wer waren die beiden Kittelträger?

»Du reißt dich jetzt zusammen!«, fuhr der ältere Mann die Frau an. Seine Stimme klang scharf und streng.

Die Frau sah mitgenommen aus, schien geweint zu haben.

»Die werden uns nicht fallen lassen! Wir sind kurz vor dem Ziel. Sie haben unsere Methoden immer toleriert, warum sollte sich das jetzt ändern?«

»Weil die Probleme viel größer geworden sind?«, warf der bullige Mann ein.

»Halt du dich da raus, Obermann!«, fuhr der Ältere ihn an. »Die wissen genau, wie wertvoll diese Leute sind. Und wir sind nicht die Einzigen, deren Methoden etwas … unkonventioneller sind. Die Spanier machen das genauso.«

»Ich habe das nicht gewusst«, keuchte die Frau und fing an zu weinen.

Der ältere der beiden Männer legte ihr beruhigend den Arm um die Schulter. »Das war auch besser so. Manchmal ist es eben ein Segen, wenn man nicht alles weiß. Trotzdem musst du dich jetzt zusammenreißen.«

Dann griff er in seine Kitteltasche und holte etwas heraus. Was war das? Es sah aus wie eine Medikamentenpackung.

»Das wird dich etwas entspannen.« Er drückte der jungen Frau die Packung in die Hand. »Es kommen nur noch wenige Versuche. Dann ist Schluss, das verspreche ich dir.« Er wandte sich an den Mann, den er zuvor als Obermann angesprochen hatte. »Hol eine Trage und bring ihn in die 12.«

Die Frau schluchzte, während Obermann nickte und sich umdrehte. Er kam direkt auf Harry zu.

Verdammt, verdammt! Muss ich noch einen töten?

Harry spürte, dass seine Hände schweißnass wurden. Er war entschlossen, das zu tun, wenn er es tun musste. Aber wenn er den großen Kerl erschoss, musste er auch die anderen beiden abknallen, so viel stand fest. Würde er das überhaupt so schnell schaffen? Konnte er mit seiner verkrüppelten Hand anständig zielen?

Einen Meter vor seinem Versteck drehte der Mann nach rechts ab und verschwand durch eine Tür, die Harry nicht gesehen hatte.

»Lass uns alles vorbereiten.« Die Stimme des älteren Mannes klang nun etwas sanfter. Er strich der Frau beruhigend über die Schulter. »Es wird das letzte Mal sein. Er müsste danach so codiert sein, dass wir die Behandlung beenden können.«

»Und dann?« Die Stimme der Frau klang plötzlich überraschend klar.

»Das weißt du genau«, antwortete der Mann kalt.

Harry konnte beobachten, wie die beiden durch eine Flügeltür verschwanden. Kurz darauf kam Obermann zurück, er schob eine Trage durch den Raum. Darauf lag der Mann, den Harry mit der Killerin und vorhin im Küchenlagerraum gesehen hatte. Schlaff und leblos lag sein Körper auf der Trage. War er tot? Obermann schob die Trage durch die Flügeltür und verschwand ebenfalls.

Nun war Harry allein. Was sollte er tun? Er spürte, dass er ganz nah an der Wahrheit war, kurz davor, alles zu erfahren, was vor sechs Jahren passiert war, und vor allen Dingen, *warum* es passiert war. Aber er konnte diesen Leuten nicht folgen, das war viel zu riskant. Denn was sollte es ihm nützen, wenn er die Wahrheit erfuhr und im gleichen Moment überwältigt wurde? Er musste weiter an seinem Vorhaben festhalten und von hier verschwinden.

Harry wartete. Zehn Minuten, zwanzig, er wusste es nicht genau. Aber er wollte auf Nummer sicher gehen, dass niemand zurückkam.

Als er der Meinung war, dass mindestens eine halbe Stunde vergangen war, nahm er seine Krücken und stemmte sich hoch. Er lauschte in den Raum hinein. Nichts war zu hören. Sollte er es wagen? Er befand sich im Hochparterre, so viel stand fest. Er wollte zurück in den Flur gehen und von dort aus in eines der verschlossenen Zimmer gelangen. Von dort würde er durch eines der Fenster das Gebäude verlassen. Das musste möglich sein. Mit Sicherheit wurde das Haus von Kameras überwacht – das Risiko, dass man ihn bei einem Sprung aus dem Fenster sehen würde, war enorm hoch. Von der Verletzungsgefahr ganz zu schweigen. Aber Harry wusste sich nicht anders zu helfen. Wie sollte er hier sonst rauskommen?

Vorsichtig humpelte er zu der Tür, durch die der große Kerl eben die Trage geschoben hatte. Er öffnete sie und betrat den Flur. Niemand war zu sehen.

Harrys Herz schlug heftig, als er gleich die erste Tür mit seinem Universalschlüssel öffnete. Es war einer der Räume, in denen technisches Material aufbewahrt wurde. Und es hatte ein Fenster.

Was würde er machen, wenn er draußen wäre? Mindestens zwei Meter würde er springen müssen. Das war nicht viel, konnte aber reichen, um seinen Fuß zu verstauen. Die Arme würde er sich schon nicht brechen, dann konnte er sich mit den Krücken immer noch fortbewegen. Und irgendjemand da draußen würde ihm bestimmt helfen. Auch wenn in diesem Gebäude Böses vor sich ging, wovon Harry felsenfest überzeugt war, da draußen würde es auch andere Menschen geben.

Er ging zum Fenster, das sich zu seiner großen Erleichterung einfach öffnen ließ. Unter ihm war ein Rhododendronbusch. Das war gut. Der würde seinen Sturz nicht nur abfangen, hinter dem konnte er sich auch verbergen, falls jemand vorbeikommen sollte.

Als Erstes die Krücken, dachte Harry und ließ sie vorsichtig aus dem Fenster gleiten. Dann nahm er die ganze Kraft und stemmte sich auf die Fensterbank.

In diesem Moment hörte er, wie hinter ihm die Tür aufging. Harry spürte, wie seine Unterlippe zu zittern begann. Er starrte auf den Rhododendronbusch unter sich, der für ihn Freiheit bedeutete, Leben, Zukunft.

Dann wurde er von hinten an den Schultern gepackt.

47

Peer hörte seinen Atem. Er ging ruhig und regelmäßig, als ob er schlafen würde. Aber er schlief nicht, oder? Nein, dann würde er sich kaum solche Gedanken machen.

Um ihn herum war alles dunkel, als wäre es finstere Nacht. Wie spät mochte es sein? Er wusste es nicht. Peer hatte jedes Zeitgefühl verloren.

Komisch, dass ich noch nicht mal einen Umriss erkennen kann.

Er brauchte einen Moment, um zu verstehen, woran das lag: Er hatte die Augen geschlossen. Das war der Grund für die Dunkelheit.

Schlafe ich also doch?

Peer versuchte, die Augen zu öffnen, aber es gelang ihm nicht. Bleischwer lagen die Lider auf seinen Augäpfeln, und so sehr er sich auch anstrengte, er konnte sie nicht öffnen.

Bin ich tot?

»Die Augen bewegen sich. Er ist unruhiger als sonst«, hörte er eine Stimme sagen.

Er kannte die Stimme nicht, wusste nicht, wem sie gehörte. Im ersten Moment beruhigte es ihn, dass er offensichtlich nicht allein war. Er war also nicht tot, das war erst mal eine gute Nachricht.

»Das ist normal. Er befindet sich in einer künstlichen Schlafphase, da reagiert er anders als sonst.«

Die Stimme kam ihm bekannt vor und ließ ihm einen Schauer den Rücken hinunterlaufen. Der Professor war da. Er stand ganz offensichtlich neben seinem Bett. Und nach allem, was Peer wusste, konnte das nichts Gutes bedeuten.

Was geht hier vor?

Peer versuchte anhand der Geräusche, die er wahrnahm, herauszufinden, wie viele Personen im Raum waren. Er hörte Schmoll und einen weiteren Mann, den er nicht kannte. Dann glaubte er, die Stimme von diesem Obermann zu erkennen, als er fragte, ob er die Fixierung lockern solle.

»Ja, machen Sie ihn los. Er ist gleich so weit.«

Okay, es waren also mindestens drei Männer anwesend. Und sie hatten die Kontrolle über ihn, so viel stand fest. Er konnte sich nicht bewegen, so sehr er auch versuchte aufzustehen, es funktionierte nicht. Ob mit Medikamenten oder Hypnose oder einer Mischung aus allem, irgendwie hatten sie es geschafft, seinen Körper zu einer willenlosen Hülle zu machen.

Was passiert mit mir?

»Entfernen Sie bitte auch die Infusionsnadel. Das ist ein unnötiges Verletzungsrisiko.«

Jemand machte sich an seinem Arm zu schaffen. Peer spürte die Berührungen, konnte aber auch sie nicht richtig einordnen. Müsste er nicht einen leichten Schmerz verspüren, wenn man ihm eine Infusionsnadel aus der Vene zog? Wenigstens ein Brennen? Aber nichts dergleichen nahm er wahr.

Vielleicht war er im Halbschlaf. In einer Art Übergangsphase, in der sein Schmerzempfinden nicht richtig funktionierte. Oder schlief er vielleicht doch und war gerade in einem luziden Traum, den er zwar nicht steuern konnte, aber immerhin als solches erkannte?

Er versuchte, sich zu konzentrieren. Was war passiert? Er war mit Mia im Archivraum gewesen, hatte die Videoaufzeichnungen gesehen und war von Schmoll überrascht worden. Dann hatte dieser Obermann auf ihn geschossen. Das hatte er doch, oder nicht? Ja, natürlich. Peer sah es förmlich vor sich. Wie der Mann zielte, wie er abdrückte, wie Peer noch dachte, das war's jetzt, und wie ihn dann irgendetwas am Bauch getroffen hatte. Es musste ein Betäubungsschuss gewesen sein, sonst wäre er jetzt wohl kaum hier.

Okay. Sie haben mich also betäubt, und jetzt machen sie irgendwas mit mir.

Aber er wollte sich nicht mehr manipulieren lassen. Sie hatten ihn oft genug missbraucht, hatten ihn Dinge tun lassen, die er niemals freiwillig getan hätte.

»Wir brauchen die Elektrostimulation heute nicht«, hörte er die sachliche Stimme von Professor Schmoll. »Er befindet sich in keiner natürlichen Schlafphase, sondern wurde von uns in einen künstlichen Schlaf versetzt. Wir testen ihn also zum ersten Mal unter Realbedingungen. Wenn er später im Einsatz ist, wird er auch mal tagsüber operieren müssen.«

Widersetze dich! Was immer sie auch vorhatten, er war keine willenlose Marionette.

»Die Spritze, bitte.« Es war wieder Schmoll. »Nach der Injektion haben wir nur wenige Minuten. Sind alle bereit?«

Peer hörte Gemurmel. Dann spürte er wieder Berührungen an seinem Arm, und er hatte das Gefühl, als würde eine Flüssigkeit in seinen Körper laufen.

Sie verabreichen dir den Drogencocktail. Aber du weißt es diesmal. LSD verursacht Halluzinationen. Du weißt, dass es gleich losgehen wird! Du musst versuchen, die Wirkung zu kontrollieren. Du musst es versuchen!

Er wusste, dass der Wille mitentscheidend war, wenn es um die Auswirkung eines Drogenrausches ging. Auch wenn er selbst keine Erfahrung mit LSD hatte, so hatte er als Student immerhin mal Cannabis probiert, wenn auch nur wenige Male. Sein Respekt vor Drogen war aufgrund der Erkrankung seines Vaters zu groß, als dass er regelmäßig konsumiert hätte. Aber ein paarmal hatte er doch an einem Joint gezogen, und er erinnerte sich noch genau, wie unterschiedlich ein Rausch verlaufen konnte. Hatten die Musik und die Atmosphäre gestimmt und war er ungestört mit seinen Kumpels in der Wohnung gewesen, hatte der Drogenrausch intensiv und verrückt sein können. Die Farben waren bunter gewesen, die Lachanfälle fast hysterisch. Ganz anders war es gewesen, wenn er sich hatte zusammenreißen müssen, weil seine Vermieterin angeklopft hatte. Auch wenn er dann nicht augenblicklich klar im Kopf gewesen war, die bunte Reise war doch jedes Mal schlagartig zu Ende gewesen.

Peer spürte, wie ihm die Gedanken zu entgleiten drohten. Ein wohliges Gefühl erfasste seinen Körper.

Es ging los. Er versuchte seine Angst zu verdrängen. Peer wusste nicht, was passieren würde, aber er hatte auf den Mitschnitten der Überwachungskameras gesehen, was für ein Monster sie aus ihm gemacht hatten. Sie würden jetzt wohl kaum etwas anderes mit ihm vorhaben.

Ob er wieder jemanden töten sollte? Würde er es verhindern können? Es steuern können? Früher war es für ihn einfach gewesen, seine Träume zu lenken, gezielt nach Auswegen zu suchen. Aber er hatte diese Fähigkeit lange nicht mehr nutzen können. Hatte er sie verlernt? Oder schlummerte sie immer noch in ihm?

Du kannst es Peer, du kannst es! Du kannst deine alte Fähigkeit wieder aktivieren!

Für einen winzigen Moment keimten Zweifel auf. Konnte er es wirklich? Und wenn nicht? Es gab keinen Plan B. Er musste es einfach versuchen.

Peer spürte, wie sich sein Körper immer leichter anfühlte, wie die Anspannung einem wohligen Gefühl wich. Krampfhaft versuchte er, diese falschen Wahrnehmungen zu ignorieren.

Konzentrier dich auf ihre Stimmen. Hör genau zu, lass dich nicht ablenken. Das ist alles nicht echt. Nur du bist echt, nur du.

Peer fühlte, wie sich jemand auf seine Bettkante setzte. Mit sonorer Stimme begann Professor Schmoll, auf ihn einzureden.

»Peer Henke, Sie hören mich, nicht wahr? Wir haben ja eben bereits besprochen, was passieren wird, wenn ich wieder bei Ihnen bin.«

So? Peer konnte sich nicht erinnern, dass der Professor schon mal auf ihn eingeredet hatte. Verdammt! War er so weggetreten gewesen, dass er nicht mitbekommen hatte, was mit ihm passiert war? So wie die letzten Nächte auch?

»Jetzt bin ich wieder da, jetzt hören Sie wieder nur mich, reagieren auf nichts anderes als auf meine Stimme. Ihre Arme gehorchen mir, die Beine, der Körper, alles unterliegt jetzt meiner Kontrolle. Sie bewegen sich nur, wenn ich es Ihnen sage.«

Hypnose. Er versucht dich zu hypnotisieren. Wehr dich! Kämpf dagegen an! Du hast keine Macht über mich. Ich kontrolliere meinen Körper, ich ganz allein. Hau ihm in die Fresse, Peer, los, mach die Augen auf und schlag ihm ins Gesicht!

Aber nichts dergleichen konnte er tun. Die Stimme des Professors war wie ein Virus, das sich in Peers Kopf einnistete. Nach einigen weiteren Augenblicken fühlte er sich, als hätte er hohes Fieber. Die Gedanken schienen durch seinen Kopf zu rauschen, immer im Kreis und mit hoher Geschwindigkeit, sodass ihm fast schwindelig wurde. So sehr er sich auch bemühte, er schaffte es nicht, aus diesem Kreislauf auszubrechen. Professor Schmolls Worte waren die einzige ruhige Konstante in dem hektischen und unerträglichen Wirrwarr in seinem Schädel. An ihnen konnte er sich festhalten, nur sie schafften es, das hohe Tempo der sich kreisenden Gedanken etwas zu verlangsamen. Er musste sich an sie klammern, sonst würde er wahnsinnig werden – jede Redepause des Professors wurde für Peer schon bald unerträglich.

Scheiße! Er hat dich im Griff, er hat dich im …

Aber dann war der Gedanke schon wieder verflogen. Er fühlte sich wie in Trance, spürte, wie sein Wille immer schwächer wurde. Er konnte immer noch begreifen, was mit ihm passierte, aber es fiel ihm von Sekunde zu Sekunde schwerer.

»Ich zähle jetzt von drei rückwärts, und bei eins setzen Sie sich auf und öffnen die Augen. Drei, zwei, eins.«

Wie von Geisterhand nach oben gezogen, setzte Peer sich hin und schlug die Augen auf. Er sah direkt in Professor Schmolls freundlich lächelndes Gesicht. Alles an dem Mann wirkte vertrauensvoll und seriös. Peer spürte, wie sehr er ihm vertrauen, sich von ihm leiten lassen wollte. In ihm war das fast übermächtige Gefühl, dass er sich auf Professor Schmoll voll und ganz verlassen konnte. Für einen kurzen Moment ließ er seinen Blick durch den Raum wandern. Hinter dem Professor lehnten zwei Männer an der Wand, die Peer noch nie gesehen hatte, daneben stand Obermann, der kräftige Pfleger. Einen Wimpernschlag später blickte Peer wieder in Schmolls Gesicht. Nur wenn er ihn anschaute, hatte er ein ruhiges und klares Bild vor Augen. Sobald er in den Raum sah, fingen die Farben an zu tanzen, und alles wackelte wie bei einem Erdbeben.

»Peer, Sie sind unser bester Mann, Sie sind einzigartig. Nur wenige Menschen auf der ganzen Welt können das, was Sie können«, fuhr der Professor fort. Dabei sah er Peer die ganze Zeit in die Augen. »Sie werden viel Gutes tun, Peer. Wir werden nur noch einen Test mit Ihnen durchführen, um unsere Auftraggeber davon zu überzeugen, dass wir auf dem richtigen Weg sind. Durch Sie wird Somnia zu großem Ruhm verholfen, Peer Henke. Bald fängt ein neues Leben für Sie an. Ein Leben im Luxus, dass nur ab und zu von heldenhaften Einsätzen unterbrochen wird. Zeigen Sie uns, dass Sie es können!« Der Professor drehte sich kurz zu Obermann um. »Hol ihn rein«, sagte er leise.

Lass dich nicht einlullen, du darfst ihm nicht vertrauen. Er hat Böses vor. Achte auf dich, Peer, achte auf dich!

Die Farben um ihn herum wurden immer intensiver, heller und leuchtender. Alles schien merkwürdig verschwommen, als hätte er eine Brille mit der falschen Sehstärke auf. Sein Mund fühlte sich trocken an, sein Körper schwer, aber gleichzeitig auch angespannt.

Er kann mit dir nicht machen, was er will. Du bist keine Marionette!

Peer sah, wie Obermann einen Rollstuhl hereinschob. Darauf saß ein erbärmlich aussehender Mann. Er hatte nur noch ein Bein und ein Auge, und es fehlten ihm einige Finger. Was war das für eine arme Kreatur? Und warum war er so verstümmelt? Hatte Peer ihm das etwa angetan? Bitte nicht!

Der Mann schien bei klarem Verstand zu sein, jedenfalls sah er so aus, als wenn er wüsste, in was für einer ausweglosen Situation er sich befand. Schweißperlen standen auf seiner Stirn, und er zitterte am ganzen Leib.

»Wir haben verschiedene Methoden trainiert, Peer. Ich zähle jetzt wieder von drei runter bis eins, und bei eins werden Sie diesen Mann töten. Und zwar mit einem einzigen Schlag.«

»Hören Sie nicht auf diesen Kerl!«, rief der Mann im Rollstuhl in dem Augenblick verzweifelt. »Sie müssen das nicht tun. Sie müssen mich nicht töten! Ich bin eine arme Sau, es gibt keinen Grund mich umzubringen.«

»Seien Sie still!«, zischte Obermann.

»Ich denke gar nicht daran. Ich will leben, hören Sie mich? Was ist nur mit Ihnen? Warum starren Sie denn einfach so vor sich hin? Nun sagen Sie doch was!«

Er wollte ihn nicht töten, aber er schaffte es nicht, auch nur ein Wort über die Lippen zu bringen.

»Lassen Sie mich in Frieden. Bitte, tun Sie mir nichts!«, flehte der Mann weiter.

Ich will es doch auch nicht. Ich will es wirklich nicht! Lieber Gott, tu etwas. Lass mich nicht erneut zum Monster werden.

»Drei, zwei, eins.« Professor Schmoll sah ihn auffordernd an.

Obwohl Peer es nicht wollte, stand er langsam auf. Er ballte die rechte Hand zur Faust, so fest, dass seine Knöchel weiß hervortraten. Seine Muskulatur war angespannt, sein ganzer Körper war nur noch geballte Kraft.

»Tun Sie es nicht! Sie können doch einen armen Krüppel wie mich nicht totschlagen. Das können Sie nicht machen. Hören Sie mich denn nicht?«

Doch, Peer hörte den Mann. Und er wollte ihm auch kein Haar krümmen, das wollte er beim besten Willen nicht. Trotzdem ging er auf ihn zu und baute sich vor ihm auf.

Obermann trat grinsend einen Schritt zur Seite, als wollte er Peer Platz machen.

Du willst diesen Krüppel totschlagen? Warum zur Hölle solltest du das tun? Es gibt überhaupt keinen Grund dafür. Du hast schon eine junge Frau umgebracht, nein, wahrscheinlich zwei. Und einen Jugendlichen, der so alt war wie deine Schüler. Du hast gemordet, Peer. Lass nicht zu, dass es noch mal passiert, das darfst du nicht zulassen.

Peer spürte, wie sich sein Gehirn gegen die Anweisung von Professor Schmoll wehrte. Er spürte, dass er immer noch die Kontrolle über seinen Verstand hatte, aber dass sie ihm zunehmend entglitt.

Er stand vor dem Rollstuhl und holte aus. Er wusste, dass er den Mann mit einem Schlag töten konnte, wenn er ihm den Kehlkopf zertrümmerte. Oder ihm das Nasenbein ins Gehirn rammte. Woher kannte er diese tödlichen Schläge?

»Bitte, tun Sie es nicht!« Der Mann im Rollstuhl weinte.

Tu es nicht, Peer, tu es nicht! Du musst das nicht tun, du musst nicht töten.

Doch er holte kraftvoll aus. Der Mann im Rollstuhl hob abwehrend seine Arme, wohl wissend, dass ihm eine solche Schutzhaltung kaum weiterhelfen würde. Er zitterte und weinte, und die Verzweiflung, die von ihm ausging, war im Raum geradezu greifbar.

»Bitte nicht, bitte … Bitte …« Er wimmerte nur noch.

Ein gezielter Schlag gegen den Kehlkopf. Irgendwo hatte Peer gelernt, dass es auf diese Weise ganz schnell ging, so würde der andere nicht leiden müssen. Das wusste er, das musste er schon mal gemacht haben.

»Bitte …«

Peer fixierte den Hals des Mannes. Er konnte nicht anders, als auf den Kehlkopf zu starren, ihn mit seinen Blicken förmlich einzukreisen.

Ein Schlag, nur ein Schlag, dann hat er es hinter sich.

Peer spannte die Muskeln an. Dann holte er aus.

Achte auf dich, Peer.

Ja, verdammt, du kannst auf dich achten!

Er bündelte seine ganze Kraft und versuchte angestrengt, das Karussell in seinem Kopf zu stoppen. Im gleichen Augenblick drehte er sich mit einem Ruck zu Obermann und zertrümmerte ihm mit einem Schlag den Kehlkopf. Sofort ging der Mann röchelnd zu Boden und schnappte verzweifelt nach Luft.

Peers Atmung ging schneller.

Du kannst es.

Professor Schmoll gab den beiden anderen Männern ein Zeichen und sprach panisch in sein Walkie-Talkie: »Wir brauchen sofort Hilfe. Raum 12. Ein Patient dreht durch, es ist dringend!«

Nein, ich drehe nicht durch. Ich behalte die Kontrolle.

Die beiden anderen Männer stürzten sich auf ihn. Er wehrte locker ab. Warum spürte er ihre Schläge nicht? Peer schien immun gegen Schmerz zu sein. Sein Herz raste. Das Adrenalin rauschte durch seinen Körper.

Jetzt mach ich euch fertig.

Das war das Letzte, was Peer klar denken konnte.

48

Er schlug er nur noch um sich. Wie im Rausch. Das Blut spritzte aus seinen Angreifern geradezu heraus, wie in einem 3D-Videospiel, nur langsamer und viel farbintensiver. Und wie ein Videospieler seine Figur, schien auch Peer sich selbst aus der Distanz zu beobachten.

Verwundert nahm er wahr, wie er nach der Stange griff, an der der Infusionsbeutel gehangen hatte. Wie eine Lanze hielt er sie in der Hand. Dann rammte er sie einem der Männer in den Bauch, spießte ihn förmlich auf. Es kümmerte Peer nicht. Die Schreie, das Blut, die aufplatzende Haut, all das berührte ihn nicht. Er kämpfte wie eine Maschine, mechanisch und effizient, hörte knackende Knochen, aufspringende Schädel, ohne dass es ihn interessierte. Minutenlang. Vielleicht auch tagelang, er wusste es nicht. Er schlug, trat, hackte. Immer weiter, immer weiter. Die Farben um ihn herum wurden greller, verfremdeten die Szene bis ins Absurde.

Dann war es plötzlich vorbei. Sein keuchender Atem war das Einzige, was Peer noch hörte. Irritiert fuhr er sich mit den Händen durch sein Gesicht. Er spürte, dass es klatschnass war.

»Was zur Hölle …?«

Er blickte auf seine Hände. Schweiß und Blut bedeckten seine Haut. War es sein Blut? Er wusste es nicht, es war ihm auch egal. Er versuchte seine Atmung zu kontrollieren, horchte in sich hinein. Keine Schmerzen.

Unwillkürlich machte er einen Schritt nach vorn, berührte mit dem Fuß etwas Weiches. Er blickte nach unten, stöhnte auf.

»Mein Gott …«

Er war auf einen Körper getreten, tot offenbar. Erst

jetzt sah er sich richtig um. Peer stand in einem Flur, den er noch nie zuvor gesehen hatte. Er war nicht besonders lang und auch nicht breit, umfasste eine Fläche von vielleicht fünfzig Quadratmetern. Die Wände mussten irgendwann mal weiß gewesen sein, jetzt waren sie von oben bis unten mit Blut bespritzt. Auf dem Boden lagen Körper, tote und halb tote Menschen. Übel zugerichtet, mit aufklaffenden Wunden und gebrochenen Gliedmaßen.

Hast du das angerichtet?

Vorsichtig bahnte sich Peer einen Weg durch das Grauen. Einige der Männer stöhnten und atmeten noch, die meisten rührten sich nicht mehr. Wie viele waren es? Ein gutes Dutzend, schätzte er. Wo waren die alle hergekommen?

»Was habe ich getan?«, stöhnte er tonlos.

Er hatte diese Männer bekämpft, weil sie ihn angegriffen hatten. Peer hatte sich nur verteidigt, das wusste er. Vier seiner Angreifer hatten überlebt. Offene Brüche, Knochen, die durch die Haut stachen, verdrehte Gelenke. Peer hoffte, dass die Männer daran nicht sterben würden. Nicht so wie die ganzen anderen, die neben ihnen lagen.

Peer sah sich die Gesichter genau an. War Mia unter den Toten? Er konnte sie nirgends entdecken. Und Schmoll? Nein, auch ihn fand er nicht.

Vorsichtig ging er über die Körper in den Raum mit der Nummer 12. Hier hatte das Massaker seinen Anfang genommen, glaubte er sich zu erinnern. Er sah Obermann, den riesenhaften Pfleger, tot am Boden liegen. Mund und Augen weit aufgerissen, die Hände um seinen Hals gelegt. Sein Gesicht war bläulich verfärbt. Er war erstickt.

Drei weitere Männer lagen am Boden, die Peer nicht kannte. Sie waren merkwürdig ineinander verschlungen, als hätte man sie übereinander aufgetürmt. Peer ging näher an sie heran. Bewegte sich da was? Beherzt packte er den einen Körper und zerrte ihn auf die Seite.

»Bitte, tun Sie mir nichts!«

Der verkrüppelte alte Mann. Er musste sich unter den Leichen versteckt haben. Ängstlich kauerte er auf dem Boden und hob abwehrend die Arme hoch.

»Ich tue Ihnen nichts. Kommen Sie, ich helfe Ihnen.«

Peer hob den Mann in den Rollstuhl, der in der anderen Ecke des Raumes stand. Der Kerl zitterte am ganzen Leib. Es war nicht zu übersehen, dass er gewaltige Angst vor Peer hatte.

»Wie heißen Sie?«

»Ha… Harry …«

»Harry, gut. Ich bin Peer. Ich weiß, dass Sie Angst vor mir haben. Aber das brauchen Sie nicht. Ich werde Ihnen nichts tun.«

»Sie sind eine verdammte Killermaschine!«, stieß Harry hervor. »Ich hab gesehen, was Sie gemacht haben. Wie ein Roboter haben Sie einen nach dem anderen kaltgemacht.«

Peer seufzte verzweifelt. »Ich weiß. Sie müssen mich für den Teufel in Person halten. Aber das bin ich nicht. Ich wollte das alles nicht. Diese verdammten Schweine haben aus mir ein Monster gemacht.«

Harry sah ihn unsicher an. »Das … ist … der Wahnsinn«, sagte er mit zittriger Stimme.

Für einen Moment schwiegen sie beide.

»Wir sollten hier verschwinden«, meinte Harry schließlich. »Wenn Sie mir nicht helfen, schaffe ich es vermutlich nicht.«

»Natürlich helfe ich Ihnen. Und Sie haben recht, wir sollten schleunigst von hier abhauen.«

Peer schob den Rollstuhl und versuchte, möglichst keinen der am Boden liegenden Körper zu berühren.

»Warten Sie!«, sagte Harry. »Eine Sache muss ich noch wissen. Ich habe Sie schon mal gesehen. Im Park. Wie Sie eine Frau getroffen haben …«

»Ricarda Hagen?«

»Ich weiß nicht, wie sie heißt. Kurze Haare.«

Peer nickte. »Ja, das ist sie.«

»Was hat sie mit der Sache zu tun?«

»Ehrlich gesagt, ich weiß es nicht. Aber ich glaube, dass sie zu den Guten gehört. Sie hat mich von Anfang an vor Somnia gewarnt.«

Peer sah dem verkrüppelten Mann an, dass ihn die Antwort überraschte. Wo ist Ricarda Hagen eigentlich geblieben?, ging es ihm durch den Kopf. Sie hatte ihm versprochen, Kontakt zu ihm aufzunehmen. Das hatte sie nicht getan, und irgendwie war Peer davon ausgegangen, dass er sich auf sie verlassen konnte. Nun, es war nicht das erste Mal, dass er sich in einem Menschen getäuscht hatte. Nachdenklich schob er den Rollstuhl weiter.

Angesichts der vielen Leichen und des Bluts um sie herum stöhnte Harry ununterbrochen auf und schüttelte immer wieder den Kopf. »Mein Gott ... O mein Gott«, flüsterte er die ganze Zeit.

Ein Schrei ließ sie beide zusammenzucken. Ruckartig drehte sich Peer um und sah Mia am anderen Ende des Flures stehen.

»Peer! Um Himmels willen, Peer! Was ist denn hier passiert?« Sie eilte zu ihm und wollte ihn in die Arme nehmen, aber er stieß sie von sich.

»Tu doch nicht so!«

»Bist du in Ordnung? Was ist denn bloß passiert?«

»Das weißt du ganz genau. Du hast von Anfang an gewusst, was hier vor sich geht.«

»Nein, das habe ich nicht, wirklich. Bist du verletzt? Ist alles okay mit dir?« Besorgt musterte sie ihn von oben bis unten.

»Mir geht es gut. Jedenfalls bin ich nicht verletzt.«

»Und wer ist das?« Mia wies auf Harry.

»Jemand, den ich hier rausbringe«, antwortete Peer. »Ich hoffe, er wird bei der Polizei aussagen können, dass ich nicht bei vollem Bewusstsein war, als das hier passierte.«

»Du willst zur Polizei?« Mia sah ihn entsetzt an. »Dann sperren sie dich bis an dein Lebensende ein.«

»Nein, das werden sie nicht. Es gibt die DVDs, sie beweisen meine Unschuld.«

»Und wo sind die? Weißt du denn nicht, dass der Professor damit abgehauen ist? Nein, Peer, du kannst nicht zur Polizei! Niemand wird dir glauben. Überleg mal, schon die Sache mit deiner DNS-Probe konnten sie beeinflussen. Was glaubst du, was die Organisation noch alles kann? Die haben Kontakte bis nach ganz oben.«

Verdammt. Sie hatte recht.

»Ich bring euch hier raus. Wir müssen erst mal von hier verschwinden«, sagte sie. »Los, kommt mit. Nicht in diese Richtung. Folgt mir!«

Zielstrebig ging Mia wieder zu der Tür, durch die sie gekommen war. Peer zögerte. Konnte er ihr vertrauen? Nein, natürlich nicht.

»Peer, bitte komm. Glaub mir, ich will dir helfen. Bitte!« Verzweifelt sah Mia ihn an.

Er wusste nicht, was er tun sollte. Er hatte keine Ahnung, wie er am schnellsten aus diesem verfluchten Gebäude rauskommen sollte. Und die Zeit drängte. Schmoll konnte jede Sekunde mit seinen Leuten wieder hier auftauchen, oder mit der Polizei im Schlepptau. Und beide würden nicht zögern, ihn sofort zu erschießen. Was hatte er also für eine Wahl?

Peer packte den Rollstuhl und schob ihn hinter Mia her. Schweigend eilten sie durch die leeren Gänge. Nirgendwo war auch nur eine Person zu sehen. Sie fuhren mit dem Aufzug ins Erdgeschoss, kamen durch den Lagerraum und durch die Küche, die ebenfalls verwaist waren.

»Wo sind die ganzen Leute?«, fragte Peer. Er hatte zwar keine Vorstellung davon, wie spät es war, aber da es draußen noch hell war, tippte er auf den frühen Abend.

»Ich weiß es nicht. Ich schätze, der Professor hat alle nach Hause geschickt, als …« Sie zögerte. »… als es losging. Vermutlich ist er selbst im letzten Moment geflohen.«

»Wo warst du die ganze Zeit?«

»Er hatte mir ein Mittel zur Beruhigung geben. Davon muss ich eingeschlafen sein. Ich bin eben erst in seinem Büro wach geworden.«

Sagte sie die Wahrheit? Peer wusste es nicht. Aber er hoffte, dass es stimmte.

Durch den Lieferanteneingang, über den sie vor einigen Stunden das Gebäude betreten hatten, verließen sie es nun wieder.

»Da vorne ist dein Wagen. Los, ich weiß, wo wir uns verstecken können.«

»Was ist mit mir?«, fragte Harry.

»Sie kommen am besten mit«, meinte Mia. »Wenn die Organisation Sie findet … Sie sind ein wichtiger Augenzeuge.«

»Verstehe.«

Peer sah dem Mann an, wie mulmig ihm zumute war. Er empfand Mitleid mit ihm und fühlte sich dafür verantwortlich, was dem armen Kerl alles passiert war. Er wollte nicht, dass er noch mehr durchmachte.

»Die sind in erster Linie hinter mir her«, meinte er. »Ich schätze, wir können Harry auch irgendwo absetzen, wenn wir erst mal von hier weg sind.«

»Ich weiß nicht. Er fällt schon ein bisschen auf. Wenn er einfach so durch die Stadt rollt …«

»Sie brauchen nicht in der dritten Person über mich zu sprechen«, mischte sich Harry ein. »Mir fehlen ein paar

Gliedmaßen, aber mein Gehirn ist noch da. Und tatsächlich funktioniert es auch noch.«

»Sorry, Sie haben vollkommen recht.« Peer half ihm auf den Beifahrersitz und verstaute den Rollstuhl im Kofferraum, während sich Mia auf die Rückbank setzte. Dann startete er den Wagen und fuhr los.

»Ich kenne ein Versteck, wo wir relativ sicher sind«, sagte Mia. »Zumindest für eine gewisse Zeit. Wir können dort in Ruhe unsere Flucht planen.«

Harry schüttelte den Kopf. »Nein, ich fliehe nicht, nicht mehr. Ich bin die ganzen letzten Jahre weggelaufen, vor der Vergangenheit, vor der Zukunft ... Das ist jetzt vorbei.«

»Wo sollen wir Sie absetzen?«, fragte Peer.

»Ich weiß es nicht. Irgendwo, wo ich meine Ruhe habe, bis sich die erste Aufregung gelegt hat.«

»Gut.« Peer lenkte den Wagen auf die Straße, die von der Klinik hinab ins Tal führte, und gab Vollgas. Er wollte von hier weg, so schnell wie möglich. Im Rückspiegel warf er noch einen Blick auf das Firmengebäude von *Somnia*. Nach wie vor war keine Menschenseele zu sehen, und langsam, aber sicher flachte seine Anspannung etwas ab. Vielleicht war es jetzt wirklich vorbei. Auch wenn er nicht wusste, was als Nächstes auf ihn zukommen würde, hatte er die Hölle wenigstens verlassen.

»Wo fährst du hin?«, fragte Mia, als er auf eine einsame Landstraße abbog. »Mein Versteck ist in der Nähe vom Frankfurter Flughafen. Ideal, um schnell ins Ausland zu verschwinden. Wir sollten ...«

»Wir bringen erst Harry weg«, unterbrach Peer sie und legte einen höheren Gang ein.

49

Harry schaute aus dem Fenster und sah den Wagen mit durchdrehenden Reifen wegfahren. Schnell entfernte er sich, bis er ihn nicht mehr sehen konnte.

Es lag keine zwei Stunden zurück, da hatte er gedacht, sein letztes Stündchen hätte geschlagen. Da war er Zeuge eines unfassbaren Gemetzels geworden, hatte gesehen, wie ein einzelner Kerl mehrere Männer einfach totgeschlagen hatte. Die Geschichte, die ihm dieser Peer auf der kurzen Autofahrt erzählt hatte, klang einfach zu abenteuerlich, als das sie stimmen konnte. Mit Medikamenten und Hypnose manipuliert … Harry konnte sich keinen Reim auf die Sache machen.

Aber immerhin hatte der Typ ihn am Leben gelassen. Und seine Geschichte passte zu dem, was Harry vor sechs Jahren selbst erlebt hatte. Die Killerin, die ihn auf dem Friedhof zum Krüppel gemacht hatte, hatte auch merkwürdig entrückt und abwesend gewirkt, als wäre sie nicht bei klarem Bewusstsein gewesen.

»Soll ich Ihnen erst mal einen Tee machen?«, fragte die nette ältere Dame, die ihm Peer als Rosi vorgestellt hatte. Sie sei die beste Freundin seiner verstorbenen Mutter gewesen, hatte er gesagt, und er vertraue ihr zu hundert Prozent.

»Gern«, meinte Harry lächelnd.

»Und dann können wir ja mal gucken, was Ihnen von den Sachen meines verstorbenen Mannes passt.«

»Sie sind wirklich sehr hilfsbereit. Danke.«

»Kein Problem. Sie können so lange bleiben, wie Sie möchten. Ich habe Peer versprochen, dass ich mich um Sie kümmere, und ich halte meine Versprechen.«

Harry sah Rosi dankbar an. Sie musste früher einmal

sehr attraktiv gewesen sein, das war nicht zu übersehen. Eigentlich war sie es immer noch. Ihr Gesicht war fein geschnitten und relativ faltenfrei, obwohl Harry sie auf Mitte sechzig schätzte. Die grauen Haare hatte sie nach hinten gebunden, und sie trug eine eng geschnittene Jeans, die ihre schmale Figur betonte.

»Warum tun Sie das für mich? Ich meine, Sie kennen mich doch gar nicht. Und so wie ich aussehe, mache ich auch mit Sicherheit keinen besonders vertrauenswürdigen Eindruck.«

Harry sah an sich herunter. Er trug noch immer den Schlafanzug, den er im Schrank seiner Zelle gefunden hatte.

»Wenn Peer mich um Hilfe bittet, helfe ich ihm. Das habe ich seiner Mutter kurz vor ihrem Tod versprochen. Wissen Sie, der Junge hat es nicht leicht gehabt. Im Gegenteil. Und ich befürchte, dass er es in Zukunft auch nicht besonders leicht haben wird.«

»Was meinen Sie damit?«

Rosi zögerte und seufzte. »Sein Vater war schwer krank«, sagte sie. »Genau wie sein Großvater und sein Onkel. Die Krankheit ist vererbbar, und es ist nur eine Frage der Zeit, wann sie bei Peer ausbricht. Sein Vater muss jedenfalls in einem ähnlichen Alter gewesen sein, als er die ersten Symptome hatte, seinen Opa und den Onkel hat Peer gar nicht mehr kennengelernt. Die waren längst tot, als er auf die Welt kam.«

»Was ist das für eine Erkrankung?«

»Das kann ich Ihnen nicht genau sagen. Eine besondere Form der Schizophrenie. Das hatte man jedenfalls vermutet, wobei Peers Vater auf die verschiedenen Therapien kaum ansprach. Welchen Namen die Krankheit auch hat, es handelt sich auf jeden Fall um eine fortschreitende Störung des Gehirns. Genetisch bedingt.«

»Peer trägt diesen Gendefekt in sich?«

Rosi nickte bekümmert. »Ja, er ist als Baby getestet worden. Sie haben es dem Jungen nie gesagt, um ihm eine unbeschwerte Kindheit zu ermöglichen. Nichts ist schließlich schlimmer, als wenn man weiß, dass eine Zeitbombe in einem tickt.« Sie wischte sich eine Träne aus dem Auge. »Sie hätten niemals Kinder bekommen dürfen ... niemals ...«

»Und wie macht sich diese Krankheit bemerkbar?«, fragte Harry. Seine Neugierde war geweckt.

»Zunächst durch massive Unstimmigkeiten der Gefühlswahrnehmungen, meist verbunden mit starken Schlafstörungen. Die Patienten machen Dinge, an die sie sich später kaum erinnern können. Die Krankheit führt unweigerlich zum Tod. Im Fall von Peers Vater haben die massiven psychischen Störungen ihn zu einem schrecklichen Selbstmord getrieben.«

»Das ist furchtbar!«

»Ja. Zum Glück kann man ein wenig vorsorgen. Eine gesunde Lebensweise, wenig Stress, keine Drogen, kein Alkohol, all das wirkt sich natürlich positiv aus. Ich bete zu Gott, dass Peer noch ein paar gute Jahre hat.«

Rosi ging in die Küche, um den Tee zuzubereiten, und Harry sah ihr nachdenklich hinterher. Vielleicht hatten sich die Leute in der Klinik Peer wirklich gezielt ausgesucht. Möglicherweise hatten sie von seinem Gendefekt gewusst und ihn bewusst manipuliert, um aus ihm das Monster zu machen, dass er vor ein paar Stunden noch gewesen war.

Harry lief ein Schauer den Rücken hinunter, als er daran dachte, was das in letzter Konsequenz bedeutete. Denn wenn es stimmte, was diese Rosi sagte, wenn die Störung im Gehirn von Peer immer stärker wurde und dieser Prozess durch Medikamente und Drogen nun auch noch beschleunigt worden war, dann konnte das, was heute passiert war, jederzeit wieder geschehen. Dann war Peer Henke längst eine tickende Zeitbombe, die schon bald erneut hochgehen würde.

50

Peer stellte seinen Wagen auf einer Lichtung ab. Nachdem sie eine Weile über einen Forstweg durch den Wald gefahren waren, hatte Mia ihn gebeten anzuhalten. Er hatte keine Ahnung, wo sie waren. Irgendwo mitten im Taunus zwischen Limburg und Frankfurt. Der Wald war dicht gewachsen, vom Weg aus konnte man nur wenige Meter durch die Bäume sehen, dann verschwamm alles in einem schimmernden Grün.

»Wo soll dein Versteck jetzt sein?«, fragte Peer. Er fühlte immer noch das Adrenalin durch seinen Körper rauschen, vermischt mit den Resten der Medikamente und Drogen, die sie ihm verabreicht hatten.

Mia hatte ihn hierhergelotst, hatte ihm ein Versteck versprochen, jenseits von Handyempfang und GPS. Hier werde sie so schnell niemand finden, hatte sie versprochen, weder die Polizei, jemand von *Somnia* oder der Organisation, die ihr inzwischen selbst Angst einzujagen schien.

Peer war froh, dass er Harry bei Tante Rosi untergebracht hatte. Er wusste, dass der Mann dort einigermaßen sicher war. Es gab keinerlei Verbindungen zu ihm. Selbst wenn *Somnia* seine Wohnung durchsucht und verwanzt haben sollte, würden sie dort nichts über Rosi finden. Die einzige Sicherheitslücke war Mia. Aber wenn sie ihn nicht verraten würde, konnte sich Harry dort in Ruhe erholen. Peer wusste, dass Rosi sich rührend um ihn kümmern würde. Sie hatte ein Herz für gescheiterte Existenzen.

»Wir müssen ein Stück zu Fuß gehen. Es ist eine Jagdhütte, dahinten im Wald«, sagte Mia.

Sie gingen einen schmalen Pfad entlang, der sie rasch ins Unterholz führte. Der Weg war zugewachsen, überall fanden sich Gestrüpp und Brennnesseln. Offenbar wurde er nicht allzu oft benutzt.

»Wer weiß alles von dieser Hütte?«, fragte Peer. Er wollte kein Risiko mehr eingehen.

»Es ist die Hütte meines Vaters. Meine Eltern kennen sie also. Vielleicht auch noch ein paar Freunde, mit denen mein Vater schon mal zusammen auf die Jagd geht.«

»Und wenn einer von denen hier auftaucht?«

»Nein. Keine Sorge, das passiert bestimmt nicht.«

Mias Eltern hatten also ein Ferienhaus in Schweden und eine Jagdhütte in der Nähe von Frankfurt. Peer spürte, wie das Misstrauen wieder in ihm emporkroch.

»Sind deine Eltern sehr reich?«

Zögerte sie mit der Antwort? Hörte sie sein Misstrauen?

»Ja«, antwortete sie knapp.

»Was machen sie denn beruflich?«

»Ist das wichtig?«

Nein, dachte Peer. Aber es gab auch keinen Grund, warum sie es ihm nicht sagte.

Als könnte sie seine Gedanken lesen, fügte sie schnell hinzu: »'tschuldigung, ich bin etwas gereizt. Lass uns nachher reden, ja? Jetzt möchte ich erst mal ankommen.«

Das konnte er gut verstehen. Auch er war fertig, fühlte sich müde und gestresst. Vielleicht wurden sie beide etwas ruhiger und weniger argwöhnisch, wenn sie sich etwas ausgeruht hatten.

Nach wenigen hundert Metern standen sie vor einer malerischen Holzhütte. Sie sah genauso aus, wie man sich eine Jagdhütte vorstellte. Die Wände waren aus stabilen Holzbalken, die im Laufe der Jahre immer dunkler geworden waren. An den Fenstern hingen rot-weiß karierte Vorhänge. Und dennoch …

Irgendetwas stimmt hier nicht, schoss es Peer sofort

durch den Kopf. Er starrte auf das Haus und spürte, wie die Nervosität in ihm wuchs. Irgendetwas war hier faul. Aber was? Lockte Mia ihn gerade in eine Falle? Nein, das konnte nicht sein. So viel Kaltschnäuzigkeit traute er ihr dann doch nicht zu. Aber irgendetwas war nicht in Ordnung.

»Ich mach uns erst mal einen Kaffee, okay?« Mia lächelte ihn an. »Und dann besprechen wir, wie wir von hier verschwinden und wie die weitere Planung aussieht.«

»Mia, ich weiß nicht …«

»Komm, lass uns erst mal reingehen.«

Als sie die Tür aufschloss, blickte er intuitiv an der Fassade der kleinen Hütte nach oben und verstand. Der Schornstein! Wieso qualmte der verfluchte Schornstein?

Es war zu spät. Hinter der Tür stand Professor Schmoll, eine Pistole in der Hand.

»Da seid ihr ja«, sagte er freundlich. Er zog Mia zu sich und drückte ihr einen Kuss auf die Wange. Mit versteinerter Miene befreite sie sich aus seiner Umarmung.

»Lass das«, sagte sie kalt. »Was soll die Waffe?«

»Ist dir die ganze Aufregung aufs Gemüt geschlagen, Liebes?« Der Professor lächelte sie süßlich an, während er die Waffe immer noch auf Peer gerichtet hielt. »Sicher ist sicher«, fügte er mit Blick auf die Pistole hinzu.

Peer hatte das Gefühl, als würde man ihm den Boden unter den Füßen wegziehen. Das, was er in seinem Inneren spürte, erinnerte ihn an die Emotionen, als sein Vater das Haus angezündet hatte. Es war eine Mischung aus blanker Furcht und Bestätigung. Denn trotz der Todesangst hatte er sich damals bestätigt gefühlt, dass nun all das eingetreten war, wovor er und seine Mutter sich so lange gefürchtet hatten. Sie hatten nicht übertrieben und sich nichts eingebildet, so wie sein Vater es ihnen häufig vorgeworfen hatte.

Jetzt ging ihm Ähnliches durch den Kopf. Wie in einem Schnelldurchlauf sah er die unzähligen Hinweise, die ihm hätten verraten müssen, dass Mia mit Schmoll unter einer Decke steckte. Ja, er hatte gespürt, dass sie in diese Sache involviert war. Lange hatte er davor die Augen verschlossen, aber im Prinzip hatte er es die ganze Zeit über gewusst. Dass sie eine Liebesbeziehung zu diesem furchtbaren Menschen hatte, hätte er sich allerdings nicht vorstellen können.

»Du … Du bist seine Freundin?«, stieß er fassungslos aus.

Schmoll brach in schallendes Gelächter aus. »Meine Freundin? Machen Sie Witze?«

»Ich weiß nicht, was daran so lustig ist«, sagte Peer gepresst.

»Mia ist meine Tochter! Ich dachte, du hättest ihm davon erzählt, Liebes.«

Sie ignorierte Schmoll und sah Peer ernst an. »Kann ich es dir erklären?«

Er war ratlos, wusste nicht, was er darauf sagen sollte. Was wollte sie ihm denn jetzt noch erklären? Wie konnte das, was in den letzten Wochen und am heutigen Tag passiert war, mit Worten verständlich gemacht werden? Von jemandem wie ihr? Sie war die Tochter des Teufels, sie hing noch viel tiefer in den schmutzigen Machenschaften von *Somnia* drin, als er es sich jemals hätte vorstellen können. Vermutlich hatte sie sich im Auftrag ihres Vaters an ihn herangemacht, eine weitere Stufe der Manipulation bei ihm durchgeführt, ihn emotional gelenkt.

Er atmete tief durch. »Ja. Erklär es mir. Erklär mir, wie du mich zum Mörder machen und gleichzeitig mit mir vögeln konntest.«

Mia biss sich auf die Lippen. »Ich wusste nichts von den Morden, wirklich nicht«, sagte sie dann. »Der Professor ... Mein Vater hat mich erst darüber aufklärt, nachdem wir uns die DVDs angesehen haben. Er hat mir erklärt, warum diese Maßnahmen notwendig waren, Peer.«

»Das stimmt. Meine Tochter wusste nichts davon«, stimmte Schmoll ihr zu. »Sie hätte die Notwendigkeit dieser Desensibilisierungsmaßnahmen niemals toleriert.«

»Nein, natürlich nicht!« Mia warf ihrem Vater einen ernsten Blick zu. »Und damit war ich ja wohl auch nicht die Einzige, Papa. Du hast dich da völlig in etwas verrannt.«

Ihr Vater zuckte bloß lapidar mit den Schultern.

Mia seufzte und wandte sich wieder zu Peer. »Ich will, dass du weißt, dass ich darüber gänzlich anders denke. Hätte ich gewusst, was in den Nächten mit dir passiert, hätte ich alles getan, um das zu verhindern.«

»Das hat jetzt keine Bedeutung mehr«, erwiderte er tonlos.

»Doch, hat es. Es ist vorbei! Mein Vater hat eingesehen, dass es der falsche Weg war.«

»Die Zeiten haben sich geändert«, korrigierte Schmoll seine Tochter. »Obwohl ich nach wie vor von der Notwendigkeit dieser Versuche überzeugt bin, werden sie in der Tat so nicht mehr stattfinden können. Und nachdem, was heute passiert ist, müssen wir unsere Pläne grundlegend ändern. Wir werden nicht so weiterarbeiten können wie bisher.«

Peer sah den Professor hasserfüllt an. »*Arbeiten?* Sie nennen das, was Sie gemacht haben, Arbeit? Sie haben einen schlafwandelnden Killer aus mir gemacht!«

Schmoll seufzte theatralisch und erzählte ihm erneut, wie wichtig Peers Ausbildung gewesen sei. Dass er eben nicht einfach nur eine brutale Killermaschine geworden sei, sondern langfristig zur Terrorbekämpfung beigetragen hätte.

»Ich weiß, das muss sich im Moment merkwürdig für Sie anhören, aber Sie hätten Gutes getan, Peer Henke.«

»Hören Sie auf! Ihnen ging es doch nur …«

»Ja, ich weiß, was Sie jetzt sagen wollen«, unterbrach ihn Schmoll. »Es gibt einen finanziellen Aspekt bei der ganzen Geschichte. Ja, natürlich gibt es den! Was denken Sie denn, wie so ein Krieg finanziert werden soll? Wenn unsere Geldgeber in den USA keinen Profit machen, würden die uns niemals unterstützen. Oder meinen Sie wirklich, dass es irgendeine Sau interessiert, ob die IS dort unten ein Dorf überfällt oder nicht, solange es keine wirtschaftlichen Interessen gibt? So läuft es bei jedem Krieg auf der Welt. Am Ende geht es nur ums Geld. So war es immer, und so wird es auch immer sein.«

Peer dachte einen Moment über Schmolls Worte nach. Natürlich standen hinter jedem Krieg wirtschaftliche Interessen. So war es im Golfkrieg gewesen, so lief es seit Jahrtausenden. Letztendlich wurde nur deshalb Krieg geführt, um sich an den Besiegten zu bereichern. Aber war deshalb die logische Konsequenz, dass ein Ölkonzern Kämpfer losschickte, die mit ihren Aktionen dem IS schadeten und gleichzeitig das Konto ihrer Auftraggeber füllten? Waren das die Kriege, die heute geführt wurden? Nein, das konnte er nicht einfach so hinnehmen. Und als Erklärung für das, was mit ihm in den letzten Wochen passiert war, reichte es schon gar nicht.

»Krieg führen ist eine Sache. Soldaten werden eingezogen, Söldner bezahlt. Diese Leute wissen, was sie tun, wenn sie sich zum Kampf melden. Sie wissen, dass sie töten werden. Das war bei mir ja wohl anders«, sagte Peer. »Ich bin zu Ihnen gekommen, weil ich Hilfe brauchte. Ich habe nichts von dem gewusst, was Sie mit mir gemacht haben, und ich habe so etwas nie gewollt. Was gab Ihnen das Recht, mich einfach in diese Sache hineinzuziehen?«

»Ihre unglaubliche Veranlagung«, antwortete Schmoll. »Es gibt nur wenige Menschen, die diese Gabe haben. Sie wären steuerbar gewesen wie eine Drohne, hätten furchtlos jeden Auftrag ausgeführt. Glauben Sie mir, wenn alles nach Plan gelaufen wäre, wären wir jetzt nicht hier. Dann säßen Sie in einer schicken Penthousewohnung in der Nähe des Frankfurter Flughafens und würden auf Ihren nächsten Einsatz warten.«

»Schwachsinn! Ich liebe meinen Job, ich fühle mich in meinem Zuhause wohl. Trotz der Gehirnwäsche, die Sie mir verpasst haben. Weshalb hätte ich mein altes Leben einfach aufgeben sollen?«

Der Anflug eines Lächelns huschte über Schmolls Gesicht. Dann war er wieder ernst. »Willst du es ihm erklären, Mia?«

Doch sie schüttelte nur den Kopf.

»Also gut, dann übernehme ich das. Die Sache mit den sexuellen Übergriffen und dann noch mit einer Schülerin. Also wirklich, Herr Henke. Schon in den nächsten Tagen hätte die Schule Sie freigestellt. Außerdem wird der Schulleitung bald schon eine fingierte Akte zugestellt, in der es um ein früheres Verfahren wegen sexuellen Missbrauchs gegen Sie geht. Ihre Karriere als Lehrer ist beendet. Tut mir leid. Und ich kann mir auch nicht vorstellen, dass Ihr Vermieter, jetzt, wo er selbst Vater geworden ist, seine Wohnung weiterhin an einen Kinderschänder vermietet.«

Peers Kiefer verkrampfte sich. Dieses Monster! Eigentlich hätte er es sich denken können, dass *Somnia* hinter der Sache in der Schule steckte. Es war nur die logische Fortsetzung aller Manipulationen, nur ein weiteres Puzzleteilchen bei der langsamen Übernahme seines Lebens.

Mein Gott, dachte er verzweifelt. Vor ein paar Wochen war er noch ein stinknormaler Pauker gewesen, der zwar unter heftigen Albträumen gelitten, aber ansonsten ein recht glückliches Leben geführt hatte. Und jetzt? Jetzt war er ein Massenmörder, der die Kontrolle über sich und alles, was ihn ausmachte, verloren hatte. Der nie wieder in sein altes Leben zurückkehren konnte. Selbst wenn sie die Vorwürfe zurücknahmen, Philipp ihn nicht rauswerfen und Peer einfach sein Leben weiterleben würde – er war ein Mörder. Wie kam man mit so einer Gewissheit klar?

Mia schien seine Gedanken lesen zu können. Sie kam auf ihn zu und griff nach seiner Hand, die er abrupt zurückzog. »Peer, was ich dir jetzt sage, meine ich ernst, und ich hoffe, dass du mir glauben kannst.«

Er zuckte nur mutlos mit den Schultern.

»Wir müssen, nein, wir *werden* von hier verschwinden. Die Arbeit von Somnia ist beendet. Die Organisation sieht zu viele Probleme hier. Es ist vorbei.«

»Ach ja?«

»Ja. Wir werden für eine Weile von hier verschwinden müssen, vielleicht sogar für länger. Mein Vater bleibt hier und kümmert sich um die Abwicklung.«

»Da gibt es schließlich noch einiges zu tun«, sagte Schmoll zynisch. »Vermutlich wird in diesem Moment schon daran gearbeitet, die Leichen verschwinden zu lassen. Aber ich werde mit der Organisation noch einiges klären müssen.«

»Wir werden nicht so lange warten.« Mia lächelte Peer an. »Es wird jemand kommen und uns abholen. Heute Abend sitzen wir schon im Flieger nach Ecuador. Dort sind wir erst mal sicher.«

»Wir?«

»Du und ich, wir können ein neues Leben anfangen«, fügte sie zögernd und vorsichtig hinzu, und sah ihn erwartungsvoll an.

»Ecuador … Was soll ich denn da?«

»In Quito, der Hauptstadt, gibt es viele Deutsche und Schweizer. Deutschlehrer werden dort gesucht.« Wieder griff Mia nach seiner Hand, und diesmal zog er sie nicht zurück. »Mit dem Geld, das … nun ja, das mein Vater für deine Ausbildung bekommen hat, können wir uns dort eine Existenz aufbauen.«

Peer wusste immer noch nicht, was er dazu sagen sollte. Er fühlte sich verwirrt, hin und her gerissen. Ein Neuanfang? Den ganzen Schrecken hinter sich lassen? Musste er sein altes Leben wirklich aufgeben und ein neues beginnen? Gab es keine Alternative?

»Das, was ich getan habe … Das war nicht ich. Dafür kann man mich nicht verurteilen.« Er wandte sich an Schmoll, der seine Waffe zwar immer noch in der Hand hielt, inzwischen aber nicht mehr auf Peer zielte. »Sie haben mir selbst von Fällen erzählt, in denen Menschen im Schlaf getötet haben und nie dafür verurteilt werden konnten. Ich habe diese Morde nicht bei vollem Bewusstsein begangen. Dafür kann mich doch keiner einsperren.«

Der Professor sah ihn fast bedauernd an. »Allein Ihre Vorgeschichte, die Erkrankung Ihres Vaters und die Möglichkeit, dass die Schizophrenie auch bei Ihnen ausbrechen könnte, verbunden mit der Macht, die die Organisation innehat … Glauben Sie wirklich, Sie würden einfach so hier rausspazieren und in Ihr altes Leben zurückkehren können? Die geschlossene Psychiatrie wär ihr neues Zuhause, das kann ich Ihnen versichern.«

Erschöpft ließ Peer sich auf einen Stuhl fallen. Die geschlossene Anstalt war immer die größte Angst seines Vaters gewesen. Sein Selbstmord, der Brandanschlag, der auch Peers Leben und das seiner Mutter für immer verändert hatte, war eigentlich nichts anderes als eine Flucht vor der drohenden Einweisung gewesen.

»Ich werde dort nicht hingehen«, hatte sein Vater am Abend vor dem Feuer immer wieder gesagt.

»Sie werden dir dort helfen, Liebling«, hatte seine Mutter fast flehend geantwortet. »Ich bin am Ende meiner Kräfte, ich kann dir nicht mehr helfen.«

»Ich werde dort nicht hingehen«, hatte er nur wiederholt. Dann hatte er irgendetwas von seinem Vater und seinem Bruder gemurmelt, was Peer aber nicht verstanden hatte. Schließlich hatte er versprochen, eine Nacht darüber zu schlafen und sich alles in Ruhe durch den Kopf gehen zu lassen.

An dieses Versprechen hatte er sich nicht gehalten. Keine sechs Stunden später war er wie eine lebende Fackel durch das brennende Haus gelaufen. Seine Schreie, und auch die seiner Mutter, würde Peer niemals vergessen.

Vielleicht wäre das alles niemals passiert, wenn man ihm nicht mit der Einweisung in die Geschlossene gedroht hätte?

»Peer, ich habe mich wirklich in dich verliebt«, riss Mia ihn in dem Augenblick aus den Gedanken. »Ich habe dich nicht belogen, meine Gefühle waren und sind echt. Ich weiß, dass du an mir zweifelst, und ich verstehe das auch. Aber es gibt nur eines, was ich will: mit dir ein neues Leben anfangen. In meiner Handtasche sind zwei Tickets, schon heute Abend können wir im Flieger sitzen. Bitte, Peer! Es ist unsere einzige Chance.«

Peer sah ihr in die Augen. Stimmte es wirklich, was sie sagte? Aber warum sollte sie jetzt noch lügen? Und was hatte er eigentlich für eine Wahl?

Mia griff zu ihrer Handtasche und holte ein Kuvert heraus. »Ich bin in einer ähnlichen Situation wie du, Peer. Die Organisation wird Somnia fallen lassen, vielleicht hat sie es schon längst … Einige Leute, mit denen mein Vater eng zusammengearbeitet hat, werden uns hier rausbringen. Ich muss genauso von hier verschwinden wie du.« Liebevoll drückte sie ihm den Umschlag in die Hand. »Das sind unsere Tickets. Nur für dich und für mich. Ich liebe dich«, fügte sie leise hinzu, bevor sie ein lautes Klopfen an der Tür aufschrecken ließ.

»Jetzt schon?« Mia sah ihren Vater fragend an, der ahnungslos mit den Schultern zuckte.

»Vielleicht gibt es eine Änderung im Zeitplan«, meinte er und öffnete die Tür.

Dann ging alles ganz schnell. Der Knall war so laut, dass Peer für einen Moment ein Pfeifen in den Ohren hatte. Schmoll fiel zu Boden, offenbar tödlich getroffen. Als Mia schreiend zu ihrem Vater eilen wollte, wurde sie von der nächsten Kugel getroffen. Sie riss ihren halben Schädel weg, Blut und weiße Hirnmasse klatschten gegen die dunklen Holzwände der Jagdhütte.

Peer war von seinem Stuhl gestürzt und kauerte fassungslos auf dem Boden. Er spürte den Schock, der von seinem Körper Besitz ergriffen hatte. Seine Hände und Arme zitterten, und seine Atmung ging schnell und hektisch. Er hatte seinen Mund zum Schrei aufgerissen, brachte aber keinen Ton über die Lippen.

Dann hörte er Schritte, die über den Dielenboden näher kamen. Er sah Beine, die in einer grünen Stoffhose und schmutzigen Stiefeln steckten.

»Sind Sie okay?« Ricarda Hagen kniete sich neben ihn. Sie sah besorgt aus. »Tut mir leid, dass ich Sie nicht eher rausholen konnte. Aber es war schwieriger, als ich gedacht habe.«

»Was … was … haben Sie gemacht? Mia … mein Gott …«

»Keine Sorge, das Miststück ist tot. Haben die Ihnen auch erzählt, dass man Sie nach Südamerika bringen will?«

Peer war zu keiner Reaktion fähig. Er starrte auf Mia und hoffte, dass er gleich aus einem dunklen Traum aufwachen würde.

»Mir haben sie das damals gesagt. Keine Ahnung, wie vielen sonst noch. Nach Südamerika wollten die jedenfalls noch nie jemanden bringen. Das kann ich Ihnen versichern.« Sie zog Peer am Arm hoch. »Und jetzt kommen Sie, wir müssen hier verschwinden, bevor die Typen hier auftauchen, die es auf Sie abgesehen haben.«

51

Das Gefühl der Trauer, er hatte es schon fast vergessen. Dumpf war es, alles übertönend und betäubend. Jetzt erinnerte er sich wieder, wie heftig dieses Gefühl war, wie mächtig und ergreifend. Es war Peer fast egal, ob Mia tatsächlich schon wieder versucht hatte ihn reinzulegen. Sie war tot. Und diese Erkenntnis traf ihn mit voller Wucht.

Die letzten Stunden hatte Peer versucht, einigermaßen zu funktionieren. Nachdem sie die Hütte im Wald verlassen hatten, waren sie mit Ricarda Hagens Wagen weggefahren. Er wusste nicht, wie lange er mit dieser Frau unterwegs gewesen war. Vielleicht eine Stunde oder zwei. Vielleicht auch mehr. Benommen war er ihr in eine schicke Dachgeschosswohnung gefolgt und hatte dort die halbe Nacht mehr oder weniger schweigend auf dem Sofa verbracht und aus dem Fenster gestarrt, von dem man einen traumhaften Blick über den nächtlichen Taunus hatte. Er war nicht in der Lage gewesen, zu sprechen oder auch nur klar zu denken. Mias Tod hatte ihm den Boden unter den Füßen weggezogen.

»Wir sind hier sicher. Hier können Sie in Ruhe zu sich kommen«, hatte Ricarda Hagen ihm gesagt. Sie hatte ihm etwas zu essen gemacht, ihm frische Kleidung und ein sauberes Bett angeboten, aber nichts davon hatte er gewollt. Stundenlang hatte er nur aus dem Fenster gestarrt.

Sein Körper brauchte Zeit, um sich von dem Schock und den Strapazen zu erholen. Die Erschöpfung hielt lange an, und die Trauer betäubte ihn. Er hatte das Gefühl, dass der Kaffeebecher, den er in der Hand hielt, zu schwer für ihn war, und am liebsten hätte er sich bis zum Ende seines Lebens auf das Sofa gelegt und aus dem Fenster gestarrt.

Ricarda Hagen hatte immer wieder das Gespräch mit ihm gesucht, ihn aber schließlich in Ruhe gelassen. Heute, einen Tag nach den unglaublichen Vorfällen bei *Somnia* und dem Tod von Mia, ging es ihm zumindest körperlich etwas besser. Und das, obwohl er in der Nacht keine Sekunde geschlafen hatte. Zum einen, weil er zu aufgewühlt war, zum anderen, weil die Angst, er könnte im Schlaf wieder zum Monster mutieren, einfach zu groß war. Außerdem bekam er das Bild der toten Mia nicht aus dem Kopf.

Trotzdem hatte die Ruhephase seinem Körper gutgetan. Die Anstrengungen des Kampfes waren etwas abgemildert.

»Sie sehen besser aus«, sagte Ricarda Hagen am nächsten Morgen zu ihm.

Er nickte. »Ich muss duschen. Und mich umziehen. Sagten Sie nicht, dass Sie irgendetwas da haben, was mir passen könnte?«

»Ja. Ich habe ein paar Shirts, die mir zu groß sind. Das müsste reichen, solange Ihre Sachen in der Waschmaschine sind. Vielleicht sollten wir später etwas für Sie einkaufen.«

Aber die Vorstellung, die Wohnung zu verlassen, behagte Peer nicht. Er konnte sich nicht vorstellen, mit Ricarda in die Stadt zu gehen und einzukaufen. Er fühlte sich immer noch gelähmt vor Trauer. Außerdem hatte er Angst, dass er gesucht wurde. Würde man ihn nicht sofort erkennen?

»Ich weiß nicht ...«

»Verstehe. Ich kann das auch allein machen. Der Schock sitzt ganz schön tief, was?« Sie lächelte. Ein sympathisches Lächeln, das sie offener und freundlicher wirken ließ. »Ich kenne das. Ich habe dasselbe durchgemacht.«

Sie erzählte ihm, wie sie sich gefühlt hatte, als sie langsam dahintergekommen war, dass sie Menschen getötet hatte. Wie sie die Zeitungsartikel verfolgt hatte, immer mehr Anzeichen an sich selbst wahrgenommen hatte, wie sie schließlich erleichtert gewesen war, als ein Mann festgenommen wurde, und wie fassungslos, als er dann doch nicht als Täter infrage gekommen war. Peer konnte sie nur zu gut verstehen. Bei ihm war es ähnlich gewesen. Nur dass man ihn bisher noch nicht verhaftet hatte.

»Die Organisation hat schließlich dafür gesorgt, dass ich untertauchen konnte. Sie haben mir diese Wohnung gekauft und mir eine neue Identität verschafft. Sogar eine neue Nase haben sie mir besorgt.« Ricarda Hagen lachte bitter und strich sich mit der Hand über das Gesicht. »Ich sah früher anders aus. Ganz anders. Aber nach meiner Flucht musste ich mich leider von meinem alten Aussehen verabschieden. Erstaunlich, dass mich dieser obdachlose Kerl erkannt hat.«

»Harry? Er ist fast blind. Wahrscheinlich hat er Ihre Stimme wiedererkannt.«

»Ja. Möglich.« Sie atmete tief durch. »Ich bin froh, dass ich Sie da noch rausholen konnte. Fast wäre ich zu spät gewesen.«

Er sah sie eine Weile an, blickte in das Gesicht der Frau, die ihn gerettet hatte und gleichzeitig für die Trauer verantwortlich war, die er fühlte. Wäre sie doch noch ein paar Stunden eher gekommen, dachte er, dann wäre das Massaker, das er bei *Somnia* angerichtet hatte, vielleicht nie passiert. Dann hätte er nicht ein Dutzend Männer getötet, dann würden zahlreiche Eltern nicht um ihre Söhne trauern und viele Söhne nicht um ihre Väter. Dann hätte auch Mia noch leben können.

»Ich kann immer noch nicht glauben, dass sie mich so angelogen hat.«

Er bekam das Bild der toten Mia nicht aus dem Kopf. Wie sie dagelegen hatte, das schöne Gesicht zerfetzt, die toten Augen entsetzt aufgerissen. Mia. Die Frau, die er geliebt und die ihn nach Strich und Faden belogen und betrogen hatte.

In den letzten Stunden hatte Ricarda Hagen bei ihren Versuchen, mit Peer zu reden, immer wieder die Sprache auf Mia und ihren verlogenen Plan gebracht. Sie hatte ihm erzählt, wie sie sich vor sechs Jahren mit ihr angefreundet hatte, wie sie ihre vermeintlich engste Vertraute geworden war, und wie sie und ihr Vater sie schließlich fallen gelassen hatten.

»Bei mir ging damals einiges schief«, sagte Ricarda. »Das lag in erster Linie an diesem Harry. Somnia hatte nicht eingeplant, dass jemand überlebt, dass es Zeugen gibt. Wenn er nicht gewesen wäre, hätte ich mir vermutlich längst meine Lorbeeren verdient. Wer weiß, wo ich jetzt wäre – und ob der Terror im Nahen Osten überhaupt noch so aufgestellt wäre wie heute.«

Peer sah sie überrascht an. »Sie hätten weiterhin da mitgemacht?« Für ihn war dieser Gedanke jenseits seiner Vorstellungskraft.

»Ich hatte nie einen richtigen Einsatz da unten. Aber Peer – ich darf doch Peer sagen?«

Er nickte.

»Überlegen Sie mal. Es ist die einzige Möglichkeit, um unserem Leben noch eine sinnvolle Wendung zu geben. Viel Zeit bleibt uns vermutlich eh nicht mehr.«

»Was meinen Sie?«

»Ich leide an einer sehr seltenen Nervenkrankheit, die es mir unmöglich macht, normal zu schlafen. Alt werde ich damit leider auch nicht. Sie werden ähnliche gesundheitliche Probleme haben, richtig?«

»Ich habe Schlafstörungen, ja. Albträume. Aber krank …«

»Vielleicht wissen Sie es selbst noch nicht, vielleicht ist

es eine genetische Veränderung, die in Ihnen schlummert und noch nicht zum Ausbruch gekommen ist. Aber Somnia hat gezielt nach Patienten mit solchen Veränderungen gesucht. Also sollten Sie davon ausgehen, dass es bei Ihnen ähnlich ist.«

Peer lief es eiskalt den Rücken herunter. Genetische Veränderung ... Professor Schmoll hatte diverse Bluttests mit ihm gemacht. Schlummerte die Krankheit seines Vaters etwa doch in ihm? Hatte dieser verdammte Professor mehr gewusst als er selbst?

»Die haben nach Leuten gesucht, die luzide träumen und aufgrund einer Vorerkrankung unter massiven Schlafstörungen leiden«, fuhr Ricarda Hagen fort.

»Und?« Peer wusste nicht, worauf sie hinauswollte. »Nur weil wir diese Fähigkeit haben und ... eventuell eine genetische Vorbelastung vorhanden ist, können die doch nicht einfach solch grausamen Versuche an uns durchführen.«

»Natürlich nicht. Somnia ist zum Glück seit gestern Geschichte. Die Organisation lebt. Niemals würde dort jemand auf die Idee kommen, solche Versuche durchzuführen.«

Sie schwiegen für eine Weile. Peer bemerkte, dass Ricarda ihn beobachtete.

»Haben Sie jemals in Ihrem Leben so gut geschlafen wie bei Somnia?«, fragte sie.

»Die haben mich doch mit Medikamenten vollgestopft.«

»Man hat Ihnen was gegeben, richtig. Das war bei mir genauso. Aber hatten Sie Nebenwirkungen? Fühlten Sie sich eingeschränkt? Bei mir war es genau das Gegenteil. Zum ersten Mal in meinem ganzen Leben fühlte ich mich stark. Endlich war ich ausgeschlafen, energiegeladen und selbstsicher. Das war für mich völlig neu.«

Peer musste zugeben, dass das bei ihm ähnlich gewesen war. Er hatte sich selten so gut gefühlt wie während der Behandlung bei *Somnia*. Trotzdem.

»Wie können Sie hier in der Wohnung wohnen? Wie können Sie weiterhin mit diesen Verbrechern …«

»Mit Somnia hat das hier alles nichts zu tun«, unterbrach sie ihn. Dann zögerte sie kurz, bevor sie weitersprach. »Was soll ich denn mit meinem Leben anfangen?« In ihrer Stimme klang Verzweiflung mit. »Ich habe gemordet! Das ist nun mal so, ob ich es wahrhaben will oder nicht. Somnia hat alles dafür getan, dass ich jederzeit strafrechtlich dafür belangt werden kann. Aber ich habe Fähigkeiten, von denen andere Leute nur träumen, und ich kann sie für etwas Gutes einsetzen und gleichzeitig mein Weiterleben ermöglichen. Warum sollte ich das nicht tun? Professor Schmoll und seine verlogene Tochter haben der Organisation großen Schaden zugefügt. Aber dieses schwarze Schaf gibt es nun nicht mehr.«

Peer fühlte sich fast fiebrig, er versuchte krampfhaft, seine Gedanken zu sortieren. »Die Organisation … Wer ist das überhaupt? Schmoll hat mir mal erzählt, die säßen irgendwo in den USA. Haben Sie Kontakt zu denen?«

Ricarda Hagen erklärte ihm die Strukturen der Organisation. Es war nicht etwa ein Ölkonzern, wie Schmoll behauptet hatte, sondern eine nicht staatliche Behörde mit weitreichenden Handlungsspielräumen und exekutiven Sonderbefugnissen. Die Zentrale lag zwar in den USA, weltweit war sie aber auf ganz anderen Ebenen vernetzt.

»Es gibt in der westlichen Welt ein großes politisches Interesse, die Organisation zu unterstützen. Deshalb wurden die Machenschaften von Somnia auch so lange geduldet, da nur das große Ziel im Fokus stand. Der BND hatte immer seine Finger im Spiel, die werden in Verbindung mit der Organisation auch dafür sorgen, dass die Sache im Schlaflabor einigermaßen öffentlichkeitsverträglich abgewickelt wird.«

»Sie meinen, es wurde von ganz oben abgesegnet, was mit mir in den letzten Wochen passiert ist?«

»Nein. Natürlich waren die Ausbildungsmethoden von Somnia den Verantwortlichen ein Dorn im Auge. Das Risiko, dass es durch die unschuldigen Opfer zu einem gigantischen Skandal kommt, der jede Menge Staub aufwirbelt, war viel zu groß. Man hat Schmoll halt eine Weile als notwendiges Übel hingenommen. Zum Glück hat sich das jetzt erledigt.«

Peer brummte der Schädel. Er fand es abstoßend, wie Ricarda Hagen über die Opfer sprach. *Ein notwendiges Übel für das große Ziel* – ihm gingen ganz andere Dinge durch den Kopf. Er dachte an die Menschenleben, die er ausgelöscht hatte, an einen siebzehnjährigen Jungen, der voller Träume und Pläne gewesen war. An die junge Prostituierte, die vielleicht von einer eigenen Familie geträumt hatte, von einem richtigen Job, einem besseren Leben. Er hatte all das zerstört.

»Was soll das überhaupt für ein Ziel sein, von dem Sie immer reden?«

»Den weltweiten Terrorismus auszulöschen.«

»Na klar. Wenn es sonst nichts ist. Ist es nicht eher erwünscht, Geld in die Kassen amerikanischer Ölkonzerne zu schwemmen?«

Ricarda sah ihn eindringlich an. »Peer, niemand hat ein Interesse daran, dass die größten Ölquellen der Welt in der Hand irgendwelcher religiöser Spinner sind! Das ist für uns alle schlecht, für die gesamte Weltwirtschaft.«

»Unschuldige mussten sterben!«

»Ja. Leider. Und Sie können mir glauben, dass ich das genauso bedauere wie Sie. Aber Schmoll wird nie wieder irgendwelche Tramper verschleppen, um sie zu Trainingszwecken im Wald auszusetzen. Er ist tot. Sie können übrigens davon ausgehen, dass man mit Ihnen Ähnliches vorhatte, als Mia mit Ihnen nach Südamerika fliehen wollte.«

Peer sah sie erstaunt an. »Sie meinen …«

»Ja, das wäre der nächste Schritt gewesen. Man hätte Sie mit einer ähnlich ausgebildeten Person konfrontiert. Ein Kampf auf Augenhöhe sozusagen. Vielleicht wäre das tatsächlich im Ausland passiert, aber bestimmt nicht in Südamerika.«

Peer trank seinen Kaffee aus und seufzte. »Das ist alles ganz schön harter Tobak.«

Ricarda sah ihn verständnisvoll an. »Ich weiß. Aber das Schlimmste ist vorbei. Sie werden nie wieder einen Unschuldigen töten müssen.«

Peer starrte aus dem Fenster, blickte auf den dichten Wald, der vor dem Haus begann und bis zu einem idyllischen See führte. Er wusste immer noch nicht genau, wo er war, aber allzu weit von Limburg konnte es nicht sein, da war er sich sicher.

»Denken Sie, dass ich irgendwann in mein altes Leben zurückkehren kann?«

Sie schüttelte den Kopf. »Nein. Die Organisation wird dafür sorgen, dass Sie für tot erklärt werden, und Ihnen eine neue Identität besorgen. Wahrscheinlich wird man Sie auf die Liste der Toten im Institut schmuggeln. Mia und Schmoll waren die Letzten, die wussten, dass Sie leben.«

Peer dachte an Harry und Tante Rosi, sagte aber nichts. Offensichtlich wusste Ricarda Hagen nichts von den beiden, und er würde den Teufel tun und ihr etwas von ihnen erzählen. Auf keinen Fall wollte er sie in Gefahr bringen.

»Gehen Sie erst mal in Ruhe duschen, Peer. Ich werde ein paar Sachen für Sie einkaufen. Wir haben in den nächsten Tagen genug Zeit, um unsere Situation zu besprechen. Vielleicht sollten Sie auch mal mit jemandem aus der Organisation sprechen, damit Sie sich ein Bild davon machen können, wie anders die Leute im Vergleich zu denen sind, die Sie bei Somnia kennengelernt haben.«

52

Peer ließ sich das heiße Wasser auf den Kopf plätschern, das aus einem großen runden Duschkopf kam, der direkt an der Decke angebracht war. Die ganze Duschkabine war voller Wasserdampf, und seine Haut wurde langsam runzelig, trotzdem duschte er weiter. Es hatte etwas Beruhigendes, wie die Wassertropfen ohne Unterlass auf ihn niederprasselten. Es fühlte sich an, als könnte er seine Schuld abwaschen.

Mit einem Seufzen stellte er die Dusche irgendwann ab. Er wickelte sich in ein flauschiges weißes Badetuch und ließ sich erschöpft auf den Badewannenrand sinken. Eine halbe Stunde duschen, und schon war er fix und fertig.

Sein Blick schweifte durch das Badezimmer. Wie der Rest der Wohnung sah auch hier alles recht teuer aus. Die hellen Fliesen an Boden und Wänden wirkten edel, die Wasserhähne glänzten in poliertem Chrom. Keine Frage, die Organisation hatte sich nicht lumpen lassen, als sie Ricarda Hagen ein neues Heim besorgt hatte.

Er dachte über die Frau nach, die so mysteriös in sein Leben getreten war und die ihn schließlich gerettet hatte. Niemals hätte er vor ein paar Wochen gedacht, dass sie beide das gleiche Schicksal teilen würden. Er hatte sie für eine Irre gehalten, für eine verrückte Spinnerin, die ihn verfolgen, ja womöglich stalken würde. Wie blind er gewesen war. Nicht nur bei ihr.

Mia.

Wie hatte er sich nur so in ihr täuschen können? Peer konnte das immer noch nicht verstehen. Natürlich war er auch nur ein Mann und reagiert auf die gleichen Reize wie alle anderen auch. Und wenn eine attraktive Frau wie Mia sich ihm an den Hals warf, konnte schon mal der Verstand aussetzen. Aber dass er sich so in ihr täuschen konnte? Nein. Das war ihm nach wie vor schleierhaft.

Sein Blick fiel auf das Waschbecken und die Ablage. Neben einem noch eingepackten Nassrasierer, Rasierschaum und Aftershave standen dort nur eine Zahnbürste und Zahnpasta. Keine Schminke, keine Parfüms. Ricarda Hagen schien sehr spartanisch in ihrer Luxuswohnung zu leben. Wahrscheinlich legte sie größten Wert darauf, so unauffällig wir möglich auszusehen. Angesichts ihrer Situation war das durchaus verständlich.

Neben ihm auf dem Badewannenrand lagen ein weißes T-Shirt, saubere Socken und Boxershorts. Außerdem hatte Ricarda Hagen ihm eine Jogginghose besorgt, die ebenfalls recht neu aussah. Entweder hatte sie ein Faible für Männerklamotten, oder er trug die Sachen eines Ex-Lovers auf.

Peers Blick fiel auf die schmutzigen Klamotten, die in der Ecke des Raumes lagen. In diesen Sachen hatte er seine Wohnung verlassen, sein altes Leben. In ihnen war er zu einem Monster mutiert, hatte getötet, hatte Mias Tod mit angesehen. Er wollte die Sachen wegschmeißen, beschloss Peer. Nie wieder wollte er sie anziehen. Nie wieder.

Aus der Gesäßtasche seiner Hose blitzte ein kleines Stück Papier hervor. Sein Herz klopfte, als er den Briefumschlag aus der Tasche zog. Es war das Kuvert, das Mia ihm gegeben hatte. Mit klopfendem Herzen setzte er sich wieder auf den Badewannenrand und betrachtete das weiße Papier, das etwas zerknittert und fleckig war. Zärtlich strich er darüber. Es kam ihm fast wie ein letztes Lebenszeichen von Mia vor, und er spürte, wie sehr ihr Tod ihn trotz allem immer noch traf. Obwohl sie ihn belogen und verraten hatte. Obwohl sie mit dafür verantwortlich war, was man aus ihm gemacht hatte. Mit zittrigen Händen öffnete er den Umschlag.

»Mia«, flüsterte er, als er die zwei ausgedruckten Online-Tickets herauszog. Gebucht auf die Namen Mia Schmoll und Peer Henke, Flugziel Quito, die Hauptstadt Ecuadors. Unten auf den Zettel hatte Mia zwei Sätze geschrieben, die ihm durch Mark und Bein gingen. Immer wieder las er die wenigen Worte: *Ein neues Leben. Nur mit dir.* Daneben hatte sie ein Herzchen gekritzelt.

Peer glaubte, dass der Boden unter seinen Füßen zu schwanken begann. Er hatte gewusst, dass Mia nicht gelogen hatte, dass ihre Gefühle echt gewesen waren, trotz der widrigen und grausamen Umstände, unter denen sie sich kennengelernt hatten. Sie hatte mit ihm verschwinden, ihr altes Leben hinter sich lassen wollen. Sie hatte die Wahrheit gesagt.

Wahrscheinlich hatten ihr Vater und sie gewusst, dass sie auf der Abschussliste der Organisation standen, vermutlich hatte es schon genug Anzeichen gegeben, dass *Somnia* nicht mehr so weitermachen konnte wie bisher, dass Schmoll sich mit seinen Versuchen auf einem Irrweg befand, sich verrannt und übertrieben hatte – ja, das hatten sie gewusst. Mia hatte mit all dem nichts mehr zu tun haben wollen. Sie hatte fliehen müssen, weil die Organisation sie und ihren Vater als unliebsame Zeugen hatte ausschalten wollen.

Sie hätten es schaffen können. Jetzt hätten sie längst unter der Sonne Ecuadors sitzen und Pläne für einen Neuanfang schmieden können.

Peer stiegen die Tränen in die Augen. Das Gefühl, die Frau, die er geliebt hatte, für immer verloren zu haben, wurde wieder übermächtig. Doch im nächsten Augenblick stieg Zorn in ihm auf.

Warum hatte Ricarda Hagen die beiden niedergeschossen? Ohne Ankündigung, ohne Vorwarnung, einfach so? Gut, Schmoll hatte eine Waffe in der Hand gehabt, aber

Mia war unbewaffnet gewesen. Warum hatte sie Mia den halben Schädel weggeblasen? Es hatte keinen Grund gegeben, sie zu erschießen. Nicht einen einzigen.

Es sei denn ...

Peer hörte ein Auto vor dem Haus vorfahren und blickte durch das Fenster. Er sah, wie Ricarda Hagen aus einem dunklen Kastenwagen stieg und Einkaufstaschen von der Rückbank holte.

Ist das derselbe Wagen wie neulich?

Er konnte das Nummernschild von hier oben nicht erkennen, aber er war sich sicher, dass es der Wagen war, den er neulich vor dem Polizeipräsidium gesehen hatte und in dem die zwei Polizisten verschwunden waren, die seine Speichelprobe genommen hatten.

Hatte Ricarda Hagen den Auftrag gehabt, Mia und ihren Vater zu töten? Peer musste schlucken. In seinem Kopf schwirrten die Gedanken wild umher. Die Puzzlesteinchen in seinem Gehirn setzten sich neu zusammen. Sie ergaben ein anderes Bild.

Und plötzlich sah er alles ganz klar.

Ricarda Hagen hatte nicht dasselbe Schicksal erlitten wie er. Vielleicht hatte sie wirklich mal Ähnliches erlebt, aber sie war schon lange im Dienste der Organisation. Anders konnte es nicht sein. Es musste ihr ein Dorn im Auge gewesen sein, wie Mia und er sich immer nähergekommen waren. Hatte sie ihn die ganze Zeit beobachtet? Häufig hatte er in der letzten Zeit das Gefühl gehabt, verfolgt zu werden. Er hatte schon fast geglaubt, paranoid zu werden, dabei war es höchstwahrscheinlich Ricarda Hagen gewesen, die ihn nicht aus den Augen gelassen hatte. Während die Organisation *Somnia* gern loswerden wollte, wollte man auf einen Mann wie ihn nicht verzichten.

Peer blickte sich noch einmal im Bad um. Der Rasierer, die Männersachen – das alles war nicht zufällig hier. Sein

Eintreffen war vorbereitet worden, man hatte gewusst, dass er bald für eine gewisse Zeit hier unterkommen würde. Alles war von langer Hand geplant gewesen.

Und das Massaker bei *Somnia*? Warum hatte diese verdammte Organisation das nicht verhindert? Wahrscheinlich, weil es ihnen ganz gelegen gekommen war. Vermutlich hatten sie gehofft, dass Peer Schmoll und Mia gleich miterledigen würde. Hatte er aber nicht. Deshalb hatte sich Ricarda am Ende doch noch die Finger schmutzig machen müssen.

Peer spürte, wie das Adrenalin durch seinen Körper schoss. Er ballte die Fäuste, sodass die Adern auf seinem Handrücken hervortraten. Mit zusammengepressten Lippen zog er sich an, ohne dabei die Tür aus den Augen zu lassen. Wut und Hass wurden immer größer. Seine vermeintliche Retterin hatte den einzigen Ausweg, den er in seiner Misere noch hätte nehmen können, mit zwei Schüssen zunichtegemacht. Absichtlich und bewusst, um ihn an die Organisation zu binden.

Und sie hat mir Mia genommen.

Für einen winzigen Moment huschte ein Gedanke durch seinen Kopf. Was ist wahr, und was ist Wahnsinn? Hatte er wirklich die Wahrheit erkannt? Oder brach langsam, aber sicher die Krankheit seines Vaters bei ihm aus?

Peer blickte in den Spiegel und sah in sein Gesicht. Es kam ihm fremd vor. Den Mann im Spiegelbild kannte er nicht. Diesen hochroten Kopf mit den pulsierenden Adern auf der Stirn, dieser starre und hasserfüllte Blick – nein, er kannte diese Person nicht.

Achte auf dich, Peer.

»Halts Maul«, sagte er laut. Dann holte er aus und zerschlug mit der Faust den Spiegel, der in unzähligen Teilen klirrend auf den Boden fiel. Eine ungefähr dreißig Zentimeter lange, spitz geschwungene Scherbe hob er auf und betrachtete sie interessiert. Der Unterschied zu der Machete, mit der er sonst getötet hatte, war marginal.

Er hörte, wie die Wohnungstür aufgeschlossen wurde. Inzwischen fiel es ihm schwer, klar zu denken. Er würde sich rächen. Er würde Rache dafür nehmen, dass sie Mia umgebracht hatten, und dafür, dass sie sein Leben unwiederbringlich zerstört hatten. Er würde nicht nur Ricarda Hagen töten, sondern der ganzen Organisation den Garaus machen.

Aber mit ihr werde ich anfangen.

Peer nahm die Scherbe und öffnete die Badezimmertür.

- Ende -

Lesejury